insel taschenbuch 4874

Annie O'Neil

Das Wunder in der Christmas Street

Gerade erst hat Jess Green ihr neues Zuhause in der malerischen Christmas Street bezogen. Es ist Anfang Dezember, und die Anwohner der kleinen Straße haben sich in diesem Jahr etwas Besonderes ausgedacht: einen lebendigen Adventskalender.

Jeden Tag öffnet ein anderes Haus seine Türen und hält eine Überraschung für die Nachbarn bereit: Bei Glühwein und Gebäck werden Lebkuchenhäuser und Blumengestecke gebastelt, es gibt kleine Weihnachtskonzerte und Stegreiftheater, Spielzeugautorennen und Schneeballschlachten … So kommen alle zusammen und vergessen für einige Stunden ihre ganz unterschiedlichen kleinen und größeren Sorgen. Schade nur, dass ausgerechnet der griesgrämige Mr Winters aus Haus Nr. 24 sich alldem verschließt. Doch er hat nicht mit Jess' Charmeoffensive gerechnet, genauso wenig wie sein ihm bis dahin unbekannter Enkel, der wie aus dem Nichts auftaucht …

Annie O'Neil ist eine englische Bestsellerautorin. Sie ist eine fanatische Bücherfreundin und liebt Lesen und Schreiben. Aber auch Gurken. Und Musicals. Und Hunde. Und Menschen. Und Regenbogen. Und Marienkäfer. Sie ist der Das-Glas-ist-halb-voll-Typ.

ANNIE O'NEIL

Das Wunder in der Christmas Street

ROMAN

Aus dem Englischen von
Christine Richter-Nilsson

INSEL VERLAG

Die Originalausgabe erschien 2020 unter dem Titel *Miracle on Christmas Street* bei The Orion Publishing Group, London.

Erste Auflage 2021
insel taschenbuch 4874
Deutsche Erstausgabe

Vertrieb durch den Suhrkamp Taschenbuch Verlag
Umschlaggestaltung: Designbüro Lübbeke, Naumann, Thoben, Köln, unter Verwendung des Originalumschlags von Orion Books; Illustrationen: Shutterstock, Berlin
Satz: Dörlemann Satz, Lemförde
Druck: CPI books GmbH, Leck
Printed in Germany
ISBN 978-3-458-68174-8

FÜR TORMOD,
DEN WEIHNACHTSMANN MEINES HERZENS

Schwarzer Freitag
VOR 367 TAGEN

Jess erspähte den leuchtenden Weihnachtsmann auf der anderen Seite der erhobenen Verkaufsfläche sofort. Da stand er, ganz aus Plastik, rotbackig, in seiner roten Montur über dem dicken Bäuchlein inmitten von frostigen Blättern aus künstlichem Immergrün, knallroten Stechpalmenbeeren und fluoreszierenden Schneeflocken. Der reinste Kitsch, und doch vereinte sich in diesem prächtigen Kranz das Beste und Schlimmste, was Weihnachtsdekoration zu bieten hatte.

Genau das brauchte sie jetzt.

Brauchte? Nicht wirklich. Aber darum ging es ja auch nicht beim Black-Friday-Shopping, oder? Nachdem sie über eine Stunde eingequetscht in einer weniger freundlichen Warteschlange ausgeharrt hatte, bis die Wachschutzleute endlich die Eingangstüren zu Urban Outfitters aufschlossen, kam sie zu dem Schluss: Es war die reine Gier, die an solchen Tagen jegliches Bedürfnis überrollte. War das entmutigend? Schon. Etwas, worüber sie sich den Kopf zerbrechen sollte? Heute bestimmt nicht. Nein, heute würde Jess jede Faser ihres Körpers und vor allem den letzten Cent ihres schrumpfenden Bankkontos zum Einsatz bringen, und zwar mit dem alleinigen Ziel, ihrem Leben einen so perfekten Anschein zu verleihen, dass es sich schließlich auch perfekt anfühlen würde. Dann, und nur dann, würde sich der schleichende Verdacht verflüchtigen, dass alles aus dem Ruder geraten war.

Wer hätte ahnen können, dass ein Käsesandwich das Leben einer Grundschullehrerin derart durcheinanderbringen würde?

Sie hatte sich an die erstickten Tränen gewöhnt, die immer wieder im Hals kribbelten.

Und wenn schon.

Lächelnd warf sie dem Weihnachtsmann einen vielsagenden Blick zu: *Ich-seh-dich*.

Was war das …? Hatte der Nikolaus ihr zugezwinkert? Na, das war ja eine erfreuliche Wende. Neon-Niklas hatte sich also mit ihr verschworen, dem Konsum zu frönen, um ihre Stimmung während der Zwangsarbeitspause etwas anzuheben. Sie blickte ihm direkt in die Augen.

Okay, Freundchen, du und ich, durch dick und dünn.

Mit wilder Entschlossenheit begann sie, »Have Yourself a Kitschy Little Christmas« zu summen, und bahnte sich ihren Weg durch die geschäftige Kundenmenge. Des einen Tod des anderen Brot, als hätte jeder vor Ladenöffnung vierzehn Tassen Espresso hinuntergekippt, um dann in die Verkaufsräume einzufallen und wahllos Einkaufskörbe mit trendigen Weihnachtskugeln, verschlungenen Papiergirlanden und saisonal umfunktionierten Mini-Kakteen vollzustopfen, als ginge es um Leben und Tod. Da drängte sich eine Frau hinter sie, die einen mit Ginfläschchen bestückten Weihnachtskalender schleppte. An einem seiner niedlichen Türchen baumelte ein Preisschild, das Jess beinahe den Atem verschlug. Der Kalender kostete so viel wie ihre gesamte Monatsmiete. Wahrscheinlich das Werk eines waschechten Lappländers, der unter dem Licht des Polarsterns Hand angelegt hatte. Ein fürstlicher Preis für ein paar Flugmodus-Fläschchen Gin in einem hohlen Baum aus Holz.

Nicht, dass sie darüber urteilen würde.

Innenausstattung war ein absolutes Muss. Heimtextilien

und Schnickschnack vermochten, ein Haus in ein Zuhause zu verwandeln. Sie sollte es ja wissen. Schließlich war ihr Leben bisher ein pures Bekenntnis zu Anthrazit, Chrom und Glas gewesen. (#LebenslektionNummerEins: Lass dich nie von deinem Immobilienmakler-Freund davon überzeugen, es sei eine gute Idee, zu reduzierter Miete in der Musterwohnung zu leben. Nicht ein Mal hingen Unterhosen zum Trocknen auf dem Heizkörper. Nicht ein einziges Mal.)

Zwei Schritte vor und einen zurück. Es ging nur schleppend weiter. So lächerlich es auch schien, sie brauchte diesen Kranz. Und zwar sehr. Er stand für etwas. Wie eine Auszeichnung, die sie daran erinnerte, dass sie ihr Leben wieder in den Griff bekommen könnte und würde. Sicher grenzte es an Wahnsinn, ihr ganzes Leben auf einen knallbunten Weihnachtskranz zu setzen, aber genau so verhielt es sich eben in Krisenzeiten. Manchmal machten die kleinsten Dinge den größten Unterschied. Und in diesem Fall war es ein sehr kitschiger Kranz mit einem Nikolaus.

Nach einigen ziemlich heftigen Ellenbogenkämpfen (das würde blaue Flecken geben) war das Ding endlich in Reichweite und so gut wie gewonnen.

Da ragte plötzlich eine makellos manikürte Hand in ihr Gesichtsfeld. Klitzekleine, mit Mustern verzierte Weihnachtskugeln schmückten geschmackvoll jeden einzelnen Fingernagel. Und alle fünf griffen nach ihrem Santa Claus.

Neiiiiiiiiiiiiiiiiiiiiiiiiiiiin!

Jess streckte sich nach vorn, um den Weihnachtsmann mit ihren abgekauten Fingernägeln zuerst zu erwischen. Doch als sie zupackte, spürte sie die andere Hand, die ebenfalls zugriff. Sie blickte der Gegnerin in die Augen.

Na super!

Sie war einer Mutter aus ihrer Schule wie aus dem Gesicht geschnitten. Oder sollte sie lieber sagen: aus ihrer ehemaligen Schule? Nächste Woche wollten sie ihr Bescheid geben, nachdem die Schulleitung gemeinsam mit allen Mitgliedern des Schulbeirats »die Beweislage geprüft hatte«. Sie beschloss, ihr schlechtes Bauchgefühl zu ignorieren und sich stattdessen auf die vorliegende Aufgabe zu konzentrieren. Sie war optimistisch. Im Lehrerzimmer sprach man bei solchen Frauen ganz unverhohlen vom Typus Nummer Zwei. Typus Nummer Eins war immer zum ersten Mal und schon lange verheiratet. Sie war entweder Richterin oder Hedgefonds-Managerin oder Chefin eines Online-Unternehmens, das sie »am Küchentisch« gestartet hatte, und veranstaltete regelmäßig Spendenaktionen zugunsten des Regenwaldes oder der indigenen Stämme von Papua-Neuguinea. Typus Nummer Zwei war meistens bereits die zweite und weit verwöhntere Gattin. Sie hatte entweder einen Dotcom-Mogul geehelicht oder einen alternden Rockstar und erfüllte die entsprechenden Auswahlkriterien: Sie war halb so alt wie er, hatte langes, aschblondes Haar, das in präraffaelitischer Perfektion über ihre knielange Daunenjacke wallte, die ihren zierlichen, mit Hilfe eines Personal Trainers perfekt geformten Körper umhüllte und aus der die zarten Beine in Lululemon-Leggings herausragten, die wiederum in Runway-Platform-Sportschuhen von Alexander McQueen steckten, oder welcher Schuhtrend auch immer gerade angesagt war. Diese besondere Variante des Typus Zwei hatte auch diese umwerfenden Augen von nahezu unnatürlichem Blau. War das Azur? Oder Himmelblau? Gefärbte Kontaktlinsen wahrscheinlich. Das würde den Farbton erklären. So perfekte blaue Augen konnten nicht echt sein. Die tropisch-türkisen Äuglein dieser Frau waren von einer halb heruntergezogenen Kapuze verdeckt. Eine Schlange in Angriffsposition. Ihr Lächeln sah so falsch aus, dass es zweifellos von einem um Diskretion bemühten und sehr empfehlenswerten Schönheitschirurgen an dieser Stelle fixiert worden sein musste. Lidschatten und Eyeliner waren makellos aufgetragen. Ihre Haut wirkte frisch wie ein Pfirsich im Morgentau. Ein Gedanke machte Jess aber kurz stutzig. Äußerlichkeiten waren nicht alles. Womöglich verbarg dieses straffe Lächeln nur den angespannten Versuch einer überforderten Stiefmutter, das perfekte Weihnachten für ihre neue, kürzlich angeheiratete Familie zu organisieren, die hauptsächlich aus feindseligen Zwanzigjährigen bestand.

Jess spürte, wie ihr der Kranz entrissen wurde. Die Frau hatte Jess' kurzen Hänger im Kriegsmodus ausgenutzt. Zur Hölle mit ihr und ihrer fiktiven Familie. Der Plastik-Santa gehörte ihr.

Jess kniff wütend die Augen zusammen und stellte sich vor, wie sie diese Frau beim Elternabend fertigmachen würde.

Nummer Zwei sah aus wie die Kollegin, die darauf bestanden hatte, man müsse Jess »unmissverständlich klarmachen«, dass sie nicht in der Lage sei, in einer schulischen Umgebung ihre Autorität zu wahren. Nummer Zwei war immun gegen Argumente. Gegen *Fakten*. Nummer Zwei interessierte es nicht, dass Jess mit dem Lehrerinnenberuf nicht nur ihren Lebensunterhalt bestritt, sondern auch ihrer Berufung folgte und dass eine Kündigung ihr Leben ruinieren würde. Jess mochte Nummer Zwei ganz und gar nicht. So leicht würde sie nicht aufgeben. Niemals. Also, zurück in die Schlacht!

Sie ließ ihren Blick auf halbmast sinken, sodass der Laden im himmlischen Schein des glitzernden Lamettas und Kunstschnees verschwamm, als hätte man ihn gerade wie eine Schneekugel durchgeschüttelt. Entschlossenheit packte sie. Der kitschige Nikolaus war ihrer. Er stand ihr zu. Niemals würde sie zulassen, dass Nummer Zwei ihr noch etwas wegnehmen würde.

»Tut mir leid«, sagte Jess und griff so hart zu, dass ihre Knöchel weiß wurden. »Ich glaube, ich war zuerst da.«

»Nein, tut mir leid«, sagte die Frau in einem hinreißenden irischen Tonfall (der irische Akzent war ja irgendwie immer hinreißend). »Es ist so … er ist für meine Mutter. Für meine alte Mutter. Sie ist im Altenheim. Ich bin mir ziemlich sicher, dass ich ihn zuerst gesehen habe … wenn Sie bitte so nett wären.«

Tolle Geschichte. Ihre Mutter könnte doch höchstens sechzig Jahre alt sein. Es sei denn, sie wäre erst mit fünfzig Mutter geworden. Und das wiederum hieße, die Wahrscheinlichkeit, dass ihre Mutter bereits in einem Pflegeheim vor sich hin vegetierte, war äußerst gering. Pech gehabt, Nummer Zwei. Viel Glück beim nächsten Mal!

»Ich bestehe ungern darauf«, sagte Jess und schüttelte bedauernd den Kopf. »Aber … mein Neffe ist im Krankenhaus.« Ihre Wangen liefen rot an. Das könnte als Ausdruck von Trauer durchgehen, ohne sie zu verraten. Sie errötete immer, wenn sie log. Sie hatte weder einen Neffen, noch war die erfundene arme Seele im Krankenhaus.

Nummer Zweis Blick wurde hart. »Wie heißt er denn?«

»Ähm … Tim.«

»Nur Tim?«, fragte Nummer Zwei mit zusammengekniffenen Augen. Was war das hier eigentlich? Weihnachten mit Villanelle?

»Tiny Tim.«

Mist.

»Das ist sein Kosename, weil er eben klein ist. Er wird sicher bald herauswachsen, aus dem Namen, meine ich. Wie wir alle, nicht wahr? Er ist ein Grünschnabel. Wie ich. Tiny Tim, der Grünschnabel.«

»Ihr Neffe wird Tiny Tim genannt.« Das war keine Frage, das war eine Anschuldigung.

»Ganz genau.« Jess ging wieder in Kampfstellung. Das hier würde nicht gut ausgehen.

»Meine Mutter leidet an präseniler Demenz«, konterte Nummer Zwei, »fing bei ihr schon im Alter von zehn Jahren an.«

Was? Nein, ganz sicher nicht. Nummer Zwei war eine Lügnerin, eine Lügnerin mit sehr langen Beinen. »Mein Neffe hat keine Beine. Und auch keine Nieren.«

Nummer Zwei rümpfte die Nase, als ob sie darüber nachdachte, ob so etwas möglich wäre. Es war möglich, aber nur bei einer Leiche. Der Muskat-Latte schwappte in ihrem Magen hin und her, und Jess wurde fast übel. Lügen über sterbende Kinder zu verbreiten war eine bombensichere Methode, vom Blitz getroffen zu werden. Zur Strafe sozusagen. Diese dumme Lüge hätte sie sich sparen können. Schließlich wollte sie weiterleben, auch wenn ihr Leben gerade beschissen war. Und was, wenn Nummer Zweis Mama sich tatsächlich an ihre letzten Erinnerungsreste klammerte und der 50er-Jahre-Neon-Kranz das Einzige war, was diesen einen wertvollen Feiertag, der ihr noch blieb, wiederbeleben konnte? Sie hatte doppelte Schuld auf sich geladen. Und da waren sie wieder, das Kribbeln im Hals und der Impuls zu weinen.

O mein Gott, nein. Bloß nicht losheulen. Es war eine schreckliche Woche gewesen. Und die kommenden Wochen würden noch schlimmer werden, aber … immerhin hatte sie Neon-Nikolaus gefunden. Das war doch ein Zeichen, oder?

Nummer Zwei zerrte siegessicher an dem Kranz.

Jess gab nicht nach. Sie wollte weder verlieren noch weinen, Santa hatte *ihr* zugezwinkert!

Nummer Zwei riss ihn mit einem Ruck an sich. So hart, dass Jess das Gleichgewicht verlor. Mit den Armen rudernd rutschte sie auf einer Filz-Avocado aus und fiel rückwärts in das Angebot von – oh, aua – weihnachtlich dekorierten Kakteen. Auch das noch. Der Schmerz war unvergleichlich. Als sie sich langsam wiederaufrichtete, und das dauerte, ragten Mini-Kakteenbüschel aus ihrem Po, Rücken und den Schultern. Ihr nur leicht wattierter Wintermantel stellte sich jedenfalls als perfektes Kaktusnadelkissen heraus. Nummer Zwei zuckte mit den Schultern nach dem Motto *'tschuldigung, aber selbst schuld* und verschwand dann in der Menschenmenge. Einer der Wächter näherte sich. Einige Kunden gaben lauthals ihrer Missgunst Ausdruck und diskutierten unüberhörbar darüber, was Gier aus einem Menschen machen konnte.

Plötzlich wollte Jess nur noch raus. Weg von Chilischoten-Lichterketten und ach-so-untrendigen Weihnachtsbaumgehängen. Weg von rempelnden Kunden, die die Oxford Street hinunterwalzten. Weg von ihren großen London-Träumen und der Hoffnung, die gefragteste Privatschullehrerin der Schickeria zu sein. Genauso unerwartet, wie die Akupunkturbehandlung an ihrem Hinterteil über sie gekommen war, wurde ihr plötzlich klar: Sie brauchte eine Veränderung. Sie musste weg von den unermesslichen Erwartungen an ihr Leben. Weg vom darwinistischen Überlebenskampf, der hier herrschte. Weg von diesem Alltag, wo Augenkontakt gefährlich war und neue Freunde zu finden schier unmöglich, geschweige denn einen Job, bei dem man genug verdiente, um dort zu wohnen, wo man seine Unterwäsche aufhängen konnte, ohne eine Lachnummer zu werden. Sie wollte irgendwohin, wo sie einfach aus dem Haus stürzen und bei irgendeiner Nachbarin eine Tasse Tee trinken konnte, wenn ihr danach war. Kurz gesagt, sie wollte an einen Ort, der nicht London war.

1. Dezember

Es war so weit. Umzugstag.

Jess' Nerven lagen blank. Gerade begann der Umzugswagen mit all ihren irdischen Habseligkeiten zu blinken, um sich in den Kreisverkehr am Anfang der Christmas Street einzufädeln. Sie platzte fast vor Anspannung oder Vorfreude, vielleicht war es auch die panische Angst, alles falsch gemacht zu haben. Ein Jahr lang hatte sie diese emotionale Gratwanderung ausgehalten. Heute würde sie wohl herausfinden, welches Gefühl am Ende die Überhand bekäme.

Der Transporter bog in ihre neue Wohnstraße ein und tuckerte fröhlich in ihr neues Leben hinein, als ob die Welt keine anderen Sorgen hätte. Der Kreisverkehr war jetzt frei. Kein Auto. Sie könnte noch einen Rückzieher machen. Einfach kehrtmachen und dann … wohin eigentlich? Sie hatte keine andere Wahl, als den Weg zu gehen, der sie in die Zukunft führen sollte: neue Stadt, neues Zuhause, neuer Job. Entweder rein ins neue Leben oder … oder eben nichts. Sie setzte den Blinker und bog ab.

Hier war es also. Im Herzen von Boughton (was wie »Bow-Town« und nicht »Buffton« ausgesprochen wurde, wie ihr die Maklerin zugezwitschert hatte). Ihr neues Langzeit-Zuhause, oder so lange, wie Langzeit heutzutage eben noch dauerte. Und nur ein paar Straßen weiter wartete ihre Bijou-Doppelhaushälfte bereits auf sie und hieß sie mit ihren frisch gestrichenen Fensterläden willkommen, hocherfreut, dass sie nach langem Bangen und Zittern endlich einziehen würde. Und zwar allein, um ein jämmerliches Dasein als alte Jungfer zu fristen.

Jetzt reicht's aber, Jess, sie hörte die warnende Stimme ihrer Mutter.

Sie hielt inne. Natürlich würde sie nicht für den Rest ihres Lebens in Einsamkeit und Verzweiflung versinken. Sie wollte voller Begeisterung und Offenheit in die Zukunft gehen. Und sie wollte endlich wieder Lebensfreude spüren und die Jess zurückerobern, die sie einmal gewesen war und die sie so gern wieder sein wollte. Das hatte sie jedenfalls zu ihren Eltern gesagt, als diese ihre Sachen zusammenpackten, um sich auf ihre eigene Entdeckungsreise zu begeben. Rückblickend waren ihre Sprüche ziemlich dumm gewesen. Sie hätte ehrlich sein und ihnen erzählen sollen, wie sehr es sie in Angst und Schrecken versetzte, dass sie nicht dabei sein würden, wenn sie ihr altes Leben in ein neues verfrachtete. Vor einer Woche war alles noch so praktikabel gewesen, aber jetzt waren sie plötzlich so weit weg! Jedes Mal, wenn sie sich vorstellte, wie sie die Tür zu ihrem neuen Zuhause öffnete, hörte sie eine bestimmte Musik, in der immer mehr Mollakkorde erklangen.

Ihre Bronchien zogen sich zusammen, und sie spürte das starke Bedürfnis nach mehr Sauerstoff. Eine Panikattacke war im Anzug. Zehn-neun-acht-sieben-sechs-fünf-vier-drei-zwei-eins … Und auuuuuuus-aaaaatmen. Alles ist gut. Ihr ging es gut. Sie würde ihr neues Leben lieben lernen. Schließlich konnten das sogar die Frauen in arrangierten Ehen. Auch sie lernten, ihren Angetrauten zu lieben, vor allem, wenn der Mann sexy war.

Sie fasste sich wieder und sah sich um. Eine traditionelle Metzgerei, eine kleine nette Bäckerei, ein kleines Kino, das Wein statt Popcorn anbot. Da gab's nichts zu mäkeln. Drei perfekte Orte zum Einkehren inmitten des üblichen bunten

Durcheinanders von Secondhand-Läden, Restaurants und Zeitungskiosken, die sonst noch die Straße säumten. Und alles sah irgendwie anders aus. Woran lag das wohl? Sie konnte sich nicht daran erinnern, dass in Boughton alles so geglitzert hatte. Ja, etwas hatte sich definitiv verändert. Es war fast halb acht und schon seit Stunden stockdunkel. Und das wiederum bedeutete, dass alle Geschäfte schon längst geschlossen sein mussten, es sei denn … es gab auch außerhalb von London Late-Night-Shopping?

Ihr Umzugswagen und der voranfahrende Lastwagen mit seiner Hovis-Toast-Lieferung begannen, sich in Zeitlupentempo Zentimeter für Zentimeter ein Stop-and-Go-Wettrennen zu liefern.

Moment mal. Jetzt fiel es ihr wie Schuppen von den Augen. Boughton sah aus wie der Drehort für einen jener kitschigen Weihnachtsfilme.

Etwas in ihr sträubte sich gegen diese unbekümmerte Festtagsfröhlichkeit, doch gleichzeitig spürte sie, wie ihr Herz beim Anblick des funkelnden Lichtermeers warm wurde und sich bei der Aussicht auf die weihnachtlichen Vergnügungen weit öffnete.

Die Bäckerei (wo es unwiderstehliche Zimtrollen gab, wie sich bald herausstellen sollte) hatte ihr Schaufenster mit einem riesigen Pfefferkuchenhaus verziert. Der chinesische Imbiss (Nummer 4 auf ihrer Liste von Unentbehrlichkeiten in einer neuen Stadt) hatte sein beschlagenes Schaufenster mit klassischem (altem, aber altbewährtem) Lametta behängt, und an der Metzgerei hing ein mit Lichterketten überspanntes Schild mit der Aufschrift »Jetzt vorbestellen«, dem eine Truppe von Cancan tanzenden Truthühnern Nachdruck verlieh. Sie waren zwar nicht so grell wie in London, dafür erinnerten die dezenten rot-blau-grün-gelben Glühbirnen und die langen Stränge mit stechpalmengemusterten Girlanden an freundlichere Zeiten, als Weihnachten noch Familienzeit bedeutete und nicht, dass man wildfremde Leute überrannte, um ein Black-Friday-Angebot zu ergattern.

Eigentlich hätte es sie fröhlich stimmen müssen, dass sie an einen Ort zog, wo die wahre Weihnachtsbotschaft noch mehr zählte als irgendwelche schrillen Dekokränze. Doch ehrlich gesagt: Sie war einfach nicht in Weihnachtsstimmung. Sonst war sie immer die Erste, die den Mistelzweig aufhängte, doch dieses Jahr? Eher nicht. Diesmal konnten die Misteln ihr gestohlen bleiben.

Endlich hatte sie es geschafft, ebenfalls nur zentimeterweise an dem langen Lastwagen vorbeizufahren, den die Abbildung eines altmodischen, an einer Toastscheibe kauenden Weihnachtsmanns schmückte. In ihrem Blickfeld erschien das Kino. Sie warf einen Blick auf die Plakate. *Ist das Leben nicht schön?* wurde gespielt.

Was denn sonst. Aber jetzt mal ehrlich: War ihr Leben wirklich so schön?

Neues Zuhause, neuer Job, sogar ihre Frisur war neu. Ausreichend Gründe, um in Freudentaumel zu verfallen, aber sie spürte diese Freude einfach nicht. Nachdem ihr vor 367 Tagen (ja, sie zählte jeden Tag) buchstäblich jegliches Vertrauen aus dem Leib gerissen worden war, konnte sie ihren Lieblingsfeiertag nicht mehr so schön finden, geschweige denn ihr gesamtes Leben. An Weihnachten ging es ja nicht mehr um Freude oder Großzügigkeit oder darum, Leute ins Herz zu schließen. Auf jeden Fall nicht in London. Dort fühlte sich die Weihnachtszeit eher an wie ein Wettbewerb, nach dem Motto, wer hat die modernste Deko, die teuersten Geschenke und die meisten Kopierraum-Quickies auf den angesagtesten Betriebsweihnachtsfeiern. Vorausgesetzt, man war eingeladen worden. Was nicht der Fall gewesen war.

Sie konnte wenigstens versuchen, den Monat zu mögen. Dezember konnte ja nichts dafür, dass Weihnachten war. Dezember war eigentlich ihr Lieblings-Mode-Monat und verhieß immer, endlich die Wintersachen anziehen zu können. Das Outfit für den Umzugstag hatte sie sorgfältig zusammengestellt, schließlich wollte sie einen guten ersten Eindruck machen. Sie trug einen Strickpulli mit Fuchsmotiv, dessen Ohren frech unter ihrer dicken Cord-Latzhose herausragten, die über den sehr praktischen Chelsea-Stiefeln mit weißem Kunstpelzbesatz hochgekrempelt waren, außerdem eine scharlachrote Strickmütze mit einem riesigen, flauschigen Schneeballbommel. Den nagelneuen Schlüsselbund hatte sie in der Tasche ihrer Ich-wohne-fast-auf-dem-Land-aber-nicht-wirklich-Wachsjacke verstaut, die ihre Eltern ihr als Weihnachtsgeschenk im Voraus überreicht hatten, weil sie an den Feiertagen selbst nicht da sein würden. Das hatte es noch nie gegeben.

Fakt war, dieses Jahr ging es mehr darum, Weihnachten hinter sich zu bringen, als sich dafür zu begeistern. Sie hatte eine Menge zu organisieren, putzen und auszupacken, und ehe sie sichs versah, würde der Dezember vorüber sein, und im neuen Jahr konnte sie dann offiziell damit beginnen, jeden einzelnen Monat genauso sehr zu lieben wie ihr Leben in der Christmas Street.

Das würde sie sich zumindest einreden.

Während sie an den Ladenbesitzern vorbeifuhr, die gerade

ihre Türschilder zu »Geschlossen« umklappten, ging sie ihren Tagesplan im Kopf durch. Jess liebte Pläne.

Sobald sie ihr neues Zuhause endlich erreicht hätten, würde sie den Umzugshelfern helfen, ihr Sammelsurium an Habseligkeiten (zur Hälfte den Eltern abgeluchst, der Rest von Ikea) hineinzutragen. Das würde sie nicht nur mit Endorphinen füllen, sondern auch die Umzugskosten reduzieren; sie musste bis Januar auf ihr erstes Gehalt warten und sparte, wo sie nur konnte. Und nachdem der Wagen geleert war, würde sie den Umzugsmännern zur Feier des Tages eine Tasse heißer Schokolade servieren (die bereits in einer Thermoskanne auf dem Beifahrersitz neben einem Karton mit drei Tassen und ein paar Süßigkeiten auf ihren Einsatz wartete), danach würde sie ihnen ein frohes Fest wünschen und ihnen selig hinterherwinken und endlich – mit zerzausten Haaren und noch erhitzten Wangen – die Eingangstür hinter sich schließen, sich erleichtert dagegenlehnen und verzückt ihr neues Heim betrachten. Dann würde es bereits an der Tür klingeln, sie würde öffnen und ein äußerst umwerfender (aber nicht zu umwerfender) Nachbar würde vor ihr stehen. Sein etwas eng anliegender Arbeitsoverall würde die Konturen seines wohltrainierten Diät-Cola-Pausen-Körpers erahnen lassen, an dem ein Werkzeuggurt locker von den sexy Hüften hing. Er würde verkünden, er sei von Beruf Bauarbeiter (oder Handwerker, an dem Punkt schwankte sie noch), und ihr anbieten, jedes Ikea-Möbelstück zusammenzubauen, ebenso wie den Schreibtisch und den Servierwagen, mit dem Bett würden sie bis zuletzt warten. Nachdem sie alles aufgebaut (und abgesehen von den ganzen Demütigungen des vergangenen Jahres auch fröhlich ihre Lebensgeschichten ausgetauscht) hatten, würde die ältere Dame, die im Reihenhaus gegenüber wohnte, mit einem Begrüßungskorb voller frisch gebackener, noch ofenwarmer Rosinenbrötchen auftauchen.

Bei nochmaliger Überlegung würde sie den Diät-Cola-Nachbarn dann doch wieder vor die Tür setzen und lieber die großmütterliche Nachbarin mit dem Leckereienkorb hereinbitten. Sie war Frau genug, selbst die nummerierten Nieten und Ösen zusammenzufügen, oder wie die Dinger hießen, die man zum Zusammenbau eines Bettes brauchte. Um Himmels willen, schließlich war sie Grundschullehrerin und hatte schon Weihnachtskrippen aus Toilettenpapierrollen und Lametta gebastelt. Da würde sie wohl auch ein paar Holz- und Metallteile zusammenstecken können, oder war ihr Selbstvertrauen schon so tief gesunken?

Oh! Ocado! Ihr Blick fiel auf einen Lieferwagen des beliebten Online-Supermarkts. Sie befand sich also nicht »am Ende der Welt«. Schnell machte sie sich eine mentale Notiz, später noch ihrer einzigen in London verbliebenen Lehrerkollegin Amanda eine SMS zu senden und ihr erleichtert zu versichern, dass sie auch hier jederzeit Zugang zu Meerfenchel, goldener Rote Bete und Aktivkohle-Ingwer-Shots haben würde. Nicht, dass sie jene Lebensmittel jemals dort bestellt hätte, aber Amanda hatte felsenfest behauptet, das Leben außerhalb Londons sei grauenvoll. Vor knapp einem Jahr hatten sie sich mit einer Abschiedsflasche Pinot betrunken, und damals hatte Amanda die verzweifelte Frage gestellt, wo Jess da draußen einen ordentlichen Cosmo-Cocktail finden könnte (der nicht in einer billigen Marks & Spencer-Dose serviert wurde). Als ihre beste Freundin hoffte sie noch, dass Jess zurückkehren und an einer anderen Elite-Schule neu anfangen würde. Aber es gab kein Zurück.

Außerdem hatte Amanda beim Cosmo nicht recht gehabt. Jess hatte sogar selbst Drinks gemixt, als sie sich nach ihrer unehrenhaften Kündigung im elterlichen Haus zurückgezogen hatte. Und sie musste zugeben, die Drinks hatten ihr richtig gutgetan. Und so leckte sie in unmittelbarer Nähe zum elterlichen Barschrank ihre Wunden, bis die Wodka- und Cointreau-Vorräte aufgebraucht waren. Und irgendwann verkauften ihre Eltern das Haus von einem Tag auf den anderen, nachdem es schon zwei Jahre ausgeschrieben war, weil *Zahnärzte ohne Grenzen* (#NichtDerRichtigeName) sie unter Vertrag genommen hatte. Wahrscheinlich waren sie jetzt schon auf den Marshallinseln gelandet und schmierten sich mit Sonnenschutzfaktor 90 ein, zogen die ersten Backenzähne und wühlten in Wurzelkanälen herum. Am Ende der Welt sozusagen, fernab von der Zivilisation, daher der Bedarf für zahnärztliche Versorgung.

Sie hatten davon gesprochen, möglicherweise ihre Pläne zu ändern. Oder sie eventuell mitzunehmen, wenn sie wollte. Sie waren sehr liebevolle und einfühlsame Eltern, aber ehrlich gesagt, Jess wollte lieber allein sein. Sie brauchte Zeit, um alles zu verarbeiten und neue Ziele zu formulieren. Und sie musste ihr erstes Weihnachtsfest ohne Eltern durchstehen, ohne Depressionen zu bekommen.

Die Kekspackung auf dem Beifahrersitz lachte sie immer noch an, sie zog sie aus der Kiste und riss sie auf. Wer behauptete, ein Wagon-Wheels-Keks würde das Leben nicht besser machen, wusste nichts vom Leben.

Jess runzelte die Stirn, als sie sich im Außenspiegel sah. Der Anblick war immer noch etwas ungewohnt. Ihr letzter und (einziger?) Versuch, aus London rauszukommen, hatte darin bestanden, Amandas Friseur aufzusuchen, um eine Ponyfrisur à la Claudia Winkleman oder Audrey Hepburn verpasst zu bekommen. Anschließend sah sie zwar weder der einen noch der anderen ähnlich, aber wenigstens kam nun das Glätteisen zum Einsatz, das ihre Mutter ihr geschenkt hatte, nachdem sie die Zivilisation und damit die Elektrizität hinter sich gelassen hatte. Sie hatte den Friseur ihrer besten Freundin nur aufgesucht, um sich zu revanchieren, denn Amanda hatte ihr einen Job vermittelt, mit dem sie den Monat bis zur neuen Anstellung überbrücken konnte. So arbeitete sie nun für ein Fachgeschäft für Bürobedarf, das aussagekräftige Kurzbeschreibungen für seine neuen Produkte im Frühlingskatalog brauchte. Und es bestand die Aussicht auf Folgeaufträge, wenn ihre Leistungen zufriedenstellend waren. Als Single hatte sie ohnehin keine abendlichen Dates, damit war ihr Fifty-Shades-of-Büroklammern-Schicksal besiegelt.

Der Umzugswagen fuhr zur Seite und eine aus dem Fenster ragende Hand gab ihr ein Zeichen vorbeizufahren. Jess überholte, und da erblickte sie zum allerersten Mal ihr neues Zuhause: Christmas Street 14.

Etwas Großes und Weißes klatschte gegen ihre Windschutzscheibe.

Was war das denn?

Mit einem Ruck bremste sie. Der Himmel über England war die ganze Fahrt über klar gewesen, doch offenbar war sie nun in einen heftigen Vorortschneesturm geraten. Sie sprang aus dem Auto, und schon traf sie etwas mitten ins Gesicht. Ein … Schneeball?

»Entschuldigung!«, rief eine männliche Stimme, während sie die eisigen Schneekristalle wegblinzelte. Der Schnee schien fest entschlossen, an ihrer Wimperntusche kleben zu bleiben, die sie für den unwahrscheinlichen Fall aufgetragen hatte, dass ein echter Nachbar auftauchen sollte, um sie willkommen zu heißen.

Sie erkannte einen Mann, während sie weiterhin die Schneeflocken wegwischte und vergeblich versuchte, ihr pochendes Herz zu beruhigen. Erst erblickte sie seine Schuhe, dann seine schicke Hose, seine feine Strickjacke und dann … hmmmm … er versuchte doch tatsächlich, sich das Lachen zu verkneifen. »Es tut mir so leid, wirklich«, sagte er in einem liebenswürdigen Singsang, der die etwas spezielle Begrüßung in ein etwas weniger schreckliches Licht rückte. »Wir wollten doch nur …«, er streckte die Arme aus, als ob er die Tore zu einem magischen Königreich aufstoßen würde – und irgendwie hatte er das auch.

Es schneite auf der Christmas Street. Große, bauschige Schneeflocken schwebten vom sternenklaren Himmel. Moment mal – sternenklar? Konnte es dann überhaupt schneien?

Da kam noch ein Mann angerannt – schlank, asiatischen Ursprungs und sehr gutaussehend. Er schlang den Arm um die Hüfte des anderen Mannes. »Um Gottes willen, es tut uns furchtbar leid.« Sein Blick fiel auf den Lieferwagen, der mit laufendem Motor hinter Jess' Wagen ausharrte. »Sind Sie die Neue in Nummer 14?«

»Ja?«

Jess kannte die Antwort, wieso klang es dann wie eine Frage?

»Wir sind Kai und Rex«, erklärte der zweite Mann mit einer schwungvollen Geste. »Rex ist wirklich sehr ungeschickt. Ich hoffe, Sie haben die stürmische Begrüßung unbeschadet überstanden. Wir werden Blumen schicken. Uns gehört das Blumengeschäft, also versuchen Sie nicht, uns davon abzuhalten.

Könnten Sie Ihr Auto noch die Straße hinunterfahren? Es ist alles ein bisschen …« Er zeigte in Richtung der gut beleuchteten Einbahnstraße, die bereits in Schnee versunken schien. Die Dächer ausgenommen. Und ein paar Gärten. Genauer gesagt waren die meisten Gärten schneefrei. Wieso schneite es ausschließlich auf die Straße?

»Hi, hallo, Süße. Sie müssen Jess sein. Green, Jess Green, richtig?«

Eine attraktive schlanke Frau mit australischem Akzent schloss sich dem Willkommenskomitee an. Sie hatte glänzendes, schwarzes Haar, tannenfarbene Augen und einen makellosen Teint wie Schneewittchen. Sie sah aus, als wäre sie gerade aus einem Katalog für Winterkleidung geklettert. Sie war von dem Schlag, der Schneeballschlachten lustig fand und nicht sofort wie Jess einen eiskalten Überfall darin vermutete.

Die Frau reichte ihr die Hand. »Drea. Drea Zamboni. Ich wohne in der Nummer 1.« Sie zeigte auf eine Ziegeldoppelhaushälfte, direkt gegenüber von Jess' Parkplatz. Eine riesige Schneemaschine stand auf dem Gehweg vor dem briefmarkengroßen Vorgarten und wirbelte in hohem Bogen enorme Mengen glitzernder Schneeflocken über ihre Köpfe. Drea legte die Hand auf Jess' Arm. Ihre frisch manikürten Nägel zierten Weihnachtsmotive. »Ich habe die Immobilienmaklerin bestochen, damit sie mir deinen Namen verrät.« Sie winkte und schenkte Jess ein Lächeln, das man durchaus als verhängnisvoll bezeichnen könnte.

Jess spürte ein ungutes Gefühl im Bauch. Das hier war ein großer Irrtum. Noch konnte sie einen Rückzieher machen, bevor sie entdeckte, dass alle Nachbarn Vampire oder Zombies waren, oder noch schlimmer. Beutelmäuse zum Beispiel. Sie hätte lieber nicht eine *Game-of-Thrones*-Folge nach der anderen schauen sollen, bevor sie aufgebrochen war.

»Reingelegt.« Drea lachte. »Ich musste sie gar nicht bestechen. Ihr saß das Mundwerk so locker wie die Unterhose einer Nonne am zweiten Weihnachtsfeiertag.«

Jess wollte gerade entgegnen, sie sei recht sicher, dass dies kein gängiges Sprichwort sei, da lief Drea zu Hochform auf.

»Tut mir leid mit dem ganzen Tamtam. Du bist natürlich auch herzlich eingeladen –«, sie hielt eine Flasche australischen Chenin Blanc hoch und grinste: »Wir bestehen sogar darauf.«

Jess schüttelte den Kopf und konnte kaum fassen, was in jener »ruhigen, friedlichen Sackgasse« los war, die ihr bei der Vertragsunterzeichnung versprochen worden war.

Eine Schneekanone, eine Australierin namens Drea, Rex und Kai, die Floristen … und der Rest der Straße schienen sich eine Dauerschneeballschlacht zu liefern, die vor nichts haltmachte.

O nein.

»Komm schon.« Dreas grüne Augen waren auf Jess gerichtet, als sie mit den Fingern schnippte, um den Männern unmissverständlich klarzumachen, sie sollten den Rückzug antreten. Was sie auch sofort taten. Wer *war* diese Frau? Und warum hatte sie solche Macht über die Nachbarschaft? »Ich weiß, es kommt dir jetzt alles ein bisschen sonderbar vor, aber es ist wirklich nur Spaß.«

»Entschuldigung, aber ich verstehe nicht?«

Dreas Lächeln wurde noch breiter, dann verkündete sie strahlend: »Heute beginnt der erste lebende Adventskalender auf der Christmas Street.«

»Und das bedeutet …?«

»Das hier ist die Christmas Street, oder?«

»Ja schon …« Jess' Antwort kam zögerlich, denn sie war immer noch unsicher, worauf das hinauslaufen sollte.

»Und hier gibt es vierundzwanzig Häuser …« Drea stockte kurz und nickte ihr kurz zu, in der Hoffnung, der Groschen würde endlich fallen. Doch das war nicht der Fall, also holte Drea zu einer Erklärung aus. »Ursprünglich sollte jeder ein Türchen basteln und in sein Fenster stellen, aber dann habe ich vorgeschlagen, dass wir tatsächlich unsere Türen füreinander öffnen. Wie richtige Nachbarn, oder? Wie in *Neighbours*. Alle denken ja immer, das Leben in Australien sei wie in dieser Fernsehserie.«

Jess zog die Augenbrauen hoch. Irgendwie wäre das cool. Sie schaute sich um und stellte sich vor, wie Susan und Karl bereits Gewehr bei Fuß standen, um das nächste Schneeballschlachtopfer zu sichten.

»Ist zwar nicht so«, sagte Drea mit Nachdruck, »aber es ist um einiges nachbarschaftlicher als hier. Deswegen dachte ich, ich bringe etwas australische Fröhlichkeit in die Christmas Street. Alles klar, Süße?« Ihre Stimme nahm den munteren, aber strengen Tonfall einer Stewardess an, die den Passagieren am Notausgang erklärt, wie sie im Falle einer Notlandung die Türen öffnen können und dass sie auf keinen Fall mit Stöckelschuhen die aufblasbare Rampe hinunterrutschen dürfen. »Der Plan ist: Jedes Haus bereitet an einem Tag bis Weihnachten eine kleine Überraschung vor, und wir öffnen jede Tür wie bei einem richtigen Adventskalender.«

Jess schüttelte den Kopf. Sie hatte immer noch nicht ganz verstanden.

Drea drehte Jess zur Straße hin und drückte ihren Daumen

auf Jess' Knöchel, als würde sie die Fernbedienung für eine PowerPoint-Präsentation anklicken. »Vierundzwanzig Häuser, vierundzwanzig Tage bis Weihnachten. Vom Ersten bis zum Vierundzwanzigsten öffnet jeweils das Haus mit der entsprechenden Nummer seine Tür und hält eine Adventsüberraschung bereit, Schokopralinen, Puppen oder Qualitätswodka. Feuchtfröhlich und locker vom Hocker, alle wissen, was sie zu tun haben, der Spaß kann also losgehen!«

Jess schwieg. Sie wusste nicht, wie sie darauf reagieren sollte. Sie hatte ihre Londoner Nachbarn kaum gegrüßt, geschweige denn die Tür für sie geöffnet. Das Credo »Sei-nicht-zu-nett-zu-deinen-Nachbarn« war nach zehn Jahren schwer abzuschütteln. Vor allem, weil diese Nachbarin so hundertprozentig aufs Gegenteil pochte. Doch es sah tatsächlich so aus, als hätten alle ihren Spaß.

Drea erzählte auf ihre aufmunternde, aber recht trockene Art weiter. »Ich bin die Nummer 1, wie ich schon sagte. Deswegen die Schneemaschine, um gleich die richtige Atmosphäre zu schaffen, und ...«, sie zeigte auf die Türschwelle, wo ein Grill vor sich hin qualmte, »es gibt tonnenweise Garnelen, um uns – besser gesagt *mich* – an die Heimat zu erinnern. Schließlich wächst man mit bestimmten Weihnachtstraditionen auf, oder nicht?«

Jess war mit der Familie und Mince Pie aufgewachsen, und einer Socke, in der immer eine Schokoladenorange steckte. Musste sie deswegen jetzt allen Anwohnern eine Orange aus Schokolade servieren?

»Du hast Hausnummer 14, also noch zwei Wochen Zeit, dir etwas Lustiges zu überlegen.« Drea sagte das in einem Ton, als hätte sie ihre Orangenschokoladengedanken gelesen und keinen Geschmack daran gefunden.

»Zwei Wochen …«, wiederholte Jess, während sie auf die Straße starrte – *ihre* mit Schnee gesprenkelte, leuchtende neue Straße, in der die Nachbarn lachend Schneebälle nacheinander warfen. Und da spürte sie plötzlich den ersten Anflug jenes magischen Weihnachtsgefühls, das sie eigentlich letztes Jahr für immer begraben hatte, dachte sie zumindest.

Da kam schon der nächste Schneeball geflogen. Diesmal erwischte er sie am Knie.

»Tut mir leid, Schätzchen!«, schrie Rex, während er Kai mit erhobenem Zeigefinger und einem Augenzwinkern zurechtwies: »Sei nett zu unserer neuen Nachbarin! Santa schreibt sich das alles auf.«

»Komm schon, meine Liebe. Mach mit. Du gehörst doch jetzt dazu.« Drea legte einen Arm um Jess und erhob mit dem anderen die Weinflasche zu einem Toast: »Du bist jetzt eine von uns!«

Gerade als Jess die erste Stufe der Treppe ins Obergeschoss betreten hatte, um in ihr noch nicht aufgebautes Bett zu gehen, klingelte es an der Tür. Sie erstarrte und zog erschrocken die Schultern hoch. Wer auch immer das war, schien nicht zu kapieren, dass es bereits Schlafenszeit war. Es war ein langer Tag gewesen. Die letzten Dinge einpacken, *Game of Thrones* schauen, während sie auf die Umzugshelfer wartete, den neuen Besitzern ihres Elternhauses die Schlüssel übergeben, dann die Fahrt nach Boughton und den Transporter leeren und schließlich die Schneeballschlacht, bei der sie mindestens eine Million Kalorien verbrannt hatte.

Es klingelte erneut.

Sie hatte sich doch gewünscht, dass die Nachbarn bei ihr

ein und aus gingen. Ihre neue Nachbarschaft übertraf schon jetzt all ihre Erwartungen. Sie hatte sich sogar der Schneeballschlacht angeschlossen, und die Umzugshelfer hatten ebenfalls mitgemacht. Dann hatte sie ein paar von Dreas köstlichen, in Butter und Knoblauch gegrillten Garnelen genossen (Australier verstanden wirklich etwas von Garnelen) und ein paar Gläschen geschlürft, bis sie so sehr in Weihnachtsstimmung gekommen war, dass sie mithalf, einen Schneemann zu bauen. Natürlich wollte sie beweisen, dass sie eine gute Nachbarin war.

Als die Eltern allmählich begannen, ihre Kleinen ins Bett zu tragen, und die leeren Weinflaschen klirrend im Glascontainer landeten, bildeten etwa fünfzehn Leute hinter dem Umzugswagen eine Kette (Drea hatte das organisiert, wer denn sonst), und ruck, zuck standen Jess' Habseligkeiten sorgfältig gestapelt im Wohnzimmer, abgesehen von ihrem Bett, das bereits im Schlafzimmer war. »Buße muss wehtun, Schätzchen«, hatten Kai und Rex gemurmelt, als sie Jess' Matratze und den Bettrahmen nach oben zerrten.

Als sie die Tür öffnete, hoffte sie, der Diät-Cola-Nachbar hätte vielleicht doch noch den Weg zu ihr gefunden, mit dem Schraubenzieher in der einen und dem Durstlöscher in der anderen Hand, um ihr beim Aufbau des Bettes zu helfen.

Es war Drea.

»Ich hoffe, wir haben dich nicht abgeschreckt, Darling.« Drea hob ihr halbvolles Weinglas hoch und prostete ihr vorsichtig zu: »Herzlich willkommen in der Christmas Street?«

In ihrer Frage lag ein Hauch von Unsicherheit, die Jess' anfängliche Sorge, Drea wäre zu furchteinflößend, um ihre Freundin sein zu können, sofort wegfegte.

»Danke«, sagte Jess. »Toll, wie alle mitgeholfen haben.«

»Schön, dass du das sagst. Ich weiß, ich kann manchmal ein bisschen – na ja.« Drea machte ein Geräusch und eine Geste, die Jess als »direkt sein« interpretierte. Nun sah Jess die vorher nur flüchtig wahrgenommene Unsicherheit klar und deutlich in Dreas Gesicht geschrieben, und zwar so deutlich, dass sie den Drang verspürte, ihre neue Nachbarin in den Arm zu nehmen.

Doch da spürte sie wieder diesen Stich, der den Impuls im Keim erstickte und sie schmerzlich daran erinnerte, in welch missliche Lage sie ihre spontane Reaktion in der Vergangenheit gebracht hatte. Diesmal würde sie sich zusammenreißen.

Sie entschied sich für die britische Verbalvariante einer Umarmung und fragte: »Geht's dir gut?«

»Klar, super, danke. Es ist nur … wegen Weihnachten.«

Wie bitte? Bis dahin waren es doch noch vierundzwanzig Tage.

»Ich liebe Weihnachten über alles«, sagte Drea, während sie an den Türrahmen gelehnt den Schneemann in Jess' Vorgarten betrachtete. Seine Arme waren fest in die Seiten gestemmt, doch seine Möhrennase hing schon ein wenig schief in der gar nicht so kalten Dezemberluft.

»Fliegst du eigentlich über die Feiertage nach Hause? Ich meine, nach Australien?«

»Was? Ich? Nein.« Drea würdigte sie kaum eines Blickes, ihre Augen ruhten auf Herrn Frost. »Nein, ich bin jetzt hier zu Hause.«

»Oh, wirklich? Dein Akzent hört sich …«, Jess suchte nach dem richtigen Wort, »frisch an.«

Drea lachte. »Ach, weißt du, wenn man mit einem bestimmten Akzent aufwächst, ist es schwierig, ihn einfach abzulegen.

Und außerdem. Die Briten lieben ihn. Und meine Branche auch. Ich bin eine waschechte Australierin, aber jetzt lebe ich hier. Seit vier Jahren mittlerweile. Meine Firma ist hier. Mein Haus. Nur mein Sohn fehlt mir.«

Der Schmerz in Dreas Augen brach Jess das Herz.

»Oh!«, sagte Jess angesichts der Unmengen an Fragen, die nun nach Antwort schrien.

»Er ist schon erwachsen«, fuhr Drea fort. »Vierundzwanzig Jahre alt. Arbeitet in einer Anwaltskanzlei. Eigene Wohnung in Melbourne. Tattoos. Surfbrett. Feste Beziehung. Er lebt seinen Traum.« Den letzten Satz flüsterte sie so, als könnte sie sich das absolut nicht vorstellen.

»Also, ich möchte dir nicht zu nahe treten, aber du siehst nicht so aus, als hättest du einen vierundzwanzigjährigen Sohn.« Sie meinte, was sie sagte. Drea sah wie Anfang vierzig aus. Höchstens. Und Jess war gut im Schätzen. Sie hatte es immer mit den anderen Lehrerinnen auf dem Pausenhof gespielt. Wer gewann, durfte zuerst in die Pralinenschachtel greifen, die einer der alleinstehenden Väter einmal pro Monat als Dankeschön vorbeibrachte, weil sie tagsüber auf seine Kinder aufpassten, was eigentlich sein Job war, aber egal. Wer konnte einer leckeren Praline schon widerstehen?

»Teenager-Braut«, sagte Drea mit einem traurigen Lächeln.

»Wirklich?«

»Ach was«, spottete Drea und lächelte wieder. »Ich war zwar mit sechzehn schwanger, aber diesen Versager hätte ich nie geheiratet. So, jetzt lasse ich dich aber mal in die Heia gehen. Morgen kommt Nummer 2 dran.« Sie zeigte Richtung Straßenanfang, wobei sie ein wenig Wein verschüttete. »Hoppla! Zu viel Vino für Drea. Also, Schätzchen. Ich hau mal ab. Ich glaube, morgen geht's um halb 8 los. Auf keinen Fall verpassen.« Sie formte mit Zeige- und Mittelfinger ein Victory-Zeichen und zielte erst auf ihre und dann auf Jess' Augen. »Willkommen in der Nachbarschaft.«

»Danke, vor allem für den unvergesslichen Empfang«, sagte Jess aus tiefster Überzeugung, denn sie hatte einen wundervollen Start in ihr neues Leben gehabt.

Drea hatte sich bereits umgedreht, winkte ihr noch über die Schulter zu, stolperte diagonal über die Straße und rutschte auf einem Schneerest aus. Als ihr klar wurde, dass Jess ihr nachblickte, rief sie: »Keinen einzigen Tropfen verschüttet!«, und kippte den restlichen Wein hinunter, bevor sie in ihrem Haus verschwand.

Einige Minuten später hatte Jess ihre Bettdecke aus einer der Umzugskisten gefischt, sogar ein Kissen gefunden, und lag nun zufrieden lächelnd auf ihrer Matratze neben den Bettrahmenteilen. Der Tag war zwar anders verlaufen als geplant, aber besser als erwartet. Vielleicht war es gar nicht so schwer, zu lernen, wieder auf ihr Bauchgefühl zu vertrauen.

2. Dezember

Jess ließ die Stirn auf die Kühlschranktür sinken. Keine Milch. Kein Brot. Nichts Essbares. Der ursprüngliche Plan hatte vorgesehen, nach Abzug der Umzugshelfer kurz in den Laden zu flitzen und ein paar Kleinigkeiten zu besorgen. Ein weiterer, noch viel wichtigerer Teil dieses Plans war, den Kaffeebereiter auszugraben. Doch wie die Dinge standen, gab es nur drei mit Kakaoresten verschmierte Tassen und ein paar Wagon-Wheels. Immerhin.

Es klingelte an der Tür.

Wie bitte? So früh? Sie schielte auf ihr Handy: 7 Uhr. Es war noch dunkel draußen.

Dieses Ich-klingle-kurz-und-schau-mal-nach-meiner-neuen-Nachbarin war ja gestern Abend in Ordnung gewesen, aber schon wieder? Drea schien etwas traurig und vermisste ihren Sohn, was Jess durchaus nachvollziehen konnte, schließlich war sie das gesamte letzte Jahr ebenfalls deprimiert gewesen und hatte ihr altes Leben vermisst. Deswegen war sie dankbar, dass die neuen Nachbarn ihr bisher keine Zeit gelassen hatten, darüber nachzudenken, welch große Veränderung der Umzug für sie eigentlich bedeutete. Aber 7 Uhr morgens? Sie war noch im Schlafanzug, nicht gekämmt, und vor allem hatte sie noch keinen Kaffee getrunken.

Es klingelte erneut.

Sie überlegte kurz, in der Küche hocken zu bleiben. Sie wollte niemanden sehen. Letzte Nacht war eine Ausnahme gewesen. Sie brauchte diesen letzten Monat des Jahres dringend, um in mönchischer Abgeschiedenheit herauszufinden, ob sie das Richtige getan hatte.

Die Türklingel schrillte noch einmal.

Vielleicht war es der Briefträger. Ihre Eltern hatten ein Paket angekündigt. Sie schlurfte in ihren Einhornpantoffeln zur Eingangstür. Die Sohlen quietschten auf den viktorianischen Fliesen. Ihr Ex hatte sich so lange über ihre Hausschuhe lustig gemacht, bis sie die Pantoffeln wegpackte, samt allen anderen Klamotten, die er für nicht repräsentativ hielt. Erst als sie alles sorgfältig in den Umzugskisten verstaute, erinnerte sie sich wieder daran, wie sehr sie die Pantoffeln mit dem Einhornmotiv liebte. Seitdem hatte sie die Hausschuhe jeden Tag getragen. Sozusagen als nachträgliche Revanche. Wie konnte er's wagen!

Hinter den Buntglasscheiben konnte sie zwei Schatten erkennen. Sie blieb stehen. Briefträger arbeiten doch nicht zu zweit? Sie starrte die Tür an, als ob sie eine Antwort von ihr erwartete. Die bunte Scheibe in der Mitte hatte ihr gleich gefallen. Die roten, grünen und goldenen Diamanten, die das rechteckige längliche Design durchzogen, hatten es ihr besonders angetan. Die leuchtende Eingangstür, der Straßenname und die Nähe zur Grundschule, an der sie unterrichten würde, hatten sie zum Kauf bewegt. Sowie die Lage am äußersten Ende der Sackgasse. Das Haus war älter und größer als die anderen. Graues Schieferdach und Ziegelmauern in einem warmen Rotton zwischen karamellisierter Butter und Rehfarben. Im Obergeschoss drei viereckige Schiebefenster mit weißen Rahmen, zwei unten. Eine salbeifarbene Tür unter einer schmalen Verandaüberdachung mit je einem Schornsteinaufsatz an beiden Enden. Das i-Tüpfelchen bildete ein weißer Lattenzaun um die makellos geschnittene Buchsbaumhecke, die zwei vollkommen quadratische Beete einrahmte. Die umgegrabene Erde schien es kaum erwarten zu können, in ein viktorianisches Blumenmeer verwandelt zu werden. Das Grundstück erinnerte sie ein bisschen an das alte Bauernhaus in der Fernsehserie *Emmerdale* (die ihre Eltern immer gern gesehen hatten) oder an einen Ort, wo Lizzy Bennet aus *Stolz und Vorurteil* leben würde.

Noch einmal klingelte es, als sie die Tür mit einem nicht ganz so charmanten »Ja, bitte?« endlich aufriss.

»Hallo, Schätzchen!«, lächelte ihr Kai entgegen. Eine Haarsträhne fiel ihm in die Augen, während er eine Milchflasche mit Silberdeckel vor sich schwenkte, in der anderen Hand hatte er eine jener traditionellen Dosen von Betty Harrogate, auf der in altmodischer Schrift das magische Wort »Kaffee« stand. »Wir wollten nur sichergehen, dass du ein gutes Frühstück bekommst, und uns außerdem gebührend für die gestrige Schneeballattacke entschuldigen.«

Rex nickte zustimmend. »Normalerweise heißen wir unsere neuen Nachbarn nicht mit Schneebällen willkommen. Wie wär's, wir fangen einfach noch mal von vorn an?«

Kai wartete ihre Antwort gar nicht ab. »Wir haben dir die Nummer des Milchboten auf den Flaschendeckel geschrieben, falls du an einer Bestellung interessiert bist. Oder bist du eher Teetrinkerin? Ich könnte schnell noch Tee besorgen, wenn du magst.«

Jess lächelte, und ihre schlechte Laune war im Nu verflogen. »Kaffee ist perfekt. Und bitte verzeiht meinen morgendlichen Aufzug. Umwerfend, oder?« Sie stemmte die Hände in die Hüfte, schob sie keck zur Seite und warf ihr Haar über die Schulter, als würde sie jeden Morgen Gäste im Schlafanzug empfangen.

Kai schnalzte anerkennend mit der Zunge. »Wir wissen sehr wohl, wie früh es ist, und eins sage ich dir, Schätzchen, wir haben hier schon alles gesehen.«

Rex zog gebieterisch die Augenbraue hoch: »Haben wir das?«

»Natürlich nicht, mein Schatz. War nur ein Scherz. Aber du weißt doch am besten, dass man etwas dafür tun muss, um morgens so gut auszusehen.« Er hielt die Milchflasche an seine Wange und hob sein Kinn, so dass das warme Verandalicht seinen Teint erstrahlen ließ.

Er reichte ihr die Milch und hielt dann die glatte Handfläche wie einen Fächer ans Gesicht: »Erst rasieren. Dann ein Peeling. Danach das Augengel. Feuchtigkeitscreme. Anti-Müdigkeits-Serum und zum Schluss Sonnenschutz. Sogar im Winter. Und natürlich frisiere ich mich auch.«

Er wollte gerade zu einem ausführlichen Bericht über seine Morgenroutine ansetzen, da unterbrach Rex den Redefluss. »Liebling, wir könnten den ganzen Tag plaudern. Aber jetzt lassen wir die arme Frau erst mal ihren Kaffee trinken und die restliche Heizungswärme genießen, die in ihrem Haus verblieben ist, okay?«

Rex hielt einen wahnsinnig schönen, mit ganzen Granatäpfeln, getrockneten Orangenscheiben und Zimtstäbchen geschmückten Adventskranz in den Händen. Er duftete genauso wundervoll, wie er aussah. In London hätte so ein Kranz bestimmt über 100 Pfund gekostet. Oder mehr. Und sie wäre nie im Leben auf den Gedanken gekommen, einen derart exklusiven Kranz zu kaufen, geschweige denn, an ihre Tür zu hängen (Leben in einer Musterwohnung erforderte anonyme Eingangstüren). Rex reichte ihr den Kranz und erklärte: »Ich musste heute früh sowieso in den Laden, um eine Lieferung entgegenzunehmen, und da dachte ich, der würde dein Haus gleich weihnachtlicher machen. Natürlich nur, bis du deine eigene Weihnachtsdeko ausgepackt hast.«

Jess' Lächeln schwand. Sie hatte bisher nur das Notwendigste aus den Kisten gezogen und nicht einen einzigen Gedanken an einen Weihnachtsbaum verschwendet. Ehrlich gesagt, hatte sie nicht vorgehabt, überhaupt irgendwelchen Schnickschnack aufzuhängen.

»Gefällt er dir nicht?«, fragten Kai und Rex. Ihr Tonfall klang besorgt, doch keiner von beiden runzelte die Stirn. Jess beschlich die Vermutung, dass ein gelegentlicher Schuss Botox möglicherweise zur Schönheitsroutine der beiden Herren gehörte.

»Ob er mir gefällt?« Endlich fand Jess die richtigen Worte: »Ich liebe ihn. Er ist wunderschön, und er wird Weihnachtsstimmung verbreiten.« Und sie womöglich von der Verpflichtung befreien, einen Weihnachtsbaum besorgen zu müssen.

Kai und Rex tauschten ein begeistertes Lächeln aus. Sie musste zugeben, die Vorstellung, Kai und Rex als Nachbarn zu haben, erfüllte sie mit einem wohlig warmen Gefühl, und sie bereute, dass sie zuvor so abweisend gewesen war. Vielleicht waren die beiden ja die sehnlichst erwarteten Diät-Cola-Models?

»Ich denke, du könntest die Immobilienmaklerin jetzt bitten, das hier zu entfernen.« Rex deutete auf das »Zu verkaufen«-Schild, das bereits mit einem knallroten »Verkauft«-Etikett überklebt worden war.

»Ja, natürlich. Steht ganz oben auf der Liste«, witzelte Jess, obwohl sie gar nicht sicher war, ob sie es entfernen lassen wollte. Auf jeden Fall nicht sofort. Auch wenn diese Jungs toll waren und Drea ihr eine wundervolle Adventskalendernacht beschert hatte, gab ihr das »Zu verkaufen«-Schild am Gartentor das Gefühl, dass sie immer noch eine Wahl hatte. Das war zwar nicht der Fall, aber im Augenblick fühlte sie sich ein bisschen so, als würde sie auf einem Maskenball eine andere Person spielen. Eine selbstbewusste, unbeschwerte, Garnelen verschlingende, Schneeball werfende Hofnärrin. Doch was, wenn sie herausbekämen, wer sie wirklich war? Eine gedemütigte Grundschullehrerin, die von einer Elite-Schule gefeuert worden war, weil sie angeblich ein Kind angegriffen hatte? Wären sie dann immer noch so freundlich? Schnell versuchte sie, die trüben Gedanken zu verscheuchen: »Und in welchem Haus wohnt ihr?«

»In der 11«, sagte Kai und zeigte auf ein Einfamilienhaus schräg gegenüber. Dann schob er den Adventskranz wie einen riesigen Reif auf Jess' Arm und drückte ihr die Kaffeedose in die Hand: »Schau einfach vorbei, wenn du etwas brauchst. Du bist immer willkommen!«

»Außerhalb der Geschäftszeiten allerdings«, fügte Rex hinzu und drückte entschuldigend Jess' Arm. »Tut mir leid, Schätzchen. Wir haben um diese Jahreszeit besonders viel im Laden zu tun, aber wir sind *immer* für dich da. Wir sollten jetzt auch langsam los, um die Haufen von Stechpalmen und Mistelzweigen zu versorgen – brauchst du vielleicht noch Misteln?«

»O nein«, rutschte es ihr etwas zu schnell heraus.

Rex, der gar nicht beleidigt schien, tippte auf seinen Nasenrücken. »Na ja, einfach Bescheid sagen, wenn du es dir anders überlegst.«

»Das werde ich sicher nicht«, sagte sie düster. Sie und Martin waren nicht gerade im Guten auseinandergegangen. Und sie musste erst einmal allein klarkommen, bevor sie sich wieder den Herzensdingen zuwenden konnte. Jedenfalls war nun der ideale Zeitpunkt, ein Frösteln vorzutäuschen: »Ich sollte das Haus nicht vollständig auskühlen lassen.«

Sie winkten sich etwas verkrampft zum Abschied zu, nachdem die Begeisterung für das Einstandsgeschenk nach Jess' knappen Antworten ein wenig untergegangen war. »Nochmals vielen Dank!«, rief sie dem Paar nach, während es den kurzen Weg zum Gehsteig hinunterlief. »Wir sehen uns heute Abend?«

Sie drehten sich um und strahlten wieder: »Ich glaube, es fängt um halb acht an.«

»Und was gibt's heute? Vielleicht eine Lektion in ›Wie baue ich einen Iglu‹?«, sagte Jess in einem allerletzten verzweifelten Versuch zu beweisen, dass sie eigentlich witzig war. »Oder: Wie zähme ich ein Rentier?«

Kai und Rex lachten tatsächlich.

»Du kannst davon ausgehen, dass es etwas ruhiger zugehen wird als bei Drea. Sie war noch nie jemand für die leisen Töne«, ergänzte Kai hinter vorgehaltener Hand.

Sie winkten ein letztes Mal, stiegen dann in ihren stechpalmenroten Range Rover und rauschten die Straße hinunter.

Okay! Kaffee und Milch waren jetzt im Haus. Höchste Zeit, die Umzugskisten im Flur auszupacken.

Als Jess das nächste Mal hinaussah, war es schon dunkel.

Ihr Herz machte Freudensprünge beim Anblick der beleuchteten, aber menschenleeren Straße. Von ihrem Schneemann waren nur noch ein Schneehäufchen und eine Pfütze übrig, in der die zwei Kohlenbrikettaugen herumschwammen. Hatte sie die Öffnung des Kalendertürchens in Haus Nummer 2 etwa verpasst? Sie hatte sich den ganzen Tag darauf gefreut, Kai und Rex wiederzusehen, um ihnen stolz den Kranz vorzuführen, den sie an der Haustür aufgehängt hatte. Außerdem hatte sie gehofft, die Enttäuschung über ihre Eltern, die sich – *schon wieder* – nicht gemeldet hatten, in einem Gläschen Wein bei einem Pläuschchen mit Drea zu ertränken. Auch wenn die Dame ihr etwas Angst einflößte, nach einem langen Tag allein zu Hause brauchte sie unbedingt Gesellschaft. Bis zu ihrer Abreise hatten ihre Eltern sie auf Trab gehalten. Sie durfte eine Woche lang schmollen und Trübsal blasen, dann musste sie mit anpacken. Ihre Eltern teilten sie regelmäßig als Sprechstundenhilfe an der Rezeption ihrer Zahnklinik ein und brachten sie mit sanftem Druck dazu, ein bisschen Online-Unterricht zu geben, um das Vertrauen in ihre pädagogischen Fähigkeiten zurückzugewinnen. Als Jess wieder die Melancholie überkam, beauftragten sie die Tochter mit dem Einkauf von Dingen, die sie eigentlich gar nicht brauchten, oder sie stellten sie zum Zwiebelschneiden ab. Der heutige Tag hatte sie einmal mehr daran erinnert, dass nur sie selbst ihr Leben in die Hand nehmen konnte. Sie hatte die Nase voll von jener alten Jess und sehnte sich nach Gesellschaft. Sie brauchte dringend Luft zum Atmen. Wenn auch nur für eine Stunde.

Sie wühlte in den zerknitterten Zeitungen herum, in denen sie ihre Sachen eingepackt hatte. Da war ihr Handy endlich. Es war erst halb 7. Genug Zeit für ein Sandwich und eine Dusche. Im Geist ging sie schnell die Lebensmittel durch, die sie in der kurzen Mittagspause im nahe gelegenen Supermarkt eingekauft hatte, um zu entscheiden, was sie jetzt essen könnte. Wein auf leeren Magen tat ihr nicht gut, also musste sie eine Grundlage schaffen. Das Erste, was ihr in den Sinn kam, war das große Stück Cheddar. Sie könnte sich ein überbackenes Käsesandwich machen. Wie ihre Mutter, als sie noch klein war.

Brot, ordentlich Butter, Salz-und-Essig-Chips auf einer knusprigen Scheibe Käse –

Ihr Magen zog sich zusammen, als die Erinnerungen hochkamen. Vor ihr inneres Auge drängten sich wieder die Bilder vom Kinderspeisesaal an der St-Benedict's-Schule. Schnell zwang sie sich, ins Hier und Jetzt zurückzukehren. Ethan ging es gut. Gott sei Dank. Und Crispin? Wahrscheinlich spielte er sich gerade wieder vor einer armen nichtsahnenden Kunstlehrerin auf. Er war ja immer schon ein Tyrann gewesen. Na ja, das war jetzt nicht mehr ihr Problem.

Oder vielleicht doch?

Er hatte gelogen und dafür gesorgt, dass sie gefeuert wurde. Und vielleicht würde er es wieder tun? Sie hatte es als ihre moralische Verpflichtung empfunden, die Schulleitung über die Wahrheit aufzuklären, doch wohin hatte ihre Aufrichtigkeit geführt?

In die Christmas Street, erinnerte sie sich eindringlich, wo Santa Claus hoffentlich alle bösen und guten Taten gründlich vermerkt hatte, damit Jess nie wieder in eine so schrecklich peinliche Lage geraten würde.

Sie ließ ihren Frust an einer Zeitung aus, die sie zerknüllte und dann in die einzige Umzugskiste steckte, die sie noch nicht auseinandergerissen und in die nagelneue Altpapiertonne gesteckt hatte. Dann stellte sie sich mit dem Rücken zur Eingangstür und blickte stolz auf ihr Tagewerk.

Na ja … Es sah so aus, als hätte sie die abgelegten Möbel ihrer Eltern übernommen und ihr Mobiliar mit dem erstbesten Sofa erweitert, das sie auf Ebay ausfindig gemacht hatte. Und das entsprach ungefähr den Tatsachen.

Es schockte sie ein wenig, dass ihr die Einrichtung so egal

war. Sie war immerhin Kunstlehrerin. Eine schöne Umgebung war doch ihre Berufung. Deswegen war sie auch versucht gewesen, Kais und Rex' Adventskranz über den Sims ihres kleinen viktorianisch anmutenden Kamins zu hängen. Stattdessen hing dort nun ein Fingerfarbenbild von einem Kaninchen auf einem Einhorn, das ihr die Mutter eines Schülers eingerahmt und vom Kind signiert als Geschenk überreicht hatte, damals, als sie noch den Status der Lieblingslehrerin genoss.

Doch sie wollte nicht ungerecht sein. Das Sofa hatte eine überaus schöne blaugrüne Farbe und einen altmodischen Charme, der ihr gefiel. Es war lang genug, um darauf ein Nickerchen zu machen (wie ein erster Test gezeigt hatte), und tief genug, um darin zu versinken und ein Buch zu lesen. Man konnte auch mit dem Finger über den samtigen Überzug streifen und seinen Namen oder ein Herzchen hineinzeichnen, wenn einem danach war.

Der Nachteil war, dass es fast das halbe Wohnzimmer einnahm und zu beiden Seiten kaum Raum für einen Tisch blieb. Es passte auch zu keinem anderen Möbelstück im Wohnzimmer, weder zu dem alten Lederohrensessel ihres Vaters (mit den vielen Rissen, die unbedingt repariert werden mussten) noch zu dem kleinen Bücherregal, das so viele Kratzer und Macken hatte, dass es nicht einmal mehr in die Shabby-Chic-Kategorie passte und sich bereits rasant dem Sperrmüllstatus annäherte, noch zu dem kleinen dekorativen Kaktus, der sie an alles erinnerte, was sie hinter sich gelassen hatte.

Vielleicht sollte sie ein paar Bücher ins Regal stellen und eine oder zwei Decken über den Sessel legen. Dann würde es gemütlicher aussehen und wie ein Ort, an den sie nach einem langen Arbeitstag in der Schule gern zurückkehren würde, und nicht mehr wie ein Lagerraum für all die ungeöffneten Umzugskisten, einschließlich des großen Kartons mit dem Bürozubehör, für das sie (dank Amanda!) bis Ende des Monats Werbetexte verfassen würde.

Sie zog besagten Karton heraus und schleppte ihn in die Küche, während sie sich gut zusprach, dass sie den Kopf nicht hängen lassen dürfe, sondern stolz darauf sein müsse, wie weit sie es gebracht hatte. Noch vor einem Jahr hatte sie von morgens bis abends geweint, und zwar jeden Tag (und nicht nur wegen der Kaktusstacheln). Eine Woche später stand sie ohne Job da. Und noch zwei Wochen später hatte sie ihren Freund, ihr Zuhause und ihren gesamten Lebensplan verloren. Danach brauchte sie ein ganzes Jahr bei ihren Eltern, um ihr Leben wieder in den Griff zu bekommen. Und erst nach vielen bitterlichen Weinkrämpfen und sanften Motivationsreden ihrer Mutter konnte sie sich mit dem Gedanken an Online-Unterricht anfreunden, erst recht, es tatsächlich zu tun. Doch irgendwann war sie über den Berg und begann, sich wieder auf Stellen an sehr kleinen, sehr anspruchslosen Grundschulen zu bewerben, bis sie sich schließlich zutraute, das Angebot der Boughton Primary Academy anzunehmen. Sie lag in einem reizenden, kleinen Städtchen, nur eine Autostunde von ihren Eltern entfernt. Nicht so nah, dass sie auf den Gedanken gekommen wären, dass sie vielleicht klammerte, aber auch nicht so weit weg, dass sie nicht regelmäßig zum Sonntagsessen kommen könnte. Sie waren gemeinsam auf Häusersuche gegangen. Und dann hatte sie das kleine Haus in der Christmas Street gefunden, nur zehn Minuten zu Fuß von ihrer neuen Schule entfernt, was Jess gleich als ein gutes Zeichen gedeutet hatte. Als wäre das Leben endlich auf ihrer Seite.

Dann hatte *Zahnärzte ohne Grenzen* angerufen, und ihre Eltern beschlossen, dem Ruf zu folgen. Sie verkauften das Haus und boten ihr an, sich ihnen jederzeit anzuschließen, aber sie lebte schließlich nicht mehr im 18. Jahrhundert, wo sie nichts anderes zu tun gehabt hätte, als ab und zu ein Taschentuch zu besticken oder das Silber zu polieren, bis sie mit einer unvollendeten Sammlung Gedichte auf dem Nachttisch an Schwindsucht starb. Hier befand sie sich also, im reifen Alter von einunddreißig Jahren, bereit, noch einen Versuch zu wagen, endlich erwachsen zu werden.

Eine Stunde später hatte sie geduscht und alle Krümel des Hefeaufstrich-Sandwichs weggewischt, für das sie sich letztendlich entschieden hatte. Und bevor sie es sich anders überlegen konnte, schlüpfte sie in ihren Mantel und lief auf die Straße.

»Jess!«

Sie drehte sich um, als sie Dreas unverkennbare Stimme vernahm.

Lächelnd bahnte sie sich ihren Weg durch die plappernden Menschen, die sich abseits von ein paar Kindern, die versuchten, aus den Überresten von Frosty einen neuen Mini-Schneemann zu bauen, vor Haus Nummer 2 versammelt hatte.

»Hallöchen«, sagte Jess und winkte Drea und dem danebenstehenden Paar schüchtern zu.

»Hallo, Liebes. Freue mich sehr, dass du kommen konntest.« Drea drückte Jess ein Küsschen auf jede Wange. »Es sind richtig viele Leute gekommen. Sogar mehr als gestern Abend.« Ihre Augen glitten über die wachsende Menschenschar, während sie weitersprach, aber sie hielt Jess die ganze Zeit am Arm fest. »Wir warten noch ein paar Minuten, bis es losgeht, aber es sieht gut aus.« Plötzlich strahlte sie Jess an: »Na, möchtest du noch ein paar von deinen neuen Nachbarn kennenlernen?«

»O ja, gern.« Vor allem solche, die keine Schneebälle nach ihr warfen.

»Gut«, grinste Drea, »ich hätte dir sowieso keine andere Wahl gelassen. Also«, sie wandte sich demonstrativ dem Paar neben ihr zu. Sie waren etwa in ihrem Alter und auch erst vor kurzem hergezogen. Die zwei Kleinen im Restschnee waren ihre Kinder. Nach etwa zehn weiteren Vorstellungsrunden hatte Jess aufgegeben, sich Name oder Adresse aller Nachbarn zu merken, und beruhigte sich damit, dass sich das mit der Zeit finden würde.

»Und natürlich gibt's noch die Sloans in Nummer 2. Sie haben Drillinge, die keiner bändigen kann, aber die Kinder sind fantastisch. Und, alles gespeichert?«, fragte Drea trocken. »Das Quiz startet übrigens morgen um Punkt acht Uhr.« Sie lachte, bevor Jess die Gelegenheit hatte zu antworten. »Oho – ich glaube, die Show beginnt gleich.«

Jess blickte zu Haus 2 direkt gegenüber von Drea. Gerade wurde die Verandabeleuchtung angeschaltet.

»Ich glaube, jetzt geht's los«, sagte jemand.

»Sind das Lichtzeichen für den Weihnachtsmann?«, fragte eines der Kinder aufgeregt, was natürlich dazu führte, dass alle anderen Kinder ihren Eltern die gleiche Frage stellten.

»Sie wollen, dass wir mit dem Reden aufhören und still sind«, ertönte die Stimme eines Mannes in Anzug, der nicht aussah, als würde er sich gern unter seine Nachbarn mischen. Eine Frau, offenbar seine Gattin, zischte »Pssst, Giles« und richtete dann ihre volle Aufmerksamkeit auf die Haustür von Nummer 2, die in diesem Augenblick aufging. Ein Teenager, oder eher Tweenager, schwer zu sagen, tauchte auf. Er trug ein blinkendes Rentiergeweih mit rotem Näschen und machte ein sehr ernstes Gesicht. In den Händen hielt er eine riesige Schachtel, die in glänzend rotes Geschenkpapier eingepackt und mit einer altmodischen goldenen Schleife verziert war. Das Paket schrie geradezu nach Weihnachten.

»Ich hoffe, das ist für mich«, rief ein gut gelaunter Mann in einem dicken Parka.

»Du warst schon immer von der gierigen Sorte, John«, rief ein anderer zurück.

Drea zischte, um die beiden zum Schweigen zu bringen. Jess lächelte verstohlen. Mit Drea legte man sich lieber nicht an.

Wie aus dem Nichts kamen noch zwei Tweenager in identischen Kostümen herausmarschiert und hinterher ihre Eltern. Alle spielten auf Kazoos. War das »Jingle Bells«? Tatsächlich.

Als der Groschen fiel, nahm Kind Nummer eins den Deckel von der Schachtel, schleuderte ihn zur Seite, bahnte sich seinen Weg durch die Menschen und verteilte Kazoos an alle.

Nun war klar, wie der Abend verlaufen würde. Mr Sloan dröhnte ein herzliches *Ho-ho-ho* und rief: »So, meine Lieben. Heute Abend, live aus der Christmas Street 2, der einmalige und unvergleichliche Weihnachtslieder-Kazoo-Chor!«

Einige kicherten, andere stöhnten, doch Drea ermahnte zu mehr Konzentration, und so begannen schließlich alle, mit vollem Einsatz in ihr Kazoo zu tuten.

Eine halbe Stunde später endete das Konzert mit einer albernen Version von »Joy to the World«, die immer übermütiger wurde, weil das Kazoo-Tuten in der Nase kitzelte.

Nachdem das Programm beendet war, zogen die Eltern mit Kindern wie am Abend zuvor ziemlich schnell ab. Jess hörte, wie ein paar Einladungen für einen Absacker oder eine Tasse Tee ausgesprochen wurden. Plötzlich überkam sie ein Gefühl von Einsamkeit. Sie fühlte sich wie am ersten Schultag und empfand den starken Wunsch, ihr Leben solle wieder so werden, wie es einmal war. Nicht so perfekt, aber vertraut. Sie stellte sich auf die Zehenspitzen, um nach Kai und Rex Ausschau zu halten. Da erschien ein Weinglas vor ihrer Nase.

Drea.

»Absacker gefällig?«

Jess nickte lächelnd. Sie hatte schon den ganzen Tag allein verbracht, und morgen oder übermorgen würde es nicht anders werden, also warum nicht … sie nahm das Glas entgegen, und Drea schenkte ein. Weitere Anwohner kehrten auf die Straße zurück, brachten Plastikgläser und Weinflaschen mit und machten Witze darüber, dass man den Wein gar nicht kalt stellen musste, solange man sich draußen aufhielt.

»Ach, so machst du dich also fit für Weihnachten, Drea?«, grüßte eine Frau, die ein paar Häuser weiter wohnte. Dann sprang sie begeistert wie ein Hampelmann in die Höhe und zwinkerte ihr zu, bevor sie ebenso enthusiastisch einen Schluck Wein nahm.

»Ha, ha«, lachte Drea auf. Mit Blick auf Jess rollte sie die Augen und fügte dann erklärend hinzu: »Ich bin in der Fitnessbranche.«

»Ach ja?«

Drea winkte ab, dabei reflektierten im Schein der Straßenlichter die Miniatur-Weihnachtsbäume auf ihren Fingernägeln. »Zahlt den Kredit fürs Haus. Also, Jess, wie würdest du abschneiden, wenn ich dich jetzt die Namen der Nachbarn abfragen würde?«

Jess verschluckte sich fast und lachte. »Ich hätte keine Ahnung. Und das wäre noch aufgerundet!«

»Keine Sorge, Schätzchen. Bald kennst du sie alle. Ich habe Ewigkeiten gebraucht, um jeden Anwohner kennenzulernen. Ihr Briten bleibt ja lieber in euren eigenen vier Wänden.« Sie lächelte beim Anblick der Gruppe, die plaudernd auf der Straße stand. »Und übrigens bestätigt das meine Theorie.«

»Was meinst du?«

»Dass die Menschen eine Gemeinschaft erleben wollen. Und es gibt keinen besseren Zeitpunkt, damit anzufangen, als Weihnachten, oder?« Sie winkte ein paar Frauen zu sich herüber. »Komm schon, Jess. Machen wir noch einen Versuch.«

Zwanzig Minuten, eine Flasche Wein und eine Tüte schneeflockenförmiger Salzcracker später kannte Jess offiziell vier Namen: Drea, Kai und Rex und Martha Snodgrass aus Nummer 21, wie könnte man so einen Namen jemals vergessen? Sie war um die siebzig, und sie hatte seit sechs Monaten einen jungen Untermieter, mit dem sie ständig Ärger hatte. Aber ab dann war alles verschwommen. Es gab eine Unmenge Emmas und Gemmas, die man im Allgemeinen als die Gem-und-Emmas bezeichnete, weil niemand sie auseinanderhalten konnte. Ihre Ehemänner hießen entsprechend die Rob-und-Bobs, obwohl es jeweils nur einen davon gab und einer definitiv Darren hieß. Und dann gab es etliche Leute, an die sie sich nicht erinnern konnte.

Vielleicht irgendwann einmal.

»Und was ist mit dem Haus da drüben?«, fragte Jess, als der Gesprächsstoff gerade ausgegangen war. »Wer wohnt dort?«

Jeder folgte ihrem Zeigefinger zu dem großen, unbeleuchteten Haus am Ende der Straße. Nummer 24. Die Vorhänge waren zugezogen und machten es unmöglich, irgendein Lebenszeichen zu erkennen. Es war recht ordentlich und gepflegt. Keine Haufen von liegen gebliebenem Laub oder toten Pflanzen, doch die Art und Weise, wie die Stimmung plötzlich von feuchtfröhlich zu argwöhnisch-zurückhaltend wechselte, rief Erinnerungen an *Bates Motel* wach und ließ sie erschauern.

»Oh, da wohnt Mr Winters«, brach Drea schließlich das Schweigen. »Das ist der Scrooge in unserer Christmas Street.«

Jess wollte gerade sagen, dass auch Scrooge am Ende zur Vernunft kam, da platzten alle schon heraus:

»Ein Einzelgänger, absolut.«

»Soll Rassist sein.«

»Und Sexist.

»Wahrscheinlich Veganer.«

»Was? Nur weil jemand Rassist und Sexist ist, muss er auch Veganer sein? Das entbehrt jeder Logik!«

»Soviel ich weiß, hat er wegen Mordes gesessen. Das ist sein Versuch der Wiedergutmachung.«

»Nein, das stimmt nicht. Ich habe gehört, es ging um Wirtschaftskriminalität, und er steht unter Hausarrest. Aber sein großes Haus durfte er behalten, oder?«

»Das ist überhaupt nicht wahr. Sie haben ihn wegen Sklaverei drangekriegt. Er hielt sich Koch und Putzfrau im Keller und eine Horde von Bediensteten.«

»Ach, jetzt hört aber mal auf!« Drea unterbrach sie wirsch. »Er ist einfach ein trauriger, alter Mann, der es verlernt hat, Freundschaften zu knüpfen, weil er schon so lange allein lebt. Ein Scrooge eben.«

Etwa acht Köpfe drehten sich gleichzeitig zu Drea und starrten sie an. Für einen Augenblick sah sie tatsächlich so aus, als würde sie sich um den traurigen, einsamen Mann am Ende der

Straße sorgen, der keine Freude in der Welt kannte. Doch mit einem Mal war ihr Mitgefühl wieder verflogen und ihr sonniges Lächeln zurückgekehrt. »Ab ins Bett, Leute, wir müssen alle früh raus. Morgen Abend um dieselbe Zeit?«

Jess konnte die lustlosen Seufzer um sie herum nicht überhören und warf einen fragenden Blick auf Drea.

»Diplomatisch ausgedrückt, wir erwarten nicht allzu viel von Nummer 3.« Sie nickte zu Nummer 4, einem attraktiven, freiliegenden Landhaus mit Kranz an der Eingangstür. Im Fenster blinkte ein Weihnachtsbaum, und im Vorgarten stand ein geschmackvoll aus Weiden geflochtenes Rentier, das an der Hecke »nagte«. »Die 4 wird wieder besser.«

Ein erleichtertes Raunen ging durch die gesamte Gruppe.

»Chantals Haus«, sagte eine Frau mit ehrfürchtig gedämpfter Stimme.

Drea begann, die Flaschen einzusammeln, und schmiss sie in den nächstgelegenen Glascontainer, während sie allen ausdrücklich eine gute Nacht wünschte.

»Wir lieben Chantal«, sagte eine Frau in einem Tonfall, der wohl andeuten sollte, dass Jess bald in den mysteriösen Bann von Chantal gezogen werden würde.

»Warum liebt ihr sie so sehr?«, fragte Jess.

»Sie ist der Grund dafür, dass wir alle so wohlgenährt sind, aber sie ist gertenschlank und schön«, kicherte eine andere Frau. »Du wirst schon sehen.«

Die Gruppe löste sich allmählich auf, und alle schlenderten nach Hause. Und als Drea von der Frau aus der 8 in ein Gespräch über Sicherheit und Gesundheitsschutz verwickelt wurde, überkam Jess wieder dieses seltsame Verlassenheitsgefühl. Zeit zu gehen.

An ihrem neuen Haus angekommen, fiel ihr das »Zu verkaufen«-Schild ins Auge, das sie ganz vergessen hatte. Außerdem hatte sich ihr Weihnachtskranz vom Klopfer losgelöst und würde jeden Augenblick herunterfallen. Er musste neu aufgehängt werden. Noch mehr zu tun. Sie zog den Schlüssel aus der Tasche, und als sie ihn gerade im Schloss herumdrehte, bemerkte sie einen Mistelzweig, der aus dem Kranz herausragte. Jemand musste ihn heimlich hineingesteckt haben. In dem Moment kehrte trotz allem das warme und wohlige Gefühl vom Vorabend zurück. Vielleicht war der Umzug in die Christmas Street das einzig Richtige gewesen, was sie in diesem Jahr gemacht hatte.

3. Dezember

»Hallo, Liebling.« Jess' Mom winkte ihr zu, während ihr Vater eine Kokosnuss hochhob, in der ein Strohhalm steckte.

»IOKWE«, grölte ihr Vater. »DAS HEISST HALLO AUF MARSHALLESISCH!«

»Harry, schrei doch nicht so, sie kann uns sicher gut hören. DU HÖRST UNS DOCH GUT, ODER, LIEBLING?«

Jess nickte. Die Verbindung war erstaunlich gut dafür, dass sie zigtausend Kilometer entfernt waren.

»Hallöchen, Mama«, sagte Jess mit weinerlicher Stimme. »Dad!« Eine Träne lief ihr über die Wange.

»Jess, mein Liebling. Was ist denn los?«

»Nichts! Ich freue mich nur, euch zu sehen.« Das war bestimmt die gewaltigste Untertreibung jemals. So schön es auch war, sie zu sehen, genauso schwierig war es. Ihre Tropenhemden, die gebräunte Haut und die Kokosnussdrinks ließen Jess nur umso stärker spüren, wie weit entfernt ihre Eltern waren und wie unfassbar einsam sie sich fühlte. Die Adventskalenderzusammenkünfte waren sicher eine nette Art gewesen, die neuen Nachbarn kennenzulernen. Doch weitere zweiundzwanzig Abende, an denen sie abseits auf dem Bürgersteig herumstand und dann nach Hause eilte, bevor sie in irgendein Gespräch verwickelt wurde, würden ihr keine neuen Freunde oder potenziellen Mr Darcys bescheren. Davon abgesehen, dass sie sich auch noch etwas für ihr Adventstürchen einfallen lassen musste. Der näher kommende Termin versetzte sie geradezu in Panik. Alle die fremden Menschen … die sie danach beurteilen würden. Vielleicht sollte sie Rex und Kai zu einem Brainstorming einladen – Drea schüchterte sie zu sehr ein, um ihr gegenüber zuzugeben, dass es ihr komplett an Ideen mangelte –, andererseits wollte sie die beiden nicht mit ihren Sorgen belasten, solange sie so viel mit ihrem Laden zu tun hatten und noch ihren eigenen Adventsabend organisieren mussten. Außerdem hatte sie keine Kiste mehr ausgepackt, seit sie am ersten Tag in einem Anflug von Begeisterung drei Kisten geleert hatte.

»Und – wie ist der Umzug gelaufen?« Ihre Mutter blickte sie erwartungsvoll an, offenbar in der Hoffnung, Jess würde die Tränen wegwischen und ihr Sonnenschein-Lächeln aufsetzen und erzählen, wie sagenhaft ihr neues Zuhause in ihrer neuen Straße in dem neuen Städtchen war und dass sie nun endlich – wie geplant – ein neues Leben beginnen würde.

Stattdessen wischte sie noch ein paar Tränen weg und schluchzte. »Der Umzug war vor zwei Tagen.«

»Was? Nee. Diane?« Vater sah Mutter an und dann auf sein Handgelenk, wo sich zum ersten Mal keine Armbanduhr befand.

Jess' Mama starrte ihren Ehemann an, als wäre es seine Schuld. »Harry, warum haben wir denn den Umzugstag verpasst?«

Gleich kam es zum gegenseitigen Schlagabtausch, bei dem ihre Eltern klarzustellen versuchten, wer für den Kalender, die Zeitzonen und Wochentage verantwortlich sei, bis Jess instinktiv laut in die Hände klatschte, um die Aufmerksamkeit zurückzubekommen. Der magische Lehrerinnentrick zeigte immer Wirkung.

Wie ihre Schüler hielten ihre Eltern mit angespannten Gesichtern inne. »Tut uns leid, Liebling. Wir dachten, wir lägen richtig, aber ich glaube, wir sind der Inselzeit zum Opfer gefallen.«

»Was, schon?«

»Ach, weißt du, Liebling«, ihre Eltern schauten sich entzückt an, »es ist einfach so … das Wetter ist wunderbar warm, die Leute sind immer so nett, und dann ihre Zähne …!« Ihre Mutter klatschte in die Hände und drückte sie an ihre Lippen. »Die meisten hier haben super Zähne, ehrlich gesagt, nur die Briten, die hier leben, brauchen einen Zahnarzt«, flüsterte sie hinter vorgehaltener Hand. »Gott weiß, wer denen Zahnhygiene beigebracht hat. Auf jeden Fall nicht wir.«

»Dann seid ihr also gut beschäftigt?«, fragte Jess, erleichtert, auf das Lieblingsthema ihrer Eltern ausweichen zu können. Beißerchen.

»Mit den Briten oder mit den Zähnen?«

Jess lauschte, während ihre Mutter fröhlich vor sich hin plapperte und ihr Vater immer wieder ein paar Fakten einwarf oder etwas ergänzte. Dann nahmen sie ihren Laptop in die Hand und führten sie virtuell durch ihr kleines, aber gemütliches Lochziegelhaus, das nur einen kurzen Spaziergang vom Krankenhaus entfernt lag, wo sie ihren freiwilligen Dienst leisteten. »Alles liegt direkt am Meer«, lächelte ihre Mutter und fügte dann besorgt hinzu, »ein Kollege sagte, wir sollten es jetzt genießen, solange es noch möglich sei, weil die Insel früher oder später unter der Wasseroberfläche liegen wird.«

»Was? Warum?«

»Klimawandel, Darling«, sagte ihre Mutter und legte einen Zeigefinger an die Lippen, »aber psst, er ist überall.«

Ihr Vater gähnte und grinste verlegen. »Tut mir leid, Liebling. Ich glaube, wir müssen ins Bett.«

Jess sah auf die Uhr. 14 Uhr 30. Das bedeutete – »Es ist ja mitten in der Nacht bei euch!«

Ihre Mutter lächelte und unterdrückte ebenfalls ein Gähnen. »Wir spüren immer noch den Jetlag. Wir gehen früh ins Bett und wachen mitten in der Nacht auf, gehen dann im Mondschein schwimmen und wieder zurück ins Bett.«

Diesmal schluckte Jess die aufkommenden Tränen hinunter. Ihre Eltern hatten ihr Leben verändert und ernteten jetzt die Früchte. Sie musste daran glauben, dass sie eines Tages auch wieder voller Freude sein würde. Vielleicht waren es nicht gerade Kokosnussdrinks oder ein Bad im Mondschein, aber irgendwo da draußen wartete noch etwas auf sie.

Jedenfalls fühlten sich ihre Eltern pudelwohl. Was sie auch mehr als verdient hatten. Solange sie denken konnte, hatten sie eine Zahnarztpraxis betrieben. Sie hatten ihr eine wunderbare Kindheit in einer reizenden Kleinstadt ermöglicht, ohne jemals damit zu hadern, dass sie nur eine Tochter zur Welt gebracht hatten anstatt der großen Kinderschar, die sie sich eigentlich gewünscht hätten. Sie hatten sie ermutigt, ihrem Traum zu folgen und Lehrerin zu werden, und sie nicht dazu gedrängt, in ihre Fußstapfen zu treten und die Praxis zu übernehmen. Nur einmal hatten sie ihre Entscheidung hinterfragt, als sie sich an der St Benedict's Preparatory School bewerben wollte. Ob London ihr Ziel wäre oder die Eliteschule »Benny's«? (Benny's!) Ob St Benny's wirklich ihre Werte vertreten würde? (Natürlich!) Und ob sie dort wirklich die Lehrerin sein könnte, die sie sein wollte? (Die *beste*!)

Später stellte sich heraus, dass ihre entschiedenen Antworten auf jene Fragen sich verändert hatten und dass *sie* sich verändert hatte, und zwar so sehr, dass sie an ihrem absoluten Tiefpunkt angelangt war. Und dann holten ihre Eltern die Tochter, die sie schon als halbwüchsiges Küken in die Welt geschubst hatten, ins heimische Nest zurück, päppelten sie wieder auf und schenkten ihr sogar die hohe Kaution für das Haus, die sie sich mit ihrem Lehrergehalt niemals hätte leisten können, und schickten sie wieder in die weite Welt hinaus, damit sie noch einmal von vorn anfangen konnte.

Wenn Zahnbehandlung westlich der Datumsgrenze ihr Ding war, dann verdienten sie jeden kariösen Zahn, der ihnen unter den Bohrer kam. Selbst wenn sie ihnen vormachen müsste, dass sie sich auf ihr erstes Weihnachtsfest in trauter Einsamkeit freute. Vor zwei Jahren hätte es ihr weniger ausgemacht. Da hatte sie noch einen Freund, ein Zuhause und einen Job in London. Sie wäre über das vorweihnachtliche Lichtermeer in London entzückt gewesen und hätte sich über Geschenke von den Eltern der Schülerinnen und Schüler gefreut, darunter verrückte Einladungen, etwa Winterferien bei der Familie einer prominenten Make-up-Artistin in ihrem Schlösschen in Courchevel, inklusive Babysitting-Verpflichtung, wenn sich die Eltern für einige Stunden bei feuchtfröhlichen Lunchtreffen vergnügten. Oder von einem russischen Geschäftsmann, dem offenbar ein ganzes Gebirge gehörte, auf dessen Gipfel eine Datsche stand (die dann wie eine Falle um den vermeintlichen Gast, besser gesagt die Babysitterin, zuschnappte). Und da war noch ein Filmproduzent, der nur die hübschen, unverheirateten Lehrerinnen »hinter die Kulissen« einlud. Es war, als würde man stellvertretend den Traum eines anderen leben. Oder überhaupt einen Traum.

Waren es die Verlockungen gewesen, die eine Schule wie St Benny's zweifellos zu bieten hatte, die sie in ihre heutige Situation gebracht und von dem abgelenkt hatten, was wirklich wichtig war, nämlich die Schülerinnen und Schüler? Hatte sie deswegen den Käsesandwich-Vorfall so falsch eingeschätzt?

Sie verdrängte diesen Gedanken sofort wieder: Nein, sie war noch nicht so weit. Sie zwang sich zu einem Abschiedslächeln und winkte ihren Eltern zu, während diese damit beschäftigt waren herauszufinden, wo sich der »Beenden«-Klick auf ihrem iPad befand. Der Bildschirm war gerade schwarz geworden, da hörte sie das metallische Klappern am Briefeinwurf in der Haustür.

Sie rannte zur Tür. Zwischen den Wurfsendungen und den üblichen Rundschreiben von Gas- und Stromanbietern erkannte sie erfreut einige festlich rote Umschläge.

Sie sank im Schneidersitz auf die Fliesen und riss den ersten Umschlag auf.

Die Karte war weiß, abgesehen von einem schwarzen und einem roten Kreis und einer Bildunterschrift: *Rentier Rudolph lässt Dasher im Schneesturm voranfliegen.* Sie lachte, schlug die Karte auf und ließ den Blick gleich nach unten schweifen, um den Absender zu erfahren. Ihr Herz schlug schneller. Der Weihnachtsgruß war von Amanda, ihrer Freundin und Kollegin an St Benedict's.

Hi Babe! Wollte nur sichergehen, dass Du etwas hast, das Du auf Deinen hübschen Kaminsims in Deiner schicken neuen Wohnung stellen kannst. Ein Jahr her, und ich vermisse Dich immer noch so schrecklich hier in London. Die Weinabende gibt's immer noch, sind aber nicht dasselbe ohne Dich. Die Eltern sind immer noch schrecklich, und die Weihnachtskrippe noch schrecklicher (die neue Kunstlehrerin kann es nicht mit Dir aufnehmen).

Ich zähle die Tage zu den Ferien. Ich hoffe, Du kannst Dich in Ruhe einrichten, bevor Du an Deiner neuen »richtigen« Schule anfängst. Vielleicht ein Nachholtreffen in den Osterferien? Ein Playdate für Erwachsene? Ich könnte meine Spielesammlung aus Londontown mitbringen oder Du kommst hierher, damit Du nicht vergisst, was es heißt, in einer Sardinenbüchse zur Arbeit zu pendeln. Xoxox Amanda

Jess stieß den Kopf gegen die Wand. Sie vermisste Amanda zwar auch, aber von ihr zu hören ließ alle möglichen widerlichen und unangenehmen Erinnerungen wach werden, und sie fühlte sich wieder genauso wie vergangenen Dezember, als sie zur Schulleitung gerufen wurde. Eine Zusage zum »Playdate« würde also noch auf sich warten lassen müssen.

Sie nahm den nächsten roten Brief und ließ ihren Finger unter die dreieckige Umschlaglasche gleiten. Sie zog die Karte heraus. Sie zeigte auf elegantem, ungebleichtem Papier ein Foto von einem Otter auf irgendeiner Insel und Kartoffelstempel-Weihnachtsbäume in jeder Ecke.

Sie schlug die Karte auf. Kurz war ihr so, als wäre etwas herausgeflattert, aber sie konnte nichts erkennen, also begann sie zu lesen:

Lieber Opa,

ich hoffe, Du hast nichts dagegen, dass ich Dich Opa nenne, obwohl wir uns noch nie getroffen haben, aber ich dachte, diese Karte wäre eine gute Möglichkeit, mich vorzustellen. Mein Name ist Will. Ich bin einer von Roberts Jungs. Bis vor kurzem lebte mein Bruder Callum noch in Schottland, wo wir, wie Du wahrscheinlich weißt, aufgewachsen sind. Ich wollte Dir nur erzählen, dass ich nach Greenleigh gezogen bin, das nur etwa 30 Kilometer von Dir entfernt liegt. Ich betreibe ein kleines Catering-Unternehmen, das mich auf Trab hält, insbesondere wenn die Feiertage bevorstehen. Trotzdem bin ich nicht so beschäftigt, dass ich keine Zeit hätte, Dich zu treffen. Wie wäre es an Weihnachten, falls Du Zeit hast? Ich könnte etwas zum Essen für uns beide mitbringen. Ich wollte eigentlich nach Schottland fahren, aber wir sind jeden Tag, außer am Feiertag, ausgebucht, und wie ich schon sagte, ich möchte Dich wirklich gern kennenlernen. Meine Firma heißt ›The Merry Victualler‹, und wir sind in den üblichen sozialen Medien vertreten, wenn Du uns finden möchtest.

So weit für heute. Ich dachte, ein Brief wäre alles in allem die beste Möglichkeit, mich vorzustellen.

Ich wünsche Dir alles Gute,
Will Winters

Winters?

Opa?

Jess spürte einen Kloß im Hals. Schuldgefühle.

Der Brief war gar nicht an sie gerichtet. Sie wendete den Umschlag und las auf der Rückseite:

Mr Arnold Winters
Christmas Street 24
Boughton

Herrje! Sie hatte nicht nur die Post eines Fremden geöffnet und gelesen – eindeutig eine Straftat! –, sie hatte die Post des traurigen, einsamen, potenziellen Rassisten / Sexisten / Sklavenhalters / Mörders am Ende der Straße gelesen, der offenbar noch nie seinen Enkel getroffen hatte. Sie erinnerte sich wieder an Dreas Gesichtsausdruck, als die Leute die Gerüchte austauschten. Wollte sie den Nachbarn nur in Schutz nehmen oder hatte sie sich wirklich geärgert? Falls die Gerüchte stimmten, würde er an Heiligabend wohl keine große Fete schmeißen. Aber was hatten die Leute an St Benny's nicht alles hinter ihrem Rücken über sie gesagt. Sie würde sich kein Urteil bilden, bevor sie den Mann zu Gesicht bekommen hatte, und deshalb würde sie ihm den Brief persönlich überreichen und nicht einfach nur still und leise in den Briefkasten stecken.

Sie sah sich den Umschlag an. Gott sei Dank hatte sie ihn nicht wie Amandas Brief einfach aufgerissen. Sie ging in die Küche und öffnete die Schachtel, in der sie das Büromaterial aufbewahrte, und fand eine kleine Tube Sekundenkleber. Sie strich reichlich Klebstoff über die ganze Lasche und klebte den Brief mit äußerster Sorgfalt wieder zu. Sie fächelte ihn trocken und strich kräftig mit dem Handballen darüber, um sicherzugehen, dass er wirklich verschlossen war und so aussah, als wäre er nie geöffnet worden.

Sie nahm die Jacke von der Lehne des Barhockers an der Küchentheke und lief Richtung Tür. Ihr Herz klopfte bis zum Hals.

Auf dem Boden lag eine Visitenkarte.

Will Winters
The Merry Victualler
Traditionelle Gerichte mit modernem Touch
Catering für alle Veranstaltungen

Auf der Rückseite standen Telefonnummer, Adresse und E-Mail.

Das war also herausgefallen, als sie die Weihnachtskarte aufgeschlagen hatte. Und dann hatte sie sich wohl draufgesetzt. Sie versuchte, den Fingernagel unter die Lasche zu schieben. Nein. Keine Lücke mehr. Wie auch. Sie hatte Sekundenkleber aufgetragen.

Ihr Mund wurde trocken, als sie den Umschlag in die Jackentasche steckte und sich irgendeine Geschichte überlegte, dass das Kärtchen an der Außenseite angeklebt war und dann abgefallen sei und … Mist, das stimmte hinten und vorn nicht … gelogen eben. Will hatte den Namen seiner Firma im Brief erwähnt. Vielleicht könnte sie, wenn sie es sehr geschickt anstellte, Mr Winters dazu bringen, den Brief zu öffnen, während sie unbemerkt die Karte losließ, und dann so tun, als hätte *er* sie fallen lassen, oder schlimmstenfalls würde sie die Karte im Schutz der Dunkelheit unbemerkt in seinen Briefkasten schieben. Sie könnte sich wie ein Dieb maskieren, was natürlich niemandem auffallen würde. Oder vielleicht sollte sie eine Skimaske tragen, während sie in ihrer reizenden Vorstadtsackgasse von einer Straßenlaterne zur nächsten hüpfte? Um dann Weihnachten wegen zweier Straftaten im Knast zu verbringen, einmal wegen Verletzung des Briefgeheimnisses und dann wegen Maskierung als Einbrecher und Rückgabe einer aus Versehen gestohlenen Visitenkarte, oder wie man diesen Tatbestand bezeichnete.

Bevor sie sich den Plan wieder ausreden konnte, verließ sie das Haus. Sie versuchte, ihr Gesicht in dem bis zum Kinn zugeknöpften Wintermantel zu verbergen. Ihr Herz pochte wild.

Die Sonne ging schon unter, und der klare, helle Himmel war von einem zunehmenden zauberhaften Nachtblau. In der Luft lag ein Hauch von Frost, aber es war nicht die Art von Kälte, bei der man die Schultern hochzog und den Blick auf den Boden heftete, als würde man sich gegen einen Schneesturm stemmen. An einigen Haustüren hingen Weihnachtskränze. Manche waren genauso kunstvoll gebunden wie ihrer, wahrscheinlich stammten sie ebenfalls aus dem Laden von Kai und Rex. In mehreren Fenstern leuchteten bereits Weihnachtsbäume. Andere Häuser lieferten sich eindeutig einen Deko-Wettkampf. Ein Haus hatte sich für das volle Programm entschieden: Jede freie Oberfläche leuchtete mit grellen Lichterketten und blinkenden Plastik-Weihnachtsmännern, Rentieren und Schneemännern, dagegen wirkte das Nachbargebäude im Pfefferkuchenhausstil eher traditionell. Es hatte sogar den entsprechenden »Schnee«, der wie Zuckerguss vom Dachvorsprung tropfte.

Es gab natürlich auch Häuser, die gar nicht geschmückt waren. Es war erst der 3. Dezember, und jeder folgte seinen eigenen Traditionen. Bei Jess und ihren Eltern ging es immer am ersten Samstag im Dezember los mit den Weihnachtsvorbereitungen. Weil sie nur zu dritt waren, wurde jedem eine bestimmte Aufgabe zugeteilt: Jess und ihre Mutter hatten das Sagen, und Dad tanzte bis Heiligabend nach ihrer Pfeife. Nach der Weihnachtsmesse in ihrer örtlichen Kirche durfte er die Beine hochlegen und wurde mit heißem Grog, einem Weihnachtspyjama und einem neuen Paar Pantoffeln (wirklich jedes Jahr) verwöhnt.

Vereinzelte Mütter schoben ihren Kinderwagen Richtung Schule. Ein schwacher Luftzug trug das Jauchzen und Geschrei der draußen spielenden Kinder bis zu Jess. Bis zur Schule war es nur ein Katzensprung: die Christmas Street hinauf und dann die nächste Straße wieder hinunter. Von ihrem Schlafzimmerfenster aus konnte sie sogar die steinerne Fassade des Gebäudes erkennen. Offenbar gab es am Ende der Straße, in der Nähe von Mr Winters' Haus, eine inoffizielle Abkürzung. So oder so würde sie diesen Weg bald auch mit verbundenen Augen finden. Die Mütter winkten ihr zu und riefen: »Bis heute Abend!« Das war nett, aber etwas merkwürdig. Sie wollte heute Abend eigentlich aussetzen. In London sagten die Leute immer, *Ja, klar, wir sehen uns später*, tauchten dann aber nicht auf und griffen auf eine breite Palette von akzeptablen Ausreden zurück (Stau / Arbeit / öffentliche Verkehrsmittel). Sie hatte keine Ahnung, ob das hier genauso lief, denn es wäre a) eine Lüge und b) unhöflich. Diese Leute kannten sie gar nicht und unternahmen alle Anstrengungen, damit sie sich willkommen fühlte. Und schon spürte sie das aufkommende Unbehagen, falls sie diese Bemühungen zurückweisen würde.

Da stand sie schon vor der Nummer 24. Sie nahm sich einen Moment, um das Haus zu bewundern. Steinmauern. Ziegeldach. Eine kleine Veranda mit Dach auf zwei schlanken Säulen, die wie zwei Zuckerstangen ausgesehen hätten, wenn sie mit rotem Band umwickelt worden wären. Nicht, dass sie nun auch alles dekorieren wollte, aber … irgendetwas an dem Haus deutete darauf hin, dass niemand überhaupt vorhatte, es zu dekorieren. Alle Vorhänge waren fest zugezogen, außer einem – und oh, da war ein Mann zu sehen! Ein älterer Herr, der in historischer Kleidung großartig ausgesehen hätte, etwa in der Ausstattung von Jane Austens oder Charles Dickens' Epoche. Eher Dickens, so finster, wie er dreinblickte, fast wie Clint Eastwood, wenn er einen griesgrämigen Greis spielte, der seine Nachbarn nicht leiden kann.

Sie winkte und lächelte.

Er blickte noch finsterer.

Sie hob den Briefumschlag in die Höhe.

Er zerrte den Vorhang zu.

Jess sagte zu sich selbst, er habe nur am Fenster gestanden, um die Vorhänge zu schließen. Doch musste er dies auf so dramatische Weise tun?

Ihre Empfindlichkeit ging in selbstgerechte britische Entschlossenheit über. Sie wollte nur eine gute Nachbarin sein und den Brief seinem rechtmäßigen Empfänger übergeben (nachdem sie den Inhalt gelesen, die Visitenkarte versehentlich gestohlen und den Brief mit Sekundenkleber wieder verschlossen hatte, immerhin, dennoch …)!

Sie ging zur Tür, um oberhalb eines unübersehbaren Schildes anzuklopfen: Keine Werbung! Keine Flyer! Keine Vertreter! Keine Wahlhelfer! Keine religiösen Gruppen! Keine Warenproben!

Er ließ wirklich nichts aus.

Sie fiel in keine dieser Kategorien. Sie wollte gerade die Tür berühren, da flog sie schon auf.

»Können Sie nicht lesen?«, mahnte Mr Winters in perfekter Clint Eastwood'scher Griesgram-Manier.

Er war makellos gekleidet, glattrasiert und trug ein perfekt gebügeltes Hemd unter einer Strickweste mit Gittermuster in Grautönen. Schnurgerade Bügelfalten verliefen mittig auf seinen Hosenbeinen. Er trug frisch polierte Schuhe, keine Pantoffeln. Seine klaren, blauen Augen funkelten, und sein dichter weißer Haarschopf war ebenso perfekt gescheitelt wie die Bügelfalten auf seiner Hose. Das war kein Mann, der seinen Lebensabend im Ohrensessel fristete und auf den Sensenmann wartete. Dieser Mann hatte eine Agenda.

»Und?«, mahnte er nochmals. »Was gibt's denn? Können Sie nun lesen oder nicht?« Er klopfte mit einem leicht arthritischen Finger auf das Schild.

»Ja«, stotterte Jess, überrumpelt von seinem brüsken Benehmen. »Ich bin keine –«

»Ich will nichts kaufen, keine Heilsbotschaft hören. Kein günstiges Angebot. Ich mache keine Großeinkäufe, glaube nicht an Ihren Gott oder an Weihnachten. Habe ich mich deutlich genug ausgedrückt?«

»Aber ich bin doch keine –«

»Nein.«

Er knallte die Tür zu.

Was sollte das denn?

Hatte er nicht begriffen, dass sie in friedlicher Absicht kam? Sie wusste nicht, wohin mit ihrer steifen britischen Entschlossenheit. Sie war genauso durcheinander wie damals, als sie wegen Körperverletzung ins Büro der Rektorin abkommandiert wurde.

Ein Klingeln in ihren Ohren übertönte sämtliche Straßengeräusche. Ihr ganzer Körper begann zu kribbeln, und ihr wurde fürchterlich heiß. Obwohl es kalt war. Sehr kalt. Ihr Herz schlug so heftig, dass sie kaum noch atmen konnte. Eine Panikattacke. Genau wie damals, als die Rektorin ihr erklärt hatte, sie müsse mit sofortiger Wirkung unbezahlten Urlaub nehmen, um über ihr Benehmen nachzudenken, und sich natürlich auf eine Anklage wegen Körperverletzung einstellen.

Um einen Zusammenbruch vor Mr Winters' Haus zu vermeiden, stolperte sie blindlings die Stufen hinunter und dann durch das kleine Holztor. Mit gesenktem Blick lief sie schnurstracks nach Hause.

Zu Hause angekommen, brach es aus ihr heraus, und sie heulte Rotz und Wasser. Sie hatte nur versucht, nett zu sein. Sie wollte doch nur einen Brief ab- … O nein. Sie hielt den Briefumschlag immer noch in der Hand. Und jetzt war er zudem verknittert. Warum hatte sie ihm den Brief nicht in die Hand gedrückt oder einfach in den Briefkasten gesteckt?

Weil sie überrumpelt worden war, und wahrscheinlich hätte der Empfänger den Umschlag zerrissen, ohne ihn überhaupt zu lesen, wenn sie den Brief durch den metallenen Briefschlitz geschoben hätte, und der arme »Fröhliche Viktualienhändler« wäre für den Rest des Monats traurig gewesen, weil er vom griesgrämigsten Opa der ganzen westlichen Hemisphäre zurückgewiesen worden war.

Doch das war nur ein schwacher Trost. Das abscheuliche Benehmen von Mr Winters hatte sie wieder direkt in jene Zeit zurückgeworfen, wo ihr Kinderbett, eine Wärmflasche und endlose Wiederholungen von *Friends*-Episoden die einzigen Dinge waren, die sie davon abhielten, immer tiefer in die dunklen Winkel ihrer Seele abzugleiten.

Sie schaute auf die Uhr. Es war kurz nach vier. Die Straßenlaternen gingen gerade an, und auch im Haus gegenüber wurde die Weihnachtsbaumbeleuchtung angeschaltet.

Als würde sie Mr Winters' dramatischen Auftritt nachahmen, zog sie ihre neuen Gardinen fest zu, um sich vor der Welt zu verschließen. Für heute reichte es. Sie würde es morgen wieder versuchen. Morgen war auch noch ein Tag. Sie würde die Straße hinuntermarschieren, an Mr Winters' Tür klopfen und ihm den Brief überreichen, weil sie eine nette Person war. Egal, was die Schulleitung an St Benedict's von ihr dachte. Diese Mistkerle.

Nach einem unruhigen Nickerchen, drei Tassen Tee und mehreren Wiederholungsfolgen von *The Great British Bake-Off*, klingelte es an der Tür.

Unwillig streifte sie die Bettdecke von den Schultern und zwang die Füße auf den Boden, um zur Tür zu gehen. Ihre Vorhänge waren nicht so lichtundurchlässig, dass man nicht das Flimmern des Fernsehers hätte erkennen können.

Sie zog die Tür auf.

Drea.

»Was zum Teufel, Schätzchen, du siehst schrecklich aus.«

Was für eine reizende australische Begrüßung! Jess zuckte mit den Schultern. Was soll's. Stimmte wahrscheinlich. Sie würde es wohl selbst sehen, falls sie jemals die Energie fände, den Spiegel über dem Flurregal aufzuhängen.

»Was gibt's?«, fragte sie, in der Hoffnung, ihr Ton würde eindeutig vermitteln: Bitte geh, und lass mich in Ruhe.

»Wir vermissen dich drüben in Nummer 3.« Drea nickte zur anderen Straßenseite, wo tatsächlich viele Leute herumstanden. »Wir ziehen gerade Cranberrys und Popcorn auf Schnüre auf.« Sie warf einen Blick in Jess' gänzlich dekorationsfreies Wohnzimmer. »Sieht so aus, als könnte dein Kaminsims ein paar Girlanden vertragen.«

Jess begann zu zittern und täuschte ein Niesen vor. Ihre geröteten und noch tränenden Augen würden als Erkältungsanzeichen durchgehen. »Tut mir leid. Mir – mir g-geht's nicht so gut.«

Drea nahm Abstand. »Ach so, alles klar, Süße. Eine Erkältung kann ich jetzt gar nicht gebrauchen.« Sie deutete auf die Treppe zum Obergeschoss. »Ab ins Bett mit dir.«

Jess täuschte noch ein Niesen vor und stimmte mit einem

traurigen Nicken zu. Ja, zurück ins Bett. Und erst wieder aufstehen, wenn Weihnachten vorbei war und die Anwohner der Christmas Street wieder dazu übergehen würden, sich wie in London zu verhalten, wo man grundsätzlich nicht mit dem Nachbarn sprach, es sei denn, es ging um Leben und Tod. Oder um Mord. Oder um *Ich-hab-gar-keine-Milch-mehr-im-Haus*. Nur im äußersten Notfall. »Alles klar.«

Drea warf ihr ein Luftküsschen zu. »Wenn es dir morgen wieder besser geht, dann komm auf jeden Fall zu Nummer 4. Fängt etwas früher an. Schon um sieben. Chantals Weihnachtsgebäck. Das ist ein absolutes Muss. Schluck ein paar Paracetamol, wenn nichts anderes hilft. Wird sich lohnen. Aber komm mir nicht zu nahe, wenn du noch ansteckend bist.«

»Dan-g-e sehr«, näselte Jess und winkte zum Abschied. Dann räumte sie den Haufen von Taschentüchern und gebrauchten Teetassen weg, die auf der Lehne ihres neuen Sofas balancierten, und stapfte nach oben, während sie das Mantra sprach, das Mutter immer wiederholt hatte, nachdem man in St Benny's einem elfjährigen Mobber mehr geglaubt hatte als einer einunddreißigjährigen Lehrerin.

Morgen ist ein neuer Tag,
morgen ist ein neuer Tag,
morgen ist ein neuer Tag.

4. Dezember

»Ich dachte, ich hätte unmissverständlich zum Ausdruck gebracht, dass ich nicht möchte, was Sie mir andrehen wollen.«

Jess zog eine Augenbraue hoch, um Mr Winters' Blick von ihren zitternden Knien abzulenken. Noch eine unerfreuliche Spätfolge des Käsesandwich-Vorfalls: Sie begann zu zittern, wenn sie sich gedemütigt fühlte. Oder ihr Auge zuckte. Der Augentick setzte aber erst ein, wenn die Situation wirklich schlimm wurde. Man hätte vielleicht gedacht, es wäre genau andersrum, weit gefehlt. So reagierte ihr Körper eben. Ihre Symptome ließen sich aber gut aufs kalte Wetter schieben.

Heute traf sie Mr Winters vor seinem Haus an. Er stand direkt hinter dem weißen Gartenzaun und fegte den ohnehin tadellos gereinigten Aufgang zum Haus; das passte zu den exakt zugeschnittenen Hecken und Blumenbeeten. Der Kerl liebte offensichtlich gerade Linien. Vielleicht war er Ingenieur gewesen? Oder Architekt? Auf jeden Fall war er ein Mensch. Und in allen Menschen steckte die Fähigkeit, nett zu sein. Axtmörder womöglich ausgenommen.

Ihre Mutter, die am Morgen bereits angerufen hatte, um sich für das Durcheinander mit den Zeitzonen zu entschuldigen, hatte recht. Heute war ein neuer Tag. Und sie würde sich nicht wie ein schlechter Mensch behandeln lassen, schließlich hatte sie nichts Falsches getan.

Und als ob ihr die Welt beweisen wollte, wie wundervoll sie eigentlich war, hatte sie neben ihrer allerersten Milchlieferung (in Flaschen!) eine Schuhschachtel vor der Tür vorgefunden.

Darin lagen Cranberry-Popcorn-Girlanden samt einer Nachricht von ›Drea und der Gang‹, dass alle sie vermisst hätten und ihr viel Spaß beim Dekorieren wünschten. Jess hatte sie an den Kaminsims gehängt, und wer hätte es gedacht, sie verliehen ihrem noch nicht besonders wohnlichen Haus eine heimelige Atmosphäre und erinnerten sie erneut daran, warum sie hierhergezogen war: weil es hier wahre Nachbarschaft gab. Das machte sie umso entschlossener, Will auf keinen Fall hängen zu lassen. Nicht, nachdem sie so viel Herzlichkeit von Fremden erfahren hatte. Sie musste Mr Winters unbedingt den Brief geben. Also sprang sie in die Dusche, bändigte ihr Haar mit der Bürste, holte sogar die Haarzange heraus und brachte ihren Pony auf Linie und zog sich schick an, als ginge sie zu einem wichtigen Termin. Als Frau musste man manchmal die Dinge von außen angehen, damit sie dann auch im Innern funktionierten.

Anstatt Mr Winters den Brief einfach nur auszuhändigen und dann wegzurennen, zielte sie auf ein wohlwollendes Lächeln. Jenes Lächeln, das sie immer aufsetzte, wenn ein Elternteil darauf beharrte, dass sein Kind niemals den Unterricht stören würde, wenn es de facto den Unterricht ständig und immer sehr laut störte.

»Ich verkaufe nichts«, sagte sie und versuchte, ihre innere Drea aus sich sprechen zu lassen, die Türenknallen und derartigen Quatsch niemals hinnehmen würde. »Ich bringe Ihre Post.« Jess streckte ihm den Umschlag entgegen, den sie noch gebügelt hatte.

Mr Winters trug ähnliche Kleidung wie gestern, nur war die Strickweste heute kastanienbraun. Darüber trug er einen dicken Navy-Parka sowie einen grünblauen Tartan-Schal, der um den Hals geknotet war. Er stand ihm und ließ seine blauen Augen allen Voraussagen zum Trotz freundlicher erscheinen.

»Aha, verstehe«, sagte er, den Blick auf den roten Umschlag gerichtet. »Ist das nicht die Aufgabe des Briefträgers?«

Sie hielt ihm den Brief entgegen und spürte den starken Drang zu verraten, dass er von seinem Enkel stammte, aber weil sie sich ziemlich sicher war, er würde sich über die (illegale) Einmischung in sein Privatleben sehr aufregen, behielt sie dieses kleine Geheimnis lieber für sich. Sie würde schon noch einen Weg finden, ihm die Visitenkarte zukommen zu lassen. Vielleicht könnte sie das Kärtchen in seinen Briefkasten werfen, wenn er beim Einkaufen war. Würde er ihn jetzt gleich öffnen, könnte sie die Karte auf die Hecke fallen lassen und dann verkünden: »Oh, schauen Sie mal, Sie haben was fallen lassen.« Ja. Das war ein ausgezeichneter Plan.

»Er wurde versehentlich bei mir eingeworfen.« Sie zeigte einige Einfahrten weiter auf ihr Haus und reichte ihm erneut den Umschlag. »Übrigens, ich bin Jess, Jess Green.«

Er sah sie an, als hätte er nicht den blassesten Schimmer, warum sie sich mit Namen vorstellte.

»Na ja –«, sie zeigte auf den Brief, »ich kenne Ihren Namen ja bereits, Mr Arnold Winters.« Sie klang formal wie eine Gemeindedienerin, aber nicht wie die versöhnliche Nachbarin, die den Straßenmiesepeter besänftigen wollte.

Er nahm den Brief und steckte ihn, ohne ihn eines weiteren Blickes zu würdigen, in seine Jackentasche.

Moment mal. Das war nicht der Plan. Er sollte ihn doch sofort öffnen, damit sie ihm die Visitenkarte unterjubeln konnte. Außerdem wollte sie seinen Gesichtsausdruck beobachten, wenn er erfuhr, dass er einen Enkel hatte, der die Brücken, die zwischen Mr Winters und seinem Sohn eingerissen waren, wiederaufrichten wollte. Wills Vater, der sich vermutlich Hunderte von Kilometern entfernt in Schottland befand. Mr Winters trug einen schottischen Tartan-Schal. Vielleicht war er ein Geschenk seines Sohnes, bevor passierte, was auch immer passiert war. Kein Wunder, dass Mr Winters so griesgrämig war. Er hatte seinen Sohn seit Gott weiß wie vielen Jahren nicht gesprochen. Seit zwanzig Jahren? Vielleicht fünfundzwanzig?

Da war die Verzweiflung wieder und drückte auf ihr Herz. Wenn *sie* schon kein fröhliches Weihnachten erleben könnte, dann sollte es wenigstens *Einer*, und dieser Eine musste unbedingt Mr Winters sein. Würde er den Umschlag überhaupt öffnen? Er musste ihn einfach aufmachen. Die ganze Sache mit dem Sich-dankbar-Erweisen wurde komplizierter, wenn es lang verschollene Enkelsöhne betraf und der betroffene Großvater die Bedingung nicht erfüllte, nämlich die Weihnachtskarte zu öffnen, damit sie ihn dazu bringen konnte, den Kontakt aufzunehmen.

»Sieht aus wie eine Weihnachtskarte«, sagte sie.

»Hmmm«, grunzte er und nahm seine Gartenarbeit mit solcher Sorgfalt wieder auf, dass sie sich fragte, ob er etwa eine britische Antwort auf Mr. Miyagi wäre.

»Ich habe Sie noch gar nicht bei den Adventskalendertreffen gesehen. Heute verzieren wir Kekse. Bei Chantal«, sie fügte den Namen der Gastgeberin bewusst hinzu, weil die Leute bei dessen Erwähnung jedes Mal freudig strahlten.

Aber nicht Mr Winters.

»Also gut …«, sagte sie nach einigen Minuten des Schweigens, völlig darüber bewusst, dass sie die Grenzen dieser Einbahnkommunikation bereits überstrapazierte, »was machen Sie denn zu Weihnachten?«

Er blickte kurz auf. »Dasselbe wie immer.«

Eine klitzekleine Öffnung. »Und ... ähm ... was heißt, wie immer?«

»Aufstehen. Den Tag hinter sich bringen. Und dann wieder schlafen gehen.«

Das klang ja wie *ihr* Plan. Womöglich würde sie noch ein paar weihnachtliche Routinen dazwischenschieben und mit Tränen in den Augen irgendwelche kitschigen Fernsehserien gucken und vielleicht ein Fertigessen von Marks & Spencer bestellen, das wenigstens an so etwas wie ein Weihnachtsmahl erinnerte, damit sie ihre Eltern dann glaubwürdig anschwindeln konnte, dass sie am Festtag gut gegessen hätte, aber ... jetzt mal ehrlich, es war recht deprimierend, ihre großartigen Weihnachtspläne aus Mr Winters' Mund zu hören.

»Haben Sie keine Einladung zum Weihnachtsabendessen erhalten?«

Wieder sah er sie mit seinen verschleierten, blauen Augen an und wunderte sich offenbar darüber, dass sie immer noch dastand. Nein, es war nicht Verwunderung. Es war Schmerz.

»Nein.« Er drehte sich um, versuchte, seine Gartenschere in dieselbe Parkatasche zu stopfen wie den Brief, was nicht klappte. Er zog den Umschlag wieder heraus, starrte ihn an und lief schließlich den kurzen gepflasterten Pfad zurück zum Haus.

Plötzlich war sie von dem Gedanken besessen, ihn zurückzuhalten. Er war doch nur einen Briefumschlag von seinem Glück entfernt. Sie musste ihn einfach dazu bringen, die Weihnachtskarte zu lesen. Dann würde er wissen, dass er die Feiertage nicht allein verbringen müsste, und wenigstens sein Weihnachten würde nicht so traurig und verlassen verlaufen wie ihre Festtage.

»Welche Blumen wollen Sie denn in die Beete pflanzen?«, rief sie ihm in einem letzten verzweifelten Versuch nach, ihn doch noch zum Bleiben zu bewegen.

Er blieb stehen, schaute auf die kahle Erde und ließ die Schultern sinken. Als er sich wieder zu ihr umdrehte, schien er um hundert Jahre gealtert zu sein. »Ich wollte eigentlich Tulpen setzen, aber meine Knie schaffen das nicht mehr, deswegen muss ich es wohl lassen.«

Tulpen. Tulpen würden hier wundervoll aussehen. Rosa, rot, rot-weiß gestreift, egal. Die Aussicht, keine Tulpen mehr anpflanzen zu können, schien ihn völlig zu lähmen.

»Nein, nein, Sie müssen unbedingt Tulpen pflanzen. Ich helfe Ihnen. Meine Knie sind in Ordnung.« Sie machte ein paar Kniebeugen und Ausfallschritte, um ihm zu beweisen, in welch guter Form ihre Knie waren – tiptop! Sie hoffte, er würde die knackenden Geräusche überhören. War schon eine Weile her, dass sie sich sportlich betätigt hatte.

Er blickte auf eines der Beete. »Bieten Sie nichts an, was Sie nicht wirklich leisten wollen.«

»Doch, ich möchte Ihnen helfen! Ich meine es ernst!«, sagte Jess und ließ die Sprechstimme von ihrem normalen höheren Register in eine niedrige Tonhöhe sinken und sah ihm dabei direkt in die Augen: »Glauben Sie mir, ich helfe Ihnen wirklich gern, die Tulpenzwiebeln zu setzen.«

Er nickte, als würde er noch überlegen, ob er das Angebot annehmen sollte oder nicht, dann drehte er sich schweigend wieder um.

Jess stand einen Augenblick unschlüssig da, aber Mr Winters hatte schon den Treppenabsatz zu seiner Veranda erreicht, was sehr dafür sprach, dass er ihre Hilfe nicht wollte. Doch er hatte auch nicht wirklich nein gesagt.

Bevor er die Tür erreichte, senkte sie ihre Stimmlage um noch eine Oktave und sagte dann im Terminator-Stil: »Okay, Arnold, ich komme wieder«, was sie gleich darauf bereute. Wusste er überhaupt, wer Arnold Schwarzenegger war? Sie hatte ihm bereits bizarre Calisthenics-Übungen vorgeführt und ein riesiges Theater um einen Brief gemacht, den sie wie jeder normale Mensch einfach durch den Briefschlitz hätte stecken können – was spielte es also noch für eine Rolle, wenn sie sich weiterhin wie eine Verrückte aufführte?

Er nickte erneut und ging hinein.

Immerhin ein Nicken! Geschafft! Jetzt würde sie ihm im Garten helfen und so tun können, als würde sie Wills Visitenkarte ganz zufällig entdecken, und wieder Harmonie in sein Leben bringen und dafür sorgen, dass er das fröhlichste aller Weihnachtsfeste feierte.

*

Als die Haustür von Nummer 4 aufging, wehte ihr ein Duft von Zucker, Ingwer und Gewürzen entgegen. Es war eine olfaktorische Offenbarung. Als würde man eine Keksfabrik am Nordpol betreten.

»Hallo!«, sagte die hübsche Frau mit einladendem Lächeln. Sie war ungefähr im selben Alter wie Jess und hatte beneidenswert schönes Haar. Sie trug dunkle Leggings mit Schneeflockenmuster, ein kirschrotes Oberteil und eine weihnachtliche

Schürze, auf der Glasurkleckse und glitzernde Handabdrücke aufgedruckt waren. Sie strahlte eine herzliche Wärme aus und sagte: »Willkommen. Ich bin Chantal, und ich nehme an, du bist Jess aus Nummer 14?«

Jess nickte und winkte kurz auf Hüfthöhe. »Volltreffer. Die Schürze ist super.«

Chantal schaute auf die Schürze, als sähe sie sie zum ersten Mal. »Lustig, oder?«

»Orla Kiely?«, riet Jess.

»Nee. Die ist von mir. Meine Tante schickt mir den Stoff aus Nigeria. Aber ich verstehe, was du meinst.« Sie rümpfte auf entzückende Weise die Nase. »Na, bist du bereit, dich in den Weihnachtswahnsinn zu stürzen?«

Sie trat beiseite, damit Jess freie Sicht auf die Szene hatte.

Es sah aus wie bei den Dreharbeiten zu einem Weihnachtsfilm. In der Mitte des offenen Wohnzimmerbereichs standen Tapeziertische in einer langen Reihe bis zum Küchen- und Essbereich. An den einzelnen Tischen, die mit rot-weiß gepunkteten Wachstüchern bedeckt waren, hatten sich bereits Junge und Alte zu Teams zusammengeschlossen, obwohl es erst kurz nach Beginn der vereinbarten Anfangszeit war. Auch die Gem-und-Emmas waren in Scharen vertreten, um fröhlich den Kleinen mit defekten Spritzbeuteln, winzigen goldenen und silbernen Zuckerperlen und mit der Glitzerglasur zu helfen. Alle waren konzentriert über ihre Arbeit gebeugt, aber es wurde auch viel geredet und gelacht, wenn jemand einen Keks fertig dekoriert hatte und herumzeigte, bevor er oder sie das frisch entstandene leckere Kunstwerk in sich hineinstopfte, was nicht nur einmal passierte.

»Hallo, Josh.« Chantal blickte an Jess vorbei auf den kurzen gepflasterten Weg, der von der Straße zum Haus führte. »Zoe! Eli! Seid ihr bereit, ein paar Nikoläuse zu dekorieren?«

Die Frage wurde mit einem lauthalsen »Ja!« im Chor beantwortet. Und als Jess sich umdrehte, stand sie direkt vor einem überaus attraktiven Mann. Er hatte genau die richtige Größe (nicht so groß, dass man beim Küssen einen steifen Nacken bekam, aber groß genug, dass er eine Dose vom Schrank herunterreichen konnte). Kurzes, gepflegtes, dunkles Haar. Die grünsten Augen, die Jess jemals gesehen hatte. Als hätte man Jake Gyllenhaal herausgeputzt und gestylt, aber den Dreitagebart gelassen.

»Hallo.« Er reichte ihr die Hand. Ein kurzer und warmer Handschlag. »Ich bin Josh.« Er zeigte die Straße hinunter. »Wir sind Nummer 20. Doch ich warne dich. Erwarte nicht zu viel.«

»Jess. Nummer 14. Gespeichert?«

Warum antwortete sie ständig mit Fragen?

Chantal lotste die Gäste ins Haus. Während sie die beiden Kinder auf die leeren Plätze verteilte, sagte sie zu Jess und Josh: »Ich bin sicher, ihr werdet etwas Großartiges zustande bringen.« Sie senkte ihre Stimme und flüsterte hörbar: »Oder ihr müsst Dreas Zorn fürchten.«

»Was höre ich da?«, erklang aus dem Hintergrund die vertraute Stimme mit australischem Akzent. Als Drea ihre Arme um Jess' und Joshs Schultern legte, erstarrte Jess instinktiv. Am liebsten hätte sie sich aus der Umarmung befreit, hielt aber still. »Gut«, grinste Drea. »Ihr zwei habt euch endlich kennengelernt.«

Beide warfen Drea einen verdutzten Blick zu. Dann zuckte Josh mit den Schultern und löste sich entschuldigend aus Dreas Arm: »Jetzt muss ich aber mal dafür sorgen, dass die Glasur auf den Keksen landet und nicht irgendwo anders. So, mein Sohn, jetzt heißt's zusammenrücken, Papa kommt.«

Drea ließ ihren Arm auf Jess' Schultern ruhen, während Chantal davonschwebte, um noch ein Backblech mit Keksen aus dem Ofen zu ziehen, und Josh von dem geschäftigen Gem-und-Emmas-Chor empfangen wurde: »Hallo, Josh!« – »Alles in Ordnung bei euch?« – »Wie läuft's mit den Weihnachtsvorbereitungen?« – »Braucht ihr noch etwas?« – »Vielleicht noch etwas Lametta?«

»Ist er nicht nett?«, sagte Drea mit gedämpfter Stimme.

Jess gab einen undefinierbaren Laut von sich und hoffte, er würde als *Ja-aber-ich-bin-nicht-wirklich-auf-Männerjagd* verstanden werden.

»Die Augenweide unserer Straße. Und Single. Na ja, eigentlich Witwer.«

Jess schlug die Hand aufs Herz. »O Gott. Das tut mir aber leid für ihn. Und natürlich für die Kinder.«

Drea nickte zustimmend und sah sie mit ihrem pragmatischen *Das-Leben-ist-kein-Zuckerschlecken-Schätzchen*-Blick an. »Sie starb etwa ein Jahr nach der Geburt des kleinen Eli. Das war vor … vor etwa vier Jahren, glaube ich, oder fünf? Gebärmutterhalskrebs.«

»Wie schrecklich.«

»Ja, in jeder Hinsicht.«

»Warst du damals schon hier?«

»Nein, damals wohnte ich in Nottingham.« Sie zuckte mit den Mundwinkeln, als würde das Stichwort Nottingham ungute Erinnerungen wachrufen.

Da steckte bestimmt eine Geschichte dahinter. Aber bei wem steckte denn keine Geschichte hinter allem? Eine glückliche.

Eine traurige. Eine rätselhafte. Nicht nur hinter Haustür 14, überall lauerten Geschichten. Und in der schön gepflegten 24 versteckte der arme Mr Winters seine kaputten Knie hinter zugezogenen Gardinen.

Sie scannte das Gesichtermeer, vielleicht hatte Mr 24 es sich doch anders überlegt. Manche Gesichter waren ihr inzwischen ein wenig vertrauter geworden, zum Beispiel die Gem-und-Emmas. Bei denen musste sie besonders achtgeben, wer nun wer war, denn sie alle hatten kleine Kinder, die zweifelsohne in den kommenden Jahren in ihrem Klassenzimmer auftauchen würden. Drea. Und dann Josh. Er war ein neuer Name auf ihrer Liste. Wen kannte sie denn noch?

»Also!« Die dauerlächelnde Drea lief wieder zu Hochform auf. »Wollen wir dir mal einen Platz suchen?«

Bevor sie protestieren konnte, wurde Jess dorthin geschoben, wo Josh auf seine Kinder aufpasste. Geschickt manövrierte Drea einen vergnügten Typen im Blaumann in eine andere Richtung. »Such dir einen anderen Platz, aber dalli, Kev«, und bevor sich Jess versah, saß sie neben Josh und gegenüber von Drea, die ihr wortlos zu verstehen gab: ›Nun mach schon, Schätzchen!‹

»Oje«, sagte Jess, wich Dreas Blick aus und versuchte zu erfassen, was an den vielen Tapeziertischen los war.

»Unfassbar, oder?«, sagte Josh und tat so, als ob ihm angesichts der Dekorationsanforderungen angst und bange würde.

Die Auswahl war beeindruckend. Es gab Bleche mit einfachen Plätzchen und Pfefferkuchen in allen erdenklichen Formen. Sterne, Rentiere, Nikoläuse, Bäume, Geschenke, Schneemänner und Zuckerstangen. Und die vielen Häufchen von Baiser-Küsschen in Rot und Weiß, mit einem Hauch von

Minze, als wären die aufgestellten Lufterfrischer mit Pfefferminzduft nicht genug.

Chantal musste tagelang gebacken haben.

Und das schien Chantals Stichwort, denn in diesem Moment reichte sie Jess drei kleine Spritzbeutel mit roter, grüner und weißer Glasur. »Es gibt noch mehr Farben auf den verschiedenen Tischen und Streusel und Schneeflöckchen, alles, was du brauchst. Viel Spaß.«

Jess strahlte. »Ist sie immer so wunderbar?«, fragte sie Josh.

»Das ist noch lange nicht alles«, sagte Josh. »Warte, bis du ihren Stand beim Sommerfest gesehen hast. Dagegen ist Mary Berry gar nichts. Mit ihr kann es keiner aufnehmen. Der reine Genuss.« Er lächelte beim Anblick der Kekshaufen vor ihnen. »Koste selbst!« Er reichte ihr ein engelförmiges Plätzchen. »Mit dem kannst du schon mal anfangen.« Als sich ihre Finger zufällig berührten, errötete sie.

Auch das noch!

Sie konzentrierte sich einige Minuten demonstrativ darauf, dem Engel ein weißes Gewand zu glasieren, ihn mit einem grünen Rand und grünen Augen zu verzieren und rote Lippen und rote Haare aufzumalen. Sie schaute erst wieder auf, als sie etwas Glitzerstreusel brauchte. Sie fand jedoch nur jede Menge Farbstreusel und benutzte diese stattdessen.

»Wow!«, rief Josh seinen Kindern zu. »Schaut euch das mal an, Zoe, Eli! Jess hat euren Papa weit übertroffen.« Josh zeigte das Ergebnis seiner Bemühungen. Es war ein Nikolaus. Irgendwie. Sein Gürtel war schief. Seine Hose war grün, der Bart blau. Der Keks sah aus, als hätte einer ihrer Schüler ihn verziert. Sie fand ihn toll, und der Teil ihres Bauchs, der sich ihres Single-Daseins bewusst war, machte einen kleinen Probe-Luftsprung.

Die Kinder lachten über den Keks ihres Vaters und lobten Jess' Werk mit bewundernden *Ahs* und *Ohs*.

»Ich finde deinen Keks perfekt«, sagte Jess zu Josh, als sich ihre Blicke wieder begegneten.

»Lügnerin«, konterte er.

Sie lächelten sich an.

Sie errötete. *Schon wieder!*

»Wo hast du gelernt, so schön zu dekorieren?«

»Ich bin Kunstlehrerin. In der Schule. Grundschule. An der da drüben.« Sie zeigte in die Richtung, in der sie die Schule vermutete, um endlich mit dem *Geplapper* aufzuhören.

»Kein Wunder, dass du so talentiert bist! Wir können uns glücklich schätzen, eine Künstlerin als Nachbarin zu haben, oder was sagt ihr, Kids? Vielleicht ist sie die nächste Picasso? Manet? Monet?«, stimmte Josh die Lobeshymne an.

Sie schnupfte verlegen und nahm sich noch einen Keks, diesmal in Sternenform. Es fiel ihr leichter, den Keks anzuschauen als Josh, denn jedes Mal, wenn sich ihre Blicke trafen, schossen kleine Pfeile durch ihren Bauch. »Ich glaube, es ist recht schwierig, einen Monet mit Zuckerglasur und Farbstreusel zu übertreffen.«

»Schwer zu sagen …«, antwortete er und starrte ihren Keks mit einem Röntgenblick an, als würde er ihn einer wissenschaftlichen Analyse unterziehen. Er sprach wie jemand aus dem Buckingham Palace. »Ich finde, bunte Farbstreusel passen vorzüglich zum Impressionismus.«

Sie unterdrückte ein Lachen und konterte dann im selben hochtrabenden Stil: »Ich finde, Farbstreusel entfalten ihre Wirkung eher im Pointillismus.«

Er zog eine Augenbraue hoch.

Sie zog die andere Augenbraue hoch.

»Wenn ihr beide mit dem Flirten fertig seid, könnte ich dann den Spritzbeutel mit der weißen Glasur ausleihen?«

Eine weißhaarige Frau mit dunkelbraunen Augen sah ihre beiden gegenübersitzenden Tischpartner amüsiert und erwartungsvoll an. Dagegen war Dreas Gesichtsausdruck etwas strenger. Jess war sicher, Drea hatte ihr den Namen der älteren Dame am Abend zuvor genannt, und sie hatte den Namen bereits auf der Zunge, da reichte Josh die Spritztüte über den Tisch und nickte Drea mit einem Blick zu, den Jess nicht deuten konnte.

»Selbstverständlich, Martha. Verzeih mir, bitte. Ich hatte ihn zu lange beschlagnahmt.«

Martha Snodgrass! Ja, natürlich. Bester Name jemals.

»Ach was, überhaupt nicht. Ich hab's nicht so ernst gemeint«, winkte Martha so heftig ab, dass Jess den Luftzug spüren konnte. »Martha Snodgrass«, sagte sie und senkte elegant das Kinn, da ihre Hände zu sehr mit dem Spritzbeutel beschäftigt waren.

»Jess Green«, sagte Jess und nickte ebenfalls.

»Ah, das neue Mädchen. In Nummer 14, richtig?«

»Ja, genau.« Jess lächelte und fühlte sich etwas eingeschüchtert, weil schon so viele Leute von ihr wussten. Sie war sich ziemlich sicher, dass die Londoner Nachbarn, mit denen sie mehr als ein Jahr Wand an Wand gewohnt hatte, keine Ahnung von ihrem Leben hatten.

»Entschuldigen Sie bitte, dass ich das so sagen muss, aber Sie sind eine willkommene Nachfolgerin.«

»Oh?« Jess richtete sich auf. Sie wusste bisher nichts über ihre Vormieter, außer dass es sich um ein Paar handelte, das ein zweites Kind erwartete und deswegen in ein Haus mit größerem Garten aufs Land hinausziehen wollte.

»Musik«, sagte Martha in einem Singsangton. »Sie hörten die ganze Zeit Musik.«

Josh lachte herzlich. »Martha, es war nicht die Musik, die du nicht leiden konntest, sondern die Art von Musik.«

Sie kniff die Lippen zusammen und nickte, während sie der Spitze ihres Pfefferkuchenbaums versiert einen Spritzer Zuckerguss verpasste.

»Lärmbelästigung ist keine Musik«, sagte sie und tippte mit den Fingerspitzen ein winziges Goldsternchen auf den Baumwipfel.

»Ich denke, da haben Sie recht«, sagte Jess, ohne wirklich zu wissen, was sie damit meinte.

Als Marthas Tischnachbarin zur anderen Seite sie mit einer Frage über irgendwelche Mini-Schneeflocken ablenkte, beugte sich Josh zu Jess, und dabei nahm sie den Duft von Orangen und Nelken wahr, der ihn umgab. »Sie hat einen Untermieter, der in einer Band ist. Tyler. Niemand weiß so genau, warum sie ihn nicht schon längst rausgeschmissen hat.«

Jess zuckte mit den Schultern. Vielleicht fühlte sich Martha einsam und zog es vor, jemanden dazuhaben, über den sie lästern könnte, besser, als gar niemanden im Haus zu haben. Sie musste an Mr Winters denken und fragte sich, ob die beiden … Nein. Keine Verkuppelungsversuche. Keine Einmischung in das Leben anderer. Sie hatte ihre Lektion gelernt. Und zwar auf die harte Tour.

»Und, meine Liebe, was haben Sie vor an Weihnachten? Irgendwelche großen Pläne?«

Jess rutschte unangenehm berührt auf ihrem Stuhl hin und

her, da sich noch mehr Augenpaare auf sie richteten. »Ach, wissen Sie, ich …«

»Hmmm … verstehe«, sagte Martha und fing Jess' Blick ein. »Mir geht es ähnlich. Ach, könnten Sie mir bitte mal die Farbstreusel reichen?« Als Jess die Streuseldose zu ihr hinübergeschoben hatte, räusperte sich Martha. »Liebe Emmas-und-Gemmas«, sagte sie ausdrücklich in Richtung einiger Frauen, die immer noch darauf warteten, Jess' Weihnachtspläne zu erfahren, »könntet ihr mir bitte mal den Müllkalender erklären? Die Daten für die Recycling-Tonne werden ständig geändert.«

Jess lächelte. Martha hatte ihr Unbehagen bemerkt und sie sofort aus der Schusslinie genommen. Sie hatte jetzt definitiv etwas gut bei ihr. Doch Jess wollte so schnell wie möglich hier raus, bevor jemand weitere Fragen stellte.

Nachdem sie noch eine Handvoll Kekse dekoriert und von Martha die diskrete Einladung erhalten hatte, bei einem Gläschen Sherry gemeinsam die Weihnachtsrede der Queen anzuhören, nutzte sie die Gelegenheit, sich aus dem Staub zu machen. Außerdem waren Drea, Josh und seine Tochter gerade in eine hitzige Diskussion vertieft, inwiefern ein Rentier auch ein Einhorn sein könnte. Sie bedankte sich bei Chantal für den wunderschönen Abend und verschwand dann so unauffällig wie möglich. Als sie die Haustür hinter sich verschloss, hatte sie einige neue Eindrücke zu verarbeiten. Die seltsamen Stiche im Bauch waren ein eindeutiges Zeichen dafür, dass ihr Josh gefiel. Dafür sprachen auch ihre roten Wangen. Doch sie wurde auch immer rot, wenn sie log. Also fühlte sie sich nun zu Josh hingezogen oder machte sie sich nur etwas vor? Dreas Falkenaugen waren den ganzen Abend auf sie und Josh gerichtet gewesen. Allerdings war Drea für ihre Verhältnisse recht still gewesen.

Zu still. Und das hatte das Kennenlernen neuer Leute erheblich anstrengender gemacht. Sie hatte diese Situation so oft auf dem Schulhof beobachtet. Ein einsames, erschrockenes neues Kind freundet sich im Übereifer mit dem erstbesten netten Kind an, und dann, peng!, stellt sich heraus, dass der erstbeste Freund gar keiner war. Das Kind hätte durchhalten müssen. Warten müssen, bis jemand auftauchte, der vielleicht auf den ersten Blick nicht als Freundin oder Freund in Frage kam, der oder die am Ende aber eine wirklich bereichernde und wahre Freundschaft zu bieten hatte. Vielleicht war sie Teil eines größeren Drea-Plans, ganz Boughton zu übernehmen und es in eine Art Christmasville zu verwandeln – so eine Art Gegenteil von Pottersville. Ein Ort, wo nur frohe Botschaften und gute Nachrichten erlaubt waren, was bedeuten würde, dass Jess wieder wegziehen müsste, weil ihr das Glücklichsein derzeit nicht so leichtfiel.

Dabei musste sie erneut an Mr Winters denken, der sich natürlich nicht hatte blicken lassen. Zu Chantals Adventsabend waren Leute gekommen, die sie bisher nicht gesehen hatte. Das heißt, wenn er überhaupt irgendwo aufgekreuzt wäre, dann bei ihr, aber vielleicht konnte er Menschen einfach nicht leiden.

Sie drückte ihr Gesicht an das Fenster zur Straße und starrte zu dem dunklen Haus am Ende der Sackgasse. Menschen, die keine Menschen mochten, ließen sich auch von keinem beim Tulpensetzen helfen. Aha! Da verstand sie plötzlich. Mr Winters hatte einen grünen Daumen. Und ganz gleich, wie schroff Mr Winters sich nach außen hin verhielt, Menschen mit grünem Daumen hatten auch einen weichen Kern. Das war genau wie bei den feinsten Schokoladen. Warum sonst würde Cadbury seine Geschenkdosen mit Edelschokoladen

Roses nennen? Sie tippte ein paar Schlüsselbegriffe in die Suchleiste. Sie war fest entschlossen, eine Rosensorte zu finden, die auf Mr Winters zutraf, und hoffte wider besseres Wissen, dass sich unter Mr Winters' dorniger Oberfläche wirklich die Knospe zu einer wunderschönen Blüte verbarg und sie sich diesmal nichts vormachte.

5. Dezember

»Cooee!«

Drea. Wer denn sonst.

»Jess?« Es klopfte an der Tür, dann klingelte es dreimal. »Jessica, mach die Tür auf. Wir müssen besprechen, was du am 14. machst.«

Herrje. Jess bekam vor lauter Stress eine Gänsehaut. Sie hatte noch gar nichts geplant. Sie zog die Füße hoch aufs Sofa und stellte den Fernseher leise.

»Jess. Ich habe einen Teller mit Keksen mitgebracht und brauche dringend eine Tasse Tee dazu.« Drea ließ nicht locker.

Ihr Kopf ratterte. Sie brauchte eine Idee. Irgendeine. Das heißt, nicht nur irgendeine. Sie musste großartig sein. Nein. Da kam nichts. Ihr Vorrat an prickelnden Ideen war aufgebraucht. Sie verkroch sich noch ein Stückchen tiefer in die Ecke ihres Sofas.

»Jessica.« Drea lachte und hob ein paarmal die Briefeinwurfklappe hoch, um sie dann scheppernd zurückfallen zu lassen. »Ich kann dich sehen. Jetzt mach schon auf. Es ist verdammt kalt hier draußen.«

Beschämt sprang Jess vom Sofa und zog die Tür auf. »Tut mir leid, ich –«

»Oje, was ist los mit dir? Bist du immer noch erkältet? Gestern Abend ging es dir doch wieder gut.« Drea schaute sich um. »Sag jetzt nicht, das ist alles, was du an Weihnachtsdeko zu bieten hast.« Sie rümpfte die Nase, während ihr Blick durch den Raum schweifte. »Soll das eine Art Minimalismus sein, wo nichts zusammenpassen darf? Das ist dir wirklich gelungen, sorry, Schätzchen.«

Wenn jemand aus ihrem alten Leben diese Bemerkung gemacht hätte, wäre sie gleich in Abwehrstellung gegangen. Doch aus irgendeinem Grund reagierte sie bei Drea anders. Sie hatte recht. Jess hatte wirklich nur das Allernötigste gemacht, um sich etwas zu Hause zu fühlen. Die Immobilienmaklerin hatte vorhin wegen der Abholung des »Zu verkaufen«-Schilds angerufen. Sie hatte sich gehetzt angehört, da sie morgen für drei Wochen in den Urlaub reisen wollte, irgendwohin, wo es warm war und Strand gab, also hatte Jess gesagt, dass es nicht eile und das Ding schon abgehängt sei und sie es auch erst im neuen Jahr abholen könne, wenn das besser passe. Das war gelogen. Sie hatte das Schild nicht heruntergenommen, sie hatte beschlossen, es vorerst hängen zu lassen. Auf jeden Fall so lange, bis sie ihren neuen Job angefangen hatte und sicher war, dass sie die Arbeit bewältigen würde.

Jess schob Drea in die Küche und schaltete den Wasserkocher an.

Drea folgte ihr mit dem Teller. Die Kekse stammten eindeutig vom Vorabend und waren, der Ausführung nach zu urteilen, von verschiedenen Leuten dekoriert worden.

»Also«, Drea trommelte mit ihren rot lackierten Fingernägeln auf den Tisch, »wir müssen reden. Setz dich.«

»Ich dachte, du wolltest mit mir reden«, antwortete Jess in einem Ton, der etwas zu mürrisch war gegenüber einer neuen Nachbarin. Oder sollte sie Freundin sagen? Egal. Sie schüttelte den Kopf. »Tut mir leid, ich bin etwas –«

»Warum bist du eigentlich hierhergezogen?«, platzte Drea heraus.

»Ich dachte, das hätte ich dir gesagt?«

»Nein.«

Vielleicht hätte sie eine Kurzbiografie schreiben und jedem Nachbarn in den Briefkasten stecken sollen … Einen neuen Lebenslauf erfinden. Allen erzählen, sie wäre Teil eines Zeugenschutzprogramms. Das würde allerdings den Sinn und Zweck eines Zeugenschutzprogramms unterlaufen. Sie hatte durchaus das Gefühl, eine Tarnung zu brauchen. Eine erfundene Geschichte, um in den Kreis dieser herrlich normalen Leute zu passen, die ihrem normalen Alltag nachgingen.

Sie blickte in Dreas freundliches und erwartungsvolles Gesicht. Ja, Drea spielte sich gern mal etwas herrisch auf, trotzdem hatte Jess das instinktive Gefühl, dass Drea ihre Verbündete war. Vielleicht würde es ihre Ängste etwas lindern, wenn sie sich ihr anvertraute.

Der Wasserkocher schaltete sich ab.

»Gut so.« Drea nickte mit Blick auf den Kocher. »Mach uns einen schönen starken Tee. Und dann trinke ich mein Tässchen, und du erzählst Tante Drea in aller Ruhe deine Geschichte.«

Eine Stunde später fühlte sich Jess Längen besser als beim Aufwachen. Geradezu gestärkt. Vielleicht lag es an den vier Keksen und zwei Tassen Tee, aber Drea hatte eine Fähigkeit, die Dinge ins richtige Licht zu rücken, wie es nicht einmal ihre Eltern vermochten. Dennoch … Sie hatte die Sache an St Benny's mit dem Weichzeichner geschildert. Es sei Zeit für einen Wechsel gewesen. Sie habe den Fokus auf das verloren, was für sie als Lehrerin wirklich wichtig war, und sie sei mit dem Einfluss, den die Eltern auf den Unterrichtsplan hatten, nicht einverstanden gewesen.

Ja, zugegeben, sie hatte gelogen.

Jess hatte Drea erzählt, sie sei mit einem Schüler aneinandergeraten (wahr) und mit den Eltern (wahr) wegen einer Note (total gelogen) und dass die Eltern mit einer Klage gedroht hätten, wenn Jess nicht gefeuert würde (wahr), aber nach einer Mediationssitzung durch einen neutralen dritten Elternteil aus dem Schulrat und Richterin im richtigen Leben (eine Nummer-Eins-Ehefrau) sei ein Kompromiss gefunden worden, und sie habe die Schule auf eigenen Wunsch verlassen (teilweise gelogen).

»Der springende Punkt ist, wenn sie wirklich klagen wollten, hätten sie es auch getan«, sagte Drea mit einer Überzeugungskraft, die Jess beruhigte. »Sie scheinen ja reich und bescheuert genug zu sein, um wegen jedes Schwachsinns zu klagen, wenn sie eine Chance auf Erfolg sehen. Und haben sie? Ich nehme an, die Schule hat sie entsprechend beraten, ob sie einen rechtlichen Anspruch geltend machen können oder nicht. Was sie offensichtlich nicht konnten … das heißt, du hattest die ganze Zeit recht, aber sie wollten mit dir ein Exempel statuieren. Das heißt, sie wollten nur ihr Ego beschwichtigen, das einen kleinen Scheißer großzieht.« Jess nickte. Das war der Sachverhalt im Großen und Ganzen gewesen, von der Tatsache abgesehen, dass es bei der Auseinandersetzung nicht um Crispins Noten ging.

Und was ihre Zukunft betraf? Sie wurde vor die Wahl gestellt, entweder selbst zu kündigen und in aller Stille mit einem neutralen Zeugnis in der Hand zu gehen oder Wirbel zu machen und wegen Inkompetenz ohne Zeugnis entlassen zu werden. Die Schulleitung wusste natürlich, dass sie sich für die erste Option entscheiden würde.

»Solche Leute machen mich wütend«, sagte Drea und

wischte behutsam einen Krümel von ihren perfekt geschminkten Lippen. »Sie denken, es ist total in Ordnung, anderen zu drohen, um über die Tatsache hinwegzutäuschen, dass sie nicht in der Lage sind, ihr eigenes Kind zu erziehen. Als könnte man einfach mit Geld um sich schmeißen, um zu vertuschen, dass man einen bösartigen und bissigen Hund großgezogen hat.«

»Na ja …«, Jess versuchte zu widersprechen, aber es gelang ihr nicht. Crispin Anand-Height war einer der Schüler gewesen, den sie am wenigsten leiden konnte. Jemals. Und sie hatte über acht Jahre Lehrerfahrung und ungefähr zweitausend Kinder unterrichtet, also … ja, in diesem Punkt musste sie Drea wohl recht geben. »Ich wollte einfach einen Schlussstrich ziehen und endlich neu anfangen, ohne dass mich der Schatten meines alten Lebens verfolgt.«

Drea brach in Lachen aus. »Viel Glück, Schätzchen.« Sie nahm einen Schluck Tee, verschluckte sich, gab dann einen kurzen Würgelaut von sich, als sie versuchte, den Tee nicht in hohem Bogen auszuspucken, und beruhigte sich allmählich, um dann gleich wieder loszulachen.

So lustig war es wirklich nicht. Die Botschaft war angekommen. Klar und deutlich. Ballast war eben Ballast, aber wie sollte sie etwas loslassen, das sie in jeder Faser ihres Körpers spürte?

»Es gibt Leute, die haben Schlimmeres überlebt«, sagte Drea schließlich. »Du kriegst das schon hin, Süße.«

Jess musste sich zurückhalten, Drea nicht anzuschnauzen, dass es schon zu den schlimmsten Dingen gehörte, die einem passieren konnten, wenn der gute Ruf, den sie beruflich genossen hatte, zu Unrecht in den Dreck gezogen worden war, doch sie blieb bei ihrer Taktik und biss stattdessen dem Pfefferkuchenmann den Kopf ab.

»Und was ist mit dir?«, fragte sie Drea.

»Was soll mit mir sein?« Dreas selbstsicheres Auftreten erstarrte und erinnerte fast an eine Abwehrreaktion.

»Warum bist du denn hierhergezogen? Du hast doch vorher in Nottingham gelebt?«

»O ja, Nottingham«, sagte Drea beiläufig. »Das Melbourne der nördlichen Hemisphäre.«

Jess fiel verdutzt die Kinnlade herunter.

»War ein Witz.« Drea führte nachdenklich die Tasse an den Mund und nahm einen Schluck Tee. »Man könnte es so formulieren, Nottingham war ein Kapitel in meinem Leben, das ich gern übersprungen hätte.« Sie suchte einen Keks in Schneeflockenform aus und begann, die Farbstreusel einzeln mit der Nagelspitze abzukratzen und sie akribisch auf dem Küchenpapier aneinanderzureihen, das Jess ihr anstatt einer Serviette hingelegt hatte.

»Du bist also aus Melbourne?«

Drea nickte.

»Wann warst du das letzte Mal dort?«

»Vor vier oder fünf Jahren. Nicht seit meinem Umzug hierher.« Wieder schwang etwas Abwehrendes in ihrer Antwort mit. »Ich hätte zurückgehen sollen. Nicht für immer, ich bin glücklich hier, aber … ich hätte für meinen Jungen da sein sollen, ich habe so viel verpasst.« Sie rubbelte noch ein paar Farbstreusel von ihrem Keks.

Jess verzichtete auf die nächste und naheliegende Frage.

»Männer«, sagte Drea endlich, »besser gesagt, ein *bestimmter* Mann in Nottingham, aber was soll's«, sie machte eine Bewegung mit der Hand, als würde sie einen Schnitt markieren. »Männer waren eigentlich immer die Ursache meiner Probleme.«

Jess schwieg weiterhin. Das war schon immer ihre beste Taktik gewesen, wenn sie ein Kind dazu bringen wollte, die Wahrheit zu sagen, vor allem, wenn er oder sie sich mit einer Flunkergeschichte herauszureden versuchte. Sie glaubte zwar nicht, dass Drea sich irgendetwas ausdenken würde, aber wer wusste das schon?

»Und was war dein Eindruck von Josh?« Drea wechselte unvermittelt das Thema und setzte eine Unschuldsmiene auf, doch ihre Augen sagten etwas anderes.

»Nett«, antwortete Jess vorsichtig. Fragte Drea sie gerade aus, ob sie Interesse an ihm hatte? Oder wollte Drea ihr vermitteln, dass sie Josh für sich selbst beanspruchte? »Er ist wirklich sehr attraktiv, keine Frage.«

»Das stimmt allerdings«, sagte Drea und schaute wieder auf die schrumpfende Menge von Streuseln auf ihrem Keks. »Wie wär's mit einem Annäherungsversuch?«

»Was? Nein! Auf keinen Fall, ich will keine Annäherung mit irgendjemand.«

Drea verdrehte die Augen. »Du bist so ein Sensibelchen. Ich wollte nur sagen, dass er zu haben ist, und du bist Lehrerin und kannst mit Kindern, das passt doch –«

Jess unterbrach sie. »Nur weil ich Kinder unterrichte, heißt das noch lange nicht, dass ich eine Beziehung mit einem alleinerziehenden Vater haben möchte.«

Interessant. Ihr war bisher nicht klar gewesen, dass das für sie ein Kriterium darstellte.

Drea öffnete den Mund und gab einen Laut von sich, der klang, als würden sich mehrere Sätze darum streiten, wer's zuerst über die Lippen schaffte. Offenbar gab es keinen Sieger.

Also begann Jess, die Fragen zu beantworten, von denen sie

glaubte, dass Drea sie stellen wollte. »Ja, ich möchte eines Tages eigene Kinder haben, aber noch nicht jetzt. Nein, ich möchte zurzeit keinen Freund – egal, ob verwitwet, ledig, verheiratet, mit oder ohne Kinder, sexy, hässlich oder was weiß ich. Ich möchte erst einmal allein sein. Und auf deine Frage der ›Annäherung‹ –«, hier kam sie ins Stocken. Tatsächlich war ihr auch der Gedanke an körperlichen Kontakt unangenehm. Zu deutlich stand ihr noch das Bild vor Augen, wie sie Crispin am Arm gepackt hatte, wie er die Faust ballte und dann – widerlich. Sie wollte nicht mehr daran denken.

»Ich nehme an, dein Ex-Freund hat dich ganz schön verletzt.«

Zu ihrer eigenen Überraschung spürte Jess Tränen aufsteigen. Ihre Trennung von Martin hatte erstaunlich wenig damit zu tun, wie sie sich gerade fühlte. »Es ist merkwürdig, wie selten ich an ihn denke.«

Das war tatsächlich seltsam. Er war ihr wichtig gewesen. Versteht sich, sonst hätte sie wohl nicht mit ihm zusammengelebt. Sie dachte sogar, sie liebe ihn. Sie mochten dieselben Restaurants, Boxsets und Brettspiele. Und sie teilten das Bedürfnis, nicht ständig aufeinanderzuhocken wie ihre Eltern. Es war eine einfache Beziehung, aber keine besonders leidenschaftliche gewesen, das sah Jess jetzt ein. In der Hektik des Alltags, wo sich alles um die Arbeit drehte, hatten sie sich kaum gesehen, außer wenn sie gemeinsam zu Veranstaltungen gingen, was jedoch selten vorkam. Sie war morgens meistens schon um halb sechs aufgestanden, um eine Stunde später zur Schule aufzubrechen und erst gegen sieben oder acht wieder zu Hause zu sein, wo sie normalerweise noch Arbeiten korrigieren und für den nächsten Tag etwas vorbereiten musste. Martin war Immobilienmakler mit Schwerpunkt Stadtzentrum und hatte unberechenbare Arbeitszeiten, und als »Visitenkartenjunky« war er ständig unterwegs gewesen, um bei irgendwelchen *Meets and Greets* (das heißt vor allem: im Pub) präsent zu sein.

»Ich mag, wie er ›Okay, mein Sohn?‹ sagt«, brach Drea das Schweigen.

Jess blinzelte verwirrt: »Wie bitte?«

»Josh«, erklärte Drea und entfernte das letzte Körnchen – ein rotes – von dem armen Keks. »Immer, wenn er mit Eli spricht, nennt er ihn ›Sohn‹. Ich mag das. ›Komm her, mein Sohn.‹ – ›Leg das bitte hin, mein Sohn.‹ – ›Gut gemacht, Sohn.‹« Dabei blickte sie in die Ferne, als dachte sie an ihren eigenen Sohn.

»War der Vater deines Sohnes nicht Teil seines Lebens?«

»Nö«, sagte sie und winkte ab.

»Vermisst du ihn?«

»Wen?«

»Deinen Sohn«, hakte Jess sanft nach.

Dreas Augen wurden glasig, dann nickte sie kurz und heftig. »Natürlich tue ich das, aber er ist jetzt erwachsen. Er braucht keine Mama, die was weiß ich wie viele tausend Kilometer weit weg wohnt und sich ständig in sein Leben einmischt, oder?«

Jess rümpfte die Nase. »Hast du das jemals versucht?«

Drea schüttelte den Kopf und zuckte dann mit den Schultern. »Ich war … ich … ich hätte mehr auf ihn eingehen sollen.«

»Inwiefern?«

»Entweder habe ich ihn total vereinnahmt oder ihm gesagt, er soll seine Socken oder was auch immer selbst wegräumen und allein klarkommen. Meistens war ich nur damit beschäftigt, meinen neuesten Freund glücklich zu machen.«

Jess sah sie fragend an.

»Die meisten Männer, das ist zumindest meine Erfahrung, können nichts mit den Nachkommen anderer Männer anfangen … ich hätte es also besser wissen müssen.« Dreas Nase zuckte, als würde sie ungewollte Tränen unterdrücken. Sie begann, die Farbstreusel vom nächsten Keks abzureiben. »Ich war nur bei den wichtigen Sachen immer hinterher. Schule. Benehmen. Verantwortung. Und er hat es ganz gut ohne mich geschafft. Hat sich durch die Uni und das Jurastudium gekämpft. Er ist wirklich ein guter Junge.«

»Wie heißt er?«

»Spencer.«

Drea sagte seinen Namen mit so viel Liebe und Sehnsucht und Reue, dass sich nun Jess' Augen mit Tränen füllten.

»Ich hoffe, ich lerne ihn eines Tages kennen.«

Drea räusperte sich und erwiderte schließlich Jess' Blick.

»Mit ein wenig Glück vielleicht schon bald.«

»Wirklich?« Die Vorstellung, die männliche Version von Drea zu Gesicht zu bekommen, munterte Jess seltsamerweise auf.

»An Weihnachten … na ja, wird wahrscheinlich sowieso nichts draus, aber …« Sie gab ihr einen ihrer *Ich-sag-dir-jetzt-die-Wahrheit*-Blicke. »Ich habe ihm ein Flugticket geschickt. Dann kann er endlich das neue Haus sehen und meine neuen Freunde treffen.« Sie schenkte Jess ein vielversprechendes Lächeln.

»Wieso sollte er nicht kommen?«, fragte Jess.

»Ich schicke ihm jedes Jahr ein Flugticket.«

»Wow. Echt nett. Und …?«

Drea räusperte sich noch einmal und legte dann den Keks auf den Teller, den sie von sich wegschob. »Er ist noch nie gekommen.«

»Oh.«

»Er …« Drea verpasste dem Küchentisch einen weiteren Trommelwirbel mit ihren roten Nägeln, »nachdem ich Australien verließ, wurde unsere Beziehung ziemlich kompliziert.«

Jess erhob sich, füllte den Wasserkocher wieder auf und lehnte sich dann gegen die Küchenzeile, während Drea weitererzählte.

»Als ich Spencer bekam, war ich nicht die gepflegte und organisierte Person, die jetzt vor dir sitzt. Ich war noch ein Kind. Meine Eltern haben mich rausgeschmissen. Die waren von der Country-Club-Sorte. Die konnten kein sechzehnjähriges Partygirl vorzeigen, die ungewollt schwanger geworden war. Auf keinen Fall durfte mein Freund einbezogen werden, denn der war ein richtiger Versager, was mich aber nicht davon abhielt, mich später in einen Loser nach dem anderen zu verlieben, bevor ich endlich zur Vernunft kam.«

»Sie haben dich rausgeschmissen?«, wiederholte Jess. Sie konnte sich überhaupt nicht vorstellen, dass ihre Eltern so etwas tun würden. »Was hast du dann gemacht?«

»Das Einzige, was ich konnte«, sagte Drea ohne eine Spur von Ironie. »Ich habe getanzt.«

»Was?« Jess versuchte, sich Drea in Leggings vorzustellen, mit Glitzerstreifen und Leopardenmuster, und … es war tatsächlich möglich.

»Ich habe an der Stange getanzt, Poledance, Schätzchen, ich hatte Ballettunterricht gehabt, Jazz, Modern und alles Mögliche gelernt, bevor ich ungeplant schwanger wurde. Und sobald Spencer auf der Welt war, fing ich an, mich für Geld um eine Stange zu räkeln.« Jess stellte sich vor, wie die Männer einer Teenagermutter Banknoten in den Stringtanga steckten, und erschauderte. Drea hielt kurz inne und fuhr dann fort. »Ich tanzte nur in den Bars, wo Anfassen nicht erlaubt war und die größten Türsteher arbeiteten, und ich habe es nur so lange gemacht, bis ich genug Geld zusammenhatte, um das zu tun, was ich wirklich wollte.«

»Und das war?«

»Fitnesstraining. Sport.«

Jess schüttelte den Kopf. Sie konnte ihr nicht folgen.

Drea blickte kurz über ihre Schulter, als wäre sie dabei, ein peinliches Geheimnis preiszugeben. »Hast du schon mal vom Bondi-Beach-Body gehört?«

Jess nickte. Das kannte doch jeder. Eine Kombination von Zumba und Soul Cycle und Elementen aus fast jedem anderen Fitnesstrend. Amanda hatte das Training jeden Tag vor der Arbeit gemacht. Sie nannte es »Ausfallschritte mit Todesfolge«. Und Amanda hatte wirklich tolle Beine.

»Das bin ich«, sagte Drea.

»Was?« Jess spuckte beinahe ihren Tee aus. »Du hast Bondi-Beach-Body erfunden?«

Drea neigte stolz den Kopf zur Seite, als wollte sie sagen, ja, das ist meine Marke, aber der Weg zum Erfolg war kein Zuckerschlecken.

»Wow. Das ist ja toll.«

»Nicht wirklich, wenn man bedenkt, mit was für Scheißtypen ich in der Zeit zusammen war. Und die Entscheidungen, die ich als Mutter hätte treffen sollen, wenn ich nicht so besessen davon gewesen wäre, den richtigen Mann zu angeln. Spencer musste viele Probleme eines Heranwachsenden allein bewältigen. Er hätte eine Mutter an seiner Seite brauchen können.« Sie seufzte und lächelte Jess traurig zu. »Aber die Geschichte hat trotzdem ein Happy End. Könnte man jedenfalls so sehen. Vor zwei Jahren habe ich den letzten dieser Typen abgesägt. In Nottingham.«

»Aber du warst seitdem nicht mehr in Australien?«

Drea ließ ihren inzwischen verzierungsbefreiten Keks in den Müll fallen. »Ich denke, für heute reicht's mit dem Herzausschütten, oder?«

»Ich bin mir sicher, du hast dich viel tapferer geschlagen, als du denkst«, sagte Jess.

»Mit Spencer?« Jetzt nahm Drea sich einen sternförmigen Keks. »Wie gesagt, er ist ein guter Junge. Kann richtig und falsch voneinander unterscheiden, wenn's darauf ankommt«, sie rümpfte wieder die Nase und begann, diesmal die Farbstreusel von ihrem Keks zu schnippen. »Ich war ihm nicht gerade ein gutes Vorbild für Beziehungen.« Sie erwiderte Jess' Blick. »Ich wäre so gern bei seiner Graduierung dabei gewesen oder bei seinem Umzug in die neue Wohnung oder als er seine Freundin kennenlernte, aber ich habe es mir nicht verdient. Auch nicht das Recht, ihn um Vergebung zu bitten. Damit würde ich ihm zu viel Druck machen. Er hat das Flugticket erhalten. Die Entscheidung liegt jetzt bei ihm.«

»Wir machen alle Fehler.«

»Aber nicht alle haben Partner, die darauf bestehen, ins Ausland zu ziehen, bevor der Sohn seinen Uni-Abschluss gemacht hat.«

»Du hattest bestimmt deine Gründe dafür. Hat nicht Barack Obamas Mutter ihren Sohn bei den Großeltern zurückgelassen, als sie wieder geheiratet hat? Aus ihm ist trotzdem etwas Ordentliches geworden, oder?«

»Und sie ist gestorben«, entgegnete Drea, »an Krebs, noch

bevor er Präsident wurde.« Drea blinzelte ihr zu und strich sich dann mit ihren langen Nägeln durchs Haar. »Langer Rede kurzer Sinn … Ich schwinge schöne Reden darüber, wie man ein guter Mensch wird, aber Tatsache ist, ich habe die falschen Prioritäten gesetzt. Spencer hätte immer meine Nummer Eins sein müssen.«

»Er weiß bestimmt, dass du ihn liebst.«

Drea räusperte sich. »Da wäre ich mir nicht so sicher.«

Jess' Herz blieb fast stehen. Einer Sache war sie sich immer sicher gewesen, nämlich der Liebe ihrer Eltern.

»Wie lange ist das Ticket gültig?«, fragte sie.

»Von heute bis Weihnachten.«

Jess schluckte. Das musste ein ziemlich teures Ticket sein. Aber Drea hatte ja Bondi-Beach-Body erfunden und konnte sich das wahrscheinlich leisten. Doch da drängte sich unvermeidlich die Frage auf, wieso sie ausgerechnet hier wohnte, in dieser liebenswürdigen, aber nicht gerade exklusiven Sackgasse?

»Warum ziehst du nicht nach Australien zurück?«, fragte sie. »Du könntest dich in einer anderen Stadt niederlassen, wenn du dich ihm nicht aufdrängen willst.«

Drea atmete tief ein und schüttelte den Kopf. »Ich möchte doch, dass Spencer hierherkommt. Von sich aus, verstehst du? Er soll wissen, dass ich jetzt eine normale Mutter bin. Eine normale Mutter, die ein normales Leben führt.«

Auf einmal ergab der lebende Adventskalender Sinn. Drea wollte damit die Weihnachtsgötter besänftigen, damit sie ihr ein Weihnachtswunder bescheren würden.

»Ich drücke alle Daumen und Zehen, die ich habe, für dich.« Jess zeigte ihre Daumen und drückte sie so hart, wie sie konnte.

Plötzlich schreckte sie zusammen. »Tut mir leid, Drea. Ich muss jetzt dringend los.«

»Schon gut.« Drea sah sie skeptisch an. »Auf dem Sofa hocken ist ja auch kein Vollzeitjob.«

»Nein, tut mir leid. Darum geht's nicht. Es ist nur so …« Sie zögerte. »Es geht um Mr Winters.«

»Was? Nummer 24?«

»Ja, ich habe ihm versprochen, dass ich ihm heute beim Tulpenzwiebelnsetzen helfe.« Drea betrachtete sie skeptisch von der Seite. »Und wie kam es denn dazu, bitte schön?«

Jess berichtete ihr kurz von der Weihnachtskarte. »Das hätte ich dir alles wahrscheinlich nicht erzählen dürfen, weil es jetzt schon zwei Leute sind, die Bescheid wissen, und Mr Winters tappt immer noch im Dunkeln.

»Es sei denn, er hat inzwischen den Brief geöffnet.«

»Da hast du recht. Doch selbst wenn er ihn geöffnet hat, ist es recht unwahrscheinlich, dass er Wills Catering-Service online findet. Er braucht die Visitenkarte, wenn er Kontakt mit ihm aufnehmen möchte.« Auf einmal fühlte sich Jess schlecht. »Vielleicht hat ihn die Weihnachtskarte noch deprimierter gemacht? Die vielen Erinnerungen an seinen Sohn sind wieder hochgekommen, und er hat erfahren, dass er schon seit Jahren zwei Enkel hat, von denen er nichts wusste.«

»Du regelst das schon, Schätzchen. Wenn er die Möglichkeit hat, sich wieder mit seiner Familie zu versöhnen, dann musst du unbedingt dafür sorgen.«

Das war eine interessante Aufforderung von jemand, der für Familienprobleme nur eine Lösung kannte, nämlich: Er wird schon auf die Arche kommen, wenn ihm das Wasser bis zum Hals steht.

»Und wie?«

»Das ist dein Problem, Süße.« Dreas Gesichtsausdruck verfinsterte sich. »Wenn dieser Kerl es wagt und sich nichts für den letzten Abend des Adventskalenders einfallen lässt, dann werde ich ihm aber zeigen, wo's langgeht. Und natürlich dir die Schuld geben.« Sie schenkte Jess ein hinreißendes Lächeln, das nur von einer Frau kommen konnte, die Tausende von Ausfallschritten machen konnte, ohne jemals Schmerz zu spüren. »Alles mit der Ruhe.«

Nachdem Drea gegangen war, sprang Jess unter die Dusche, kämmte sich und strich dann ihr Haar mit einem Reif zurück, weil ihre Ponyfransen sich einfach nicht in Reihe bringen lassen wollten, nahm ihn wieder ab, setzte stattdessen ihre Pudelmütze auf und rannte dann die Straße hinunter. Sie klopfte an Mr Winters' Tür, doch nur eine ohrenbetäubende Stille stemmte sich ihr entgegen. Sie probierte es erneut. Nichts. Sie spähte durch die Fenster. Absolut nichts. Kein Lebenszeichen außer einer blauäugigen Siamkatze, die sie ausgesprochen verächtlich ansah und dann mit erhobenem Schwanz aus dem Zimmer stelzte.

Mit hängenden Schultern und einem schlechten Gewissen, als hätte sie Mr Winters und die gesamte Nachbarschaft im Stich gelassen, lief Jess zurück nach Hause und grübelte weiter darüber nach, wie sie Mr Winters aus dem Haus locken könnte, und vor allen Dingen, wie sie ihn davon überzeugen sollte, dass es eine gute Idee sei, an Heiligabend die gesamte Nachbarschaft einzuladen.

6. Dezember

6. Dezember
An: WillWinters@TheMerryVictualler.co.uk
Von: JessGreen2000@gmail.com
Betreff: Ihre Weihnachtskarte

Sehr geehrter Mr Winters
LÖSCHEN LÖSCHEN LÖSCHEN

Lieber Will (Darf ich Will sagen?)
LÖSCHEN LÖSCHEN LÖSCHEN

Lieber Will,

ich möchte mich kurz vorstellen. Mein Name ist Jess(ica) Green. Ich wohne in der Christmas Street 14, also in derselben Straße wie Ihr Großvater, Mr Arnold Winters.

Sie fragen sich sicher, wie ich wissen kann, dass mein Nachbar Ihr Großvater ist. Gute Frage. Na ja, es ist eigentlich ein lustiger Zufall. Der Briefträger hat Ihre Weihnachtskarte aus Versehen bei mir eingeworfen, und weil ich mich so gefreut habe, eine Weihnachtskarte an meine neue Adresse zu bekommen, habe ich gar nicht nachgesehen, wer der Absender/die Absenderin war (oder der Empfänger) – und den Umschlag einfach geöffnet. Das tut mir schrecklich leid. Erst als ich Ihre Karte las, bemerkte ich meinen Irrtum. Ich bitte tausendmal um Entschuldigung, denn ich weiß, dass dies eine Verletzung des Briefgeheimnisses ist. Bitte, zeigen Sie mich nicht an. Es war wirklich nicht meine Absicht.

Ich habe Ihre Weihnachtspost sofort zu Ihrem Großvater gebracht. Doch leider hatte ich den Umschlag im Eifer mit Sekundenkleber versiegelt, ohne vorher Ihre Visitenkarte wieder hineinzustecken. Weil Ihr Großvater bereits a) überdurchschnittlich alt ist und b) soweit ich das beurteilen kann, nicht wirklich daran interessiert ist, sein soziales Umfeld zu erweitern, habe ich es leider nicht geschafft, ihm Ihre Visitenkarte nachträglich zu überreichen. Daher habe ich beschlossen, Ihnen zu schreiben, um Sie zu fragen, ob Sie Ihrem Großvater möglicherweise eine zweite Weihnachtskarte mit einer zweiten Visitenkarte schicken könnten, weil ich es nicht ertragen könnte, wenn Sie Ihren Großvater wegen eines Missgeschicks meinerseits nie sehen würden. Ich möchte mich ausdrücklich für die Unannehmlichkeiten entschuldigen. Ich bin mir darüber bewusst, dass Sie im Dezember besonders viel zu tun haben (übrigens toller Name für einen Lieferservice!). Es könnte durchaus sein, dass Ihr Großvater Ihre Dienste für den Weihnachtsabend in Anspruch nehmen muss, denn sein Haus ist die letzte Station unseres lebenden Adventskalenders.

Auf jeden Fall bitte ich um Verzeihung. Ich sollte mich nicht weiter einmischen, denn ich habe damit schlechte Erfahrungen gemacht, deswegen höre ich hier auf, aber wenn Sie Fragen haben oder sauer sind, seien Sie versichert, Sie haben mein größtes Verständnis.

Hochachtungsvoll
Jessica Green (Christmas Street 14)

»Man könnte sagen … ähm …«, Kevin verschränkte die Arme und beugte sich näher an Jess heran. »Du bist eine ziemlich harte Nuss.«

Jess reagierte widerstrebend und wich einen Schritt zurück.

Sie war deutlich genervt. Und nicht nur, weil Kevin aus Nummer 6 sie wie ein Zirkuspferd begutachtete.

Okay, vielleicht hatte sie etwas überreagiert, als er sie von oben bis unten musterte. Kevin war wirklich nett, und seine Frau ebenfalls, und der Anlass, warum er sie so aufs Korn nahm, war ja nur eine Partyspaß-Frage: »Und was bist du für ein Auto-Typ?« Bisher hatte er drei Mini-Vans richtig geraten, einen Jaguar (Drea), einen Porsche, einen Aston Martin (Jess' Ex wäre dahingeschmolzen, wenn man ihn für einen Aston-Martin-Typ gehalten hätte), vier pastellfarbene Cabrio-Käfer (die Gem-und-Emmas, deren Ehegatten geschlossene VW-Busse in den Grundfarben waren), einen Range-Rover, einen Bugatti, was auch immer das bedeutete (denn es ging gleich ein Raunen der Bewunderung durch die Männerreihen), und Martha Snodgrass wurde ein altmodischer Land-Rover zugesprochen. Alle kicherten heimlich oder rollten mit den Augen, als Martha darüber zu lamentieren begann, dass ein praktischer und zuverlässiger Wagen immer einem Protzschlitten aus Karbonfasern vorzuziehen wäre, *vor allem*, weil ein anständiger Land-Rover kein eingebautes Radio habe, *aus dem etwas* herausdröhnen konnte, *was zu Unrecht als Musik* bezeichnet würde. Den letzten Satz ihrer Jammertirade richtete sie gezielt auf Tyler, ihren Untermieter, der aber so beschäftigt war, sich über seinen Miniatur-DeLorean zu freuen, dass er keine Notiz davon nahm.

Kevin brauchte eine halbe Ewigkeit, um herauszufinden, was für ein Auto sie war, und es machte sie zunehmend nervös, dass alle Augen auf sie gerichtet waren. Als könnten alle durch sie hindurchsehen und ihre Schwächen und ihr gebrochenes Herz erkennen. Und die Angstzustände, gegen die sie seit einem Jahr kämpfte. Das blutrote Wort GESCHEITERT auf der Stirn, dass ihre Lehrerkarriere beinahe zerstört hatte.

Drea und auch Jess' Mom (falls sie da gewesen wäre) hätten sie jetzt aufgemuntert. Kopf hoch, du schaffst das schon, hätten sie gesagt. Es war schließlich ihre Entscheidung, welches Gesicht sie der Welt zeigen wollte: die positive und selbstbewusste Jess oder die am Boden zerstörte ängstliche Jess, zu der sie geworden war, weil ein paar überprivilegierte Eltern sie eingeschüchtert hatten. Wegen deren Sohn, der keine Sekunde im wirklichen Leben überstehen würde oder eines Tages Premierminister werden würde. Die Chancen standen fünfzig zu fünfzig.

Hier inmitten ihrer neuen Nachbarn würde sie gern diese Ich-schaffe-alles-Haltung an den Tag legen. Eine Oberfläche aus Teflon, an der die Meinungen der Leute einfach nicht haften blieben. Sie war ein nervliches Wrack. Vor allem, nachdem heute schon wieder alles schiefgelaufen war.

Obwohl sie ihre E-Mails mehr als regelmäßig gecheckt hatte, konnte sie keine Antwort von Will Winters in ihrem Posteingang vorfinden. Höchstwahrscheinlich sprach er gerade mit der Polizei, um eine einstweilige Verfügung oder Klage wegen Verletzung der Persönlichkeitsrechte einzureichen.

Sie hatte ein weiteres Mal versucht, ihr Versprechen einzulösen, und bei Mr Winters geklingelt, um für ihn in ihre gelenkigen Knie zu gehen und Tulpenzwiebeln zu setzen. Doch er hatte wieder nicht geöffnet. Sie war heute Abend sogar noch ›ganz zufällig‹ an seinem Haus vorbeigelaufen, für den Fall, dass er gerade herauskommen und sich den Adventskalendergängern anschließen würde. Doch durch die zugezogenen Vorhänge drang nicht einmal der schmalste Lichtstrahl, und auch von der Siamkatze keine Spur. Vielleicht hatte sich Mr Winters in ein Zimmer auf der Rückseite des Hauses zurückgezogen. Es gab einen breiten, mit Steinplatten verlegten Weg, der wahrscheinlich nach hinten in den Garten führte. Doch dann besann sie sich auf ihre Liste von strafbaren Handlungen und beschloss, auf eine weitere Klage wegen Hausfriedensbruchs besser zu verzichten. Und als sie dann Rex und Kai aus ihrem Haus kommen sah, winkte sie ihnen zu, und sie liefen gemeinsam zu Haus 6. Rex und Kai hatten bereits ihre Spielzeugautos bekommen. Kai war ein kleiner, roter Corvette und außer sich vor Freude. Rex hatte einen 50er-Jahre-Pick-up wie im Film *Die Brücken am Fluss* überreicht bekommen, nur dass die Milchkannen auf der Ladefläche dieses Mini-Trucks mit Blumen gefüllt waren. Er war ebenfalls begeistert. Jetzt fehlte nur noch Jess. Sie gehörte offenbar nicht dazu, dachte sie niedergeschlagen, und versuchte, ihre Sitzposition zu verändern, dass sie weniger wie ein erschrockenes Reh im Scheinwerferlicht aussah und mehr nach: Sieh mal einer an, mich kann man nicht so leicht in eine Schublade stecken.

»Komm schon, Kev!«, rief jemand von ganz hinten. »Es ist eiskalt hier draußen.«

»Ich muss in einer halben Stunde gehen, Kev. Kannst du bitte ein bisschen Gas geben! Oh, pass auf, mein Lieber, die Straße ist rutschig.«

»Also gut.« Kev faltete die Hände zu einer Namaste-Geste zusammen. »Ich muss nur diese letzte Nuss knacken.«

»Weiß jemand, ob sie die Straßen streuen? Ich muss noch ein paar Einkäufe erledigen.«

»Kev! Ich frier mir den Arsch ab, Mann. Mach schon!«

Kevin aus Nummer 6 war Autoschlosser. Und er war ein

passionierter Sammler von Spielzeugautos. Dementsprechend hielt sein Adventskalendertürchen ein Spielzeugauto für jeden bereit, und anschließend sollte es noch ein Autorennen auf einer im Dunkeln leuchtenden Rampe geben, die er zu diesem Zwecke aufgebaut hatte. Der Startpunkt befand sich auf dem Scheitelpunkt seiner nahezu zwei Meter hohen Hecke und endete an der Bordsteinkante auf der anderen Straßenseite. Seine Frau erzählte jedem, man solle einfach nur Bescheid sagen, wenn man mehr als ein Auto haben wolle, denn es würden sich schon mehr als genug von Kevins »kostbaren Autos« auf ihren Regalen türmen. »Er würde uns sogar zum Schlafen auf den Dachboden verfrachten, um Platz für seine Autos zu schaffen«, verkündete sie, während alle darauf warteten, dass Kevin endlich ein Auto für Jess aussuchte.

Nach einer gefühlten Ewigkeit streckte Kevin seine Hand über dem Kartentisch aus, wo er vor einer Stunde voller Stolz seine besonderen Schätze ausgestellt hatte, und wählte einen Mini Cooper in britischem Racing Green aus. Jess wurde warm ums Herz. Sie hatte Mini Cooper immer gemocht. Nie im Leben hätte sie sich in London einen Mini Cooper leisten können, aber vielleicht hier … vielleicht, wenn sie jetzt anfangen würde, darauf zu sparen.

Sie verwarf den Gedanken schnell. Materielle Dinge machten das Leben nicht besser, sondern Glück, Vertrauen und Herzlichkeit.

Kev nahm neben dem Mini noch einen recht unscheinbaren Rover in die Hand. Ihre Laune bekam einen Dämpfer. Er zwinkerte Jess zu, lächelte dann und reichte ihr schließlich den Mini Cooper.

Ein Seufzer der Erleichterung ging durch die Menge.

Jess lächelte das Auto an und war komischerweise glücklich darüber, dass Kev sich dafür entschieden hatte. Vielleicht würde sich jetzt alles zum Besseren wenden? Sie würde den Mini-Mini-Cooper gleich auf den Kaminsims stellen, wenn sie nach Hause kam, als Zeichen der Hoffnung sozusagen.

»Also gut, Kev«, sagte der Nachbar, der noch eine andere Verabredung hatte, rieb sich die Hände und klatschte dann laut. »Und was sollen wir jetzt machen? Unsere Autos die Rampe hinuntersausen lassen, um zu sehen, wer am schnellsten ist?«

Kevin stand die Angst förmlich ins Gesicht geschrieben. Er begann, seinen Plan bis ins letzte Detail zu erläutern, wie er jedes Auto klassifiziert hatte und dass die Rennen nach Modell und Bauart unterteilt wären, bis Drea ihm ins Wort fiel und das Kommando übernahm: »Wir machen es einfach so: Immer drei Leute lassen ihre Autos auf einmal losfahren, und die jeweiligen Gewinner fahren dann wieder in Dreiergruppen die nächste Runde, bis wir am Ende einen Sieger haben, alles klar?«

Jess kicherte hinter vorgehaltenem Handschuh. Sie konnte sich gut vorstellen, wie Drea die ganze Straße dazu brachte, Liegestützen und Hampelmann-Sprünge zu machen, wenn ihr danach war.

Kevin nickte gehorsam und rief drei Namen aus.

Seine Frau applaudierte und fragte Drea, ob sie vorbeikommen könne, wenn sie Kevin das nächste Mal zum Haushalt abkommandieren wollte.

»Stets zu Diensten, Schätzchen«, sagte Drea zwinkernd. »So, dann lassen wir's mal krachen.«

Nachdem die Rennen begonnen hatten, drängte sich Drea mit ihrem Mini-Jaguar durch die Zuschauermenge und reichte Jess eine Wasserflasche. »Da ist ein exquisiter Picpoul drin, wenn du etwas zum Entspannen brauchst. Ich habe ihn getarnt, damit die Leute mich nicht für eine Alkoholikerin halten.« Sie warf Jess ein süffisantes Lächeln zu und überblickte dann die versammelte Mannschaft wie eine Königin ihr Volk.

Jess nahm einen Schluck Weißwein und musste zugeben, dass er wirklich erlesen war. Und damit verschwand auch der letzte Splitter in ihrem Herzen in der Dunkelheit der Nacht. Drea war wirklich eine liebenswürdige Frau. Sie hatte die gesamte Nachbarschaft für den lebenden Adventskalender begeistert und ein Gefühl der Zusammengehörigkeit geschaffen, und auch wenn es hier und da kleine Reibereien gegeben hatte, gab es Triumphe, wie in diesem Augenblick, als alle einem Fünfjährigen applaudierten, der mit einer ausgelassenen Tanzeinlage den Sieg seiner Familie beim Autorennen feierte. Und Drea hatte nicht lockergelassen und so lange durch den Briefschlitz gerufen, bis ihre neue Nachbarin sich endlich überwand, etwas zu tun, worauf sie stolz sein könnte. Da kam ihr wieder der Gedanke an …

»Drea?« Sie gab ihr die Wasserflasche zurück.

»Ja, Süße, was ist?«

»Mir ist aufgefallen, dass Mr Winters nie zu den Adventspartys kommt.«

»Er versteckt sich wahrscheinlich vor dir«, erwiderte Drea, ohne sie anzuschauen.

»Was? Warum? Wie kommst du denn darauf?«, fragte Jess erschrocken.

»Das war bei mir genauso, als ich neu hergezogen war.«

»Wieso das?«

Sie hob abweisend die Hand. »Ich wollte nur einen Weihnachtsbaum.«

»Was hat das mit ihm zu tun?«

Drea nickte zu Mr Winters' Haus. »Sein Haus gehörte früher zu einer alten Baumschule für Weihnachtsbäume. Entweder hat er das Land verkauft oder der Eigentümer, jedenfalls hatte ich mir in den Kopf gesetzt, dass er in seinem Garten immer noch Weihnachtsbäume stehen hat.«

Sie blickten beide zum Ende der Sackgasse, wo sich ein kleines Wäldchen anschloss, das sich bis zu den Spielwiesen hinter den Schulgebäuden ausdehnte.

»Und hatte er welche?«

Drea schüttelte den Kopf. »Nein, aber er hat einen verdammt schönen Garten. Der Kerl hat eine Begabung dafür.«

»Aber nicht fürs Reden«, sagte Jess traurig. Ein weiteres Jubeln erhob sich aus der Zuschauermenge. Ihr Herz zog sich bei dem Gedanken zusammen, dass Mr Winters diesen Spaß verpasste. Sogar Frau Snodgrass, die offenbar gern die Rolle der Straßennörglerin spielte, freute sich über ihren kurz zuvor errungenen Sieg (sie hatte eine der Gem-und-Emmas ausgestochen und Josh, der nun ein hin und her wankendes Rentiergeweih auf dem Kopf trug). Bestimmt würde sich ein Mann, der, soweit sie sehen konnte, keine Familie oder Freunde hatte, über ein Nachbarschaftstreffen freuen. Alt und allein zu sein war schon schlimm genug, aber zu Weihnachten alt und allein zu sein, wo er doch die Chance hätte, seinen Enkel zu treffen …

Vielleicht *hatte* er den Kontakt ja schon aufgenommen und war deswegen nicht hier. Er hatte die Adresse von Wills Firma nachgeschlagen und war hingefahren, um ihn zu treffen. Ihr Herz machte Luftsprünge bei der Vorstellung, wie die beiden Mince Pies aßen und Glühwein tranken. Nein. Nein, er würde nicht trinken, wenn er Auto fahren müsste. Vor allem nicht in dieser Jahreszeit. Also noch mal. Mince Pies und heiße Schokolade? Womöglich. Doch was, wenn … nein, den Gedanken ließ sie lieber wieder fallen. Was aber, wenn Mr Winters Kontakt aufgenommen und Will bei einer seiner Veranstaltungen aufgesucht hatte, um ihn anzubrüllen wegen all der Dinge, die zwischen ihm und seinem Sohn vorgefallen waren, und ihm Einmischung vorwarf, in Dinge, die man lieber auf sich beruhen lassen sollte.

Der Schneematsch gefror und wurde hart. Das war alles ihre Schuld. Hätte sie die Weihnachtskarte behalten, wäre Mr Winters immer noch ahnungslos. Er wäre gemütlich zu Hause und würde wie immer seine Vorhänge blickdicht zuziehen.

In diesem Augenblick bog ein Wagen in die Sackgasse ein. Er fuhr die Straße hinunter und kam vor der Menschenansammlung zum Halt. Der Fahrer, den Jess nicht erkennen konnte, weil sie weiter hinten stand, begann sofort, wie verrückt zu hupen.

Schimpfend drängten sich die Leute aus dem Weg – »Schalt mal 'n Gang runter, Mann«, »Stress nich' rum, Alter«. Ein Kind fing an zu weinen. Plötzlich wechselte der Fahrer kreischend den Gang, und der Wagen fuhr mit einem Ruck an. Die Eltern rissen ihre Kinder an sich und riefen dem Fahrer Beleidigungen hinterher. Kevin sprang auf, um seinen Tisch mit den Spielzeugautos zu retten, während ein paar andere schnell die Rampe aus dem Weg räumten und die Autos einsammelten, die gerade im Rennen waren.

Als das Auto an Jess vorbeifuhr, fühlte sie, wie das Blut aus ihrem Gesicht verschwand. Es war Mr Winters. Er war genauso blass, wie sie sich fühlte. Und er sah ängstlich und wütend aus. Seine Hände umklammerten das Lenkrad seines robusten Volvo-Kombis, und seine Augen waren auf sein Haus am Ende der Straße gerichtet. Er fuhr langsam und behutsam, bis der Wagen in der kurzen Einfahrt, die neben seinem Vorgarten verlief, zum Halten kam. Er stieg aus und verschwand dann auf dem Pfad, der hinter das Haus führte.

Jess machte ihm keine Vorwürfe. Vielleicht war er genauso aufgebracht wie sie, auch sie wäre am liebsten weggerannt und hätte sich versteckt.

»Der Typ ist doch allgemeingefährlich!«, brüllte jemand.

»Ich finde, jemand von uns sollte hingehen und ihn zur Rede stellen.«

»Aber nicht jemand, der zu nett ist.«

»Es kommt überhaupt nicht in Frage, dass wir an Heiligabend zu ihm gehen.«

»Man kann sich gut vorstellen, was das für eine Party geben wird.«

»Wahrscheinlich schüttet er uns allen Arsen in den Eierlikör und vergiftet uns.«

»Der reinste Amokläufer. Hat er die Kinder nicht gesehen? Er hätte jemanden ernsthaft verletzen können!«

»Wie dieser Typ … wo war das noch? In Kalifornien? Der Typ, der Brems- und Gaspedal verwechselte und über hundert Menschen tötete.«

»Nein, so viele waren es nicht.

»Na und? Es wurden Menschen getötet.«

Es wurde plötzlich still in der Straße.

Als wäre die Angelegenheit nun geklärt, hob eine der Gem-und-Emmas ihr Baby auf die Hüfte, nahm das andere Kind an die Hand und wandte sich Drea zu: »Du musst ihn ausladen. Ich lasse diesen Mann nicht mehr in die Nähe meiner Kinder.«

Drea fixierte sie mit einem Blick, der selbst den bösesten Despoten zum Schweigen gebracht hätte, und sagte: »An diesem Adventskalender nehmen alle 24 Häuser teil.«

Gem-oder-Emma schnaufte verärgert: »Er ist ja nicht gerade der nachbarschaftliche Typ, oder, Drea? Warum schmeißt du denn nicht die Party am 24. Dezember? Es ist sowieso alles deine Schuld.«

»Meine Schuld?«, wiederholte Drea eiskalt.

»War doch schließlich deine Idee mit dem lebenden Adventskalender«, sagte Gem-oder-Emma zögerlich. »Wir dachten ja erst … das würde Spaß machen, aber es nimmt mehr Zeit in Anspruch, als wir haben, vor allem jetzt, wenn überall Schulaufführungen und Abschlusskonzerte sind und die Kinder die Weihnachtsgeschichte spielen, ganz zu schweigen von den vielen Dingen, die wir in der Kirche vorbereiten müssen –«

»Gut«, sagte Drea in dem gleichen neutralen, aber leicht unheimlichen Ton. »Dann lassen wir es eben.«

Die Leute blickten sich nervös an. Einige vereinzelte *Was ist denn hier los*? waren zu hören, während sich alle in der Mitte der Straße versammelten.

»Nein. So habe ich das nicht –« Gem-oder-Emma drehte sich ängstlich nach einem Mann, vermutlich ihrem Gatten, um, der sich sofort folgsam an ihre Seite stellte. »Ich meinte nicht, dass wir alles absagen sollen.« Sie begann, nervös zu kichern, während die anderen Gem-und-Emmas in verschiedenen Tonlagen einstimmten.

»Nein, kein Problem. Vergiss es einfach«, erwiderte Drea scheinbar völlig ungerührt. »Wenn es dir zu viel ist, vor allem in dieser sehr besonderen Zeit im Jahr, die für Harmonie und Vergebung steht, vergiss es einfach.«

»Nein!«, protestierte Gem-oder-Emma. »Ich – wir – wir finden es toll.«

»Aber nicht, wenn ein einsamer trauriger Mann mitmacht, der nicht zu seinem Haus durchkommt, weil wir mitten auf der Straße stehen? Ist das deine Bedingung? Ist es das, was du willst?«

Gem-oder-Emma blickte nervös über die Schulter zu den anderen. »Nein … ich … ähhh –«

Drea nutzte die Gelegenheit. »Okay, gut. Dann sind ja wieder alle an Bord. Wir sehen uns morgen vor Haus Nummer 7.«

Wieder waren ein paar unverständliche Äußerungen zu vernehmen, aber niemand widersprach Drea.

Als alle sich auf den Heimweg machten oder noch in kleinen Gruppen auf dem Gehweg zusammendrängten, zog Drea Jess an sich. »Du musst mir jetzt den Rücken stärken.«

»Was?«

»Für den alten Mr Winters.«

Sie blickten zum Ende der Straße. Haus 24 war immer noch stockdunkel, oder … doch … da brannte ein Licht, es schimmerte zart durch das Buntglasfenster oberhalb der Haustür.

»Lass uns *mañana* zusammen Kaffee trinken und einen Plan entwerfen. Natürlich, nur wenn du Zeit hast«, fügte Drea hinzu. Dreas letzter Satz ließ Jess zusammenzucken. Sie hatte tatsächlich viel zu tun. Reißzweckenbeschreibungen verfassen. Kisten voller Bücher, die sie im Alter von zwölf Jahren gelesen hatte, auspacken. Und sie musste endlich den Ikea-Bettrahmen zusammenbauen.

»Zehn Uhr passt.«

»Gut.« Drea schenkte ihr ein warmes Lächeln. »Danke, Süße. Es ist schön, in dieser Sache eine Verbündete zu haben.«

Och, das war aber nett. Sie lächelte zurück.

»Wer ist morgen dran?«, fragte Jess, nachdem sie ein weiteres Schlückchen aus Dreas Weinflasche abgelehnt hatte.

Drea rollte mit den Augen. »Die Hippies.«

Sie schauten beide zur 7 hinüber. Jess konnte an dem ersten von drei Reihenhäusern nichts erkennen, was auf Hippiebewohner hindeutete. Der Kranz an der Tür sah selbst gebastelt aus und die Recycling-Tonnen waren voll. Worauf wollte Drea hinaus?

»Ist es schlimm, dass sie Hippies sind?«

»Nicht, wenn du auf Müsli und Patchouli stehst. Sie werden wahrscheinlich unsere Aura räuchern, Meisenknödel verschenken und einen Vortrag über die Klimaerwärmung halten.«

Just in diesem Augenblick kam eine Frau mittleren Alters mit ergrautem, ursprünglich braunem Haar, das wie ein Drahtkranz oder eher Heiligenschein um ihren Kopf geflochten war, in einer Patchouli-Salbei-Duftwolke auf sie zu. Sie trug eine dicke Strickjacke, die den muffigen Duft absonderte, den man sonst nur in der Männerabteilung eines Secondhand-Ladens vorfand, und robuste Stiefel, die aussahen, als wären sie von einem Hobbit geschustert worden. Sie reichte ihnen einen Zettel.

Drea warf einen Blick darauf und sagte: »Was soll ich mit einer Einladung zum Klimaprotestmarsch vom letzten Jahr?«

»Oh, tut mir leid«, zwitscherte die Frau und lächelte sie an. »Ich habe alte Flugblätter benutzt, um kein Papier zu verschwenden.« Sie wendete das Blatt, auf dessen Rückseite eine handgeschriebene Notiz stand.

Drea blickte kurz darauf. »Kleidertauschbörse?«

»Genau«, sagte die Frau.

»Du möchtest, dass ich die Kleider, die ich nicht mehr trage, auf die Straße herausbringe, also so eine Art Flohmarkt?«

»Nein«, die Frau runzelte die Stirn, als wäre sie gewohnt, falsch verstanden zu werden, aber ohne zu verstehen, warum. »Es ist ein Tausch.«

»Du möchtest, dass ich meine Kleider tausche?«

»Ja«, die Hippiefrau strahlte wieder auf. »Schon seit drei Jahren kaufen wir keine neuen Kleider mehr.«

»Toll«, grinste Drea sie an. »Und was hat das mit dem Adventskalender zu tun?«

»Du weißt doch, was man so sagt?«, erwiderte die Hippiefrau so, als hinge die Antwort direkt vor ihnen in der frostigen Luft.

»Nein«, sagte Drea, »das weiß ich nicht.«

»Spare in der Zeit, dann hast du in der Not.«

Die Hippiefrau klopfte ihr freundlich, aber etwas herablassend auf die Schulter. »Die Natur widersetzt sich allem Übermaß.«

Drea machte einen ablehnenden Laut. »Wie wäre es denn damit: ›Mäßigung ist eine verhängnisvolle Sache. Nichts ist so erfolgreich wie der Exzess.‹«

»Na ja«, sagte die Hippiefrau mit bleckenden Zähnen, ihr Tonfall trügerisch heiter. »Wenn das bedeutet, dass du bereit bist, viele Kleidungsstücke herzugeben, dann werden sicher alle überglücklich sein. Du hattest ja schon immer einen interessanten Modegeschmack.«

Drea bemühte sich nicht mal darum, ihr Lachen zu dämpfen, als die Frau von dannen zog. »Armes Ding. Ihr Mann hat ihr schon vor Jahren untersagt, die Haare zu färben. Ich glaube, je grauer ihr Haar, umso größer wird ihr Märtyrerkomplex. Was soll's«, sagte sie schroff, »ich muss los, ich habe eine Telefonkonferenz mit dem Team in Australien. Mach's gut! Wir sehen uns morgen?«

Ohne auf Antwort zu warten, verabschiedete sie sich mit dem üblichen Winken über die Schulter und lief die Straße hinunter zu ihrem Haus. Als Jess in die andere Richtung heimwärts ging, fiel ihr Blick auf ein Fenster im oberen Stockwerk bei Mr Winters. Er stand da und sah auf die zunehmend leerer werdende Straße, aber er war so weit entfernt, dass sie seinen Gesichtsausdruck nicht erkennen konnte. Sie winkte. Er zog die Vorhänge zu. Sie kannte das Gefühl, und sie konnte den Gedanken nicht ertragen, dass Mr Winters allein in diesem großen Haus hockte. Ohne sein Kinderzimmer, wo er sich verstecken konnte. Ohne Mom und Dad, die ihm heißen Kakao und Wagon-Wheels-Kekse brachten. Sie wusste, dass sie diesen Platz nicht einnehmen konnte. Oder die Familie ersetzen. Aber sie könnte einen Weg finden, ihn davon zu überzeugen, dass er nicht allein war. Amanda nannte das immer Jess' pädagogische Superpower. Sie hatte ein Gespür dafür, welche Kinder gesellig oder schüchtern waren und welche die Fieslinge. Und sie wusste, wie man das Gleichgewicht in der Klasse herstellte. In ihrer Klasse waren alle ebenbürtig, niemand wurde bevorzugt, aber es gab Kinder, die mehr Zuspruch und Bestätigung für ihre Leistungen brauchten als andere.

Wenn sie jene Superpower wieder anzapfen könnte, dann würde ihr erster Tag an der Schule in Boughton ein Kinderspiel.

Das Licht hinter den Vorhängen ging aus. Jess nickte. »Es ist in Ordnung, Mr Winters«, dachte sie. »Wir sehen uns wieder. Sie sind nicht allein.«

7. Dezember

Jess führte eine letzte Rechtschreibprüfung durch und schickte dann das Dokument ab. Ihr Job als Texterin würde sie zwar nicht zur Millionärin machen, aber die Arbeit und ihr neues Projekt, Mr Winters in die Welt herauszulocken, würden sie davon abhalten, zu viel darüber nachzudenken, ob sie sich bis zum Antritt der neuen Stelle ihren altbewährten »Jess-Green-Charme« bewahren konnte. Die magische Beschreibung von Büroklammern und Schnellheftern würde es ihr auch ermöglichen, sich an Weihnachten ein unglaublich kalorienreiches Essen zu leisten. Allerdings googelte sie die Weihnachtsmenüoptionen nicht annähernd so besessen, wie sie darüber grübelte, ob »ein Mini Cooper zu sein« bedeutete, dass sie nun für den Rest ihres Lebens Single bleiben würde (ein neuer Grund zur Panik, den sie auf ihre nie enden wollende Angst-Liste setzte).

Gnädigerweise hatte das Internet sie zuverlässig darüber informiert, dass es eine Fülle von Möglichkeiten gäbe, ihren Gaumen zu beglücken, wenn sie ausschließlich saisonale Angebote schlemmen wollte. Marks & Spencer verkauften ein Fertigmenü für eine Person mit Truthahn, Salzkartoffeln, Rosenkohl und allem, was dazugehört. Wenn sie mehr nach einem extravaganten Dinner verlangte und sich von außergewöhnlichen Zutaten überraschen lassen wollte, dann wäre Waitrose die richtige Wahl. Sie boten einen Truthahn aus der Molekularküche à la Heston Blumenthal inklusive einer Wachtel im Goldmantel, Gojibeeren und noch einer anderen Zutat, die mit »G«

anfing und nicht mit Sicherheit einer Lebensmittelgruppe zuzuordnen war. Lidl hatte Tiefkühlhuhn im Angebot, das mit einem ziemlich knapp bemessenen Stück Schokoladenkuchen zum Nachtisch serviert wurde. Die Recherche hatte sie traurig gemacht. Die Auswahl an Single-Abendessen war groß, was ja bedeutete, dass es unglaublich viele Leute geben musste, die Weihnachten allein speisten. Vielleicht sollte sie sich eine Pizza bestellen und ihre drei Lieblingseissorten in den Kühlschrank legen und Weihnachten einfach aufs nächste Jahr verschieben.

Bevor sie ihren Laptop herunterfuhr, aktualisierte sie (einmal mehr) ihren E-Mail-Eingang und checkte sogar (einmal mehr) den Spam-Ordner. Aber immer noch keine Antwort von Will Winters. Nicht, dass sie den Teufel an die Wand malen wollte, aber wahrscheinlich veranlasste Will gerade eine einstweilige Verfügung gegen sie und hatte seinem Großvater geraten, nie mehr ein Wort mit ihr zu wechseln. Was sie sehr, sehr traurig stimmte.

Natürlich war Mr Winters ein Griesgram. Und der vergangene Abend hatte sicher kein gutes Licht auf ihn als netten Nachbarn oder guten Autofahrer geworfen, aber unter der Oberfläche …? Sie hatte das Gefühl, sie sah, was auch Drea erkannte. Eine Traurigkeit, die in jede Körperzelle drang und die Sicht auf die Welt verschattete. Ein Gefühl, das sie nur zu gut kannte. Doch da spürte sie wieder diese frische, dynamische Energie aufsteigen.

Sobald Drea herübergekommen war, würden sie gemeinsam zur 24 laufen und Tulpenzwiebeln in Arnold Winters' Beete setzen. Mit oder ohne seine Einwilligung. Manchmal waren Menschen so traurig, dass sie nicht mehr wussten, was sie wollten. Er wusste, dass er Tulpen wollte, aber aus irgendeinem lächerlichen Grund verweigerte er sich dieses Vergnügen.

Da erschien eine SMS von Drea auf dem Handydisplay. Sie sei immer noch in ihrer Telefonkonferenz und werde das Treffen mit ihr heute nicht mehr schaffen. »Sorry, Süße. Später telefonieren?« Dreas Absage versetzte ihrer guten Laune einen Dämpfer. Sie hatte sich so auf die Aktion in Mr Winters' Garten gefreut.

Aber was hielt sie eigentlich davon ab? Sie brauchte doch keinen Leibwächter. Sie hatte bereits selbst mit ihm gesprochen. Sie könnte es wieder tun.

Eine wilde Entschlossenheit packte sie. Sie schob die bereits dokumentierten Büroartikel zusammen, räumte sie in die »Erledigt«-Schachtel und beobachtete mit Zufriedenheit, dass diese sich langsam füllte. Bisher hatte sie den Superkleber (seine Vorzüge waren einfach hervorzuheben), drei verschiedene Sorten von Mini-Papiertackern und zehn verschiedene Ausführungen von passenden Heftklammern abgehakt (#NotTheirRealName) sowie alle Bürosachen mit Osterthematik fertig. Wer hätte gedacht, dass hasenförmige Haftstreifen so reizvoll sein konnten?

Die Beschreibung von flaumigen Küken-Spitzen auf Kulis, Briefpapier mit bunten Eiern und Miniatur-Hasen-Lichterketten (so süß!) war eine willkommene Ablenkung gewesen, doch jedes Mal, wenn sie einen Text fertiggestellt hatte, war die Realität wieder unverrückbar vor ihre Augen getreten. Doch jetzt hatte sie endlich wieder etwas, das ihr das beschwingte Gefühl zurückgab, das sie jeden Morgen auf dem Weg zu St Benny's gespürt hatte.

Sie würde Tulpenzwiebeln kaufen und sie Mr Winters bringen, und natürlich dürfte ein Weihnachtskranz nicht fehlen. Der Kranz von Kai und Rex war das Einzige, was sie jeden Tag garantiert zum Lächeln brachte, und nicht nur, weil er so prächtig aussah, sondern auch, weil er ein Geschenk von Fremden gewesen war. Okay, von Fremden, die ihr einen Schneeball ins Gesicht geworfen hatten, aber auf der anderen Seite war sie ja auch eine Fremde, die Mr Winters' Post geöffnet hatte, also wo war da der Unterschied?

Zwanzig Minuten später hatte sie ihren Wagen nahe der High Street geparkt und kämpfte sich an festlich geschmückten Schaufenstern vorbei zu Berry's Blooms. Die Geschäfte waren mit Lichterketten, Weihnachtskugeln oder Tannenzweigen oder ein bisschen von allem verziert. Was sie einmal mehr daran erinnerte, dass sie ihr Zuhause noch gar nicht weihnachtlich dekoriert hatte. Immerhin würde sie etwas Weihnachtsfreude zu einem Nachbarn bringen, das würde hoffentlich für alles andere entschädigen. Sie hielt nach dem Torbogen Ausschau, der in den Innenhof führte, wo der Laden liegen sollte. Früher war dort angeblich eine Marmeladenmanufaktur gewesen. Als sie das altmodische Schild entdeckte, das stolz über dem Tor thronte, blieb ihr vor Erstaunen die Luft weg. Ein majestätischer Kranz aus Ananas und Pflaumen umrahmte das Ladenschild. Den Torbogen zierte eine Fülle von Trockenfrüchten, Stechpalmen und Mistelzweigen so vortrefflich, dass jeder, der hier durchlief, unbedingt ein Selfie machen musste. Sie ebenfalls. Und sie sendete es sofort an ihre Eltern, um zu beweisen, dass sie sich amüsierte und nicht im Entferntesten darüber nachdachte, ihr neues Haus zu verkaufen oder ihren neuen Job zu kündigen. Als sie in den Innenhof einbog, machte ihr Herz einen Extraschlag. Statt des grellen Firlefanzes, für den sich viele Läden entschieden hatten, hatten Rex und Kai nicht nur den eigenen Laden, sondern den ganzen Innenhof wie ein wunderbares Wintermärchen ausgestattet. Die Ziegelmauern verschwanden gänzlich hinter hübsch geschmückten Weihnachtsbäumen, in denen zarte Lichterfäden glitzerten und hie und da Tannenzapfen mit Schneehäubchen aufblitzen ließen oder holzgeschnitzte Ornamente oder mit Nelken gefüllte Orangen und Granatäpfel, die mit einem Netz aus grünen Samtbändern befestigt waren. Die überall im Hof aufgestellten Sitzbänke waren mit dicken Schaffellen ausgekleidet, und vor ihnen knisterten kleine Schwedenfeuer vor sich hin. Über Jess funkelten an langen Girlanden die Sterne. Ein Mann mit dicker Wollmütze röstete am anderen Ende des Innenhofs Maronen über dem offenen Feuer. Sie fühlte sich, als würde sie ins Edelkaufhaus Selfridges hineinspazieren, vor dessen nobler Kulisse Dickens' *Weihnachtsgeschichte* aufgeführt würde. Unglaublich.

»Jess! Hallo, meine Liebe!« Rex umarmte sie fest. »Was führt dich in unser kleines Eckchen?«

»Ich …«, sie starrte ihn nahezu sprachlos an, »du bist ein Künstler. Ein wahrer Pflanzenkünstler!«, schaffte sie es endlich, einen Satz herauszubringen.

Er lachte. »Nein, das ist Kai, Liebes. Er hat es in den Genen. Ich kümmere mich ums Geschäftliche bei Berry's Blooms. Kai ist für die Magie zuständig. Du solltest mal sehen, was der Mann mit einer Pomelo zaubern kann!« Er zwinkerte ihr frech zu, hakte sich bei ihr unter und zog sie dann zur Eingangstür des Ladens. Wie erwartet war sie von dem wundervollen Angebot überwältigt. Es gab nicht nur eine reiche Auswahl an weihnachtlichen Spezialitäten, sondern auch ein Wandregal voller handgebundener Blumensträuße, überdimensionaler Kerzen,

Weihnachtskakteen (sie zuckte zusammen) – und sogar eine Do-it-yourself-Abteilung.

»Möchtest du selbst etwas basteln?«, fragte Rex und entlockte ihr ein Lächeln.

Sie grinste. »Ich würde gern einen Kranz binden. Wäre das möglich?«

»Selbstverständlich, aber …«, er zögerte und rief nach hinten in den Laden: »Kai-Kai!«

Kai kam aus dem angrenzenden Raum herausgestürmt. Er trug eine grüne Schürze mit ledernen Schulterriemen über einer modischen Winterkombination (dunkle, eng geschnittene Cordhose, Rollpulli, schwarz, passend zu seinen Augen und seinen unglaublich langen Wimpern, und eine Weste von Burberry). Er sah aus wie ein Rockstar.

»Hallo, Liebes!« Er breitete seine Arme aus, in der einen Hand eine Schere, in der anderen ein langes Silberband.

Nachdem sie sich umarmt hatten, begutachtete er sie mit geschürzten Lippen. »Wieso sind wir denn hier? Lass Onkel Kai raten.« Er blickte erst zu Rex, dann wieder zu Jess. »O nein.« Er legte die Materialien auf den Arbeitstisch neben sich und lächelte sie entschuldigend an. »Tut mir leid. Falls du einen Kranz basteln möchtest, ist die Antwort nein.«

Jess' Mundwinkel sanken wieder nach unten.

»Och, bitte, Schätzchen. Sei nicht traurig. Es ist nur –«, er schaute kurz nach hinten. »Kannst du ein Geheimnis für dich behalten. Es geht um unseren Plan.«

»Plan?«

»Für den Adventskalenderabend. Wir werden uns Tapeziertische von Chantal ausleihen und für alle Materialien zum Kränzebinden mitbringen. Und sag jetzt bitte nicht, dass die

Hälfte der Häuser schon einen Kranz hat, denn das stimmt nicht! Es kann nie genug Weihnachtskränze geben. Oder? Hab ich nicht recht?« Er wartete die Antwort gar nicht ab. »Sollte er denn für dich sein, Liebste? Ich meine den Kranz?«

»Nein, ich wollte einen für Mr Winters basteln.«

Kai und Rex sahen einander an. Diesmal nicht ganz so fröhlich wie vorher.

»Mr Winters? Mr Winters aus Nummer 24?«

»Ja, genau der!« Jess hatte ihr Vorhaben eigentlich als frohe Botschaft übermitteln wollen, aber nun hörte es sich fast so an, als würde sie ängstlich um Erlaubnis bitten. »Mir ist … Ich weiß, gestern Abend ist alles aus dem Ruder geraten, und er hat fast ein paar Leute angefahren, aber das hat er ja nicht …, das war ja offensichtlich *nicht* seine Absicht –«

»Bist du dir da sicher?«, fragte Rex mit tiefer Stimme.

»Ganz sicher.« Jess musste ihnen unbedingt klarmachen, wie deprimiert Mr Winters war, jedoch ohne etwas von dem geheimen Enkelsohn zu verraten, von dem sie ja nichts wissen durfte. »Er ist … er ist nur …«

»Ein sturer Bock, der so wenig zu tun hat, dass er nicht mal nett sein kann?«, schlug Rex vor.

»Nein, Schatz, sei jetzt nicht gemein«, sagte Kai, aber seine Mundwinkel zuckten.

»Ich wollte Tulpen für ihn besorgen, das war mein Plan.«

Rex rollte mit den Augen. »Natürlich will er Blumen, die es im Dezember nicht gibt.«

Jess biss die Zähne zusammen. Woher kamen nur diese harten Vorurteile gegen ihn? Soweit sie verstanden hatte, kannte niemand seine wahre Geschichte, wieso zog man dann solche gemeinen Schlüsse?

»Habt ihr Tulpenzwiebeln?«, fragte sie, als die beiden schwiegen. »Er wollte Tulpenzwiebeln, nicht die Blumen.«

»Ja«, sagte Rex und nickte. »Natürlich haben wir die Zwiebeln, meine Liebe. Tut mir leid, aber wir hatten in der Vergangenheit ein paar unschöne Begegnungen mit Mr Winters, und auch wenn wir uns für gute Nachbarn halten, bei ihm stoßen wir an unsere Grenzen.«

»Warum? Was meint ihr mit unschönen Begegnungen?«

Die beiden tauschten wieder vielsagende, diesmal aber sehr traurige Blicke aus.

»Wir sind früher immer mit unserer Hündin, Alexa, die Abkürzung an seinem Haus entlang Gassi gegangen ...«, Kai brach die Stimme, und Rex übernahm.

»Alexa hat einmal Mr Winters Katze einen Baum hinaufgejagt. Oder vielleicht auch zweimal.«

»Ich wusste nicht, dass ihr einen Hund habt.«

»Wir hatten ...«, sagte Rex leise. »Sie ist Anfang dieses Jahres über die Regenbogenbrücke gegangen, es ist unser erstes Weihnachten ohne sie.«

Jess spürte einen Kloß im Hals, als Rex und Kai sich zum Trost die Hände drückten. Sie trauerten wohl noch sehr um sie.

Weil ihr nichts einfiel, was nicht nach Lehrerin-tröstet-Grundschüler klang, fragte sie: »War sie nach der Amazon-Stimme benannt?«

Die beiden sahen Jess missbilligend an: »Nein, mein Schatz. Nach Alexa *Chung*.«

»Ah. Natürlich.«

Dabei klopfte sie dumpf an ihre Stirn und fragte erneut, diesmal vorsichtiger: »Und werdet ihr euch einen neuen Hund zulegen?«

»Noch zu früh. Viel zu früh!«, schniefte Kai, drehte sich weg und fischte ein Taschentuch aus seiner Schürzentasche.

Rex stand der Verlust ins Gesicht geschrieben, aber Jess konnte darin auch lesen, dass er nichts dagegen hätte, sich einen neuen Hund anzuschaffen. Er sah kurz zu Kai, der ihnen noch den Rücken zugewandt hatte, und formte mit den Lippen lautlos die Worte: »Es war furchtbar.«

Als Kai sich wieder umdrehte, schien seine Trauer unter einem fröhlichen Lächeln begraben zu sein. »Wo waren wir stehengeblieben? Ach ja, bei Mr Winters. Gibt es einen bestimmten Grund, warum du ihm Tulpenzwiebeln kaufen möchtest?«

»Ich glaube, er ist einsam.«

»Du bist ja süß.« Kai drückte liebevoll ihren Arm. »Ich verstehe schon, was du vorhast, aber wir leben schon seit Jahren in dieser Straße, und er war schon immer so. Du versuchst, das Herz des Eiskönigs zu erweichen.«

»Eis schmilzt immer irgendwann«, sagte Jess mehr zu sich selbst. Und dann wiederholte sie mit lauter Stimme: »Also ... wo sind die Tulpenzwiebeln?«

Der Laden schien wie die Tardis in *Doctor Who* zu sein, die in immer weitere Raum-Zeit-Dimensionen führte. Hinter dem nächsten Torbogen verbarg sich noch ein überdachter Freiluftbereich mit einem großen Sortiment an Topfpflanzen, ungeschmückten und bereits dekorierten Miniaturweihnachtsbäumen. »Einige Leute haben einfach keine Zeit oder keinen Sinn dafür, also erledigen wir das für sie.«

»Wir haben keine Narzissenzwiebeln mehr. Die pflanzt man nämlich spätestens im September.«

»Sie braucht keinen Vortrag, mein Schatz. Sie braucht Zwiebeln«, sagte Rex und streichelte dabei leicht die Schulter seines Ehemanns.

»Hast du eine Ahnung, welche Farben er dieses Jahr geplant hat?«, fragte Kai in einem eher versöhnlichen Ton.

Mr Winters wählte also immer eine Lieblingsfarbe? Interessant. »Welche Farben hatte er denn letztes Jahr?«

Kai und Rex starrten sich mit Augen wie ein Magic-8-Ball an und sagten dann gleichzeitig: »Blau.«

Jess zog die Augenbrauen hoch. Blau. Das passte zu seinem Gemütszustand.

»Was habt ihr denn für Farben?«

Eine Viertelstunde später verließ sie das Geschäft mit einem Beutel voller nach Erde duftender Tulpenzwiebeln. Der erste Schritt ihres Auftrags war erledigt.

»Sieh mal«, Drea zeigte auf die Hecke, hinter der Joshs Kinder gerade dabei waren, ihrem Vater eine Prinzessinnenkrone aufzusetzen und Elfenflügel anzulegen. »Süß, oder?«

»Ja«, seufzte Jess. »Ist er.«

»Da ist jemand ver-kna-allt«, neckte Drea.

»Nein, definitiv nicht«, wehrte Jess ab. Was gelogen war. Und dann auch wieder nicht. Josh als Nachbarn zu haben war ungefähr so, wie die jüngsten Beckham-Kinder zu ihren Schülern zu zählen, ein Privileg, das sie als Lehrerin an St Benny's durchaus genossen hatte. Alle Lehrerinnen hatten David angeschmachtet, konnten aber auch problemlos damit leben, dass er ihnen nie gehören würde. So fühlte es sich bei Josh an. Er war ein Augenschmaus, aber das war noch lange kein Grund, die Kalorien zu zählen oder gar herauszufinden, wer ihr die Augen auskratzen würde, wenn sie diesen heiligen Boden beträte.

»Du kannst dir einreden, was du willst, Schätzchen«, sagte Drea und zuckte mit den Achseln. Dann machte sie mit ihrer »Arbeit« an einem von drei Kleiderständern weiter, die die Hippies auf ihre frisch umgegrabene Einfahrt herausgestellt hatten. Die Gastgeber erzählten jedem, dass ihre Einfahrt neu bepflanzt würde, und zwar mit den auserlesensten Gewächsen, um die Bestäuber anzulocken (»Jedes Fleckchen Grün zählt!«). Allem Anschein nach hatten alle Straßenbewohner kräftig entrümpelt, und mehrere Familien waren bereits auf dem Weg nach Hause, um ihre (recycelbaren) Einkaufstüten mit den ehemaligen Schätzen ihrer Nachbarn auszupacken.

»Das würde dir stehen, Jess.« Drea nahm einen roten Fummel vom Kleiderständer. Das Kleid war schön. Hauchdünner Stoff, der im Wind flatterte. Es sah teuer aus. Und es sah so aus, als gehörte es auf einen perfekten Körper in einem mondänen Restaurant.

Drea schwenkte es vor Jess' Nase. »Ich wette, Josh würde dich darin mögen.«

Jess rümpfte die Nase. Sie verschwendete keinen Gedanken an Mr Perfect Josh oder an ein romantisches Dinner bei Kerzenschein und Wein. »Es schreit nicht gerade nach Grundschullehrerin, finde ich.«

»Na, komm schon.« Drea stupste sie mit dem Ellenbogen an. »Es ist geschenkt.«

»Wahrscheinlich bringe ich es dann in einem Jahr zur nächsten Kleiderbörse und hab's nicht einmal getragen«, lachte Jess und versuchte, Drea dazu zu bringen, das Kleid zurückzuhängen.

»Was? Magst du es etwa nicht?«

»Nein!«, ruderte Jess zurück und wurde plötzlich nervös bei dem Gedanken, Drea könnte es gespendet haben.

Drea hielt das Kleid erneut vor Jess' Körper, musterte es sorgfältig und kam dann zu dem Schluss: »Du hast recht. Du bist eher der Maxi-Blümchenkleid-Typ.« Mit einem Seufzer hängte sie es zurück auf den Kleiderbügel.

»War es von dir?«

»Ja«, gab Drea zu und ging die Kleider weiter durch. Sie warf einen geübten Blick auf jedes Stück, rückte dann einen Bügel weiter, wieder ein kurzer Blick und weiter. »Es gehörte zur Ausstattung der alten Drea.«

Jess sah Drea neugierig an. »Und was bedeutet das?«

Drea schnipste mit dem Finger. »Hat keinen Spaß mehr gemacht. Zeit, den Krempel wegzuräumen.« Sie zeigte ein Kleid, das nahezu nichts der Fantasie überließ, wenn überhaupt eine Sterbliche hineinpassen würde. »So einen Schnickschnack habe ich früher zu einem Date angezogen.«

»Gehst du denn nicht mehr aus?«

»Ich gehe nicht mehr mit *Männern* aus«, sagte Drea in einem dramatischen Ton, wobei alles, was Drea sagte, dramatisch klang, als würde sie immer mit einem persönlichen Soundtrack herumlaufen, der jede ihrer Bewegungen begleitete. In diesem Moment stellte sich Jess vor, wie Kuschelmusik einsetzte, die längst vergangene Tage heraufbeschwor, während Drea mit perfekt geschwungenen Wimpern die Augen aufschlug und sich in ihrer Pupille das Lichtermeer vom Haus gegenüber spiegelte, deren Bewohner bei der nächsten Stromabrechnung sicher einen Herzschlag bekommen würden. In Dreas Smokey Eyes verfingen sich vielleicht ein paar Tränen, die es aber nicht wagen würden, über die rosigen Wangen zu rinnen.

Da kreischte sie wie eine Banshee. »Ach, Quatsch. Das sage ich doch nur, um mir einzureden, dass ich auch ohne einen

Mann im Bett glücklich bin. Das stimmt aber nicht. Ich liebe Männer. Ich liebe Sex. Ich liebe es, für sie zu kochen. Von ihnen verwöhnt zu werden. Ich habe eine Schwäche für Männer. Die ich wohl überwinden muss.« Ihr Lächeln verschwand.

Jess bemühte sich, darüber hinwegzugehen. »Vielleicht gibt es hier die ›Anonymen Mann-oho-liker‹, zu deren Treffen du gehen könntest.«

»Ja, Süße. Die nennen sich Frauenhäuser.«

Jetzt war die heitere Stimmung völlig hinüber.

»Aber, du wurdest nicht … er hat dich doch nicht …?«

Drea begann wieder, einen Kleiderbügel nach dem anderen wegzuschieben, das schrammende Geräusch verschärfte ihren Gesichtsausdruck. Sie blickte auf und gab Jess ihr typisches Alles-ist-gut-Lächeln. »Was hast du denn heute Abend vor? Besondere Pläne?«

»Ähm … das sollte eine Überraschung sein.« Sie hielt sich zurück, aber versuchte immer noch, sich die starke, großartige Frau, die gerade vor ihr stand, als Opfer häuslicher Gewalt vorzustellen. Das konnte man ihr nicht ansehen. Andrerseits sah Jess auch nicht so aus, als würde sie einem Kind etwas zu Leide tun können … Sie versuchte, den Gedanken abzuschütteln.

»Und mit ›Überraschung‹ meinst du, dass du noch nichts geplant hast?«, sagte Drea und rollte die Augen.

»Ertappt«, sagte Jess kleinlaut. »Tut mir leid.«

»Na ja, solange du hinter deinem Adventstürchen etwas Schönes bieten wirst.«

»Darauf kannst du dich verlassen.« Sie stießen ihre Fäuste aneinander und spürten nun die außergewöhnliche Kraft ihrer Solidarität ein bisschen mehr als sonst.

»Hallo, Jess! Drea!« Kai trippelte ihnen wie auf einem Catwalk entgegen, während er eine Federboa um den Hals warf. »Wie gefällt euch meine neue Abendgarderobe?«

»Rattenscharf, Mann!« Drea nahm ihm die Boa vom Hals und schlang das dichte überschwängliche Monstrum um den eigenen Hals. »Straußenfedern, wusst' ich's doch.« Sie schmiegte sich an den Flaum und streckte dann die Boa elegant an ihrem Arm entlang aus, als machte sie das ständig und wüsste genau, was man alles damit anstellen kann. »Welcher Idiot gibt so etwas freiwillig her? Das ist ein wahrer Glückstreffer.«

Jess streichelte über die Federn, Rex machte es ihr nach. Sie schnurrten und murmelten »mhm, so weich«, während Kai und Drea heftig diskutierten, »wem die Boa nun eigentlich gehört« und »wem im Allgemeinen was wann gehört«.

»Wie läuft es denn mit den Tulpenzwiebeln für das Ende der Straße?«, fragte Rex schließlich und drehte den Kopf etwas zu Mr Winters' spärlich beleuchtetem Haus.

»Ach so, das ...«

Im Grunde genommen war es ein Alptraum gewesen. Sie hatte an seine Tür geklopft, die Mr Winters auch sogleich geöffnet hatte, um sie anzustarren und dann anzubrüllen: »Warum können Sie mich nicht wie jeder andere in Ruhe lassen?« Dann hatte er ihr abermals die Tür vor der Nase zugeschlagen. Sie war wütend nach Hause gerannt und hätte wahrscheinlich so viel Kilo Eis verdrückt, wie sie wog, wenn nicht Drea eine Stunde früher als geplant vorbeigekommen wäre und durch ihre Briefklappe gerufen hätte: »Schweinchen, Schweinchen, lass mich rein.« Und sie wollte erst gehen, als sie Jess das Versprechen abgenommen hatte, sie Punkt sieben vor dem Haus der Hippies zu treffen.

»Tut mir leid, Süße«, sagte Rex und drückte sie kurz mitfühlend. »Der Mann ist fest entschlossen, keine Freundschaften zu knüpfen. Lass ihn einfach in Ruhe. Er will es nicht anders.«

»Vielleicht hast du recht.«

»Ja, das habe ich«, sagte Rex und fuhr in ernstem Ton fort: »Er will nicht, dass man sich in sein Leben einmischt. Er will weder Kontakt zum Briefträger noch zu Nachbarn oder zu seiner Familie, jedenfalls habe ich noch nie Angehörige gesehen. Mr Winters ist ein Einzelgänger, und es gefällt ihm so.«

Das Wort »einmischen« versetzte ihr einen Stich.

Genau das hatte Crispins Mutter auch gesagt. Jess hätte sich in etwas eingemischt, das sie nichts anging.

Ein Kind mit schwerer Milchallergie, dem gerade ein Käsesandwich ins Gesicht gedrückt wurde, ging sie sehr wohl etwas an. Dachte sie zumindest damals. Sie hatte die Szene so oft vor ihrem inneren Auge wiederholt, dass sie es gar nicht mehr sagen konnte.

»Es ist traurig. Ich weiß«, sagte Rex, während sie auf das dunkle Haus blickten. Nur ein winziger Lichtstrahl sickerte unter einem der Fenster im Erdgeschoss hindurch. »Es gibt Menschen, die lassen sich eben nicht helfen.«

»Vielleicht lege ich ihm die Tulpenzwiebeln einfach vor die Haustür.«

»Vielleicht solltest du sie lieber in deinen eigenen Garten pflanzen«, sagte Rex bestimmt.

Jess fürchtete, mehr Probleme als nötig zu verursachen, und nickte widerwillig. Vielleicht würde Mr Winters die Blumen in ihrem Garten entdecken und sich dann im Frühling bei ihr melden. Das war so wahrscheinlich, als würden Schweinchen auf einem von Schokoladenrentieren gezogenen Schlitten durch die Christmas Street fliegen.

Sie schaute zum Straßenanfang. Keine Schweinchen.

Sie richtete ihre Aufmerksamkeit wieder auf Kai und Drea, die sich gerade über geteilte Besitzverhältnisse einigten und vereinbarten, wer von ihnen die ursprüngliche Besitzerin der Boa ermittelte, dürfe das Federmonstrum am Silvesterabend tragen. Grinsend besiegelten sie das Abkommen mit einem Handschlag.

Wenigstens gingen zwei heute Abend glücklich nach Hause.

7. Dezember
22:17
An: JessGreen2000@gmail.com
Von: WillWinters@TheMerryVictualler.co.uk
Betreff: AW: Ihre Weihnachtskarte

Liebe Jess(ica),

es tut mir leid, dass ich nicht früher geschrieben habe. Ich steckte bis zum Hals in einer Mince-Pie-Produktion, bei der so ziemlich alles schieflief, und ich hoffe, das wird mir in Zukunft erspart.

Herzlichen Dank für die Weiterreichung meiner versehentlich falsch zugestellten Karte an meinen Großvater.

Großvater.

Allein das Wort auszusprechen fühlt sich eigenartig an, da ich ihn noch nie getroffen habe. Und auch wenn es etwas kurios ist, dass Sie den Brief gelesen haben, bin ich auch ein kleines bisschen dankbar. Dankbarkeitsbekundungen von einem schottischen Mann zu erhalten ist eine Seltenheit, also … behalten Sie diesen Moment in Erinnerung. Wir sind es gewohnt, uns an die Brust zu schlagen und uns absolut unabhängig zu erklären, aber in Wahrheit kann ich mit keinem in meiner Familie darüber sprechen. Wegen der Vergangenheit. In unserer Familie wird alles unter den Teppich gekehrt und nie wieder erwähnt. Alte Familientradition.

Tatsächlich wundert es mich nicht, dass er den Brief nicht bekommen hat. Mein Leben ist gerade ein einziges Durcheinander. Die Gastronomiefachschule lehrt uns werdende Köche nur die Zubereitung der perfekten Blätterteigpasteten und eine todsichere Methode zur Rettung einer Sauce hollandaise. Dazu kommt, dass ich seit kurzer Zeit Single bin, in eine neue Stadt gezogen bin und in ein neues Land, was mich in gewisser Weise zu einem Außenseiter macht, und das zu einer Jahreszeit, wo es vor allem ums Zusammensein geht. Ja, ich weiß. Jammer, Jammer, Selbstmitleid. Ist ja nicht so, dass mich jemand gezwungen hätte, umzuziehen und jede freie Minute zu arbeiten und meine Freundin in den Wahnsinn zu treiben. Aber jetzt, wo ich auf mich allein gestellt bin, bemerke ich erst, wie einsam ich hier bin.

Und zwar so einsam, dass ich jetzt genügend Zeit habe, zu erkennen, dass dieses Nur-schuften-und-kein-Vergnügen aus Will einen richtigen Langweiler gemacht hat. Also wollte ich mir Zeit nehmen und meinen Großvater treffen. Um einen Ausgleich zu schaffen. Nicht, dass mein Plan besonders gut durchdacht wäre, denn jeder weiß, dass im Catering gerade Hochsaison ist. Außerdem spekuliere ich auf Räumlichkeiten mit einer Ladenfront, das würde mein Unternehmen voranbringen. Wenn ich alle Weihnachtsbuchungen unbeschadet überlebe, dann kann ich mir den Laden leisten und sogar ein paar Angestellte, um endlich die Work-life-Balance hinzukriegen. Morgen ist ein neuer Tag, oder?

Entschuldigung, ich schweife ab. Sie dürfen gern alles löschen, ignorieren und vollkommen aus Ihrem Bewusstsein ausradieren. Ich schreibe Großvater eine neue Weihnachtskarte und bringe sie persönlich vorbei. Und zur Strafe werde ich bis Heiligabend Mini-Törtchen mit Cranberry und Blauschimmelkäse und jede Menge Blini ausliefern. Unter anderem. Ich kann auch noch andere Gerichte kochen. Puuh! Ich rede nur Unsinn. Löschen Sie alles. Sie haben meinen Segen.

Mit besten Grüßen und so weiter und so weiter.

Will Winters

8. Dezember

8. Dezember
07:43
Von: JessGreen2000@gmail.com
An: WillWinters@TheMerryVictualler.co.uk
Betreff: AW: AW: Ihre Weihnachtskarte

Lieber Will,

Gott sei Dank! Ich bin so erleichtert.

LÖSCHEN LÖSCHEN LÖSCHEN

Lieber Will,

ich habe Ihre E-Mail gelöscht und dann wiederhergestellt. LOL

LÖSCHEN LÖSCHEN LÖSCHEN

Lieber Will,

ich freue mich sehr, dass Sie zurückgeschrieben haben. Immer wenn ich an Ihren Großvater denke, spüre ich das unwiderstehliche Bedürfnis, ihm ein Lächeln auf sein griesgrämiges altes Gesicht zu zaubern. Ich gehe davon aus, dass es um einiges faltiger ist als Ihres und das Ihres Vaters?

LÖSCHEN LÖSCHEN LÖSCHEN

DER COMPUTER WIRD IN 60 SEKUNDEN HERUNTERGEFAHREN, WENN …

*

»Was um Himmels willen tun Sie da?«

Jess schrie auf und ließ die Schaufel fallen.

Mr Winters stürmte von seiner Veranda herunter, so rasch es seine Knie erlaubten, kam dann taumelnd zum Stehen und beugte sich bedrohlich über das aufgeschüttete Fleckchen Erde vor seinem Haus, wo Jess kniete. »Ich sage es noch einmal. Was erlauben Sie sich eigentlich?«

»Ich setze Tulpenzwiebeln.« Sie hob ein Netz voller Knollen hoch. Zwiebelsetzen während eines Kälteeinbruchs im Dezember war gar nicht so einfach. Ihr Plan war gewesen, blitzschnell vorbeizuschauen, ein paar Löcher zu graben, die Zwiebeln hineinzustopfen und dann nach Hause zu rennen und zu warten, bis der Frühling seine magische Wirkung entfaltete. »Ich hoffte, es würde eine hübsche Überraschung werden«, sagte sie und machte stur weiter, denn den Ruf als böswillige Tulpenpflanzerin hatte sie sich ja bereits erworben.

Mr Winters schaute finster drein, und sie konnte sich absurderweise kaum vor Lachen halten. Finster dreinschauen war eines dieser Wörter, die immer in den Büchern vorkamen, die sie ihren Schülern zum Lesen aufgab. Einer der Begriffe, den sie nicht erklären, sondern vorführen musste. Die Schüler mussten beim Anblick ihres grimmigen Gesichtsausdrucks immer lauthals lachen. Wahrscheinlich war das nun eine Art Pawlow'scher Reflex, als Mr Winters sie genau so anstarrte.

»Finden Sie das etwa komisch? Hausfriedensbruch zu begehen? Jemandem Tulpenzwiebeln unterzujubeln, der Ihnen keinerlei Erlaubnis erteilt hat, in seinem Garten herumzuwühlen?«

»Nein.« Sie fand das nicht komisch. Vor allem nicht, nachdem er es so formuliert hatte.

Seine Katze tauchte aus dem Nichts auf und sah sie hochmütig an, als teilte sie seine Verachtung und wollte noch eins draufsetzen.

Wenn ein zentrales Nervensystem einen Zitteranfall bekommen könnte, dann war das jetzt der Fall. »Tut mir wirklich leid.«

Sie zwang sich aufzustehen und wischte nicht mal die gefrorenen Erdkörnchen von den Knien. Sie trat einen Schritt zurück, um der Wut auszuweichen, die von Mr Winters ausging. Dabei streiften ihre Kniekehlen die Hecke, und sie verlor das Gleichgewicht. Um nicht nach vorn auf Mr Winters zu stürzen, plumpste sie in einer beeindruckenden Stolperausweichbewegung nach hinten und fiel rückwärts auf den Lattenzaun.

»Ähm …«, sagte sie mit schriller Stimme. »Ich stecke irgendwie fest hier.«

»Und was soll ich dagegen tun?«, schimpfte Mr Winters außer Sichtweite. Aus ihrer Kopfüber-Perspektive konnte sie nur sehen, wie jemand seine Recycling-Tonnen herausschob, kurz in ihre Richtung schaute und wieder zum Haus zurückhuschte.

So viel zum Thema gute Nachbarschaft.

»Helfen Sie mir bitte!« Ließe sie jetzt los, würde sie in seine Hecke hineinfallen und wahrscheinlich noch mehr Schaden verursachen als ohnehin schon. Das war keine Lösung. Wenn sie ein paar Übungen in Dreas Bondi-Beach-Body-Videos mitgemacht hätte, dann wäre sie jetzt vielleicht in besserer körperlicher Verfassung und könnte sich wieder auf die Beine hochstemmen. Hatte sie aber nicht. Und Mitglied des Cirque du Soleil war sie ebenfalls nicht, denn dann könnte sie jetzt einen eleganten Salto vollführen und lächelnd auf der anderen Seite des Lattenzauns landen, sich mit einer Verbeugung bei Mr Winters entschuldigen und so schnell wie möglich nach Hause rennen und sich nie mehr am Ende der Christmas Street blicken lassen. Sie verfluchte ihre Eltern dafür, dass sie viel zu nett waren und sie als Kind nicht mit dem Zirkus abgehauen war!

»Komm schon, Mädchen!«

Eine große, faltige Hand erschien vor ihrem Gesicht. Auch wenn Mr Winters keine guten Knie mehr hatte, war er alles andere als ein gebrechlicher alter Mann, also stemmte Jess eine Hand fest gegen den Boden und ergriff mit der anderen seine Hand. Während sie versuchte, sich durch Anspannung der Muskeln irgendwie leichter zu machen, gelang ihr eine unbeholfene Drehung in die Vertikale zurück, so dass ihr Gesicht direkt vor seiner Nase landete. Erschreckend nah. Ihre Nasen berührten sich fast. Von hier sah er nur halb so furchteinflößend aus. Womöglich, weil er eine Nanosekunde lang ehrlich besorgt wirkte.

Er hatte wunderschöne Augen. So blau! Sie sahen jung aus. Und verärgert. Offensichtlich war die Nanosekunde Mitgefühl vorüber.

Er trat einen Schritt zurück, denn sie stand immer noch an die Hecke gedrückt da. Sie ging in die Hocke und sammelte die Netze mit den Tulpenzwiebeln auf und ihre Schaufel (ein mit opulentem Blumenmuster verziertes Werkzeug, das zu der Sorte Gartengeräte gehörte, die man eigentlich nie dreckig machen sollte, aber Amanda hatte es ihr geschenkt, um ihr »den Übergang ins Landleben zu erleichtern«, also hatte sie die Schaufel behalten).

»Tut mir leid, ich wollte nur helfen, aber ich hab's wohl übertrieben.«

»Helfen? Sie meinen eher ausspionieren?«

»Wie bitte?«

»Ich weiß genau, was Sie alle über mich reden. Dass ich Sie alle überfahren wollte, neulich Abend.«

Sie versuchte, sich nicht herauszuwinden. Ja, einige Leute behaupteten das, sicher. Doch ebenso viele waren anderer Meinung.

»Überhaupt nicht«, sagte sie so fest, wie sie konnte. »Ich habe den Nachbarn erklärt, dass Sie nur überrumpelt waren, weil so viele Leute auf der Straße standen, und dass Sie wohl mit dem Fuß ausgerutscht sind und es vollkommen ausgeschlossen sei, dass Sie absichtlich jemanden verletzen wollten.« Na ja, Drea hatte das gesagt. Sie selbst hatte nur blöd herumgestanden. Aber sie hatte direkt neben Drea gestanden, als diese das gesagt hatte. Und sie hatte ihr nickend zugestimmt. Hatte sie wirklich genickt? Sie hoffte es zumindest.

Er knurrte.

Sie knurrte beinahe zurück. Keine besonders nette Geste des Dankes gegenüber der Person, die gerade seine Ehre verteidigt hat. Was soll's. Dann halt nicht.

Sie begann, an den Stellen in der Erde zu scharren, wo sie mit ziemlicher Sicherheit eine gerade gesetzte Tulpenzwiebel vermutete.

»Ich habe Ihnen doch gesagt, Sie sollen mit diesem Blödsinn aufhören!«

Sie zeigte ihm ein *Jetzt-reicht-es-aber*-Gesicht. »Ich soll doch die Zwiebeln wieder rausholen, oder nicht?«

Zum Glück zog sie in diesem Moment eine Zwiebel aus dem Beet und hielt sie ihm unter die Nase.

Sein Gesicht wurde noch länger. »Sie haben sie falsch herum eingegraben.«

»Was? Nein. Woher wissen Sie das überhaupt?«

Er streckte sich und nahm ihr die Zwiebel aus der Hand. Er zeigte auf die flache Unterseite und sagte: »Hier kommen die Wurzeln heraus und hier der Stängel.«

»Ach so.« Sie hätte es wissen müssen. »Mein Fehler.«

»Ich weiß nicht, was das alles soll«, erwiderte er mit einer hochmütigen Miene.

Sie sah ihn nur kurz an und wühlte dann weiter in der Erde herum, bis ihre Fingernägel abbrachen, um auch noch die drei restlichen *fehlerhaft* gesetzten Tulpenzwiebeln herauszureißen. »Ich sage Ihnen, was das soll. Ich wollte nur *helfen*. Ich wollte *nur nett* sein. Und eine gute Nachbarin.« Sie schlug sich etwas zu hart auf die eigene Brust und stieß dann die Schaufel vor seinen Augen ins Beet. »Im Unterschied zu Ihnen, der überhaupt keine Nachbarn will. Vielleicht wohnen Sie deshalb in diesem großen alten Haus am Ende der Straße, damit Sie jede und jeden, die sich nähern, schon von Weitem ins Auge fassen und gleich wieder vertreiben können, bevor der- oder diejenige überhaupt eine Gelegenheit bekommt, nett zu Ihnen zu sein!«

Sie stand auf, räusperte sich und sah ihn an.

Er erwiderte ihren Blick und knurrte dann etwas freundlicher: »Ich könnte es Ihnen allerdings beibringen, wenn Sie möchten.«

»Mir was beibringen?«, fragte sie in einem Ton, der unmissverständlich vermitteln sollte, dass sie absolut Nichts beigebracht bekommen wollte. Und am allerwenigsten von diesem lebenden Haufen Pampigkeit.

»Wie man Tulpenzwiebeln richtig setzt.« Er hatte seinen Blick auf ihre Augen geheftet und stieß die Luft aus der Nase wie ein Elch, der sich auf den Kampf vorbereitet.

»Das wäre schön«, schnauzte sie zurück.

Sein Blick sank auf ihre Hand herunter. »Die Schaufel ist doch lächerlich.«

»Die war ein *Geschenk*. Von einer *Freundin*. Einer Freundin, die etwas *Nettes* tun wollte«, stöhnte Jess, und mit einem Mal machte ihr der Schlagabtausch Spaß. Und angesichts der Tatsache, dass Mr Winters immer noch nicht abgezogen war, fand er womöglich auch Gefallen daran.

In seinen Augen blitzte etwas, was sie nicht deuten konnte. »Ihrer Freundin würde eine kleine Lektion in Pragmatismus nicht schaden.«

Jess' Stimmung erreichte einen weiteren Tiefpunkt. Er durfte sie gern beleidigen, so viel er nur wollte. Sie hatte schließlich unerlaubt sein Grundstück betreten und Tulpenzwiebeln in sein schön gepflegtes Blumenbeet gesteckt, und obendrein noch falsch herum. Aber die einzige Freundin schlechtzumachen, die ihr zwei Wochen lang Unterschlupf gewährt hatte, nachdem sie von St Benny's suspendiert worden war, damit sie sich die Seele aus dem Leib heulen konnte, wann immer sie wollte? Diesmal war er zu weit gegangen.

Mit einer Stimme, die sie selbst kaum wiedererkannte, sagte sie: »Meine Freundin wohnt in London, in einer Wohnung ohne Garten, und ist folglich auch nicht im Besitz von irgendwelchen Gartengeräten. Deswegen rechne ich es ihr hoch an, dass sie überhaupt weiß, was eine Schaufel ist.«

Ha. Jetzt hab ich's Ihnen aber gegeben, Mr Arnold Winters.

Er kniff die Augen zusammen, das Kinn etwas nach oben gerichtet, dass er buchstäblich an seiner Nase entlang auf sie herunterblickte, dann drehte er sich um und lief auf die andere Seite des Hauses.

Also, das war jetzt merkwürdig.

Sie stand da und schwang die Arme wie eine Vogelscheuche im Wind. Was machte man in so einer Situation? Die Gelegenheit ergreifen und flüchten und so tun, als wäre das alles nie passiert? Oder bleiben, um herauszufinden, ob er es doch ernst gemeint hatte mit dem Angebot, ihr das fachgerechte Tulpenzwiebelsetzen zu zeigen?

Sie versuchte, sich vorzustellen, wie sie selbst reagieren würde, wenn sie morgens aufwachte und eine Person beim Herumgraben in ihren Blumenbeeten erwischte. Wenn man es so betrachtete, war das schon aufdringlich.

Er hatte ein Recht, sauer zu sein. Sie würde ihm noch fünf Minuten geben. Fünf Minuten, um dumm in Mr Winters' Garten herumzustehen. Wenigstens hätte sie dann etwas, das sie Will erzählen könnte, wenn sie sich endlich aufraffen und ihm zurückschreiben würde. Aus diesem Grund war sie ja ursprünglich hergekommen. Sie hatte versucht, die perfekte *Lass-uns-in-Kontakt-bleiben*-E-Mail zu verfassen und es so dezent zu formulieren, dass sie nicht den Eindruck erweckte, sich einmischen zu wollen, und trotzdem das Gespräch eröffnete, um irgendwann hinter das geheimnisvolle Zerwürfnis zwischen Mr Winters und seinem Sohn zu kommen. Nicht, dass es sie etwas angehen würde, aber er war doch immerhin ihr Nachbar, und er schien ihr eher traurig als böswillig, vor allem dann, wenn man ihn wie gerade eben überrumpelte. Oder vielleicht versuchte sie nur, etwas wiedergutzumachen, was gar nicht in ihrer Macht stand, um sich selbst zu beweisen, dass sie etwas Gutes bewirken konnte?

»Hier.«

Mr Winters war zurück. Er reichte ihr ein Paar viel zu großer Gartenhandschuhe. »Wegen der Kälte.«

»Oh. Vielen Dank.«

Er brummte etwas vor sich hin.

Sie zog die Handschuhe über und klatschte in die Hände. Er zeigte auf das Beet, und sie kniete wieder nieder.

Sie schwiegen. Sie hatten ihr Pulver bereits im Streit verschossen. Auch gut. Sie war sowieso nicht in Plauderlaune. Außerdem bestand das Risiko, sie würde aus Versehen ausplappern, dass sie von Will wusste. Falls es sich hier tatsächlich um einen Waffenstillstand handelte, wäre es schade, ihn sofort wieder zu zerstören. Sie war sich ziemlich sicher, sobald er herausfinden würde, dass sie seine Post gelesen hatte, würden die Spannungen wieder aufkommen, aber vielleicht hätten sie bis dahin eine freundschaftliche Ebene etabliert und er würde ihr vergeben.

Vielleicht.

Nachdem er ihre Farbauswahl abgesegnet hatte (Dunkellila, sattes Rosa und Elfenbeinweiß), zeigte er ihr, wie man die Tulpen setzte, damit sie in natürlich aussehenden Grüppchen blühten und nicht aneinandergereiht wie in einer Militärpferdeparade herauskamen (seine Worte, nicht ihre). Er sprach in einem weichen Yorkshire-Dialekt (nachdem er seine anfängliche Schroffheit abgelegt hatte) und verschwand regelmäßig hinterm Haus, um neue Geräte oder Werkzeuge zu holen. Er hatte nicht nur ein, sondern zwei verschiedene Blumenzwiebelpflanzer (einen mit Stiel und einen ohne). Er besaß sogar einen Kartoffelpflanzlochstern. Es war schwer, nicht über ihn zu lachen, aber er stellte sich als äußerst effektiv heraus, nachdem sie den richtigen Dreh, also »rein, dann links, dann rechts«, so gut beherrschte, dass Mr Winters zufrieden war.

»Sie kennen sich beim Zwiebelsetzen wirklich gut aus«, sagte sie.

»Man muss seinem Gehirn täglich neues Futter geben«, erwiderte er und tippte mit der Handschuhhand an seinen Kopf. »Wenn es da drin nicht mehr richtig läuft, dann weiß man, es ist Zeit, vor seinen Schöpfer zu treten.«

Als Lehrerin konnte sie nichts dagegen sagen, aber würde er das der Oberlehrerin an St Benny's erzählen, stieße er auf taube Ohren. Diese Frau war so tief in der Tradition verwurzelt, dass sie schon nach Mottenkugeln roch. Positiv betrachtet war es beruhigend zu wissen, dass Mr Winters noch nicht bereit war, das Zeitliche zu segnen. Ja, gewiss, er war nach außen hin kratzbürstig, doch wenn man eine Weile ausharrte und keine Umarmungen erwartete, erschien hinter der schroffen Fassade ein loyaler und gütiger Mann.

Als sie nach etwa einer Stunde alle Tulpenzwiebeln gesetzt hatten, fühlte sie sich aufgewärmt und zufrieden und war sogar ein wenig stolz darauf, dass sie das gesellige Miteinander tatsächlich genossen hatten. Sie würde Will also berichten können, dass sein Großvater nicht nur ein guter Lehrer, sondern auf seine ruppige Art auch ein ganz reizender Zeitgenosse war.

»Puh!«, sagte sie und tat so, als würde sie sich den Schweiß von der Stirn wischen. »Jetzt könnte ich eine große Tasse Kakao vertragen.«

Mr Winters' nicht so charmante Seite kam wieder zum Vorschein. »So was habe ich leider nicht da.«

Jess spürte die Luft zwischen ihnen wieder dicker werden, erhob sich, wischte sich diesmal die Knie sauber und sammelte die leeren Zwiebelnetze ein. »Keine Sorge. Ich werde mich Ihnen nicht länger als nötig aufdrängen.«

Sein Gesichtsausdruck verfinsterte sich kurz, als ob er schrecklich enttäuscht wäre.

Sie spürte ihr Herz schwer werden und öffnete den Mund, um im selben Moment zu sagen, dass sie sich ihm gern jederzeit aufdrängen würde, wenn er wollte, als plötzlich das laute Gejaule einer E-Gitarre zu hören war.

Nummer 21.

Tyler. Wer denn sonst.

Mr Winters' Gesichtszüge nahmen wieder den Ausdruck des gereizten Griesgrams an. Apropos, wo war … Sie drehte sich um und erblickte Mr Winters' Katze, die sich gerade auf der Veranda herausputzte.

»Wie heißt sie eigentlich?«, fragte sie in einem vorsichtigen Versuch, ihre zerbrechliche Kameradschaft wiederherzustellen.

»*Er*«, korrigierte Mr Winters. »Mr Perkins.«

»Welch ungewöhnlicher Name.« Jess wartete auf eine Erklärung.

Mit einem Kopfschütteln murmelte er, sie solle im Frühling die Augen offen halten und dass sie Ende März, spätestens Anfang April, je nach Wetter, mit dem blühenden Ergebnis ihrer Arbeit rechnen könne; dann verschwand er mit seinen Werkzeugen hinterm Haus.

Jetzt war sie enttäuscht. Obwohl der Morgen mit einem Streit – na ja, eher mit einer Meinungsverschiedenheit – angefangen hatte, hatte es sie merkwürdigerweise zufriedengestellt. Als Teenager hatte sie sich immer so gefühlt, wenn ihre Eltern sie anflehten, das Durcheinander in ihrem Zimmer aufzuräumen. Sie hatte sich immer erst geweigert, um dann schmollend der Forderung nachzukommen, und ein paar Stunden später hüpfte sie dann die Treppe hinunter, um ihnen stolz das frisch geputzte Zimmer »vorzuführen«. Sie stieß missmutig Luft aus der Nase. Kein Wunder, dass sie bei einem Immobilienmakler gelandet war.

In diesem Augenblick fiel ihr auf, wie wenig sie an Martin dachte und an ihr gemeinsames Leben. Wahrscheinlich war ihre Beziehung genauso oberflächlich gewesen wie die Musterwohnung, in der sie gelebt hatten. Sah toll aus, war aber nicht von Dauer.

Sie verließ Mr Winters' Garten und schloss das weiße Gartentor hinter sich. Sie wollte noch nicht nach Hause und beschloss, die ganze Sackgasse abzulaufen. Einmal die Straße gegenüber bis ans Ende und dann auf ihrer Straßenseite wieder zurück bis zu ihrer hübschen roten Haustür, hinter der drei farbsortierte Textmarker-Packs auf ihr perfektes Adjektiv warteten, und dann gab es noch einen Haufen von anderen Büroartikeln und die E-Mail an Will, die fertiggestellt werden wollte.

Es war interessant, an den Häusern vorbeizuschlendern, in dem Wissen, dass sie in den kommenden Tagen mehr als nur einen flüchtigen Einblick in das Leben ihrer Nachbarn erhalten würde. Ganz wie die Adventskalender, die ihre Eltern immer für sie gebastelt hatten, waren die Menschen in der Christmas Street bisher weit großzügiger und aufmerksamer gewesen als alle Bewohnerinnen und Bewohner in den modern ausgestatteten Hochhäusern, in denen sie früher gelebt hatte.

In Drea hatte sie eine Freundin gefunden; die Gem-und-Emmas waren auch nett, selbst wenn sie in deren Anwesenheit immer auf der Hut war, denn schließlich würden deren Kinder eines Tages durch ihr Klassenzimmer marschieren (wenn sie nicht doch noch alles hinschmiss und ein Flugticket in die Tropen buchte, um ihren Eltern zu folgen und Kunsthandwerk zu unterrichten). Es war schon praktisch, den Autoschlosser Kev zu kennen, denn sie hatte das Auto von ihrer Mutter übernommen, die dringend darauf hingewiesen hatte, dass der Wagen nicht mehr allzu lang fahren würde, wenn man ihn nicht ordentlich wartete. Rex und Kai waren absolut fabelhaft. Sie lief gerade an deren Haus vorbei, und es sah so zauberhaft aus. Es war eines der wenigen frei stehenden Häuser in der Straße. Es lag etwas nach hinten versetzt, so dass der Vorgarten viel größer war als bei den Nachbarn. Der Rahmen ihrer Haustür war mit einem riesigen, dicken Tannenzweig geschmückt, auf dem winzige Glühbirnchen wie Feenstaub glitzerten. An der rotbraunen Eingangstür hing an einer dunkelgrünen Samtschleife ein hübscher Ast mit Winterbeeren. Mitten im Garten stand eine imposante Buchsbaumspirale, an der sich ein wundervoller Wirbel aus kirschförmigen Lichtern nach oben wand.

Weiter oben schmetterte die Gitarrenmusik laut durch die Straße. Die Dreifachfenster, die ihre Vormieter hatten einbauen lassen, mussten Wunder bewirkt haben, wenn die Musik jeden Tag so laut gewesen war. Sie hoffte, Frau Snodgrass würde ein Hörgerät tragen, das sie in diesen Momenten ausschalten konnte.

Als Jess die Nummer 21 erreichte, warf sie einen flüchtigen Blick durch die Fenster und erkannte Martha Snodgrass, die mit einem Besen in der Hand in ihrem Wohnzimmer auf und ab ging. Mit wütender Miene drehte sie den Besen mit dem Stiel nach oben und klopfte ein paarmal heftig an die Decke.

Die Musik hörte unmittelbar danach auf, und sie hörte ein lautes »Sorry, Martha!«. Nach einer Minute fing das Geklimper mit geringerer Lautstärke wieder an.

Der Anblick von Frau Snodgrass ließ Jess erschauern. Arme Frau. Sie musste das Geld wirklich brauchen, wenn sie ihn nicht hinausschmiss. In dem Moment wurde ihr klar, wie gut sie es hatte, dass sie nach ihrem Zusammenbruch den Beistand ihrer Eltern hatte, die ihr halfen, ihr Leben wieder auf ein festes Fundament zu stellen. Ihre Finanzspritze in Form der Kaution war ein Göttergeschenk gewesen. Sie nahm sich vor, sie wieder einmal anzurufen. Die Zeitzone auf der Insel machte ihnen offenbar zu schaffen, denn sie verpassten sich ständig.

Bei der Gelegenheit sollte sie sich auch endlich bei Amanda melden. Sie hatte ihre Freundin heute Morgen so heftig verteidigt, weil sie ihr gegenüber eigentlich Schuldgefühle verspürte. Amanda hatte ihr neulich eine WhatsApp-Sprachnachricht nach der anderen geschickt und sie immer dringlicher gebeten, sie doch bitte zurückzurufen. Sie hatte offenbar Neuigkeiten, die Jess aber definitiv nicht hören wollte, wenn sie nicht als SMS übermittelt werden konnten. Denn es würde entweder um Martin gehen (der in der Nähe von Amanda wohnte und wie sie immer am wöchentlichen Spieleabend in der Stammkneipe teilnahm, wenn auch in einem anderen Team) oder um St Benny's. Der bloße Gedanke an das eine oder andere verursachte ihr Schweißausbrüche. Sollte sie wirklich eine Freundin aus dem alten Leben anrufen, um sich Geschichten über diese beiden (mehr oder weniger kleinen) Jungs anzuhören, die ihr das Leben zur Hölle gemacht hatten? Nein. Darauf konnte sie verzichten. Eine WhatsApp sollte für heute genügen, um ihr mitzuteilen, dass sie alle Hände voll zu tun hätte mit dem Straßen-Adventskalender und den Werbetexten. Was ja teilweise stimmte. Sie würde ihr wohl kaum erzählen, dass sie auch eine Eiscremepackung nach der anderen leerte, während sie ihr spärlich eingerichtetes Haus anstarrte und sich fragte, ob sie sich jemals hier heimisch fühlen würde. Sie mochte tief gesunken sein, aber nicht so tief. Noch nicht.

8. Dezember
21:19
An: WillWinters@TheMerryVictualler.co.uk
Von: JessGreen2000@gmail.com
Betreff: AW: AW: AW: Ihre Weihnachtskarte

Lieber Will,

vielen Dank für Ihre Antwort auf meine E-Mail. Ich bin so erleichtert, dass Sie mir nicht böse sind, weil ich versehentlich die Weihnachtskarte an Ihren Großvater geöffnet habe (tut mir wirklich sooo leid!). Übrigens gefällt mir der gute Zweck. Unterstützen Sie den schottischen Naturschutz jedes Jahr oder haben Sie die Karte nur wegen des schicken Motivs ausgesucht?

Jedenfalls wollte ich Ihnen gern erzählen, dass ich durch eine glückliche Verkettung merkwürdiger Umstände heute Morgen von Ihrem Großvater die hohe Kunst des Tulpenzwiebelsetzens erlernt habe. Er versteht wirklich etwas von seinem Pflanzlochstern!

Ich hoffe, Ihre nächste Karte kommt gut an, und ich versichere Ihnen, ab jetzt prüfe ich jeden Briefumschlag dreimal, bevor ich ihn aufmache. Falls Ihre Post also erneut bei mir ankommt, bleibt sie fest verschlossen!

Nachdem Sie mir Appetit auf Blini und Mini-Blauschimmel- und Cranberry-Törtchen gemacht haben, muss ich jetzt wohl zu

Marks & Spencer fahren und mir ein paar saisonale Kanapees fürs Abendessen besorgen.

Mit besten Grüßen x Jess(ica) aus Nummer 14.

9. Dezember

9. Dezember
02:07 Uhr
An: JessGreen2000@gmail.com
Von: WillWinters@TheMerryVictualler.co.uk
Betreff: NEEEEEEEEEIN!

Liebe Jess(ica) in Nummer 14,

LASSEN SIE DIE FINGER VON KANAPEES AUS DEM LADEN!!!!!

Na ja, das ist nicht ganz fair. Manchmal gibt es dort auch tolle Törtchen, und als Schotte muss ich sagen, vieles ist dort recht preiswert. Außerdem, wer kann schon einem herrlichen Stück Cheddar auf Büchsenananas widerstehen? Ich nicht. Bitte haben Sie Verständnis für die Überheblichkeit eines völlig voreingenommenen Verzweiflungstäters in hippen Skinny-Jeans, der sich abrackert, um einen bleibenden Eindruck in der Catering-Branche zu hinterlassen und uneingeschränkt an die Vorzüge von regionalen und saisonalen Erzeugnissen glaubt. Was aber nicht heißt, dass meine Vorliebe für walisische Schnittchen auf Pastinaken-Chips die Leute nicht davon abhält, Blinis mit Frischkäse und Räucherlachs zu bestellen, oder mich, sie zuzubereiten, aber ich kann Ihnen wenigstens versprechen, der Lachs stammt aus einem ethisch vertretbaren schottischen Familienunternehmen und das Mehl aus regionalen Mühlen.

Ach, herrje!

Ich höre mich wie ein Priester an, oder? Habe damit auch meine

Ex in den Wahnsinn getrieben. Aber ich sollte hinzufügen, dass ich inzwischen meine Lektionen gelernt habe. Und immer weiter dazulerne, denn wenn es im Kopf nicht mehr richtig läuft, dann weiß man, es ist Zeit, vor seinen Schöpfer zu treten, wie mein Vater immer sagt.

Mir gefällt Ihre Geschichte von Großvater – oder Opa? –, ich weiß nicht mal, wie ich ihn nennen soll, vielleicht Sir??? Sie haben das so schön beschrieben, wie er Ihnen Unterricht im fachgerechten Tulpenzwiebelsetzen erteilt hat. Das überrascht mich nicht, denn mein Vater ist genauso pedantisch. Der Apfel mag inzwischen weit weggerollt sein, aber er ist ursprünglich gar nicht so weit vom Stamm gefallen. Oder suche ich gerade nur nach einem Strohhalm? Apropos, Halme und Stämme, die erinnern mich daran, dass ich bis morgen noch gefühlte eine Million Käsestangen herstellen muss. Es handelt sich um ein extravagantes Lunch für eine Freimaurerloge, vor dem ich ein bisschen Angst habe. Was, wenn sie versuchen, mich in ihre Herde zu locken, oder mich irgendeiner Gottheit opfern? Wer weiß? Was macht man nicht alles für ein gutes Geschäft. Oh, Mist. Ich habe etwas übersehen. Ich hätte alle Desserts in Mini-Freimaurergläsern servieren sollen. Zu dumm.

Weiß schon. Tut mir leid. Ich sollte damit aufhören. Ich möchte Ihnen noch einmal danken, dass Sie mich auf den letzten Stand gebracht haben, was meinen Großvater anbelangt und die Faxen, die er macht (so hörte es sich zumindest an). Die Tulpen werden sicher wundervoll aussehen, wenn der grüne Daumen tatsächlich in der Familie liegt. Mein Vater hat ihn jedenfalls auch. Ach, ja! Weil Sie es angesprochen haben, die Weihnachtskarte erfüllt tatsächlich einen wohltätigen Zweck. Sie stammt von der Insel, die meine Eltern beaufsichtigen. Eine winzige Insel an der Nordspitze der Orkneys. Nachdem mein Bruder und ich das Studium abgeschlos-

sen hatten und unseren Eltern nicht mehr »auf der Tasche lagen«, ihre Rede, sind sie dort hingezogen. Sie sind Wildhüter, wandern durchs Gelände und sorgen dafür, dass die Schafe auf der richtigen Seite der Steinmauern bleiben, die beim kleinsten Windhauch immer wieder einbrechen. Sie betreiben auch Pflanzenstudien und machen Vogelzählungen. Fragen Sie mich nicht, wie das geht. Ich habe keine Ahnung. Ich nehme an, meine Eltern verstehen das als eine Art Wiedergutmachung. Mein Vater arbeitete jahrzehntelang für BP, war aber immer ein Naturbursche. Ihm diese Weihnachtskarten abzukaufen ist wahrscheinlich meine erbärmliche Form der Rückzahlung für eine schöne Kindheit (mit Ausnahme des Großvaters, aber das ist ja, wie Sie wissen, eine andere Geschichte).

Jetzt muss ich wirklich aufhören, sonst plaudere ich noch meine gesamte Lebensgeschichte aus. Falls Sie meinem Großvater / Opa / Opi wieder begegnen, lassen Sie es mich bitte wissen. Das ist so, als würde ich Hinweise auf ein Weihnachtsgeschenk bekommen, von dem ich nicht wusste, dass ich es mir immer gewünscht habe.

Beste Grüße
Will

*

»Bis bald, mein Schatz.« Jess' Eltern winkten auf dem Bildschirm. »Und halt Ausschau nach dem Paketzusteller. Er –«

»Oder *sie*«, ergänzte ihre Mutter.

»– *der Weihnachtsmann*«, tönte ihr Vater, »wird dir bald etwas vorbeibringen.« Sie bliesen ihr ein paar Küsschen zu und murmelten ein paar unverständliche Worte, wahrscheinlich in Marshallesisch, oder sie hatten schon zu tief ins Coconut-Likör-Gläschen geblickt.

Sie starrte den leeren Bildschirm ihres Laptops an. Ihr war nicht danach, Will zu antworten oder eine Nachricht für ihre Eltern aufzunehmen. Sie hatten endlich herausgefunden, wie man Videonachrichten über Marco Polo verschicken kann, und beschlossen, in Zukunft lieber Videos zu verschicken, als eine Telefonverbindung herzustellen. Stromgeneratoren, Zeitzonen und das Inselleben hatten offenbar die Routinen ihrer Eltern gehörig durcheinandergebracht. Nicht, dass sie das bedauerte. Nachdem sie sich ein Jahr lang im Kinderzimmer verkrochen und unter ihrer Einhorn-und-Regenbogen-Decke im Selbstmitleid gesuhlt hatte, war es höchste Zeit, dass sie lernte, auf eigenen Beinen zu stehen. Was Will Winters scheinbar schon gelungen war. Er arbeitete Tag und Nacht, so hatte es sich zumindest angehört. Vielleicht sollte sie ihm ihre Hilfe anbieten und Lachsstreifen auf Toastecken drapieren –

Jetzt reichte es aber. Das wäre doch gruselig. Sie hatte sich schon genug eingemischt. Es war schon etwas merkwürdig, dass Will so freimütig war und einer völlig fremden Person alle möglichen Details aus seinem Leben erzählte, aber vielleicht lag es daran, dass er so hart arbeitete und eine schlimme Trennung hinter sich hatte und dass seine Kinderkuscheldecke genauso wenig in Reichweite war wie ihre … vielleicht war sie seine einzige Bezugsperson, bis er den Kontakt mit seinem Großvater wieder aufnehmen konnte. Armer Will. Er brauchte seinen Großvater ebenso, wie Mr Winters einen Enkel brauchte.

Ein schnelles Ratatata-Geräusch an der Haustür ließ Jess aufschreien.

»Mach auf, Butterblume!«, rief Drea durch den Briefschlitz.

Alle Achtung. Die Frau wusste, wie man sich Aufmerksamkeit verschafft. Jess presste die Hände gegen die Brust, um ihren

Herzschlag zu beruhigen, während die Briefklappe scheppernd zurückfiel. Erleichtert darüber, ausnahmsweise nicht mehr im Schlafanzug zu stecken, öffnete sie mit einem Lächeln die Tür.

»Bitte schön, Süße.« Drea reichte ihr einen rot-weiß gestreiften Pappkaffeebecher. Er duftete herrlich nach Zimt und Muskat. »Ein kleiner Wachmacher, damit du dich aufraffst und diesen kahlen Wänden endlich einen persönlichen Anstrich verleihst.«

Jess blickte den Flur entlang, der in die Küche führte. Weiße Wände. Weiße Türen. Ein beigefarbener Läufer, der zur weißen Treppe führte und zu noch mehr … weißen Wänden. Jeder könnte hier wohnen. Oder niemand.

Was für ein Trauerspiel.

Drea hatte recht. Es war höchste Zeit, dafür zu sorgen, dass das Haus bewohnt aussah. Doch der bloße Gedanke, ihr Zuhause persönlich einzurichten, fühlte sich immer noch unangenehm an. Als würde sie mit einer bestimmten Wohnungseinrichtung unwiderruflich definieren, wer sie war und für immer und ewig sein würde. In Wahrheit wusste sie gerade nicht, wer sie war, geschweige denn, welche Jess sie sein wollte; außer, dass sie Vertrauen haben und glücklich sein wollte. Und Lehrerin.

Das war ja schon mal ein Anfang.

»Hallo. Erde an Jess!«

Sie blinzelte und richtete ihren Blick wieder auf Drea, die vor ihrem Gesicht winkte. »Was soll das hier werden?«

»Was meinst du?«

Drea riss die ungläubigen Augen auf, weil Jess offenbar nicht verstand, worauf sie hinauswollte. »Ticktack, ticktack, die Zeit läuft, Süße, du hast nur noch fünf Tage, bis zu deinem Tag der offenen Adventstür, und soweit ich es beurteilen kann, werden es Scheißabende, bis du endlich dran bist. Also, das ist deine Gelegenheit, einen richtig guten Eindruck auf deine Nachbarn zu machen.«

»Außer bei Kai und Rex, dort erwartet uns kein Scheiß …« Jess schnitt sich selbst das Wort ab, um deren geheimen Plan nicht auszuplaudern.

»Ah, da schau her, die junge Dame nimmt keine Schimpfwörter in den Mund. Grundschullehrerin durch und durch?« Drea, die ohnehin nie eine Antwort abwartete, gab ein Geräusch von sich, das sich wie »okay, okay« anhörte, und fügte dann hinzu: »Also gut. Was auch immer sie planen, es wird bestimmt geschmackvoll, aber geschmackvoll bedeutet nicht immer Spaß haben. Oder?«

»Muss denn jeder Abend Spaß machen?«

Diesmal schaute Drea sie an, als hätte sie nicht mehr alle Tassen im Schrank. »Das habe ich jetzt überhört.« Sie deutete auf Jess' Kaffee. »Jetzt trink erst mal. Und dann beichtest du Tante Dré-Dré, was du so vorhast.«

Jess lachte. »Willst du nicht reinkommen?«

»Gern. Ich hab zwar einen Haufen Papierkram zu erledigen, aber solange ich nicht weiß, was du planst, kann ich mich sowieso nicht konzentrieren.«

Jess war sich ziemlich sicher, dass Drea alles mit links schaffte, was sie sich vornahm, und nur nach einer Ausrede suchte. Sie hatte eigentlich vorgehabt zu fragen, ob sie etwas von ihrem Sohn gehört habe, aber dann erinnerte sie sich an Dreas trauriges Gesicht, als sie zuletzt über ihn gesprochen hatte, und beschloss zu schweigen. »Ich habe doch gesagt, es ist ein Geheimnis.«

»Ja, klar.« Drea zuckte mit den Schultern, als hätte sie endgültig aufgegeben, und machte mit einer Halbdrehung den Ansatz zu gehen. »Wir sehen uns heute Abend? Einen Gin Tonic an der Mülltonne? Ich bring den Gin, du das Tonic Water?«

»Schon wieder Mülltonnen rausstellen?« Jess kratzte sich am Kopf. In London stopfte man einfach alles in eine Tüte und warf sie dann in einen Schacht, wo sie dann in einer riesigen Monstermülltonne landete, ganz unabhängig vom Wochentag.

»Ja, heute sind die braunen Tonnen dran.«

»Und welcher Müll kommt da rein?«

Drea schaute sie verzweifelt an. »Ach, Süße, die braunen sind für Gartenabfälle und Schutt und so. Jetzt ist zwar nicht die richtige Jahreszeit für Sperrmüll, aber ich wette, deine Vormieter haben beim Auszug nicht alles ordnungsgemäß entsorgt, so faul, wie die waren.« Sie sah Jess an und wartete auf einen entsprechenden Bericht. Doch der blieb aus. Bisher war es meistens dunkel draußen gewesen und außerdem hatte sie nicht gerade viel Energie gehabt.

»Bitte sag jetzt nicht, du hast dir den Garten noch gar nicht angesehen.«

»Ähm …«

»Nein, das ist jetzt nicht wahr, oder?« Drea sah plötzlich todernst aus. »Was auch immer in London passiert ist, es ist vorbei. Du musst dich jetzt zusammenreißen und weitergehen. Du bist selbst deines Glückes Schmied. Kein anderer. Trübsal blasen wird nicht mehr verändern, was in der Vergangenheit war. Aber du kannst die Zukunft ändern – *deine* Zukunft, wenn du nur willst. Verstehst du?«

Jess nickte, der Kloß in ihrem Hals saß so fest, dass sie kein Wort herausbrachte. Obwohl sie Drea noch nicht die ganze Geschichte erzählt hatte, trafen deren wohlmeinenden Worte ins Schwarze.

»Genieß deinen Kaffee«, rief Drea noch, während sie ihren charakteristischen Abgang machte und ihr zum Abschied rückwärts über die Schulter zuwinkte.

Nachdem Drea verschwunden war, ließ Jess sich auf den Boden sinken und lehnte den Rücken gegen die geschlossene Haustür. Sie starrte die leeren Wände ihres Flurs an. Sie passten zu den leeren Wänden des Wohnzimmers (das Sofa und die Cranberry-Popcorn-Girlanden ausgenommen) und zur leeren Wand in der Küche und zu den kahlen Schlafzimmern, wo ihr Bett, immer noch nicht zusammengebaut, herumstand. Und auch das winzige, nach Süden gelegene Zimmerchen neben dem Gästezimmer stand leer. Als sie das Haus zum ersten Mal gesehen hatte, hatte sie sich vorgestellt, es in ein kleines Atelier zu verwandeln. Ein Ort, wo sie ihre Vorliebe für ungewöhnliche Bearbeitungen klassischer Gemälde wiederbeleben könnte. Der Kunstunterricht an der Grundschule hatte sie von ihrem Hobby abgebracht, außerdem hatte sie in den Musterwohnungen mit Martin nichts aufhängen dürfen, und so war ihr der Antrieb, ihre Umgebung selbst kreativ zu gestalten, allmählich abhandengekommen. Was sie in diesem Moment sehr bedauerte. Sie liebte es, sich in einem Bild zu verlieren. Sie war bestimmt kein Michelangelo, aber sie konnte recht gut kopieren. Dieser Kick, den sie spürte, wenn sie aus ein paar willkürlichen Farbklecksen etwas Neues schuf, hatte sie dazu bewogen, Lehrerin zu werden. Es versetzte sie in Begeisterung zu beobachten, wie eine völlig leere Fläche, eine Leinwand oder eine Seite in ihrem Notizbuch, sich in etwas vollkommen anderes verwandelte.

Während ihres Kunststudiums war sie durch die Secondhand-Läden gezogen, um nach vergoldeten Bilderrahmen zu suchen. Die echten Goldrahmen waren unglaublich teuer, doch da sie Fake-Kunst machte, reichten auch die Fake-Goldrahmen aus. Ihr Vater nannte ihre Kopien Fälschungen mit dem gewissen Etwas. Als sie das Haus leer räumten, hatten ihre Eltern ihr einige der Bilder angeboten, die im Wohnzimmer hingen. Unter anderem ihr legendäres Porträt von Heinrich VIII., dessen Gesicht sie durch die rundliche Schnauze des Labrador-Retrievers ersetzt hatte, den sie in ihrer Kindheit hatte. Ein anderes Bild zeigte die Queen in Jagdkleidung, die gerade durch ein Fernglas sieht, deren Profil hatte sie durch einen Rehkopf ersetzt. Ihre Eltern waren Royalisten aus Überzeugung und liebten das Bild über alles und behaupteten, dass die Queen es ebenfalls schätzen würde, wenn sie es jemals zu sehen bekäme. Sie hatte gezögert, die Bilder zu sich zu nehmen, und nach langem Hin und Her bestimmt, ihre früheren Errungenschaften dort zu lassen, wo sie hingehörten: in der Vergangenheit.

Das wiederum warf die Frage auf, warum sie dieses Zimmerchen so reizvoll gefunden hatte? Bisher hatte sie es nicht einmal betreten. Ihre Eltern hatten darauf bestanden, dass sie ihre alte Staffelei und ein paar Materialien mitnähme, aber das lag alles noch in einer Kiste in der hinteren Kammer. Vielleicht …

Sie nahm einen Schluck Kaffee. Er war wirklich gut. Und genau das, was sie gerade brauchte, ohne es gewusst zu haben. Wie machte Drea das? Woher wusste sie all diese Dinge? Wie kam sie auf die Idee, jeden Morgen an ihre Tür zu klopfen und sie dazu zu bringen, Rechenschaft abzulegen. Tatsächlich freute sie sich inzwischen auf das allmorgendliche Ritual.

Du bist selbst deines Glückes Schmied.

Drea hatte recht. Herumsitzen und Trübsal blasen machte sie nur noch depressiver. Wünschte sie sich das für sich selbst? Oder für ihre künftigen Schüler? Wollte sie wirklich eine vergrämte Mittdreißigerin sein, die Londons privilegiertesten Schülern alles gegeben hatte, nur um am Ende vom Platz verwiesen zu werden?

Nein. Sie wollte ihnen die beste Version von sich selbst bieten, eine strahlende Jess. Jemand, die all diese *Dinge* nicht brauchte, um glücklich zu sein. Ja, aber was brauchte sie eigentlich? Ihr Enthusiasmus schwand. Was brauchte sie, um glücklich zu sein? Sie blickte auf ihren Kaffeebecher, dessen würziger Duft Weihnachtsstimmung verbreitete.

Sie brauchte auf jeden Fall Kaffee.

Und sie brauchte Nachbarn, denen man wichtig genug war, dass sie einem böse sein konnten. Sie dachte an den gestrigen Morgen, wie sie mit Mr Winters draußen in der Kälte gearbeitet hatte. Manchmal brauchte man einen mürrischen Nachbarn, der aus seinem Trübsinn herausgeführt werden wollte. Und einen heimlichen Enkel, der auf seinen Auftritt wartete, um noch mehr Freude in das Leben seines Großvaters zu bringen.

Ja, richtig. Die Zeit zum Handeln war gekommen. Wie war das: Glückes Schmied? Jess Green saß in den Startlöchern.

Eine recht große Gruppe hatte sich bereits vor Christmas Street 9 versammelt. Es war schon mehr als zwanzig Minuten nach der angegebenen Anfangszeit, und das Haus lag immer noch im Dunkeln. Es gab kein Lebenszeichen, oder wie vorher jemand gewitzelt hatte, es war nicht mal ein Mäuschen zu hören, bis es dann plötzlich in einer der Mülltonnen so laut rasselte, dass die versammelten Gem-und-Emmas aufschrien. Die Neugierde auf das, was noch kommen sollte, ließ die Spannung weiter ansteigen.

»Wer wohnt hier eigentlich?«

Jess drehte sich um, als sie Joshs Stimme erstaunlich nah an ihrem Ohr vernahm. Sie hatte ihre Beziehung bisher als Man-winkt-sich-von-Weitem-zu-Bekanntschaft und nicht als Man-flüstert-sich-nett-ins-Ohr-Freundschaft eingestuft. Interessant. Und auch ein bisschen sexy. Wie von einem Magneten angezogen drehte sie sich zu ihm, und dabei schnupperte sich ihre Nase gleich zu dieser magischen Stelle zwischen Kinn und Schulter vor, die so gut nach Orangen und Zucker duftete … und fast eine Millisekunde zu spät richtete sie sich wieder auf und machte eine gleichgültige Miene zum heißen Spiel, in der Hoffnung, ihre Oh-Gott-du-riechst-soooo-gut-Verzauberung vertuschen zu können.

Sie zuckte mit den Schultern: »Mich darfst du nicht fragen.« Sie nickte zu Drea, die gerade einen anderen Nachbarn überredete (sprich: einschüchterte), ihr endlich mitzuteilen, welche Überraschung er für seinen Adventsabend plane.

Jess spürte eine Berührung am Knie. Sie dachte, es wäre ein Kind, und beugte sich nach unten. Aha. Jetzt verstand sie, wieso Josh ihr so nahgekommen war. Ein Berner Sennenhund zerrte an seiner kurzen Leine und war im Begriff, der Person vor ihm die Reste einer Wurstsemmel aus der Hand zu reißen. Sie ging in die Hocke, um auf Augenhöhe mit der Hündin zu kommen. Sie war wunderbar. Dunkelbraune Augen. Hellbraune Augenbrauen. Ein perfekter weißer Pfeil auf der Nase, der über ihre Stirn in den tintenschwarzen Rücken hineinschoss.

»Jess, darf ich dir Audrey vorstellen?«

»Audrey?« Jess schaute zu Josh auf und spürte wieder dieses Kribbeln, als sich ihre Blicke trafen.

»Meine Frau – ähm«, er wendete sich von Jess ab und schaute den Hund an, »wir haben sie nach Audrey Hepburn benannt.«

Ach ja. Seine Frau. Natürlich. Deswegen nahm ihn die gesamte Nachbarschaft ständig in Schutz. Und wegen seines guten Aussehens. Der arme Josh. So, jetzt komm wieder zur Vernunft, Jess! Die Schwärmerei für ihn war lächerlich. Erstens trauerte er immer noch um seine Frau, denn so war das eben, wenn man kleine Kinder hatte, oder? Und zweitens war er viel zu alt für sie. Anfang vierzig vielleicht? Also … nicht steinalt, aber trotzdem … Und drittens, und wichtiger noch, sie wollte gar keinen Freund. Vor allem keinen, der so attraktiv war und von der gesamten Straße angehimmelt wurde und nach leckeren Weihnachtskeksen duftete. Und nach Orangen. Hatte sie die Orangen schon erwähnt?

Außerdem nagte dieses unbestimmte Gefühl an ihr, dass Josh nicht wirklich dem entsprach, was sie suchte, falls das Wunder doch noch passieren und sie tatsächlich wieder eine feste Beziehung in Betracht ziehen würde. Wenn da nicht diese Hündin wäre. Die könnte sie sofort und auf der Stelle lieben. Sie versuchte, durch all die Beine hindurchzusehen, um irgendwo Zoe und Eli zu entdecken, und fand sie schließlich einem Sloan-Drilling nachjagen, der mit dem Kazoo in der Hand den Rattenfänger der Christmas Street nachspielte.

Audrey schleckte Jess' Gesicht ab, als wollte sie ihre Aufmerksamkeit wieder auf sich lenken.

Jess grub die Hand in das dicke Fell des Sennenhunds. »Du hast wirklich das Zeug zum Filmstar. Mmm … und wie gut du riechst … ich vermisse diesen Hundeduft.«

»Gibt es keine Hunde in London?«

Jess stand auf und sah Josh sehr ernst an. »Nur Handtaschen-Hunde. Und die stinken nach Parfüm. Das ist Gesetz.«

Und er entgegnete mit der gleichen gespielten Ernsthaftigkeit: »Schade. Da würde Audrey wohl nicht reinpassen.«

»Ganz sicher nicht.«

»Warum schaut ihr denn so ernst? Das ist eine Party!« Drea drängte sich zwischen beide und packte sie an den Schultern. »Das wird sicher eine verdammt schöne Überraschung!«

In diesem Moment tauchte am Anfang der Straße ein Auto auf und bahnte sich seinen Weg an der wartenden Menge vorbei, um ein paar Häuser weiter einzuparken. Eine gehetzt wirkende Frau stürzte aus dem Auto. Unter ihrem etwas abgenutzten Wintermantel trug sie eine Krankenschwesternkluft, und sie hielt ein paar Plastikboxen in den Händen. Sie rannte ins Haus Nummer 9 hinein, ohne die Gruppe davor zu beachten. Etwa eine Minute später ging das Verandalicht an. Die Frau kam wieder heraus, baute einen kleinen Klapptisch auf, stellte die Plastikkästen darauf, öffnete sie und klebte einen Zettel an den Tischrand und rief: »Tut mir leid, ich muss zurück ins Krankenhaus, ich werde gebraucht. Sorry.« Und schon war sie wieder ins Auto gesprungen und um die Ecke verschwunden.

Alle sahen sich verdutzt an.

»Greift zu und frohe Weihnachten!«, las jemand vor.

Drea, von der sie eine bissige Bemerkung erwartet hätte, sagte nichts. Etwa fünf Sekunden lang. Dann begann sie zu applaudieren. »Auf Katie Nash! Einen Applaus für diese hingebungsvolle Krankenschwester, die uns in ihrer kurzen Pause mit Mince Pies verwöhnt. Ist sie nicht ein wahres Vorbild für unsere Straße?«

Darüber waren sich alle einig. Ja. Sie war wirklich ein Vorbild.

Dreas Reaktion rührte Jess zutiefst. Sie hatte bereits einen flüchtigen Eindruck davon erhalten, dass diese mutige Frau auch eine sehr sensible Seite hatte, aber jetzt legte sie ein Mitgefühl an den Tag, das sie ihr nicht zugetraut hatte.

Während sie eine ordentliche Warteschlange bildeten, um sich einen Mince Pie zu nehmen, bestand Drea darauf, einige Törtchen für Katie übrig zu lassen, damit sie auch etwas Süßes hatte, wenn sie von der Arbeit nach Hause kam. Sie beobachtete Drea, wie sie ihre Ginflasche auf den Zettel stellte und mit einem Bleistift, den sie aus der Tasche zog, etwas darauf kritzelte: »Für Spätankömmlinge« stand da, und ein Pfeil zeigte auf die Flasche. »Das ist doch okay, oder?«, fragte sie, als sie bemerkte, dass Jess ihr zusah.

»Absolut«, sagte Jess.

»Okay.« Drea klatschte noch einmal in die Hände und ließ dann ihren Blick auf Josh ruhen. »Du hast nur noch eine knappe Woche, um dir etwas Großartiges einfallen zu lassen. Du willst doch einen glänzenden Eindruck hinterlassen.«

»Nichts Leichteres als das.«

Sie starrten sich lange genug an, um Jess sich wie das fünfte Rad am Wagen fühlen zu lassen, doch schließlich suchte Josh hilfesuchend Jess' Blick, und ihm war bewusst, dass Drea dies nicht entgehen würde.

»Mach dir keine Sorgen, Joshy«, lachte Drea, »ich glaube fest an dich.«

»Genau das macht mir Angst«, grinste Josh.

Drea zauberte ein mysteriöses Cheshire-Cat-Lächeln auf ihre Lippen: »Das macht uns allen Angst, an etwas zu glauben, von dem wir nichts wissen.«

Sie hob ihren Mince Pie wie zum Trinkspruch in die Höhe und verschlang ihn mit einem einzigen Bissen.

10. Dezember

Das Klappern des Briefschlitzes ließ Jess aus der Schläfrigkeit aufschrecken, die sie bei der tagtäglichen Bürobedarfsbeschreibung überkommen hatte.

Sie spitzte ihre Ohren und wartete auf Dreas *Coooeeee*-Ruf.

Er blieb aus.

Seltsam. Vielleicht hatte sie schon nach ihr gerufen, und Jess war so in die Arbeit versunken gewesen, dass sie nichts gehört hatte.

Unwahrscheinlich. So aufregend waren Heftzwecken wirklich nicht.

Jess streckte sich und begann, die Bürogegenstände wegzuräumen, die sie gerade mit Texten versehen hatte. Heute war das Texten zu zwanzig Prozent von Wehmut und zu 80 Prozent von Frust begleitet gewesen. Eine Reise durch Kreide, Wachsmalkreiden und Filzstifte, die sie ihren neuen Schülern wahrscheinlich nicht zur Verfügung stellen könnte, nun, da sie nicht mehr an Londons privilegiertester Schule unterrichtete. Was sie ärgerte. Denn der Zugang zu diesen herrlichen Kunstwerkzeugen und Materialien eröffnete Welten für ein Kind.

Sie hielt inne.

Es war Aufgabe der Lehrenden, das Beste aus der jeweiligen Situation zu machen, und auch wenn ihr der Käsesandwich-Vorfall vieles geraubt hatte, ihre Vorstellungskraft war ihr geblieben. Sie war vielleicht ein wenig eingerostet. Aber sie war noch da. Sie musste nur einen Weg finden, das alte Feuer wieder zu entfachen.

Plötzlich wurde ihr klar, dass das Klappern auch der Briefträger gewesen sein könnte. Ihr Blick ging zur Uhr. Alles klar. Kurz nach zwölf. Garantiert der Briefträger.

Sie lief in den Flur und sah einen kleinen Haufen Post, hauptsächlich Werbung und Kataloge, aber auch ein paar persönlich anmutende Briefumschläge. Wahrscheinlich wieder falsch eingeworfen. Außer Amanda und ihren Eltern wusste kaum jemand, dass sie jetzt hier wohnte.

Sie hob die Post auf und ging sie vorsichtig durch, um zu vermeiden, dass sie versehentlich wieder die Weihnachtsgrüße für einen Nachbarn aufriss.

Doch beide Umschläge, der rote und der silberne, waren an sie adressiert. Einen größeren, im DIN-A4-Format, krönte ein allzu bekannter Briefkopf: St Benedict's.

Ihre hart erkämpfte innere Ruhe war augenblicklich dahin. Was wollten die von ihr? Und wieso schrieben sie ihr ausgerechnet jetzt? Nachdem sie vor einem Jahr unmissverständlich klargemacht hatten, dass für Lehrerin Green kein Platz mehr an der Schule war. Jess' Kopf begann, leicht zu brummen, während eine Unmenge von Gründen – alle apokalyptischer Natur – durch ihre Gedanken schossen. Woher kannten sie überhaupt ihre Adresse? Nach der Trennung von Martin hatte sie die Post an ihre Eltern weiterleiten lassen, eine neue Adresse gab es offiziell nicht. Sie sah sich den Umschlag genauer an. Der Brief war weitergeleitet worden, da ihre Eltern für die Dauer des Auslandsaufenthaltes nun wiederum einen Nachsendeantrag an ihre Adresse eingerichtet hatten.

Sie legte den Brief auf den Stapel zurück und widmete sich dem ersten der beiden weihnachtlichen Umschläge. Die Handschrift kam ihr bekannt vor. Sie spürte, wie ihr Herz einen kleinen Sprung machte und ihr Unbehagen wie weggeblasen war.

Der Brief war von Will Winters. An sie.

Sie öffnete ihn. Auf der Vorderseite war eine Kuh zu sehen, die im Schnee stand und die schottischen Highlands überblickte und deren Hörner mit Lichterketten behängt waren. Sie musste lachen.

Die Mitteilung war kurz und süß (vor allem süß). Er bedankte sich für die Weiterleitung seiner Karte an den Großvater und wünschte ihr ein frohes Fest. Außerdem bot er an, ihr ein Essen zuzubereiten, sobald der Weihnachtswahnsinn vorbei war. Er hatte beschlossen, keine Silvesterpartys auszurichten, also käme vielleicht ein Neujahrsbrunch in Frage?

Was für ein Geschenk! Abgesehen davon, dass sie eine schreckliche Köchin war, gefiel ihr die Vorstellung, das neue Jahr bei einem feinen Essen in Gesellschaft eines aufstrebenden Gourmetkochs begrüßen zu dürfen! Insbesondere, weil ihre Ideen für Weihnachten immer noch nicht über Pizza oder Fertigessen für Singles hinausgingen. Vielleicht würde der verlockende Anblick einer Sauce hollandaise auch Mr Winters zum Lächeln zu bringen. Und natürlich die Entdeckung, dass er einen fabelhaften Enkel hatte.

Mit einem Schmunzeln auf den Lippen öffnete sie die andere Karte; auch diese Handschrift war vertraut. Allzu vertraut.

Ihr Herz wurde wieder eng.

Sie war von Martin.

Woher wusste er, dass sie hier lebte? Erneut prüfte sie den Umschlag. Nicht weitergeleitet. Die Anschrift stimmte. 14, Christmas Street. Er musste sie Amanda entlockt haben. Was dem Kerl an Feinfühligkeit fehlte, machte er mit Charme wett.

Sie waren nicht im Streit auseinandergegangen und hatten die üblichen Ausreden von sich gegeben, man habe sich auseinandergelebt, eine Fernbeziehung funktioniere eben nicht und sie wollten sich lieber in Freundschaft trennen. Es war unschön gewesen. Er hatte Sachen gesagt, die sie nie vergessen würde. Ein paar spitze Bemerkungen saßen noch tief und kratzten weiterhin an ihrem Selbstwertgefühl. Und sie hatte sich ehrlich gefragt, ob er jemals in sie verliebt gewesen war, und umgekehrt. Er hatte gesagt, dass sie schwach sei und sich nicht durchsetzen könne. Und dass es nicht zu übersehen sei, dass Crispin nur ein verwöhnter kleiner Tyrann sei. Und im selben Atemzug hatte er hinzugefügt, sie hätte die Kritik runterschlucken und an St Benny's bleiben sollen. Und wenn sie ihn jemals zu den außerlehrplanmäßigen Aktivitäten mitgenommen hätte wie die anderen Lehrerinnen, die ihre bessere Hälfte immer einluden, hätte er ein Riesengeschäft machen können. Worauf sie erwiderte, wenn sie gewusst hätte, dass der einzige Zweck ihres Berufslebens gewesen sei, ihm neue Klienten zu besorgen, dann hätte sie vielleicht lieber Kellnerin bei Stringfellows werden sollen, oder wo auch immer russische Oligarchen abhingen, während ihre Leibwächter die Kinder von der Schule abholten. Dann hatte sie nachgelegt, er habe ohnehin nie Zeit für solche Veranstaltungen gehabt, weil er immer so verdammt beschäftigt gewesen sei, potenziellen Klienten durch ganz London nachzujagen. Er hatte sich besonders über das Wort »nachjagen« geärgert. Und dann hatten sie sich getrennt. Sobald sie die Entscheidung gefällt hatten, war der Schlussstrich gezogen. Sie hatte sich nicht einmal gefragt, wie es ihm wohl ergangen war, denn sie war immer davon ausgegangen, dass er nun endlich genoss, »nicht mehr in den Terminplan eines anderen hineingequetscht« zu werden. Er hatte sich nicht einmal bei ihren Eltern nach ihr erkundigt, obwohl er von Amanda erfahren hatte, dass sie am Boden zerstört gewesen war. Amanda, die Martin einmal in der Woche beim Spieleabend traf, hatte ihm gegenüber immer wieder ein paar Sätze über den Zustand seiner Ex fallen lassen, obwohl Jess sie ausdrücklich darum gebeten hatte, ihm nichts zu erzählen. Martin sollte auf keinen Fall erfahren, dass sie einmal ein ganzes Backblech Creme-Egg-Brownies auf einmal verschlungen hatte. (Keine voreiligen Schlüsse, bitte. Sie brauchte nur das Tryptophan.) Sie wollte nicht, dass Martin irgendetwas erfuhr. Sie vermerkte das als Bitte auf ihrer mentalen Liste von Dingen, die sie unbedingt Amanda mitteilen musste, wenn sie sich endlich aufraffen konnte, sie zurückzurufen.

Sie zog die Karte aus dem Umschlag. Hip. Stilvoll. Sie drehte sie um. Keine Frage. Eine Firmenkarte. Die Mitteilung war knapp und distanziert. Er hoffte, es gehe ihr gut und sie sei zufrieden, und er wünsche ihr fröhliche Weihnachten. Wie sie vielleicht schon wisse, würde er über die Feiertage auf die Malediven fliegen und im neuen Jahr in eine Wohnung nahe Wimbledon umziehen. Beste Grüße, Martin.

Sie überlegte sich, den Umschlag sofort in die Mülltonne zu werfen und so zu tun, als hätte es diese Karte nie gegeben, und einfach das zu machen, was Martin ihr schulterzuckend geraten hatte, als sie an jenem schicksalsträchtigen Tag in Tränen aufgelöst nach Hause kam: »Mach dir keine Sorgen, es geht vorüber.« Trotzdem konnte sie nicht einfach ignorieren, dass ihr Ex jetzt die Reise antreten würde, die sie gemeinsam geplant hatten, und langfristig – zumindest hörte es sich so an – in einen Teil von London zog, den sie immer geliebt hatte und der näher an St Benny's lag als Battersea, wo sie von einer Musterwohnung in die andere gezogen waren. Und wie kam er überhaupt dazu anzunehmen, sie wisse Bescheid? Hatte er vielleicht schon immer gedacht, ihre Welt würde sich nur um ihn drehen? Sehr wahrscheinlich. Er hatte oft Dinge gesagt, die ihm angemessen erschienen, die er aber nicht wirklich meinte. Er war eben ein Verkäufer, durch und durch.

Sie versuchte, sich vorzustellen, wie sie mit Martin am Strand lag. Wie sie mit Cocktails anstießen. Wie sie ihn darum bat, ihre Schultern mit Sonnenöl einzucremen. Doch es gelang ihr nicht.

In ihrer Fantasie reiste sie weiter in die Wohnung in Wimbledon und scheiterte dort schon an der Ausstattung, denn er bevorzugte einen ultra-modernen Einrichtungsstil, während sie es lieber heimelig und gemütlich hatte. Ja ... die Trennung war absolut kein Fehler gewesen. Trotzdem, wie konnte er es wagen, ihre gemeinsam geplante Reise allein zu unternehmen? Er reiste sicher nicht allein, was seinen Bericht noch ärgerlicher machte. Es gab jede Menge azurblauer Meere mit jungfräulichen Stränden, die er besuchen könnte. Warum flog er nicht dorthin? Wahrscheinlich war er im Endorphinrausch, nachdem er eine schicke Maklerin kennengelernt hatte, die Eigentum überholt fand und jegliche persönliche Note unbeholfen. Da hatten sich wohl zwei gefunden. Himmlisch.

Sie dachte kurz darüber nach, die Weihnachtskarte neben Amandas auf den Kaminsims zu stellen, doch sie entschied sich dagegen. Da würden nur schlechte Erinnerungen hochkommen. Und Dreas Ratschlag beherzigend, ihr Schicksal selbst in die Hand zu nehmen, stopfte sie die Karte in den Altpapierkorb und stellte dabei fest, dass der Absender fehlte. Martin erwartete wohl keine Antwort.

Was wiederum die Frage aufwarf: *Wieso schickt er überhaupt Weihnachtspost?* Sie starrte lange und angespannt auf den Umschlag von St Benny's, der fein säuberlich getippt keine Rückschlüsse auf den Absender zuließ, dann legte sie ihn in eine Küchenschublade, die auf dem besten Weg war, die »Sonstiges«-Schublade zu werden.

Sie fühlte sich weit weniger heiter als noch vor zehn Minuten, aber dann zwang sie sich, den Fokus wieder auf das zu richten, was sie fröhlich stimmte.

10. Dezember
13:01
An: JessGreen2000@gmail.com
Von: WillWinters@TheMerryVictualler.co.uk
Betreff: AW: NEEEEEEEEEIN!

Lieber Will,

haha! Bitte erschrecken Sie nicht, aber mein Kühlschrank ist eine einzige große Ansammlung von Sachen, die Sie verabscheuen würden. Fertiggericht hier, Mikrowellenessen dort. Mini-Mac-and-Cheese-Bällchen und Päckchen mit honigglasierten Partywürstchen, und damit ich auch etwas Gemüse zu mir nehme, habe ich gestern Abend Karotten in geschmolzenen Camembert getunkt. Ja, das war mein Abendessen. (Ich rechtfertige diese Kalorieneinnahme mit der harten körperlichen Arbeit, die ich vorgestern im Garten Ihres Großvaters leisten musste.) Die Nachspeise war ein ungenießbarer Mince Pie, den ich gestern beim Straßen-Adventskalender bekommen habe. (Jetzt fühle ich mich richtig gemein.

Es war eigentlich bewundernswert, dass die Nachbarin in Nummer 9 es überhaupt geschafft hat, irgendetwas anzubieten. Sie ist Krankenschwester und gelobt seien ihre weißen Baumwollsöckchen.)

Heute habe ich Ihre Weihnachtskarte erhalten. Die Kuh mit Lichterkette ist wirklich toll! Ich möchte mich für Ihren freundlichen Gruß mit dieser dürftigen E-Mail bedanken. Ich bin dieses Jahr nicht wirklich in Weihnachtsstimmung, von den Mini-Mac-and-Cheese-Bällchen abgesehen. LOL. Ich habe beschlossen, keine Weihnachtskarten zu versenden (schlechtes Jahr, lange Geschichte, wahrscheinlich mit Ihrer Trennung vergleichbar, nur dass ich auch meine Stelle verloren habe, umziehen und einige dunkle Nächte der Seele durchstehen musste. Freue mich sehr aufs neue Jahr! Hmmm … Offenbar sind Sie nicht der Einzige, der einem Fremden sein Herz ausschüttet. Oder haben sich die Verhältnisse zwischen uns vielleicht verändert, nachdem ich eine Weihnachtskarte von Ihnen erhalten habe? Sind wir jetzt womöglich Freunde? Vertraute? Seltsame Frage. Vergessen Sie's gleich wieder. Wie Sie vielleicht wissen oder auch nicht: Alles, was in Klammern steht, ist nicht von Bedeutung!).

Ihre Karte stand im schönen Widerspruch zur übrigen Post, die ich heute erhalten habe: eine rätselhafte Weihnachtskarte von meinem Ex. Rätselhaft, weil er mir erzählte, er werde Urlaub auf den Malediven machen und eine Wohnung in Wimbledon kaufen. Und das schreibt jemand, der immer behauptete, nicht mal Gott könnte ihn davon abhalten, die Feiertage in London zu verbringen, und der nie eine Wohnung kaufen wollte (sondern erst mal ein Herrenhaus in Notting Hill). Und dann kam noch ein Brief von meinem ehemaligen Arbeitgeber, den ich bisher nicht zu öffnen gewagt habe (ist bestimmt keine Weihnachtskarte drin).

Was soll's … ich sollte Sie nicht länger stören, Sie haben bestimmt alle Hände voll zu tun. Mein neuer Job beginnt am 9. Januar, und ich weiß gar nicht, was ich mit so viel Freizeit anfangen soll. Ich könnte vielleicht mit Stricken oder Briefmarkensammeln anfangen, aber das klingt nicht besonders spannend. Wenn Sie einverstanden sind, könnte ich mich als Spionin nützlich machen. Drücken Sie mir die Daumen! Ich ziehe meinen Regenmantel über und schleiche mich von Mülltonne zu Mülltonne, um herauszufinden, ob Ihr Großvater Ihre Karte bereits auf dem Kaminsims aufgestellt hat. (Ich gehe davon aus, dass er mindestens einen hat, weil aus seinem Haus gleich zwei Schornsteine hinausragen.) – (War nur ein Witz, ich würde ihn niemals ausspionieren.)

Beste Grüße Jess x

10. Dezember
13:17
An: JessGreen2000@gmail.com
Von: WillWinters@TheMerryVictualler.co.uk
Betreff: AW: AW: NEEEEEEEEEIN!

Liebe Jess, Sie haben meinen Segen, was das Ausspionieren angeht, solange Sie es nicht übertreiben. Melde mich später. Verzeihen Sie die Kürze meiner Nachricht. Die Pasteten warten auf ihre Füllung! Wx

*

»Achtung! Pass auf!«

Jess rutschte aus und ruderte mit den Armen. Sie griff nach dem Erstbesten. Es war fest und stabil. Torkelnd kam sie wieder auf die Beine und landete direkt vor Joshs Brust. Wie peinlich. Der Mann strotzte vor Muskeln. Sie schaute auf und blickte in sein sehr ansehnliches Gesicht, während sie genüsslich die nächste Duftwelle von Orange und Zuckerkeksen in die Nase sog und versuchte, nicht wie ein dummes Schulmädchen auszusehen. Dieser Mann könnte Körperdouble werden für … hmmm … einen dieser unwiderstehlichen Schauspieler. Nein. Er war selbst von der Sorte unwiderstehlich. Und auch von der Sorte *Lass-die-Finger-von-dem-Jess-er-ist-zu-schön-um-wahr-zu-sein*. Er war definitiv von der Sorte, die sie wollte, aber dann auch wieder nicht, weil sie diese ungute Ahnung nicht wirklich definieren oder abschütteln konnte.

»Danke.« Sie wand sich sanft aus seinem Griff. »Rutschig heute.« Sie zeigte auf den vereisten Boden, als ob er unbedingt wissen müsste, wo sie ausgerutscht war. Mein Gott. Kein Wunder, dass Martin lieber eine Frau haben wollte, die's draufhatte. Nicht, dass er es so formuliert hätte, als er pflichtbewusst eine präzise Erklärung abgab, warum er nicht mehr an ihre Beziehung glaubte, aber es war recht offensichtlich, dass er mit einer repräsentablen Stadtmaus glücklicher werden würde als mit einer etwas schrägen Landmaus wie sie.

»Ja, und wie. Sie hätten hier schon längst streuen müssen. Mr Winters erging es ja ähnlich, als sein Auto beinahe in die Menschenmenge schlitterte.«

Jess schlug sich mit dem Handgelenk gegen die Stirn. »Das war's, natürlich! Sein Wagen ist auf der glatten Fahrbahn gerutscht! Wusst' ich's doch. So etwas würde Mr Winters nie mit Absicht machen.«

Sie wandten den Blick zum Ende der Straße. Mr Winters' Haus war dunkel, die Vorhänge waren fest zusammengezogen.

Wie immer. Sie war heute schon früher daran vorbeigelaufen und hatte so getan, als würde sie die Weihnachtsdekorationen der Nachbarn bestaunen. Auch wenn es schon später Nachmittag gewesen war und das Licht im Wohnzimmer brannte, hatte sie trotzdem kaum hineinsehen können. Das Haus war etwas höher gelegen als die anderen in der Straße, als hätten die Neubauten sein Haus aus dem bunten Treiben der Welt herausgedrängt, die sich auch ohne ihn weiterdrehte, während er in seinem Kokon verharrte. Dann war Mr Perkins aufs Fensterbrett gesprungen und hatte sie böse angeschaut, also war sie weitergelaufen.

»Hast du schon eine Ahnung, was du für den Adventskalender machen willst?«, fragte Josh, während er immer noch Mr Winters' Haus beobachtete.

»Nein. Und du?«

»*Nada.*« Er blickte sie frech von der Seite an und begann, einen Song aus dem Film *Sweeney Todd* zu summen, was ihn noch unwiderstehlicher machte! Dieser Mann war ein Musical-Fan. Er war, zweifellos, der Hugh Jackman der Christmas Street. Aber eben jünger. Und verwitwet. Und immer noch eine Nummer zu groß für sie. »Drea wird uns in Stücke reißen, wenn wir nicht so langsam in die Gänge kommen.«

»Ja, das tut Drea bestimmt«, sagte Drea und legte wie üblich die Arme um ihre Hälse und drückte sie in eine unangenehme, leicht würgende Umarmung. Einen Moment später löste sie den Griff wieder und folgte dem Blick der beiden zum Ende der Straße.

»Worauf starren wir hier eigentlich gerade?«

»Auf Nummer 24.«

Drea gab einen frustrierten Seufzer von sich.

»Er hat sich immer noch nicht bei mir gemeldet, der sture Bock.«

Jess wollte gerade zu einer Verteidigung ansetzen, da erinnerte sie sich wieder, dass Drea Mr Winters ebenfalls in Schutz zu nehmen pflegte. »Vielleicht will er einfach nur seine Ruhe haben.«

»Jaja, meine Liebe.« Drea rollte mit den Augen und sagte dann zu Josh: »Ist nicht zu übersehen, dass unser Jessilein Grundschullehrerin ist, oder?«

»O ja, total!« Josh schüttelte sein kastanienfarbiges Haar, wobei ein paar Locken in seine Stirn fielen. »Hab fast vergessen, dass meine kleinen Monster vielleicht in deine Klasse gehen werden. Welche Jahrgänge unterrichtest du denn?«

Drea warf Jess wieder einen ihrer vielsagenden Blicke zu: Na, komm schon, Süße, ran an den Mann!

Obwohl sie kein Fan von »kleinen Monstern« war, lächelte Jess, denn sie wusste, dass Zoe und Eli ganz nette Kinder waren. »Dritte Klasse. Außerdem leite ich den Fachbereich Kunst und koordiniere alle Jahrgänge, also werde ich wohl die meisten Kinder kennenlernen.«

»Moment mal!« Jess nachahmend, schlug er sich mit dem Handgelenk gegen die Stirn. »Du bist die Nachfolgerin von Frau Jameson.«

»Genau.« Sie waren sich zwar nur kurz begegnet, aber sie schien sehr nett zu sein. Eine Frau Anfang vierzig, die schon immer zur Landschaftsdesignerin umschulen und jetzt endlich ihren Traum verwirklichen wollte, bevor es zu spät war.

»Schade, dass es so kommen musste.«

Jess runzelte die Stirn. Sie spürte ein ungutes Gefühl in der Magengegend.

»Was meinst du?«

War sie etwa ebenfalls gefeuert worden? Vielleicht auch wegen Körperverletzung?

»Na ja«, sagte er mit einer Stimme, die üblicherweise nichts Gutes verhieß. »Ihr Mann wurde nach Kanada versetzt.«

»Äh … Und warum ist das jetzt schade? Gibt es keine Gärten in Kanada, die konzipiert werden müssen?«

Josh lachte kurz so heftig, dass ein Atemwölkchen zwischen ihnen entstand. »Nein, nein, das ist es nicht. Es war nur so, dass alle Kinder sie total liebten. Ich glaube, ich habe noch nie eine Lehrerin gekannt, die so beliebt war. Beim Kollegium. Bei den Schülern. Den Eltern. Der Schulrat hat sogar überlegt, eine Gedenktafel anzubringen, aber sie lebt ja noch …« Josh deutete mit einem Achselzucken an, dass wohl nicht einmal eine Statue im Stadtzentrum ausgereicht hätte. »Für ihre Abschiedsfeier haben wir tief in die Tasche gegriffen und ihr entzückende Geschenke überreicht. Und die vielen Tränen! Ich hab noch nie so viele trauernde Kinder gesehen.«

Jess schaltete ab, denn ihre Gedanken begannen vor Angst verrückt zu spielen. Ausgerechnet sie sollte die beliebteste Lehrerin der Welt ersetzen? Wie würde sie jemals in deren Fußstapfen treten können? Sie schaute auf ihre kunstpelzgefütterten Stiefel hinunter und stellte ihnen schweigend die Frage: ›Wie soll das gehen? *Wie*?‹

»Was soll's«, sagte Josh. »Alles wird gut. Sie werden sich sicher mit der Zeit an dich gewöhnen.«

Drea hakte sich bei Jess unter und zog sie mit einem Flüstern von Josh weg: »Du glotzt wie ein gestochenes Kalb, Schätzchen.«

Sie standen vor Nummer 10. Es handelte sich um ein Einfamilienhaus, das genauso breit war wie die Doppelhäuser zu seinen Seiten, mit einem kleinen Rasen davor und einer Einfahrt daneben, die zu einem roten Garagentor führte. Auf der Veranda blinkten die Lichter im Rhythmus.

»Das ist ein Morsecode«, rief Kev, der Autoschlosser.

»Vielleicht sind die Hausbewohner als Geiseln genommen worden«, kicherte eine der Gem-und-Emmas.

»Wer wohnt denn da?« Jess blickte fragend auf Drea.

»Die Nishios.«

Sie versuchte kurz, den Namen einzuordnen, und fragte dann: »Ist das ein japanischer Nachname?«

»Genau. Sie waren auch schon bei einigen der Abende. Hiro, der Ehemann, zog im Rahmen eines akademischen Austauschs hierher, um an der Uni zu unterrichten, dann begegnete er seiner englischen Rose, und schwuppdiwupp vier Kinder später leben sie mitten im Herzen der britischen Vorstädte.«

Ein Lehrer. Wie sie. Dem diese Straße Liebe und Familie und nicht bloß ein, sondern gleich vier Kinder beschert hat. Jess' Herz füllte sich bei dem Gedanken, dass sie eines Tages auch Erfüllung finden konnte, mit Sehnsucht. Vielleicht mussten es nicht gleich vier Kinder sein, aber … Die Freude, die sie jeden Morgen verspürte, wenn die Schulglocke läutete und die Schülerinnen und Schüler ihr Klassenzimmer füllten, war immerhin ein Anfang. Vorausgesetzt, die Schüler würden sich jemals vom Verlust der Superlehrerin Frau Jameson erholen.

»Welche Fächer unterrichtet er?«, zwang sie sich zu fragen.

Drea zuckte mit den Schultern. »Die Klassiker, glaube ich. Englische Literatur. Beide. Sie fahren ständig zum Haus der Geschwister Brontë oder zu irgendeinem Jane-Austen-Festival. Und sie lieben es, sich zu verkleiden.«

Jess lächelte. Hörte sich wie ein tolles Paar an. Sie konnte auch nicht genug kriegen von quirligen Heldinnen mit Haubenhüten. Vielleicht, wenn Will Winters ihr das Kochen beibrachte und sie nicht nur Rühreier auf Toast aus der Mikrowelle servierte, könnte sie das Paar einmal zum Abendessen einladen. »Wisst ihr, was sie vorhaben?«

»Nein – aber schau mal, sie ziehen gerade die Rollos hoch. Sind das … macht er das mit der Fernbedienung?«

Es sah danach aus. Ein Raunen ging durch die Menschenmenge, als die Außenjalousien hochgingen und die Nishio-Familie in einem virtuos ausgestatteten viktorianischen Weihnachts-Tableau enthüllten. Es gab *Ahhs* und *Ohhs* und Applaus. Die Detailtreue war verblüffend.

Es gab einen wundervoll geschmückten Weihnachtsbaum mit richtigen Kerzen an den perfekt ausgerichteten Zweigen. Frau Nishio, eine große rothaarige Frau mit rosigen Wangen, trug ein pflaumenfarbenes Kleid, das aussah, als wäre sie direkt aus Dickens' *Weihnachtsgeschichte* herausgetreten. Sie stand an einem Ende eines alten Eichentisches, auf dem ein opulentes Weihnachtsbuffet auf die Eröffnung wartete. Ein großer Schinken, Karamellpudding in hübschen Förmchen, eine Servierplatte mit Bratkartoffeln und allem Drum und Dran. Mr Nishio, ein stattlicher Herr, steckte diskret die Fernbedienung weg, während er ein Tranchiermesser über eine saftig gebratene, immer noch dampfende Gans hielt.

Die zwei jüngsten Kinder, Mädchen, etwa sechs oder sieben Jahre alt, trugen passende elegante Kleider aus dunkelgrünem Samt.

»Das sind die Zwillinge«, sagte Drea und zeigte auf die kleinen Mädchen, »so süß, die kleinen Engelchen, oder?«

Das stimmte. Sie verhielten sich auch vollkommen still. Die eine der beiden zog schelmisch eine kleine Silbermünze aus dem Weihnachtspudding, während die andere auf einem Schaukelpferd saß und eine Katze festhielt, die sich aber nicht an die *Bitte-nicht-bewegen!*-Regel halten wollte.

Einer der älteren Jungen war abgestellt, seiner Mutter den Stuhl unter dem Tisch hervorzuziehen, während der andere Junge ein makellos eingepacktes Weihnachtsgeschenk an sein Ohr hielt, als könnte er durch Schütteln den Inhalt erraten.

Und dann gingen die Jalousien langsam wieder hinunter.

»War das alles?«

»Sieht so aus.«

»Werden sie keine Häppchen oder etwas Essbares verteilen? Vielleicht ein paar von diesen leckeren Bratkartoffeln?« Kev klopfte auf seinen Bauch und kassierte dafür den Ellenbogen seiner Frau zwischen die Rippen, die ihn daran erinnerte, dass zu Hause bereits der Tee wartete.

Einige der Kinder hüpften vor, um nachzusehen, was von dem Tableau übrig geblieben war, und als die Rollos schließlich unten waren, rannte die Katze mit einer Gänsekeule im Maul noch über die Fenstersimse.

Drea begann erneut zu applaudieren. »Fantastisch! Das legt die Latte sehr hoch für euch, Leute. Oder Kai? Rex? Seid ihr bereit für euren Abend morgen?«

»Natürlich, Drea, wir würden unsere Nachbarn niemals enttäuschen!«

»Davon würde ich auch entschieden abraten«, sagte sie warnend und lachte entwaffnend fröhlich wie immer.

»Oh!« Kai stellte sich auf die Zehenspitzen und flüsterte etwas in Rex' Ohr. Sie unterhielten sich kurz unter vier Augen, dann gab Rex laut ein »Ding-Ding-Ding« von sich, als würde er mit einem Löffel leicht gegen ein Kristallglas schlagen. »Wenn ihr schon mal alle da seid … hättet ihr etwas dagegen, wenn wir morgen ein wenig früher anfangen?«

Ein paar Rufe waren zu vernehmen, die darauf hindeuteten, dass die meisten einverstanden waren.

»Super. Da morgen ja Samstag ist, dachten wir, es wäre schön, den Abend frei zu haben, dann kann man auf all die Weihnachtspartys gehen.«

»Ja, verdammt gute Idee!«, rief jemand.

»Mark!«, protestierte eine der Gem-und-Emmas, »nicht solche Kraftausdrücke, bitte.«

Rex brachte die Leute zum Schweigen und erklärte: »Wir werden etwa eine Stunde draußen sein, also zieht euch warm an.«

»Wann geht es los?«

»Um fünf Uhr.«

Es gab einige Einwände, wie »dann müssen wir die Tee-Einladungen der Kinder verschieben«, aber schließlich einigte man sich auf siebzehn Uhr, *trotz* der Umstände, und ja, alle hatten verstanden und würden warme Sachen anziehen und konnten es nicht erwarten, die morgige Überraschung zu sehen. Und mit einem Mal, als hätte man einen Schalter umgelegt, war die Straße leergefegt – bis auf Drea und Jess.

Sie starrten sich einen Moment lang an. Dann kicherten sie los. Drea zeigte mit dem Daumen auf ihr Haus, Nummer 1: »Dort wartet eine Flasche Rosé auf uns. Und ein wenig Pasta, falls du beim Essen nicht zu wählerisch bist.«

»Hört sich toll an«, sagte Jess und freute sich, nicht nach Hause zurückgehen zu müssen. Sie fühlte sich nicht mehr wohl dort, seit die Post gekommen war. Kryptonit in Form eines Briefumschlags in der Küchenschublade. Und dieses Kryptonit machte es ihr schwer, das Haus, das sie noch nicht ihr Zuhause nennen konnte, überhaupt zu erwähnen.

11. Dezember

Jess hörte ein seltsames Flötengeräusch direkt am Kopf. Merkwürdig! Es klang ganz eindeutig wie ein Frosch. Es war stockdunkel. Sie streckte vorsichtig ihre Hand aus … das fühlte sich nicht an wie ihr Bett (das ungemacht war).

Das Geflöte ging wieder los, und in dem Dämmerzustand, der einem komatösen Schlaf folgte, begriff Jess endlich, dass es sich um das Signal ihres Handys handelte. Sie tastete etwas unkoordiniert danach und hörte, wie etwas von der weichen Fläche herunterfiel, auf der sie lag und die wohl zu einem Sofa gehören musste. Sie beugte sich nach unten. Warum tat ihr Kopf so weh? Sie konnte sich nicht daran erinnern, letzte Nacht an einer Schlägerei beteiligt gewesen zu sein.

Sie hörte, wie eine Power-Dusche anging.

Sie hatte keine Power-Dusche. Und warum lag sie jetzt auf dem Boden neben einem Sofa, das nicht ihr – ach ja.

Sie war bei Drea. Sie hatten den ganzen Abend Wein getrunken. Viel Wein. Auf jeden Fall mehr als eine Flasche. Womöglich hatten sie auch Pasta gegessen. Und sie hatten jede Menge YouTube-Videos von Dreas Start ins erfolgreiche neue Jahrtausend angesehen und sich über ihre Glanztage mit auftoupierten Haaren und Ganzkörpertrikots in Leopardenmuster amüsiert. Die australische Jane Fonda. Oder die britische … ähm … Davina? Step-Aerobics. Jazztanz. Oberschenkeltraining. Sie war einzigartig. Drea hatte entweder selbst unterrichtet, Preise gewonnen oder das entsprechende Outfit präsentiert. Ganze Pinterest-Seiten waren ihr gewidmet. Schon früh hatte sie diese Videos in dezent ausgeleuchteten Fitnessstudios abgelehnt, zu deren Ausstattung immer zwei malvenfarbige Sessel, geometrisch gemusterte Teppiche und Kunstpflanzen in riesigen Töpfen gehörten, die den Raum vollständig dominierten. Diese Filmchen hatten immer nach Wartezimmer in einer Zahnarztpraxis ausgesehen und nicht nach Stretching im häuslichen Wohnzimmer, und diese Ästhetik konnte wohl kaum den Vorstellungen der Produzenten entsprochen haben. Drea entwickelte ihre eigene Trainingsmethode. Das Bondi-Beach-Body-Training. Sie hatte eine Weile gebraucht, um sich in der Branche einen Namen zu machen, aber sie schaffte es und machte ihr Training für jeden zugänglich. Man konnte anziehen, was man wollte, trainieren, wo man wollte, und, je nachdem, ob man die Übungen regelmäßig machte, einen »Körper und Hintern in *strand-astischer* Höchstform« erreichen – Dreas Motto, das sie Jess immer wieder wiederholen ließ, wobei Jess vergeblich versuchte, den australischen Akzent nachzuahmen, und sie beide in hysterische Lachkrämpfe ausbrachen.

Es hatte sogar einen Moment gegeben, nachdem Drea sie eingeladen hatte, an Weihnachten zu ihr zu kommen, falls ihr Sohn nicht auftauchen würde, wo sie sehr undeutliche, aber leidenschaftliche »Ich-liebe-dich«, »Nein!«, »Nein. Ich liebe *dich*!« gewechselt hatten.

#wiepeinlich.

Jess' Kopf raschelte. Warum raschelte ihr Kopf? Sie fasste ihn vorsichtig an, um herauszufinden, ob er sich in etwas Zerbrechliches verwandelt hatte. Sie trug eine Pappkrone. Wieso trug sie – *ohhhh*.

Sie hatten Dreas Vorräte an Weihnachts-Knallbonbons angebrochen (große, fette Kracher mit nützlichen und praktischen Inhalten wie Mini-Schraubenzieher für Brillen und Flaschenkorken, die sie bei näherer Überlegung hätten anwenden sollen). Dann hatten sie die Partyhüte hervorgezaubert und ein wenig falsch »All by Myself« gegrölt, nachdem Drea gestanden hatte, dass sie davon ausgehe, dass ihr Sohn nicht komme. »Er hat es nicht einmal erwähnt. Keinen. Mucksser.«

»Was machst du denn da auf dem Boden?«

Jess taumelte beim Aufstehen und bemerkte etwas zu spät, dass sie getrielt hatte und sich ein Speichelfaden über ihre Wange zog. Sie strich sich die Fransen aus der Stirn und formte die Lippen zu einem Lächeln, zumindest hoffte sie, dass es danach aussah.

»Warum hast du auf dem Boden gelegen?«, wiederholte Drea ihre Frage und gab Jess einen kleinen Stoß mit der Spitze ihres Trainingsschuhs.

»Gehst du joggen?«

Drea sah zuerst an sich hinunter – sie steckte in einem fantastischen Winter-Sportoutfit von lululemon, klassisches Top oben und Leggings mit diskretem Camouflage-Muster – und dann wieder zu Jess. »Kalte Dusche, eine Runde joggen, anschließend eine heiße Dusche, nur so kriegt man den Alkohol wieder aus dem Körper.« Sie fixierte Jess mit strenger Miene. »Du bist echt kein Vorbild. Los jetzt. Aufstehen. Ich mache dir einen Kaffee, bevor ich losrenne – oder willst du nicht doch mitkommen?«

Trotz eines Espressoschlucks, der so stark war, dass er Raketen in die Atmosphäre befördern hätte können, lehnte Jess das zweite Angebot, »ein paar Runden um den Block zu rennen«, ab, sondern zog es vor, ihren Bußweg im Schutz der Dunkelheit anzutreten, denn zu Hause gab es viel zu tun: duschen, endlich Vorbereitungen für den Adventskalender treffen und natürlich den Wettkampf mit der heiliggesprochenen Frau Jameson aufnehmen. Das alles. Oder ein Nickerchen.

Jess sprang vom Sofa auf.

Schneller Kontrollblick. Ja, diesmal war es ihr Sofa. Nein, sie hatte nicht getrielt. Sie schielte aufs Handy. Fünfzehn Uhr. Noch einen Tag vergeudet. Oder eher vermieden. Und noch eine kryptische SMS von Amanda: MÜSSEN REDEN, UND ZWAR SOFORT. Das Klingelton-Mysterium hatte sich zwar gelöst, trotzdem war sie genervt. Die Amanda, die sie kannte, hätte ihr immer gleich erzählt, was los war, statt nur irgendwelche Andeutungen zu machen. Geheimniskrämerei war nie ihr Ding gewesen.

Natürlich hätte Jess einfach tun können, worum Amanda sie gebeten hatte, und sie gleich anrufen und das Rätselraten endlich beenden können, doch die Tatsache, dass Amandas Text- und Sprachmitteilungen zeitgleich mit dem Brief von St Benny's angekommen waren, verstärkte ihren Verdacht, dass nun eintreffen würde, wovor sie am meisten Angst hatte: die Schule und / oder Crispins Eltern hätten endgültig beschlossen, sie zu verklagen. Es bestand kein Zweifel darüber, dass sie noch heute ein dickes Schreiben von irgendeiner Anwaltskanzlei Nadelstreifen, Knopfloch & Privilegierte erhalten würde.

Es klingelte an der Tür, dann klopfte es, aber es war nicht mal der Ansatz eines *Cooo-eeee* zu hören. Also nicht Drea. Gott sei Dank waren ihre Vorhänge zugezogen, das heißt, wer immer es auch war, würde niemals erfahren, dass sie gerade ihr Leben verschlief. Nach ein paar schnellen Kniebeugen und einem

Blick in den Flurspiegel (der immer noch nicht aufgehängt an der Wand lehnte) stellte sie sicher, dass ihr Pony nur teilweise schräg verlief und die Kissenabdrücke in ihrem Gesicht nicht mehr so sehr hervorstachen, und öffnete dann mit aufgesetzter Fröhlichkeit die Tür.

»Hallo, Schätzchen, alles in Ordnung?«

Kai und Rex, wie immer herausgeputzt. Kai lehnte sich nach vorn, um sein obligatorisches Wangenküsschen abzuholen.

»Mmm, du riechst aber gut«, sagte Jess.

»Myrrhe und Tonkabohnen. Magst du es?«

»Hört sich weihnachtlich an.«

Rex lehnte sich ebenfalls vor, und eine weitere wundervolle Duftwolke wehte ihr entgegen. »Weihrauch und Bergamotte.«

Jess nickte zustimmend und inhalierte noch ein paar Duftschwaden, so wie ein Koch sich den Wohlgeruch seiner Weinreduktion zufächert. »Die wohlriechenden Öle der Heiligen Drei Könige, nicht wahr? Und habt ihr mir auch Gold mitgebracht?«

Kai tat ihr den Gefallen und lachte, verneinte dann aber.

»Nur zwei Königinnen, die eine Gefälligkeit erhoffen.«

Die beiden sahen so erwartungsvoll und beglückt aus, dass Jess bereits eine fröhliche Aufregung verspürte. »O mein Gott, ihr habt einen neuen Welpen und ich soll auf ihn aufpassen?«

Kais Gesichtsausdruck wurde ernst, und Rex schüttelte leicht irritiert den Kopf, »Nein, Süße, tut mir leid.«

»O nein, mir tut es leid«, sie überschlug sich vor Entschuldigungen. »Ich weiß nicht, wie ich darauf kommen konnte –«, sie stoppte, um sich nicht noch weiter hineinzureiten, und sagte: »Ich helfe euch auf jeden Fall, egal, worum es geht.«

»Nichts überstürzen, Süße. Du weißt ja noch gar nicht, was wir von dir wollen.«

Da hatte er recht. Wenn sie bei dem Vorfall an St Benedict's eine Sekunde überlegt hätte, dann würde sie vielleicht gerade ihren Bikini und eine Tube Sonnenschutzfaktor 50 einpacken, um ein paar cocktailgetränkte Wochen auf den Malediven zu verbringen; nachdem sie, versteht sich, dem Begräbnis von Ethan beigewohnt hätte. Sie schob den Gedanken schnell beiseite. Ethan war nicht gestorben. Das war die Hauptsache.

»Schon gut, ich nehme es wieder zurück«, sagte sie augenzwinkernd, um ihnen zu zeigen, dass sie es nicht ernst meinte.

»Bitte nicht.« Kai faltete die Hände zum Gebet und sah jetzt ein bisschen aus wie das Hündchen, das er angeblich nicht haben wollte. »Wir brauchen jemanden, der mit der unbändigen Menschenmenge umgehen kann. Und mit Massen meinen wir alle Bewohner der Christmas Street.«

»Warum?«

»Für unsere Kränze-binden-Aktion.«

Sie runzelte skeptisch die Stirn. Sie waren doch die Experten. »Und wozu braucht ihr meine Hilfe?«

»Weil wir nicht wollen, dass die Kränze hässlich werden.«

Sie sah Rex und Kai abwechselnd an. »Und ich soll die Advents-Polizei spielen und dafür sorgen, dass die Kränze nicht zu hässlich werden?«

»So ungefähr.«

*

Zwei Stunden später war Jess wider Erwarten in ihrem Element. Sie mochte große, fröhliche Gruppen, die gemeinsam etwas

Kreatives gestalteten, und mit jedem erfolgreich angeklebten Tannenzapfen bemerkte sie noch mehr von dieser freudigen Aufregung, die sie während einer wirklich gelungenen Unterrichtsstunde immer verspürte. Sie war nicht gleich in die Fußstapfen der besten aller Lehrerinnen, Frau Jamesons, getreten. Noch nicht. Doch sie hatte das bestimmte Gefühl, dass sie die ersten Schritte in die richtige Richtung machte.

Ein weiterer Vorteil ihrer Aufgabe war, dass sie dem verkrampften Smalltalk mit Josh und seinen Kindern aus dem Weg gehen konnte, denn Drea hörte nicht auf, sie mit sanfter Gewalt dorthin zu drängen. Stattdessen sprang sie von einer Familie zur anderen, zog hie und da eine Schleife zurecht oder befestigte einen Granatapfel mit Metalldraht, stopfte Nelken in Clementinen und malte sich dabei aus, dass ihre Hände später sicher wie eine dieser Schalen mit Weihnachtsduft-Potpourri duften würden.

Kai und Rex steckten in prächtigen Königskostümen (und trugen seidene Turbane und tolle Gewänder in Juwelenfarben), während sie sich mit einem Geschirrhandtuch in der Hand, einem künstlichen Bart und einem von Rex' alten Morgenmänteln begnügen musste (der tatsächlich ziemlich hübsch war und darunter viel Platz für weitere drei Kleidungsschichten bot, was sie eher wie ein Michelin-Männchen und weniger wie einen der Heiligen Drei Könige aussehen ließ, doch die Notwendigkeit, sich während dieses frostigen Abends warm zu halten, hatte im letzten Moment über jede modische Überlegung gesiegt).

Was den Abend allerdings vollkommen machte – und alle *liebten* diese Idee –, war Kais und Rex' Vorschlag, die Kränze für einen guten Zweck zu binden.

Sie hatten Chantals Tapeziertische ausgeliehen und sie unter den Straßenlaternen am Ende der Sackgasse aufgestellt, weil sie keine eigene Einfahrt hatten. Es gab Stapel von Klappstühlen, und für diejenigen, die lieber im Stehen arbeiteten, gab es höhere Tische. Auf einer Kochplatte dampfte ein riesiger Topf mit Glühwein, daneben stand eine Platte mit delikaten Mince Pies (»Wir haben einen Deal mit unserem Bäcker hier. Kränze gegen Pies.«). Mr Winters war noch nicht aufgetaucht, aber Jess sah Licht zwischen seinen Wohnzimmervorhängen durchscheinen.

An den Tischen herrschte ein Treiben wie im Bienenkorb. Es wurde erklärt, wie man Kiefernspitzen um runde Rahmen wickelte oder wie man die Schleifen fest und ordentlich band, falls man sich für den ganzen Zweig entschieden hatte. Es gab eine riesige Auswahl an »individuellen Adventskranzaccessoires«: Cranberrys, Stechpalmenbeeren, Goji-Beeren (nein, nicht die, sondern, wie hießen die noch … Wald-? Wacholderbeeren!). Es gab lange Stränge mit verschiedenen Bändern, Schalen mit getrockneten Orangenscheiben, Körbe voller Granatäpfel und ein kleines Gebirge aus Rosenkohlstauden, »die auf einem sternförmigen Kranz besonders weihnachtlich aussehen, falls das jemand ausprobieren möchte«. Es war wunderbar zu beobachten, wie sich manche Stirn in äußerster Konzentration runzelte, wenn es darum ging zu entscheiden, diese oder jene Schleife zu nehmen oder diese oder eine andere getrocknete Frucht, und die Kranzbinderinnen und Kranzdekorateure jedes Detail genauso wichtig nahmen wie die Farbstreusel und essbaren Silberperlen an jenem Abend, als sie die Weihnachtskekse dekorierten. Apropos Backen, es wunderte Jess überhaupt nicht, dass Chantal gerade den großartigsten Weihnachtskranz jemals bastelte, abgesehen natürlich von Kais und Rex' Kreationen.

»Jess?«

Eine Hand im eleganten Handschuh winkte ihr vom anderen Ende eines langen Tapeziertisches zu. Sie und der Rest des pelzbekleideten Arms gehörten zu Mrs Snodgrass. Sie sah unglaublich schick aus. Anstelle ihres üblichen Hosenanzugs aus Wollstoff und eines zweckmäßigen Allwettermantels, den sie höchstwahrscheinlich aus den Siebzigern herübergerettet hatte, trug Martha heute einen Pelzmantel, der sonst nur einem Bond-Girl vorbehalten war, inklusive der enganliegenden Lederhandschuhe. Es war einer dieser Mäntel, der bis zu den Fußgelenken reichte, wenn sie auf Skiern den Mont Blanc hinunterrasten, eine Horde maschinengewehrbewaffneter Schurken im Nacken. Martha trug also solch einen Mantel, aber keine Skier. *Oh, là, là!*

»Ja, Martha, wie kann ich dienen?«

»Mrs Snodgrass, Liebe, wenn ich bitten darf«, wurde sie noch im selben Augenblick korrigiert.

»Natürlich, Mrs Snodgrass«, bestätigte Jess reuevoll.

»Oder *doch*, Liebes, nennen Sie mich einfach Martha«, sagte Mrs Snodgrass und lächelte Jess großzügig zu. »Also, wenn ich möchte, dass die Stechpalmenbeeren frostig aussehen, was muss ich da machen?«

Jess erklärte ihr, wie man die Dose mit künstlichem Schnee benutzte, und als sich herausstellte, dass Marthas arthritisgeplagte Finger der Aufgabe nicht gewachsen waren, übernahm Jess das Frosten. Als sie ihr den Kranz wieder zurückgab, bemerkte sie, dass Martha ein Gähnen hinter einem bestickten Taschentuch zu verbergen versuchte.

»Der Abend war lang, nicht wahr?«

»Zurzeit sind alle meine Abende lang«, klagte sie.

»Wie meinst du das?«

Martha blickte über den Tisch, wo Tyler gerade Luftgitarre spielte und einigen Kindern eine Jimi-Hendrix-inspirierte Version von »Stille Nacht« vorführte.

»Wenn er etwas Akzeptables spielt, erkennt man tatsächlich sein Talent«, sagte Martha schnippisch.

»Ich nehme mal an, er spielt nicht so oft akzeptable Stücke?«

»Eigentlich nie.«

»Du könntest ihn doch verwarnen, Martha«, piepste eine Nachbarin, die Jess noch nicht kannte. Womöglich die Krankenschwester? »Such dir einen anderen Untermieter. Ich kann gern mal die Polizei für dich anrufen. Sag einfach Ruhestörung oder Erregung öffentlichen Ärgernisses oder so was Ähnliches.«

»Ach, das haben wir doch schon alles durch«, wimmelte Martha den Vorschlag ab und zeigte dann auf eine dicke Rolle mit rotem Band. »Wie wäre es, wenn du mir hilfst, eine schöne große Schleife zu knüpfen? Hättest du Zeit dafür?«

»Natürlich«, sagte Jess lächelnd, weil sie den Eindruck bekommen hatte, dass es Martha ebenso sehr Spaß machte, über Tyler zu lästern, wie ihm, laute Gitarrensolos zu klimpern.

Jess rollte ein langes Stück Band aus und machte sich ans Werk. Sie hatte mehr Spaß an der Handarbeit als gedacht. Es war fast, als wäre sie zurück an St Benny's, doch ohne die ganzen Regeln und Vorschriften oder den Druck, alles, was glitzerte, von den schrecklich teuren Schuluniformen fernzuhalten (ein Schnäppchen eigentlich, verglichen mit den Schulgebühren). Tatsächlich hatte sie sich ihr Leben etwa so vorgestellt, als sie das Haus in der Christmas Street gekauft hatte, um in einer normalen Stadt an einer normalen Schule normale Kinder zu unterrichten. Mit anderen Worten: Es machte Spaß. Als Kai und Rex sie um Hilfe baten, hätte sie fast die Notbremse gezogen. Doch das hier war genau, was sie gebraucht hatte, um sich daran zu erinnern, wie gern sie unterrichtete und mit Bastelmaterialien herumexperimentierte.

Sie reichte Martha die fertige Schleife zur Begutachtung. »Schön, was du da anhast!«

»Oh, das hier?« Martha presste die behandschuhten Hände gegen den bauschigen Kragen, der ihr fein gezeichnetes Kinn umhüllte. »Ich wusste nicht einmal, dass ich so etwas besitze, und dann habe ich es vor ein paar Tagen beim Aufräumen gefunden und dachte … warum eigentlich nicht?«

»Ja, warum eigentlich nicht.« Rex gesellte sich zu ihnen. Auf seiner Hüfte ruhte eine große Kiste mit silbernen und goldenen Kiefernzapfen. »Er ist wunderschön. Und du siehst zauberhaft darin aus. Von wem ist der?«

»Von mir.« Martha presste die Finger ein wenig besitzergreifend in das flauschige Fell. »Er war ein Geschenk.«

»Ich meinte den Designer, Martha. Das ist kein Nullachtfünfzehn-Teil von der Stange.«

Martha strahlte kurz, wurde aber gleich wieder ernst, als erinnerte sie sich an den Moment, als sie den Pelz zum ersten Mal gesehen hatte. »Dior, mein Lieber«, hauchte sie mit der Stimme eines Nachtradioansagers, die bisher keiner von ihr vernommen hatte.

Rex stieß einen Pfiff aus. »Schönes Geschenk.«

Martha zuckte mit den Schultern. »Die Siebziger waren eine ganz andere Zeit. Besonders in Soho.«

»Aha, das Geschenk war also von einem Londoner?«

»Nein …«, ihre Stimme ging in ein Flüstern über, »von einem Pariser.«

»Oh, ähm, sieh mal einer an, gnädige Frau hatte einen Geliebten in Paris.«

»Er war nicht mein Geliebter.« Martha zog gebieterisch eine Augenbraue hoch, schirmte die Augen vor dem Schein der Straßenlaternen ab und tönte dann: »Er war ein Fan.«

»Von …?« Rex stellte die Kiste ab und bückte sich zu Martha hinunter, damit sie nicht zu ihm hochschauen musste.

Sie machte ein nachdenkliches Gesicht und schien zu überlegen, ob sie es verraten sollte oder nicht, dann gab sie zu: »Von meinem Gesang.«

»Martha, du bist ein stilles Wasser!« Rex überflog die Menschenmenge. »Tyler, hast du das gehört!« Er richtete sich wieder auf und winkte Tyler zu sich herüber.

Jetzt sah Martha verärgert aus. »Hör auf damit. Das ist allein meine Sache und geht niemanden was an. Und so soll es auch bleiben, vielen Dank.«

Jess drückte freundschaftlich ihren Arm, aber Martha stieß sie weg, als sie aufstand; sie schwankte ein wenig, bis sie das Gleichgewicht wiedergefunden hatte.

»Das reicht, Rex. Danke für einen wunderbaren Abend. Gute Nacht.«

Sie lief weg, ohne noch einmal zurückzublicken, und ließ alle ein wenig verdutzt zurück.

»Das habe ich nicht gewollt –« Rex brach das Schweigen.

»Natürlich nicht«, versicherte ihm Jess. Niemand verstand Marthas plötzlichen Stimmungswechsel. Jess' Blick fiel auf Marthas Platz am Tisch: »O nein, sie hat ihren Kranz vergessen, soll ich ihr hinterhergehen?«

»Wir haben die Kränze doch für andere gebastelt, oder?«

»An wen hat sie denn gedacht?«

»An Josh«, sagten ein paar Leute wie im Chor.

»Sie bastelt immer Sachen für Josh«, fügte jemand hinzu, während ein Dritter verkündete: »Aber meiner war auch für Josh.«

»Wirklich? Nein. Meiner auch.«

»Süß«, sagte noch jemand.

Es gab Kichern und ein paar enttäuschte Seufzer. Es stellte sich heraus, dass alle Bewohner der Christmas Street ihre Kränze für Josh gebunden hatten.

»Josh?« Rex rief nach Josh, der am anderen Tischende hockte und mit seinen Kindern und dem Berner Sennenhund versuchte, ein paar Mandarinen auf einen Stahldrahtrahmen zu spießen. »Braucht ihr noch einen Kranz?«

Er lachte laut auf: »Nein, wirklich nicht. Wir haben einen an der Haustür, einen an der Hintertür und einen am Tor. Die Mütter an der Schule sind alle so großzügig gewesen.«

Einige Leute schauten sich bestürzt an.

Jess sah sich das Haus hinter sich an: »Wie wär's, wenn wir den Kranz Mr Winters schenken?«

Sofort wurde es still am Tisch. Dann ging das Gerede los:

»Oh, ich weiß nicht, ob ihm das gefallen würde.«

»Er macht sich doch sowieso nichts aus den Feiertagen.«

»Er setzt Blumen für den Frühling«, betonte sie.

»Frühling ist doch kein Feiertag, Jess, oder?«

»Eher nicht, aber –«

»Er wird aber am 24. Dezember etwas machen müssen«, übertönte eine Stimme mit australischem Akzent alle anderen.

Plötzlich wurde es erneut merkwürdig still.

»Mach ruhig, Jess. Überreich ihm den Kranz, wenn du möchtest«, sagte Drea. »Ich bin sicher, Martha hätte nichts dagegen.«

Jess spürte, wie alle Augen auf sie gerichtet waren. Ihr lief ein Schauer über den Rücken. Sie warf einen Seitenblick auf Rex, um einzuschätzen, was er dachte.

»Es ist deine Entscheidung, Liebste. Von uns ist bis jetzt keiner an ihn herangekommen.«

»Er hat fast mein *Kind* überfahren«, warf eine der Gem-und-Emmas ein.

»Das war doch ein Unfall«, sagte jemand, ohne besonders überzeugend zu klingen.

»War es das? Wirklich?«, antwortete sie.

Kai unterbrach die Unterhaltung und stellte demonstrativ einen portablen Lautsprecher auf den Tisch. Er legte die Hände trichterförmig um den Mund und stieß ein helles »Ho-ho!« aus, um Aufmerksamkeit zu bekommen. »Wie wär's, wenn wir unsere Glühweingläser nachfüllen und dann unsere eigene Version von ›Do They Know It's Christmas‹ versuchen?«

Man lockerte die Schultern, entspannte sich und begann aus vollem Hals zu singen. Tyler kletterte auf einen Tisch und spielte ein leidenschaftliches Luftgitarren-Solo. Die Straße füllte sich wieder mit Lachen und Musik.

Das laute Knallen einer Tür ließ alle verstummen, außer der blechernen Stimme von Boy George.

»Schalten Sie das verdammte Gerät aus!«

Es war Mr Winters.

Jess wollte im Boden versinken.

Der Song verstummte.

Ohne auf Antwort zu warten, drehte Mr Winters sich um und stapfte ins Haus zurück.

12. Dezember

Jess war klar, dass sie sich auf dünnes Eis begab. Und das nicht nur im übertragenen Sinn. Über Nacht hatte sich eine rutschige Raureifschicht auf die Straße gelegt, als wäre die frostige Stimmung zwischen den Einwohnern der Christmas Street und Mr Winters auf Mutter Natur übergegangen. Es sah schön aus, barg aber Gefahren.

Obwohl die spärliche Wintersonne gerade erst aufgegangen war, lag Jess schon seit Stunden wach. Ihr Herz sprach eine eindeutige Sprache, doch ihr Bedürfnis, keinen Ärger zu bekommen, eine andere. Nach langem Grübeln und zwei großen Tassen heißer Schokolade hatte sie schließlich Marthas Kranz fertiggestellt und über den Arm gehängt, um ihn ihr zu bringen und ihr ohne Umschweife die Bitte anzutragen, den Weihnachtsschmuck an Mr Winters weiterzureichen.

Mr Winters war unglücklich, und dafür gab es einen Grund. Und gewiss auch dafür, dass Martha so schnell so verärgert gewesen war. Ebenso wie Jess sehr schnell still wurde und sich jedes Mal verzweifelt zurückzog, wenn sie jemand fragte, ob sie sich darauf freue, die Nachfolge von Mrs Jameson anzutreten.

Vorsichtig schlürfte sie die Straße hinunter zu Haus 21.

Ein Auto näherte sich langsam von hinten und blieb dann stehen. Die abgedunkelten Fensterscheiben des Familien-SUVs wurden heruntergelassen. Es war eine der Gem-und-Emmas. »Alles in Ordnung, Jess? Nimmst du die Abkürzung zur Kirche?«

Jess erstarrte und wäre am liebsten vollständig hinter dem

Kranz versunken. Nach dem Debakel am Vorabend würde sie wohl kaum behaupten können, sie sei auf einer Friedensmission für die Vereinten Nationen unterwegs, um den Kranz an Mr Winters' Tür anzubringen. Sie hatte zufällig mitbekommen, wie eine Schar von Gem-und-Emmas geschworen hatte, Mr Winters' Adventsabend zu boykottieren, falls er tatsächlich die Straße mit einer offenen Tür an Heiligabend überraschen würde, um dann sicher »vergiftete Mince Pies« zu servieren, wie eine der Frauen bissig bemerkte.

Sie schüttelte den Kopf: »Nein, ich drehe nur eine kleine Runde.«

Gem-oder-Emmas Blick wanderte auf den Kranz, dann wieder zurück auf ihr Gesicht.

»Oh, schade. Wir wollten dich gern mitnehmen, damit wir in Ruhe reden können.«

»Tut mir leid.« Jess war sich ziemlich sicher, »in Ruhe reden« bedeutete, sie wollten sie dazu überreden, sich der Anti-Mr-Winters-Fraktion anzuschließen. Sie konnte es absolut nicht leiden, dass man ihr vorschrieb, was sie von jemandem halten sollte, wenn ihr Bauchgefühl etwas ganz anderes sagte. Obwohl … ihr Bauchgefühl hatte sie auch schon auf Irrwege geführt. Nein. Das stimmte so nicht. Sie musste einfach daran glauben, dass sie im Recht war. Dass *das* richtig war. Sonst würde alles, wofür sie stand, zerbröckeln und sich in nichts auflösen.

»Nächste Woche gibt es einen wundervollen Kindergottesdienst«, sagte Gem-oder-Emma und betonte: »Mrs Jameson hat immer mitgeholfen. Sie war ein echtes Vorbild.«

Nachdem Jess mit hoher Stimme ein unverbindliches *Oh-das-hört-sich-aber-nett-an* von sich gegeben hatte, rümpfte

Gem-oder-Emma die Nase und fügte hinzu: »Unsere Schule ist ja in der Church of England, deswegen dachte ich –«, sie hielt plötzlich inne, als hätte ihr Jesus zugeflüstert, dass alle in seiner Herde willkommen seien, auch diejenigen, die nicht jeden Sonntag in die Kirche gingen. Dann legte sie die Hände auf die Wangen und wippte ihren Kopf wie beim Jazztanz: »Krippenspiel. Weihnachtslieder. Alles, was dazugehört. Und wir können dich sicher noch bei den Kindern hinten dazwischenquetschen!« Ihre Gesichtszüge zogen sich zu einem großen besorgten Runzeln zusammen. »Drea hat erzählt, dass du ganz allein bist über die Feiertage. Wir nehmen dich gern unter unsere Fittiche. Wenn du nichts anderes vorhast?«

Die letzte Frage klang eher wie eine Anklage als eine Einladung.

Jess rang sich ein Lächeln ab. Gem-oder-Emma versuchte nach bestem Wissen und Gewissen, nett zu sein. Es war ja auch nicht ihre Schuld, dass Jess an ihren Lieblingsfeiertagen keine Pläne hatte.

Vor zwei Jahren hätte sie den exakten Verlauf der Weihnachtsfeiertage schon im Kopf gehabt. Die Ferien würde sie bei ihren Eltern verbringen. Martin wäre eingeladen worden und hätte abgesagt. Ihre Eltern würden ständig wiederholen, wie dünn sie wäre und wie müde sie aussähe, sie mit Essen überhäufen und auf den Zehenspitzen herumschleichen, während sie ein Nickerchen machte. Nach dem Abendessen gäbe es dann den obligatorischen Kampf um die Fernbedienung, und der Gewinner oder die Gewinnerin durfte dann den Weihnachtsfilm auswählen (Jess Weihnachtsprinzessinnenfilme auf Netflix; Vater einen *Stirb-langsam*-Film, egal, welcher, und Mutter *Ist das Leben nicht schön?*, Widerrede wurde nicht geduldet; einig waren sie sich immer bei *Buddy, der Weihnachtself, Das Wunder von Manhattan* und *Tatsächlich … Liebe*). Sie würden lange Spaziergänge mit Familie und Freunden machen und zur Stärkung bei Onkel Collins heißen Punsch trinken, obwohl sie wegen des schlimmen Katers am nächsten Morgen jedes Jahr schworen, nie wieder dorthin zu gehen. Und zwischendurch würde Jess im Internet surfen und Überlegungen anstellen, wofür sie das Weihnachtsgeld von den Eltern ihrer Schüler ausgeben wollte. Im Vorjahr waren die Geschenke phänomenal gewesen. John-Lewis-Gutscheine im Wert von dreihundert Pfund, vier Jo-Malone-Kerzen, ein Abo für die monatliche Lieferung eines Blumenstraußes und die obligatorische Einladung, die Kinder der Familie in einem ihrer Schlösser zu »unterrichten«. Doch das hatte sie erneut abgelehnt, weil diese Art von Einladungen sie in Zustände versetzte. Wer weiß, vielleicht würden die Eltern sie eines Tages nicht mehr bitten, nur die Noten zu fälschen, sondern sie stattdessen beauftragen, die Babysitterin zu ermorden, mit der der untreue Familienvater in die Kiste gestiegen war, oder ihr den Pass abnehmen, um ihn einer Haushaltshilfe zu überlassen, die sich illegal im Land befand und von der Familie seit Jahren gefangen gehalten wurde, weil niemand einen Hemdkragen so makellos bügeln konnte wie sie. So verzerrt war ihr Blick auf die Welt, aus der sie herauskatapultiert worden war, um dann recht hart auf dem Boden der Tatsachen zu landen, aber genau dort unten wollte sie jetzt sein. Doch nichts davon konnte ihr in diesem Moment dabei helfen, die Einladung auf höfliche Weise auszuschlagen.

»Jess?« Gem-und-Emmas Kinder hatten nun auch die Fenster heruntergelassen und starrten sie an, als hätten sie ebenfalls das Bedürfnis, sich über ihre Weihnachtspläne zu erkundigen.

»Wir könnten vor dem Gottesdienst alle noch gemeinsam essen. Wir essen immer Tacos vor dem Gottesdienst? Was sagt ihr, Kinder?«

»O ja, Tacos!«, wiederholten diese und klatschten in die Hände. »Lecker!«

Jess mochte Tacos. Es war ihr nicht ganz geheuer, dass sie offensichtlich zu den Kindern gezählt wurde, aber sie liebte diese Vorweihnachtszeit tatsächlich sehr. Vor allem die Aktionen, an denen Kinder beteiligt waren. Bis sie gefeuert wurde, hatte sie alles ausgesessen: jedes Krippenspiel, die Weihnachtschöre und alle Danksagungen an die Eltern für ihre Spenden mit einer besonderen Erwähnung der Anand-Haight-Familie für ihre Großzügigkeit … *wenn man die Umstände bedenkt.* (Sie hatten für einen dressierten Esel gezahlt, der in die Schulkapelle hineintrottete und mit einer recht aufgeregten »Maria« im Damensitz wieder hinaustrottete, die unter ihrem weißen Schleier einen Helm trug, weil Crispins Eltern der Meinung waren, dass Gesundheit und Sicherheit vorgingen.)

»Wir fahren jetzt los, dann kannst du noch mal darüber nachdenken, okay?«, fragte Gem-oder-Emma.

»Ja, danke«, lächelte Jess entschuldigend und winkte mechanisch, als die Autofenster wieder hochgekurbelt wurden und der Wagen die Straße hinunter zur Kirche fuhr, wo gerade die ersten Töne eines Glockenspiels angestimmt wurden.

Es war eine nette Einladung. Eine sehr nette sogar. Genauso hätte sie sich gegenüber einer neuen alleinstehenden Nachbarin verhalten, wenn sie selbst eine glückliche Familie hätte, die sich auf die Feiertage freute. Tatsache war, sie konnte sich kaum vor Einladungen retten. Da war Dreas (wenn ihr Sohn nicht auftauchte); Kev hatte zum alljährlichen Tiefkühltruthahnessen mit seiner Familie geladen, und Martha Snodgrass wollte während der Rede der Queen ein Gläschen mit ihr trinken. Jedes Angebot füllte ihr Herz mit Dankbarkeit für das Glück, diese Straße gefunden zu haben, wo alle Menschen so liebenswürdig waren.

Natürlich würde sie ablehnen. Und zwar jede Einladung, denn anzunehmen würde bedeuten, tatsächlich Gespräche zu führen und nicht nur Smalltalk zu machen wie bei den Adventskalenderabenden. Und es würde Wein geben. Und Fragen. Und Gespräche, Wein und Fragen würden unvermeidlich dazu führen, dass sie ihr Herz ausschüttete. Die ganze unappetitliche Geschichte. Und sie hatte nicht vor, gleich wieder in dieses Loch zu fallen. Nur wenn … Und schon ging es wieder los. Die Grübeleien *Was-wäre-wenn* zogen sie wieder herunter.

Sie war so in ihre eigenen Gedanken versunken, dass sie erschrocken zusammenzuckte, als sie Martha gegenüberstand, die gerade eine Kiste vor die Haustür stellte.

»Na, alles in Ordnung, meine Liebe?«, fragte Martha, als sie Jess sah.

»Ja, tut mir leid, ich –«, sie wollte ihr den Kranz reichen, doch Martha unterbrach sie, bevor sie ihr den Plan erläutern konnte.

»Jess, ich muss mich bei dir entschuldigen, dass ich so unhöflich reagiert habe.«

»Nein, das hast du nicht –«

»Doch. Ich stecke bereits seit über siebzig Jahren in diesem Körper, ich weiß also genau, wann ich unhöflich bin und wann nicht. Ich war unhöflich, und das gefällt mir nicht.«

»Aber du musst dich wirklich nicht entschuldigen.«

»Doch, das muss ich. Es geht um die Nachbarn und die Menschen, die auf uns aufpassen. Und ich war mehr als unhöflich.«

Jess wollte ihr noch mal widersprechen, überlegte es sich aber anders. Martha hatte ein paar Jahrzehnte mehr auf dem Buckel, und wie sie selbst sagte, sie kannte sich so gut wie kein anderer. Jess blickte auf den Pappkarton hinunter, aus dem ein paar Federn herausragten. Die Federn sahen genauso aus wie die Federboa, die sich Kai und Drea jetzt teilten.

Martha ertappte sie bei ihrer Beobachtung. »Hier gibt's nichts zum Gucken, meine Liebe.«

»Oh, da bin ich aber ganz anderer Meinung«, sagte Jess und sah sich schon zu Drea rennen und ihr berichten, dass sie ihre Boa vielleicht gar nicht teilen müsste. »Das sieht schon sehr nach einer Federboa aus, die wir erst kürzlich bei einer gewissen Kleiderbörse entdeckt haben.«

»Nein, die war aus Straußenfedern. Aber die hier –«, Martha hielt inne, presste die Lippen zusammen und schüttelte den Kopf. »Du bist echt gut. In dir steckt ja eine richtige Miss Marple.«

Jess gab ihr eines jener *Vielleicht-oder-vielleicht-auch-nicht*-Lächeln, in der Hoffnung, sich damit eine mysteriöse und strahlende Aura zu verleihen. Sie würde gern die Rolle der Nachbarschaftsdetektivin übernehmen, wenn es so viel Spaß machte.

Martha warf aufgeregt die Hände nach oben. »Schon gut, schon gut. *Ja.* Ich war's, die die Federboa gespendet hat. Ich dachte, ich würde mich nicht von ihr trennen können. Doch nach längerem Nachdenken habe ich festgestellt: Ich kann mich von allem trennen.«

»Was meinst du damit?«

Sie zeigte mit halb gerkrümmtem Finger auf den Karton.

»Der passende Mantel und Hut sind auch da drin. Es war lächerlich von mir, sie zwischen den Mottenkugeln herauszuziehen und zu glauben, ich könnte damit längst vergangene Glanztage wiederbeleben.«

»Glanztage?«

Marthas Gesichtsausdruck wechselte von schlecht gelaunt zu schwermütig. Sie lächelte Jess freundlich, aber traurig an und gab ihr einen Klaps auf den Arm. »Eines Tages, wenn du alt und grau bist, wirst du das verstehen. Ich sag's ungern, doch ihr jungen Leute werdet auch irgendwann einsehen, das Leben ist voller Träume, die nicht erfüllt werden.«

Von drinnen war ein krachendes Geräusch zu hören. Vor Schreck verlor Martha das Gleichgewicht. Jess beugte sich rasch nach vorn, um sie zu stützen, wobei sie versehentlich den Kranz gegen die Tür schwang, so dass sie aufflog. Dort lag Tyler am Fuß der Treppe hingestreckt, die Spinnenbeine in engen Jeans von sich gespreizt.

»Oje, Tyler!« Noch bevor Martha zu ihm geeilt war, sprang er auf die Beine und grinste.

»Keine Sorge, Mrs S. Ich habe nicht aufgepasst.« Er sah sich kurz um und zeigte dann auf einige Kisten, über die er gerade gestolpert war. »Was ist denn da drin? War der Weihnachtsmann schon da?«

Mrs Snodgrass seufzte geknickt: »Ich wollte sie rechtzeitig ins Auto schaffen, bevor du herunterkommst, aber mit meinen Altersgebrechen und Schmerzen …«

Tyler stand ihr noch im selben Moment zur Seite und begleitete sie zu einem bequem aussehenden, altmodischen Sessel.

Eine Katze hockte oben auf der Lehne und wechselte sofort auf Marthas Knie, nachdem diese sich hingesetzt hatte.

»Sie sind verrückt, liebe Dame«, meckerte Tyler und hörte sich dabei selbst wie eine alte Frau an. »Ich habe Ihnen doch gesagt, Sie sollen keine schweren Sachen heben? Dafür bin ich doch da.«

Jess wurde es richtig warm ums Herz, als sie die beiden beobachtete. Es war leicht nachzuvollziehen, wieso Martha ihrem Untermieter nicht kündigte. Er war so vernarrt in sie, als wären sie Familie. Harte Schale, weicher Kern. Und das galt für beide.

»Willst du meine Heizungsrechnung in die Höhe treiben oder was war dein Plan, Liebste?«, fragte Martha mit hochgezogenen Augenbrauen und gebieterischer Miene und strich dabei der Katze über den langen Rücken. Jess, die immer noch im Eingang stand, trat einen Schritt zurück und zog sofort die Tür zu. Noch immer baumelte der Kranz an ihrem Arm. Sie fühlte sich in jeder Hinsicht wie eine Versagerin.

»Komm bitte auf die *andere* Seite«, rief Martha durch die geschlossene Tür.

Tyler öffnete. »Das ist ihre Art, eine Einladung auszusprechen, Jess.« Er ließ sie eintreten und reichte ihr dann die Hand: »Tyler Butterfield.«

»Nett, dich kennenzulernen.«

»Danke, gleichfalls. Also!« Er rieb die Hände aneinander. »Was haben wir denn hier?« Er ging zu den Kisten.

»Vorsicht, junger Mann. Die sind schwer.«

Tyler stöhnte beim Anheben der ersten Kiste. »Was um Gottes willen ist da drin?«

»Nichts, was dich interessieren dürfte«, schnauzte Martha, und ihre majestätische Haltung sank in sich zusammen.

Tyler öffnete den Karton.

»Tyler!«

»Vinylplatten!« Er ignorierte Marthas Zurechtweisung, stellte die Kiste auf den Wohnzimmertisch und kniete sich davor: »Martha Snodgrass, Sie alte Füchsin.«

»Nenn mich nicht alt, Tyler Butterfield, und schon gar nicht Füchsin. Du weißt genau, dass ich durch und durch der Katzentyp bin. Also schließ jetzt bitte diese Kiste und trag sie zum Auto hinaus.«

»Nicht, wenn Sie sie verschenken möchten«, sagte Tyler, ohne den leisesten Anflug einer Entschuldigung. »Ich nehm sie gern. Haben Sie die hier gesehen?« Er zeigte auf ein Album. »John Coltrane. The Bird alias Charlie Parker. Ella Fitzgerald. Mensch, Martha, Sie hatten echt einen scheißguten Musikgeschmack.«

»Deine Ausdrucksweise, Tyler. Und außerdem habe ich *immer noch* einen guten Musikgeschmack. Ich bin nicht tot.«

Er grinste Jess an. »Ich wette, sie wird mich überleben.« Er hielt eine weitere Schallplatte hoch und fragte Martha: »Wer ist das denn? Marti Morgan?«

Auf dem Cover war eine schöne junge Frau zu sehen. Eine schöne Frau, die einen dicken, luxuriösen Pelzmantel trug und gerade aus einem Club namens ›Ronnie Scott's‹ herauskam. Soweit sich Jess erinnern konnte, war das einmal der angesagteste Jazzclub Londons, mitten im Herzen von Soho. Sie spürte Adrenalin durch ihr Blut schießen. Die Frau trug denselben opulenten Wintermantel, den Martha letzte Nacht getragen hatte.

»Bist du das, Martha?«, fragte Jess.

Die Schatten fielen wieder herab. Und diesmal waren sie

noch dunkler. Jess hatte das Gefühl, dass sie gerade etwas sehr, sehr Privates beobachtete. Ihr wurde zunehmend unwohl. Vielleicht hätte sie doch vor der Tür stehen bleiben sollen.

»Weg damit, Tyler«, befahl Martha, »auf den Müll damit!«

Ihr Ton war so hart, dass Tyler und Jess wegschauten. Plötzlich sprang Tyler auf und rannte die Treppe hoch. Man hörte ein Hin-und-her-Geschiebe, einen lauten Schlag, ein paar Schimpfwörter, und dann kam er die Treppe wieder heruntergedonnert, mit einem Plattenspieler unterm Arm und einem portablen Lautsprecher in der Hand. Er wühlte eine Weile hinter dem Sofa herum, steckte alles ein, zog die Platte aus der Hülle und legte sie auf, während er Martha anstrahlte.

»Das hören wir uns jetzt an.«

»Nein.«

»Überstimmt.« Er legte die Nadel in die Anfangsrille.

Martha bäumte sich kurz auf, sank dann aber wieder tief in die abgenutzten Kissen des Sessels zurück und schloss resigniert die Augen. Und als die Nadel auf dem kreisenden Vinyl die ersten klaren Töne einer Frauenstimme hervorbrachte, presste sie die Finger gegen die Stirn, als würde sie gegen eine Migräne ankämpfen.

»Martha«, Tyler setzte sich auf die Fersen, nachdem sie einige Minuten verzaubert zugehört hatten, »Sie sind eine Scheißlegende.«

»*Deine Ausdrucksweise*«, warnte Martha erneut und hielt ihre Augen immer noch geschlossen, aber war da nicht der winzige Anflug eines Lächelns?

Eine Stunde und eine Tasse Tee später war die Anspannung verflogen, und als Jess sich winkend von den beiden verabschiedete, versprach sie, selbstverständlich beim Adventskalenderevent, das an dem Abend auf die Nummer 12 fiel, dabei zu sein. »Was habt ihr beide eigentlich vor?«

Martha schüttelte den Kopf. »Ehrlich gesagt, habe ich noch keine Sekunde darüber nachgedacht. Aber da ich ja alt und grau bin, darf Tyler gern das Abendprogramm übernehmen.«

»Danke für die Vorwarnung, *Marti*«, tönte Tyler und schnaubte irgendwas von »das kann ja noch heiter werden«.

»Ihr solltet ein Duett singen«, schlug Jess mit Blick auf die Schallplatte vor und bereute ihre Worte schon im selben Moment, denn Martha starrte sie an, als würde sie ihr gleich eine Unterlassungsaufforderung anhängen.

»Und kein Wort zu irgendjemand«, warnte sie.

Jess verschloss mit einer Geste ihre Lippen und tat so, als würde sie den Schlüssel wegwerfen. »Von mir erfährt keiner was. Und es ist für dich wirklich in Ordnung, dass ich den hier an Mr Winters weitergebe?« Sie hob den Kranz vor ihr Gesicht und guckte hindurch.

»Mehr als das«, sagte Martha und drückte mit ihren faltigen Fingern beruhigend Jess' Arm. »Und wenn du schon dort bist, könntest du mir einen Gefallen tun?«

»Natürlich.«

»Richte ihm bitte aus, dass ich es satthabe, jeden Abend die einzige Alte beim Adventskalender zu sein, die sich fast zu Tode friert.« Trotz ihrer ernsten Miene konnte Jess ein Augenzwinkern erkennen.

Spontan beugte sie sich vor und drückte Martha einen Kuss auf die weiche Wange. Darum ging es doch an Weihnachten. Nett zu sein zu den Leuten, die besonders mürrisch waren. »Das wäre mir ein Vergnügen.«

Zehn Minuten später stand Jess Nase an Nase mit Mr Winters und knurrte verärgert: »Also Ihnen auch noch äußerst frohe Weihnachten, Mr Scrooge.«

Mr Winters knallte ihr die Tür vor der Nase zu. Was angemessen war, nachdem sie ihm gerade mehrere nicht zur Jahreszeit passende Beleidigungen an den Kopf geschleudert hatte.

Jess war kurz davor, Marthas schönen Kranz gegen die Tür zu schlagen, doch dann drehte sie sich um, trampelte die Treppenstufen hinunter, knallte stattdessen das Gartentor hinter sich zu, wirbelte noch mal herum, starrte aufs Haus und versuchte, trotz des ohrenbetäubenden Rauschens in ihrem Kopf einen klaren Gedanken zu fassen. Was würde den mürrischsten Mann der Christmas Street wohl noch mürrischer machen?

Die Antwort lag auf der Hand.

Also musste sie sofort handeln.

13. Dezember

13. Dezember
23:57
An: WillWinters@TheMerryVictualler.co.uk
Von: JessGreen2000@gmail.com
Betreff: Neues aus der Christmas Street

Lieber Will,

ich hoffe, Sie werden nicht völlig von Pasteten- und Mini-Truthahn-Keulen-Bestellungen überrannt (gibt es die überhaupt in Mini??). Ich nehme an, ich habe nichts von Ihnen gehört, weil Sie wahnsinnig viel zu tun haben. Am vorletzten Wochenende vor Weihnachten ist sicher die Hölle los.

Ich wollte Sie nur auf den neuesten Stand bringen: Vor ein paar Tagen haben wir vor dem Haus Ihres Großvaters gemeinsam Weihnachtskränze gebunden und zum Ende hin auch ein paar Weihnachtslieder gesungen, was Ihren Großvater leider sehr verärgert hat (der Lärm vor seiner Tür passte wohl nicht zu seinen Vorstellungen von einem ruhigen Abend). Wie auch immer, gestern habe ich ihn aufgesucht, nachdem eine unserer gemeinsamen Nachbarinnen, Mrs Snodgrass (die, wie sich herausstellte, eine Vergangenheit als Jazzsängerin hat!), ihren Kranz freundlicherweise durch mich an ihn weitergereicht hat. Und jetzt hängt der bildhübsche Adventsschmuck am Gartentor Ihres Großvaters. Haben Sie das Haus schon mal gesehen? Es hat einen richtigen Lattenzaun. Ich liebe ja Lattenzäune. Und dank Marthas Geschenk ist das Haus jetzt richtig in Festtagsstimmung gekommen. Zusammen mit den anderen ... zwölf ... oder so ... Kränzen, die da jetzt am Zaun hängen. Die Wahrheit ist: Er und ich hatten einen klitzekleinen Streit wegen des Kranzes (beziehungsweise wegen Weihnachten im Allgemeinen). Nach einem eher hitzigen Gespräch hat er mir die Tür vor der Nase zugeknallt. Ich habe ihm das ziemlich übelgenommen und dann womöglich unabsichtlich-absichtlich die Nachbarn, die um zweiundzwanzig Uhr noch wach waren, gefragt, ob ich ihre Türkränze aus Protest an seinem Gartenzaun anbringen darf. Er ist ein Weihnachtsmuffel, aber zugegeben, das bin ich auch, also urteile ich darüber nicht! Viel.

Fakt ist, ich bin morgen Abend mit dem Weihnachtskalender dran (das heißt in genau vierundzwanzig Stunden, die ich bereits panisch zähle). Ich habe keinen blassen Schimmer, was ich machen soll. Die offene Adventstür letzten Sonntag war super. Wir haben Glühwein getrunken und »Pin the Nose on Rudolph« gespielt (zuerst haben wir den Wein getrunken, dann die Nase aufgesteckt, die Kinder hatten natürlich Früchtepunsch). Heute Abend war etwas seltsam. Womöglich, weil es die Nummer 13 war ... Als wir ankamen, wurde uns Putzzeug in die Hände gedrückt. Ein Besen, ein Staublappen, der Staubsauger. Und Elfenhüte mussten wir aufsetzen. Dann wurden wir dazu eingeteilt, »Santa Claus' Magisches Wunderland« zu zaubern. Und damit meinten die gastgebenden Nachbarn nichts anderes, als unter ihrer Aufsicht das Haus für Weihnachten herauszuputzen und zu schmücken. (Unbedingt merken: auf keinen Fall zusagen, wenn Nummer 13 dich zum Abendessen einlädt; könnte bedeuten, dass man selbst kochen muss.)

Verstehen Sie überhaupt, wovon ich spreche? Bevor ich hierhergezogen bin, habe ich noch nie von einem lebenden Adventskalender gehört. Praktisch geht es darum, unsere Straße, die 24 Häu-

ser hat, in einen lebenden Adventskalender zu verwandeln. Am ersten Abend gab es eine Schneeballschlacht, am zweiten einen Kazoo-Chor usw., usw. Ein absoluter Alptraum für mich, weil ich mir dieses Jahr geschworen hatte, Weihnachten ausfallen zu lassen. Ja, ich könnte mich in mein Haus verkriechen, so wie Ihr Großvater, doch ich muss zugeben, wenn auch widerwillig, dass einige der Abende richtig viel Spaß gemacht haben, und als Straßenneuling, die im Begriff war, zur Eremitin zu mutieren, sind solche Aktivitäten wie Kekse dekorieren oder Kränze binden auch eine gute Möglichkeit, die Nachbarn kennenzulernen. Habe ich schon erwähnt, dass ich KEINE Ahnung habe, was ich morgen bieten soll? Keine. Nichts. Null. In meinem Kopf herrscht kreative Dürre.

Meine Gedanken sind etwas wirr, tut mir leid. (Meine neue Nachbarin / Freundin / Unterstützerin Drea hatte einen schicken Flachmann bei sich und hat ihren Rum sehr großzügig mit mir geteilt, und nun halt ich's wie die Schriftsteller, also »schreibe betrunken, korrigiere nüchtern«, aber ich bin mir nicht sicher, ob das ein guter Ratschlag war.)

Wem mache ich hier eigentlich was vor? Ich bin total schlecht drauf. Am Sonntag war ich noch happy (Grund: die Entdeckung, dass meine ältere Nachbarin früher eine berühmte Jazzsängerin war), dann habe ich Ihren Opa aufgesucht (darf ich ihn überhaupt Opa nennen?), und er gab mir nur schroffe Antworten nach dem Motto: »Mischen Sie sich nicht in die Angelegenheiten anderer Leute, Lady«, und ich habe so sehr versucht, fröhlich zu bleiben und ihm nicht zu verraten, dass ich alles (na ja, ein bisschen vielleicht) über Sie weiß. Und er hat all meine Versuche, gute Laune zu verbreiten, abgeschmettert. Dabei sollten wir doch alle versuchen, ein wenig fröhlich zu sein, oder etwa nicht? Schon wegen Weihnachten und so. Und als er mir dann wieder die Tür vor der Nase zuknallte, fühlte ich mich in die Vergangenheit zurückversetzt und an etwas erinnert, was mich zugegebenermaßen in letzter Zeit zu häufig einholt.

Soll ich Ihnen alles erzählen? (#SpoilerWarnung: an dieser Stelle lieber nicht weiterlesen und wegrennen). Ich hab's Ihnen gesagt. (#LetzteUndAllerletzteWarnung) Vor einem Jahr, drei Wochen und etwa … sechs Stunden??? wurde mein Leben wegen eines Käsesandwichs auf den Kopf gestellt (Brie und Cranberry, falls es Sie interessiert). An dieser Stelle fragen Sie sich bestimmt, wie ein Käsesandwich mich meiner Kreativität berauben, mich zum Umzug zwingen und mich dazu bringen konnte, einen alten Mann anzuschreien, dass er nicht mal begreifen würde, was Weihnachten bedeute, wenn ihm der Weihnachtsmann in die Nase beißen würde? (Ich habe vorher Informationen zurückgehalten und bitte um Verzeihung.)

Okay, hier kommt die unzensierte Version. (Holen Sie sich was zum Knabbern, Sie werden es brauchen.)

Vor dreizehn Monaten (die Unglückszahl! ich sag's doch), vor dreizehn unglückseligen Monaten war ich noch Kunstlehrerin an einer Schickimicki-Grundschule in London. St Benedict's. Ich war glücklich dort. Wir hatten alles, wovon Lehrer (und Schüler) nur träumen können. Ein wunderschönes Schulgelände. Großartige Schulgebäude. Und traumhafte Zulagen und Boni, wenn die Eltern einen mochten. Wenn Sie noch nie von St Benny's gehört haben, dann denken Sie an eine Art Eton für die Kinder von Rockstars/Oligarchen/Schönheitsköniginnen. Sie verstehen, was ich meine. Eine exklusive Schule für Kinder, die Leibwächter brauchen und die allen Ernstes in der Elf-Uhr-Pause nach der Smoothie-Bar verlangen.

Eines allem Anschein nach recht gewöhnlichen Tages hatte ich

Kantinendienst. (Ja, wir hatten auch diese üblichen Pflichten; wir wechselten uns ab.) Man läuft herum und vergewissert sich, dass die Schüler nett zueinander sind und dass sie beim Teeschlürfen den kleinen Finger abspreizen. (Das war ein Witz. Ich meine das mit dem Finger.) Ich war mit Mittagsdienst dran. Erst lief ich noch fröhlich wie eine Lerche durch die Reihen – doch binnen Sekunden befand ich mich in einem Horrorfilm, der in Zeitlupe ablief. Crispy Bananenhasser (Name zum Schutz des Kindes geändert), dreizehn Jahre alt und einziger Nachkomme unserer reichsten Eltern, hatte munter sein Mittagsmenü verspeist, dachte ich zumindest, als er plötzlich aus seinem Stuhl aufsprang, um gleich darauf sein Sandwich mit Brie und Cranberry (ich weiß, ich nerve …) auf einen Schüler aus der vierten Klasse namens Ethan zu werfen. Ethan ist ein kleiner Nerd, dessen Nase immer in irgendeinem Buch steckt. Wären seine Eltern nicht so wohlhabend, müsste man seine Brille regelmäßig mit Klebeband reparieren, weil er ständig über etwas stolperte oder mehr oder weniger absichtlich von den älteren Kindern herumgeschubst wurde. Er war nicht von der selbstbewussten Sorte, er konnte sich nicht selbst verteidigen und hatte auch keine Freunde, die sich für ihn einsetzten. Ein richtiger Schatz, wenn man sich die Zeit nahm, ihn wirklich kennenzulernen. Und ein schlauer Junge. Und er ist intolerant gegen Laktose. Und zwar so, dass er buchstäblich sterben könnte, wenn er mit Milchprodukten nur in Berührung kommt. So wie die Leute mit Erdnussallergie.

Also habe ich getan, was jeder machen würde, dachte ich. Ich packte Crispys Schultern und drehte ihn weg, damit er Ethan nicht mit dem Käse treffen konnte. Und ab diesem Punkt liegt alles im Dunkeln, ist alles verschwommen, und genau deswegen habe ich Sie gewarnt, dass Sie besser aufhören zu lesen. Crispy schlug mir in den Bauch. Und zwar so hart, dass ich das Gleichgewicht verlor. Ich versuchte verzweifelt, auf den Füßen zu bleiben, dabei streifte ich versehentlich sein Gesicht mit einer Hand. Er erzählte der Rektorin daraufhin, ich hätte ihn misshandelt. Natürlich habe ich das nicht, aber als ich später an jenem Nachmittag des Schulgeländes verwiesen wurde, stand er am Fenster, und ich konnte Kratzspuren in seinem Gesicht erkennen. Er musste sie sich selbst zugefügt haben. Denn ich kann mir nicht vorstellen, woher sie sonst stammen sollten. (Es ist unglaublich schwer und demütigend, das alles zuzugeben, deswegen erzähle ich es wahrscheinlich Ihnen, einem Menschen, dem ich nie begegnet bin und vermutlich nie begegnen werde, doch Sie schreiben wirklich gute E-Mails und verschicken wundervolle Weihnachtskarten, und dafür möchte ich Ihnen danken. Ich hoffe, Sie bereuen es jetzt nicht. Falls Sie überhaupt noch weiterlesen. Hallo? Sind Sie noch da?) Jedenfalls – Überraschung, Überraschung! –, ich wurde suspendiert. Ermittlungen wurden eingeleitet, Gutachten erstellt. Ethan, Gott segne ihn und seine karierten Baumwollsöckchen, wechselte in eine andere, »Allergie-sensiblere« Schule (das heißt: die EpiPen-Injektion gegen den anaphylaktischen Schock ist immer griffbereit). Seine Eltern sagten, ich hätte richtig gehandelt, doch sie zahlten ja keine Schulgebühren mehr, also hörte auch keiner mehr auf sie. Mir wurde mitgeteilt, ich hätte die Wahl, mich entweder von der Familie des Bananenhassers verklagen zu lassen oder die Schule still und leise mit einem Durchschnittszeugnis freiwillig zu verlassen.

Mist. Mir fällt gerade auf, ich habe Ethans richtigen Namen verwendet. Bitte löschen sie ihn aus Ihrem Gedächtnis. Und aus Ihrem E-Mail-Eingang. Mein Fehler.

Mein damaliger Freund (der kurz danach Schluss mit mir machte) sah meine blauen Flecken mit eigenen Augen, doch er weigerte sich zu glauben, dass sie von einem Kind stammen könnten. Ich kann Ihnen versichern, dieser spezielle Dreizehnjährige hat den schwarzen Gürtel in diskret zugefügten, richtig fiesen Verletzungen. Wie der Ehemann von Nicole Kidman in jener Miniserie, die von Reese Witherspoon produziert wurde. Haben Sie die gesehen? Wahrscheinlich nicht. Jedenfalls, als ich die Schule wieder betreten durfte, waren meine blauen Flecken längst verblasst, und ich hatte keine Fotos davon gemacht, also gab es keine Beweise, und alle sahen mich an, als wäre ich des Teufels. Ich konnte diese Situation kaum ertragen, weil ich es liebe, diese kleinen Mistkerle zu unterrichten. Ich meine natürlich diese Schätzchen. Die meisten sind auch richtig goldig. Sind ja nur Kinder, oder? Produkte ihres Umfelds. Und Crispy? Der ist eine Teufelsbrut. Doch langer Rede kurzer Sinn, nach einem ziemlich heftigen Zusammenbruch bin ich jetzt wieder dabei, mich in den Griff zu bekommen. Ab Januar unterrichte ich hier an einer kleinen Grundschule. Und ich habe totalen Schiss davor. Zumal ich erfahren habe, dass ich die Nachfolgerin der beliebtesten Lehrerin der Welt bin. Oder des Universums. Nein, noch größer. Wie diese Galaxien, zu denen die Schwarzen Löcher führen und wo es vielleicht noch bessere Lehrer gibt? Der springende Punkt ist, ich möchte die Kinder nicht enttäuschen, aber mein Selbstvertrauen ist ziemlich angeknackst. Wer bietet schon einem charmanten älteren Herrn einen Adventskranz an und verwandelt sich dann in eine Irre, nur weil er nein sagt? Oder bitten normale Leute ihre Nachbarn etwa darum, Adventskränze an die (hübschen) Gartenzäune von einsamen, traurigen, alten Herren zu hängen, nur weil die keine Weihnachtsdekoration angebracht haben? Nein. Ich bin nicht normal. Tut mir leid. Ich sollte mich bei Ihrem Großvater entschuldigen, aber nun ist es schon mitten in der Nacht. Er ist bestimmt schon im Bett, und ihn jetzt aufzuwecken, um mich für etwas zu entschuldigen, was er wahrscheinlich nicht einmal bemerkt hat, wäre unglaublich dumm. Oje! Ich habe keine Ahnung, was ich den Nachbarn morgen bieten soll, wenn sie aufkreuzen und ihr Weihnachtsvergnügen erwarten. Vielleicht kommt ja niemand. Vielleicht rufen sie sich gegenseitig an und diskutieren darüber, ob ich eine Axtmörderin bin oder nicht. Ein falsches Wort und ich leg sie alle um.

Mit besten Grüßen, Jess(ica) Green

14. Dezember

Die Krux mit E-Mails war, sobald man auf »Senden« getippt hatte, konnte man es nicht mehr rückgängig machen. Ebenso wenig konnte man danach schlafen gehen. Jess hatte sich ernsthaft überlegt, mitten in der Nacht hinauszuschleichen und die Kränze wieder abzuhängen, doch jedes Mal, wenn sie kurz davor war, hörte sie ein Auto oder sah Licht in einem Fenster aufflackern oder war wieder apathisch in den Halbschlaf gefallen und träumte, wie sie von einem Zombie-Santa gejagt wurde. Aufwachen war auch nicht viel besser.

Einem Fremden ihre ganze Lebensgeschichte aufzutischen, der noch dazu der Enkel des griesgrämigen alten Mannes war, dem sie einen Streich gespielt hatte, gehörte ganz bestimmt auf die Liste der »Sehr dummen Ideen«.

Jess griff nach ihrem Handy auf dem Boden: 5 Uhr. Besser als 3 Uhr, als sie das letzte Mal nachgesehen hatte. Sie rollte von der Matratze herunter (der Bettrahmen war immer noch nicht aufgebaut) und setzte sich im Schneidersitz ans Fenster. Was hatte sie sich nur dabei gedacht, Will einfach so ihr Herz auszuschütten?

Sie hätte dem Rum die Schuld geben können, doch es war an der Zeit, Verantwortung für ihr Verhalten zu übernehmen. Wie oft hatte sie Amanda belehrt, wenn die mal wieder »aus Versehen zu viel getrunken hatte« und mit einem Kerl rumknutschte, den sie danach kaum loswurde, weil sie ihm blöderweise ihre Links in den sozialen Netzwerken gegeben hatte. Amanda war eben zu vertrauensselig. Und immer gab sie dem Alkohol die

Schuld. Jess wusste, wenn sie das ebenfalls tun würde, würde sie in die gleiche gefährliche Falle tappen, in die Crispin sie gedrängt hatte. Gestern Abend war eine peinliche Vorführung dieses *Ich-schiebe-alles-auf-den-anderen*-Verhaltens gewesen, das sie bei anderen immer anprangerte. Es war höchste Zeit mit diesem Selbstmitleid und dieser Opferhaltung aufzuhören, die sie bisher wie einen Einhorn-Strampler übergezogen hatte, um sich von jeglichem Fehlverhalten freizusprechen. Sie hatte Crispin nicht geschlagen. Nicht einmal annähernd. Doch hatte sie ihren Standpunkt verteidigt? Nein, nicht annähernd. Sie hatte kleinlaut die Faust erhoben und dann zugesehen, wie sie langsam, aber sicher auf ihren Flanellpyjama hinuntersank. Den mit den Stechpalmenbeeren darauf. Sie hatte ihn gestern Nacht aus einer Kiste gegraben, in der Hoffnung, dass er sie zu einer Idee inspirierte, die sie noch umsetzen konnte, bevor die gesamte Nachbarschaft morgen Abend – glühend vor Weihnachtsvorfreude – hier auftauchte. Oder aber – dieser schauerliche Gedanke hatte sie die halbe Nacht wach gehalten und ließ sie nun vor Furcht nahezu erstarren – die Nachbarn würden gar nicht vorbeikommen, sondern einen Sprecher vorschicken, der ihr eine von allen unterzeichnete Petition überreichte, die besagte, sie solle wieder wegziehen und bei der Schule kündigen, noch bevor sie überhaupt angefangen hatte. Und sie würden sagen, Mrs Jameson hätte so etwas nie gewagt. Einen alten Mann mit den Symbolen für Frieden und Freude zu quälen. Apropos … sie schlich auf Zehenspitzen zum Fenster und blinzelte ins grobkörnige Licht der Straßenlaternen. Jawohl, sie hingen immer noch da. Womöglich täuschte sie sich, aber es schienen sogar noch ein paar hinzugekommen zu sein. Er war gestern wohl gar nicht nach draußen gegangen. Oder er hatte sie einfach hängen lassen, weil er dachte, das wäre die beste Methode, um Jess »und ihresgleichen«, wie er den Rest der Nachbarschaft zusammengefasst hatte, dazu zu bringen, ihn endlich in Ruhe zu lassen.

Sie schuldete Mr Winters eine Entschuldigung, und zwar eine Jahrhundertentschuldigung, die ihn davon überzeugen würde, sich am Adventskalender zu beteiligen. Sonst würde Drea sie umbringen. Mrs Jameson hätte das sicher alles viel besser gemacht. Und schon gar nicht hätte sie ungebeten Weihnachtsschmuck an Mr Winters' Gartenzaun gehängt … Jedenfalls war der Stab an Jess übergegangen, nun musste sie die Staffel laufen. Und zwar bald.

Sie würde jetzt Kaffee trinken, auf den Sonnenaufgang warten, dann hinübergehen und sich aus tiefstem Herzen bei ihm entschuldigen. Und dann würde sie die Kränze einsammeln und an die rechtmäßigen Besitzer zurückgeben und allen erklären, dass sie ihre Nachbarinnen und Nachbarn zu Unrecht dazu überredet hätte, sich gegen ihn zusammenzurotten. Auf keinen Fall wollte sie das neue Schulhalbjahr als die durchgeknallte Lehrerin anfangen, die vor der Tür des Nachbarschafts-Grinchs zu Weihnachten Ärger machte. Sie hatte eine Ansage gemacht und Unrecht gehabt. Und sie war die Einzige, die es wiedergutmachen konnte. Wenn sie Mr Winters um Gnade bat, würde er ihr, theoretisch, vergeben und einen großartigen Plan vorschlagen, wie er Teil der Adventsfeierlichkeiten werden könnte, und dann wäre die Welt wieder in Ordnung. Doch zuerst … Kaffee. Als sie gerade frischen Mut gefasst hatte, flatterte eine neue E-Mail in ihr Postfach.

14. Dezember
03:37
An: JessGreen2000@gmail.com
Von: WillWinters@TheMerryVictualler.co.uk
Betreff: AW: Neues aus der Christmas Street

Liebe Jess –

lassen Sie die Kränze auf jeden Fall dort hängen! Ihm wird ein bisschen Weihnachtsstimmung sicher sehr guttun. Wenn er sie abnehmen sollte, kriegt er wenigstens ein bisschen Gymnastik an der frischen Luft, was in seinem Alter bestimmt nicht schadet. Die Kränze sind doch leicht zugänglich und nicht zu schwer, oder? Es hängen doch bestimmt keine Geweihe am Zaun? Auf den Orkney-Inseln sind Adventskränze mit Geweihen seltsamerweise sehr verbreitet.

Tut mir leid, dass ich mich so kurzfassen muss. Doch wie Sie richtig vermutet haben, läuft mein Geschäft wie verrückt. Die Schule, an der Sie waren, kommt mir total abgefahren vor, und mit abgefahren meine ich in dem Fall nicht positiv abgefahren, wie Soulmusic zum Beispiel. Seien Sie froh, dass Sie diese Leute los sind. Sogenannte »normale« Leute sind großartig und meiner Einschätzung nach gar nicht »normal«. Ich schreibe Ihnen eine längere E-Mail, wenn ich mal nicht so eingespannt bin. Ach ja, das hätte ich fast vergessen zu erwähnen: Willige niemals ein, 500 Pferderücken mit 500 Engeln (Feigen mit Prosciutto) für das Weihnachtsfest eines lokalen Osteopathen / Chiropraktikers zu belegen. (Und ja, die Ironie ist mir nicht entgangen.)

Grüße xW

Kaffeetasse geleert, Wintermantel angezogen, Jess machte noch ein paar Hampelmann-Sprünge zum Aufwärmen, bevor sie die Tür öffnete – und schon im nächsten Augenblick stand sie Nase an Nase mit Drea, die ziemlich unglücklich aussah.

»Hallo?«

»Ich bin heute Morgen mit extra-starken Weihnachtsgefühlen aufgewacht.«

»Oh?« Drea sah zwar aus wie Drea, hörte sich aber nicht an wie Drea. »Hört sich gut an. Warst du nicht verreist?«

»Ja«, sagte Drea in einem übertrieben höflichen Ton, um Jess zu verstehen zu geben, dass sie etwas schwer von Begriff war. »Ich war auf einer Fitness-Konferenz. Und das Thema war, wie wir die eigene Gesundheit pflegen können. Oder weihnachtlicher formuliert, wie wir den Menschen um uns herum die frohe Botschaft überbringen und Freude schenken können.« Drea betonte das Wort »Freude« auf beunruhigende Weise, als hätte sich jene Weihnachtsfreude, die sie gerade erfüllt hatte, schon wieder in nichts aufgelöst.

»Wann bist du zurückgekommen?«, fragte Jess und dachte darüber nach, ob Drea wohl in einem der Autos gewesen war, die sie davon abgehalten hatten, um drei Uhr morgens die Straße hinunterzurennen und die Kränze zu entfernen.

»Sehr spät«, sagte Drea, und zwar immer noch so, als wäre sie von einem überhöflichen Dämon besessen. »Ich habe gut geschlafen und bin gut gelaunt aufgewacht. Ich habe lange geduscht und sogar ein Weihnachtsduschgel ausprobiert. Dann habe ich meine Haare mit einem roten Haargummi zusammengebunden und mir überlegt, anlässlich des Weihnachtsspektakels meiner Freundin Jess einen lustigen Weihnachtspulli anzuziehen.«

»Ah? Das wäre ja …« Jess wurde immer nervöser. Worauf wollte Drea hinaus?

»Ich habe meinen hübschen Wintermantel angezogen, bin durch die Haustür hinausgetreten und dachte noch, wie schön es doch ist, in dieser wunderbaren Straße zu leben. Wo sich alle umeinander kümmern und alles miteinander teilen.«

Jess' Magen zog sich zusammen.

»Ein Ort, an dem wir zusammenkommen, um Kränze zu winden, und nicht etwa für uns selbst, sondern füreinander.«

O nein. Das war, was sie befürchtet hatte.

»Ich war also gerade dabei, ins Auto zu steigen, um ein paar Erledigungen zu machen, und mein Herz quoll über vor Weihnachtsvorfreude, als ich plötzlich meinen Augen nicht traute!«

Jess war jetzt klar, dass es sich nicht um einen Schlitten handelte. Oder um acht kleine Rentiere.

»Ich – Drea, ich wollte die Kränze gerade –«

Drea schnitt ihr das Wort ab und tobte jetzt vor Wut. »Das will ich gar nicht hören. Was ich allerdings hören *möchte*«, sagte sie, während sie zwischen den Worten immer kurz innehielt und mit ihren Fingernägeln kleine scharfe Einschnitte in die Luft machte, »ob du dich daran erinnern kannst, dass dieses ganze Weihnachtskalenderding *Spaß* machen sollte. Spaß. Es sollte uns als *Gemeinschaft* zusammenbringen, nicht als mobbende Meute. Wir wollen doch, dass alle Straßenbewohnerinnen und Straßenbewohner glücklich hier zusammenwohnen und nicht gleich ihren Makler anrufen, um nach einer sichereren Nachbarschaft zu fragen.

»Ich weiß … ich … Hat er etwa die Polizei gerufen?« Sie prüfte kurz das Geschehen auf der Straße.

Drea ignorierte Jess' Befürchtung, von der Polizei abgeführt zu werden, verschränkte die Arme vor der Brust und konterte: »Weißt du überhaupt, was Advent bedeutet?«

Der Schreck schnürte Jess die Kehle zu. Sie konnte keinen Gedanken mehr fassen und bekam unter Dreas strafendem Blick keinen Ton mehr heraus.

»Advent heißt, meine Liebe, die Ankunft des auserkorenen Menschensohnes mit Freude zu erwarten und zu preisen. Was für mich dieses Jahr bedeutet, auf meinen *eigenen* Sohn zu warten.« Sie gab nur einen abwehrenden Laut von sich, als Jess versuchte, sich zu entschuldigen. »Weißt du, dass es vier Begriffe für Advent gibt?«

Jess schüttelte den Kopf. Nein, das wusste sie nicht.

Drea hob erst einen Finger, dann die restlichen drei, um ihre Worte zu unterstreichen: »Frieden. Liebe. Freude. Hoffnung. *Hoffnung*, Jessica Green. Ich hatte die Hoffnung, du würdest eine wunderbare Bereicherung für diese Nachbarschaft sein. Und nicht jemand, der bewusst all meine Bemühungen sabotiert, diese Straße zu einem freundlichen und wünschenswerten Wohnort zu machen. Einem Ort, an dem mein Sohn seine Mutter besuchen möchte. Einem Ort, zu dem er auch irgendwann zurückkehren würde. Und keinem Ort, wo *Daily-Mail*-Reporter herumlungern, um ein paar Schlagzeilen über die Erregung öffentlichen Ärgernisses in der Weihnachtszeit zu erhaschen.«

Jess versuchte einmal mehr, sich zu entschuldigen, ihr Magen fuhr Achterbahn vor lauter Angst, vielleicht hockten die Paparazzi bereits in der Gartenhecke und zeichneten jedes Wort dieser einseitigen Unterhaltung auf. Ihr Blick fiel auf das »Zu verkaufen«-Schild. Der »Verkauft«-Aufkleber würde dann wohl demnächst wieder entfernt werden, besser gesagt: in Kürze.

»Drea, ich habe es wirklich nicht so –«

Drea hob die Hand, während sie sich schon halb zur Straße drehte. »Ich muss heute arbeiten, meine Liebe. Ich bin wirklich enttäuscht von dir. Und ich erwarte von dir, dass du das regelst, bevor wir uns heute Abend hier alle versammeln.«

Jess versuchte zu schlucken, aber sie konnte nicht. Enttäuschung war tausendmal schlimmer als Wut. Das wusste jedes Kind. Dazu kam, dass Drea recht hatte. Ihre Reaktion auf Mr Winters' Weigerung, den Kranz anzunehmen, war überzogen gewesen. Sie müsste das auf jeden Fall regeln. Egal, wie.

Während Drea die Straße zu ihrem Parkplatz hinunterlief, beschloss Jess, ihr das beste Weihnachtsfest jemals zu bereiten. Selbst wenn es sie umbringen würde.

Als Drea schließlich in ihrem Sportwagen davondröhnte, krempelte Jess sprichwörtlich die Ärmel hoch. Sie hatte dringend eine Entschuldigung zu überbringen.

Mr Winters brauchte lange, um die Tür zu öffnen. Zweifelsohne war dies die erste schmerzhafte Phase der längerfristigen Buße, die Jess tun musste. Aber sie war bereit zu büßen. Auch wenn es bedeutete, bis in alle Ewigkeit Tulpenzwiebeln setzen zu müssen, sie würde alles auf sich nehmen.

Diesmal schlug er die Tür nicht sofort zu, was sie für absolut gerechtfertigt gehalten hätte, sondern trat einen Schritt zurück, als ob er sie hereinbitten wollte.

Das kam vollkommen unerwartet.

Die eloquente Entschuldigung, die sie zuvor einstudiert hatte, war plötzlich wie weggeblasen. Stattdessen stotterte sie eine Folge unzusammenhängender Sätze heraus: »Guten Morgen. Hallo. Kalt heute. Ähm … kurze Frage. Haben Sie sich schon Ihren Gartenzaun angesehen?«

Er nickte traurig. »Ja, habe ich.«

Im Eiltempo versprach sie, alle Gebinde herunterzunehmen, vor allem den Kranz mit den batteriebetriebenen Elitesoldaten, weil er eindeutig nicht das repräsentierte, was ein Kranz repräsentieren sollte, nämlich das Leben. Das ewige Leben. Ob er das wusste? Sie hatte es auch gerade erst herausgefunden, im Internet. Der Kranz hatte eine ähnliche Bedeutung wie die Adventssymbole. Ob er schon von denen gehört hatte? *FriedeLiebeHoffnungFreude*. Sie ratterte sie schnell herunter und ging dann zu ihrem qualvoll ausführlichen Entschuldigungsplädoyer über. Sie wisse nicht, was in sie gefahren sei, sie habe ein schlechtes Jahr gehabt und sich einige absonderliche Sachen geleistet, aber am schlimmsten sei die Kränze-Aktion gewesen, denn er sei so liebenswürdig, *wirklich* liebenswürdig, und sie habe nur auf ihre vollkommen verfehlte, unglaublich dumme Art versucht, seinem Leben ein wenig Weihnachtsfreude einzuimpfen, weil er auf sie so traurig wirke und nicht wütend, wie viele Leute dachten, und sie könne es einfach nicht ertragen, dass er so traurig sei, weil sie aus eigener Erfahrung wisse, wie lähmend Traurigkeit sein konnte.

In diesem Moment hob er eine Hand. Möglicherweise, weil sie gerade so wild mit dem Zeigefinger auf den Brustkorb zu klopfen begonnen hatte, dass sie Schluckauf bekam, was ihre Entschuldigung noch bizarrer klingen ließ.

»Lassen Sie die Adventskränze hängen, Mädchen.«

»Was? Auf keinen Fall. Natürlich nehme ich sie alle runter.«

»Ehrlich. Lassen Sie sie einfach hängen.« Er schmunzelte verschmitzt. »So etwas hätte meine Anne auch gemacht.«

Jess legte verdutzt ihren Kopf zur Seite. »Anne?«

»Meine Frau«, sagte er. »Meine verstorbene Frau«, fügte er

etwas nüchterner hinzu, und als ginge plötzlich ein Tor in eine neue Phase ihrer Bekanntschaft auf, reichte er Jess seine breite Hand. »Kommen Sie herein, Mädchen. Draußen ist es kalt.«

Einige Minuten später hatte sich Jess in einem wunderbaren, wenn auch etwas abgenutzten Sessel vor einem knisternden Feuer bequem niedergelassen und bekam eine perfekt zubereitete Tasse Tee serviert, inklusive einer Entschuldigung, weil er keine heiße Schokolade im Haus hatte. Nachdem er seine Tasse auf einem Beistelltisch abgestellt hatte, ließ sich Mr Winters schwer in seinen Sessel fallen und rieb sich die Kniegelenke. Mr Perkins hockte auf einem nahezu vollständig verblassten Hocker in ihrer Nähe und starrte Jess mit stählernem Blick an, als wollte er sagen: *Ich habe dich im Visier. Keine falsche Bewegung.*

»Ich glaube, ich bin Ihnen eine Erklärung schuldig«, sagte Mr Winters, nachdem er einen Schluck Tee genommen hatte.

Jess wollte widersprechen, aber Mr Winters übertönte sie.

»Sie haben recht. Ich bin traurig. Und diese Traurigkeit kann man auch nicht mit allen Kränzen der Welt am Gartentor auslöschen.«

Jess schluckte.

Als hätte er mit sich selbst abgemacht, Jess alles zu erklären, sprach er mechanisch weiter. »Vor fünfunddreißig Jahren hatte meine Anne etwas Kopfschmerzen. Eigentlich eher eine Erkältung. Dachte sie zumindest. Jedenfalls wollte sie sich lieber wieder hinlegen.«

Jess nahm einen Schluck Tee und zuckte nicht einmal, als die heiße Flüssigkeit ihre Speiseröhre fast verbrühte.

»Es war etwa zwei Uhr nachmittags, und unser Sohn Robert rief aus Edinburgh an, wo er studierte. Er erwischte sie gerade noch, bevor sie nach oben ins Schlafzimmer ging.« Mit dem Zeigefinger zeichnete er den Weg nach, den seine Frau gemacht haben musste, vom Anfang der Treppe bis zu einem alten avocadogrünen Telefon mit runder Wählscheibe auf einem Tisch hier im Wohnzimmer, wo sie gerade saßen.

Als er weitersprach, klang er, als würde er einen chronologischen Ablauf wiederholen, den er immer und immer wieder nachzuvollziehen versuchte.

»Er sprach kurz mit seiner Mutter. Er war sehr besorgt wegen ihrer Erkältung – sie war ja nie krank, wissen Sie – und bat sie dann, mich ans Telefon zu holen. Er meinte zu mir, ich solle sie zum Hausarzt bringen. Doch Anne war dagegen und sagte, sie müsse sich einfach nur ein wenig ausruhen. Robert war damit nicht einverstanden und ich nicht mit Roberts Vorschlag. Ich sagte, seine Mutter wisse am besten, was gut für sie sei, und ich würde ihre Wünsche respektieren.«

Er hielt inne, nahm einen Schluck Tee, sah die Katze an, die gleich zu ihm hinübersprang und sich zu seinen Füßen niederließ, als spürte sie, dass Mr Winters Unterstützung brauchte.

»Als ich etwa eine Stunde später nach ihr schauen wollte, war sie sehr still. Zu still.« Er blickte düster in seinen Tee. »Sie war gestorben. Einfach so im Schlaf. An einem diabetischen Koma, wie bei der Obduktion festgestellt wurde.« Er blickte zu Jess auf, die Fassungslosigkeit in seinen blauen Augen erkannte. »Sie hatte nie eine derartige Diagnose erhalten. Diabetes. Sie mochte Süßigkeiten nicht einmal.«

Jess hatte das Gefühl, ihr Herz würde zerreißen. Von allen möglichen Szenarien, die sie sich vorzustellen versuchte und ein fünfunddreißig Jahre andauerndes Zerwürfnis zwischen Vater und Sohn rechtfertigen würden, gehörte dieses nicht dazu.

Sie stellte ihre Tasse auf den Unterteller, denn ihre Hände zitterten. Armer Mr Winters. Und Robert. Und Will. Wie schrecklich musste das für alle Beteiligten gewesen sein.

»Seitdem, oder genauer gesagt seit dem Begräbnis, hat Robert kein Wort mit mir gesprochen. Und mir ist es bisher nicht gelungen, das Gefühl abzuschütteln, dass er von Anfang an recht hatte. Ich hätte sie zum Arzt bringen sollen. Es war alles meine Schuld. Sie wäre noch am Leben, wenn ich auf meinen Sohn gehört hätte.«

Jess schüttelte den Kopf, nein, es war nicht seine Schuld, das müsste er doch verstehen. Doch bevor sie die richtigen Worte gefunden hatte, schüttelte er den Kopf, was bedeuten sollte, dass es dazu nichts mehr zu sagen gab. »Jedenfalls hätte Anne ähnlich wie Sie reagiert, wenn ich etwas abgewiesen hätte, was nett gemeint war. Sie hätte Kränze hingehängt oder Tulpenzwiebeln falsch herum eingegraben, also … lassen Sie die Kränze ruhig dort, wo sie jetzt sind, Jessica.« Er sah sie an, um weitere Entschuldigungen im Keim zu ersticken. »Ich mag traurig sein, aber Ihre Aktion hat mich zum Nachdenken gebracht, und vielleicht ist es langsam an der Zeit, mit der Traurigkeit leben zu lernen. Mich nicht mehr so von ihr beherrschen zu lassen wie bisher.«

Das konnte sie gut verstehen. Der Käsesandwich-Zwischenfall konnte nicht ausgelöscht werden, doch es lag in ihrer Hand, wie sehr er den Rest ihres Lebens überschatten würde.

Als ob er den Stimmungswechsel gespürt hätte, sprang Mr Perkins flink auf Mr Winters' Schoß und rollte sich fest zu einem beschützenden Ball zusammen. Abwesend begann Mr Winters, ihn zu streicheln, während er im Geiste an Plätze und Zeiten zurückzureisen schien, zu denen Jess nie Zugang haben würde.

Sie bedankte sich für den Tee und zog ihren Mantel über, denn ihr war klar, dass sich seine Redseligkeit nun erschöpft hatte.

Sein Schicksal ging ihr zu Herzen. Sie verabschiedete sich und versprach ihm abermals, die Kränze nicht mehr anzurühren und es auch keinem anderen zu erlauben. Auf dem Weg zu ihrem Haus wuchs ihre Entschlossenheit. Sie würde für Mr Winters und für Drea, ach was, für die gesamte Christmas Street, das beste Weihnachtsfest aller Weihnachtsfeste herbeizaubern. Und nicht nur, um Mrs Jameson zu übertreffen. Nein, sie wollte ein Zeichen setzen und allen beweisen, dass sie aus ihren Fehlern lernen und mit ihnen leben konnte.

»Riecht toll«, sagte Drea vorwurfsvoll, als Jess die Tür öffnete.

»Danke.«

»Sie hängen immer noch da.« Drea blickte finster drein.

Jess nickte. »Ich weiß, ich war schließlich bei ihm.«

Drea zog die Augenbraue hoch. »Und?«

»Ich habe mich entschuldigt und gesagt, ich würde alles abhängen. Da hat er mich gebeten, es nicht zu tun.«

Drea runzelte die Stirn: »Wirklich?«

Jess nickte. Es war nicht ihre Sache, die wahre Geschichte preiszugeben, also erzählte sie nur das, was ihr Mr Winters aufgetragen hatte: »Er bedankt sich bei allen für die Kränze und für die nette Geste.«

»Ist das dein Ernst?« Drea wirkte geschockt, dann misstrauisch. »Und was hat er noch gesagt?«

»Nicht viel.« Jess setzte ihr Pokerface auf. »Wolltest du nicht wissen, was wir heute machen?«

Es war schon halb sieben. Noch eine halbe Stunde bis zu ihrem Adventsabend, dessen Beginn sie im WhatsApp-Chat

»Christmas-Street-Adventskalender« mit 19 Uhr angekündigt hatte. Drea hatte den Chat vor etwa einer Woche eingerichtet, weil immer mehr Leute fragten, wann die Abende denn anfingen. Nicht, dass Jess jemals WhatsApp konsultierte. Sie hatte sich im Großen und Ganzen auf Drea verlassen und auf die altbewährte Methode, einfach aus dem Fenster zu schauen, wann sich die ersten Gäste näherten.

Drea murmelte etwas. Sie versuchte offenbar immer noch herauszufinden, was sich bei Mr Winters zugetragen hatte. »Dann mal los«, sagte sie schließlich. »Zeig uns, was du so draufhast.« Jess machte einen Schritt zur Seite und präsentierte mit einer schwungvollen Geste die Wand hinter sich und wartete dann wie eine Moderatorin, die ein Kunstwerk enthüllt, gespannt auf Dreas Reaktion.

»Das ist ein Weihnachtsbaum«, erklärte Jess nach einer Weile.

»Das sehe ich«, sagte Drea trocken und maß mit den Augen den Umfang des Weihnachtsbaumes aus, den Jess an die große weiße Wand zwischen Wohnzimmer und Küche gemalt hatte.

Jess war recht stolz auf ihn. Wegen des Zeitdrucks hatte sie zwar auf einige geplante Details verzichten müssen, aber in den ausladenden Zweigen waren immerhin ein Eichhörnchen, ein paar Tannenzapfen und ein Rotkehlchen zu sehen. Sie trippelte schnell zum Sofa, wo sie die Schablonen deponiert hatte. »Also, der Plan ist, dass alle ein Ornament malen, das symbolisch für ihr Haus steht. Hier habe ich Nummernschablonen …« Sie gehörten zum Bürobedarf, der diese Woche an der Reihe gewesen war und sie auf die Idee gebracht hatte. »Es gibt Emoji- und Blumenschablonen und Weihnachtsmotive … und man übermalt sie einfach. Ich habe die Zweige abgezählt, es gibt also genug Weihnachtsbaumfläche für alle.«

Drea verzog das Gesicht und seufzte müde. »Na ja, damit wirst du die Leute wenigstens nicht abschrecken, angesichts der Umstände.«

Jetzt war Jess an der Reihe, verärgert zu sein: »Was meinst du bitte mit ›angesichts der Umstände‹?«

Tatsache war, sie hatte alles gegeben. Zumindest alles, was sie zur Verfügung hatte. Den großen Kupferkessel hatte sie allerdings von Kai und Rex ausleihen müssen, um literweise heiße Schokolade ausschenken zu können. Für ebenso viele Liter Glühwein brachte sie den altbewährten Suppentopf ihrer Mutter zum Einsatz. Beide Heißgetränke blubberten bereits auf kleiner Flamme auf dem Herd, um gleich in die hübschen Becher geschöpft zu werden, die sie erheblich mehr gekostet hatten, als sie sich zurzeit leisten konnte. Sie war zum Bäcker an der Ecke gelaufen und hatte haufenweise Vogelnestplätzchen besorgt, die leckersten Kekse, mit roter Marmeladen- oder grüner Minzfüllung, die einem das Wasser im Mund zusammenlaufen ließen.

Drea wühlte in ihren Manteltaschen, fischte ihr Handy heraus und hielt es Jess unter die Nase. »Hast du die Mitteilungen nicht gelesen?«

»Welche Mitteilungen?«

»Den WhatsApp-Chat«, sagte Drea ungeduldig, wischte über den Mitteilungsverlauf und zeigte Jess das Display.

Aha. Heute war also der Abend für die Schultheateraufführung. *Peter Pan*. Ein Sohn der Gem-und-Emmas spielte wohl die Hauptrolle und deswegen … gab es eine Absage nach der anderen und anderen.

Eine Woge der Erleichterung überrollte Jess, und die Anspannung, die sie erst jetzt bemerkte, löste sich. Das hieß aber auch, dass ihr Plan, Drea das ultimative Weihnachtsvergnügen zu bereiten, hiermit geplatzt war. Sie biss sich auf die Unterlippe und fragte sich, wo sie jetzt noch ein paar Leute mieten konnte, um ihre Adventszusammenkunft zum Leben zu erwecken.

»Tut mir leid, Süße.« Drea, die Jess' enttäuschte Miene falsch deutete, knuffte sie in den Arm. »Tut mir leid, dass ich vorhin so zickig war. Du weißt ja, für mich steht bei diesem Weihnachtsding viel auf dem Spiel.«

»Nein«, sagte Jess, »ich muss mich doch bei dir entschuldigen.«

Drea schürzte die Lippen, als würde sie darüber nachdenken. »Dann mal her damit.«

»Womit? Mit der Entschuldigung?«

»Aber sicher.« Sie schien jetzt zufriedener, also holte Jess aus und überschlug sich erneut mit Entschuldigungen wie zuvor schon bei Arnold, bis Drea zu kichern begann und ihr in die Wange kniff. »So ist gut. Ich erteile dir die Absolution. Vorübergehend.« Sie blickte über die Schulter auf die leere Straße. »Ein paar Leute kommen sicher trotzdem. Kommt dein neuer Freund auch?«

»Wer?«

»Arnold Winters.«

»Oh! Ja. Oder nein. Ich meine … er sagte, möglicherweise.«

»Echt jetzt?« Drea sah verblüfft aus. »War nicht ernst gemeint.«

»War's bei mir auch nicht, als ich ihn eingeladen habe, natürlich ist er herzlich willkommen, aber wir wissen ja, bisher hat er eher mit Abwesenheit geglänzt.« Sie machte eine undefinierbare Geste, die ihre Aussage unterstreichen sollte. »Egal, er sagte, er komme vielleicht vorbei.«

»Sagte er das auf diese typisch britische Art?«

Jess warf Drea einen skeptischen Seitenblick zu. »Und was soll das bitte sein?«

»Ernsthaft zusagen, ja, ja, ganz bestimmt, und dann gar nicht erst auftauchen?«

Jess dachte kurz nach. In London hätte man seine Aussage als Zusage gedeutet. Nein, nein, er hatte es ehrlich gemeint. »Ich glaube, er denkt wirklich darüber nach.«

Drea kniff die Augen fest zusammen, wie eine Spionin, die auf dem Höhepunkt des Verhörs kurz davor war herauszufinden, wo genau die thermonuklearen Raketen versteckt waren, die die Welt zerstören könnten. »Was genau ist zwischen euch beiden eigentlich vorgefallen?«

Da war es wieder, dieses flaue Gefühl in Jess' Magen. Es war nicht an ihr, alles zu erzählen. »Ich wollte mich nur entschuldigen, doch bevor ich das in aller Ausführlichkeit tun konnte, hat er mir die Absolution erteilt.«

»Hallooooooo!« Rex' Stimme ertönte draußen. »Wir sind bereit, bespaßt zu werden!« Kai hüpfte neben ihm herein und verteilte Wangenküsschen, die nach frischen Misteln dufteten.

Und noch bevor Jess sich versah, war ihr Adventsabend in vollem Gange.

Am Ende kamen etwa ein Dutzend Leute, was wahrscheinlich gut so war, wenn man die Größe ihres Hauses und Kevs Glühweintrinkfestigkeit bedachte sowie die Tatsache, dass sie den Weihnachtsbaum in ihren nicht gerade riesigen Flur gemalt hatte. Ihrer unterschwelligen Angst zum Trotz, dass die Eltern ihrer künftigen Schüler den Abend boykottieren würden, weil sie so gemein zum armen Mr Winters gewesen war, schienen ihre Gäste wirklich zu glauben, dass die meisten Nachbarn wegen der Schultheateraufführung ausgeblieben waren. Das war wohl auch tatsächlich der Fall, der Menge der Minivans nach zu urteilen, die gleichzeitig in die Sackgasse einbogen, als die ersten Gäste den Heimweg antraten. Und obwohl Mr Winters nicht erschienen war, hatte der Abend viel Spaß gemacht. Und der Weihnachtsbaum sah toll aus.

Rex und Kai hatten ihre Hausnummer mit Kletterrosen verziert. Drea hatte eine Schablone verwendet, auf der ein Surfer stand und eine riesige Eins balancierte. Kev hatte einen Rennwagen gezeichnet und seine Hausnummer auf die Autotür gesetzt. Martha war auch vorbeigekommen, aber diesmal ohne Tyler (»Bandprobe oder so was Ähnliches«). Sie hatte einen Victrola-Plattenspieler gemalt und rosige Wangen bekommen, nachdem sie ein Glas Glühwein getrunken hatte. Das Paar aus Nummer 13, das sie zum Adventshausputz abkommandiert hatte, malte ein Fahrrad. Sie waren Triathleten und hatten deswegen nie Zeit für den Haushalt (»Wir trainieren zu viel, meine Liebe, einfach zu viel Training«). Die übrigen Nachbarn hatten einen Hund, eine goldene Birne und ein Schaukelpferd gemalt. Und Katie, die liebenswürdige Krankenschwester von gegenüber, war kurz hereingehüpft, hatte eine Schlittschuhschablone mit Sprayfarbe übersprüht und dann mit tränenerfüllten Augen erzählt, dass sie als Mädchen Eiskunstläuferin werden wollte, aber eine frühe Verletzung sie dazu gezwungen habe, »andere berufliche Perspektiven« in Erwägung zu ziehen. Jess hatte darauf bestanden, dass sie zwei Becher Kakao mitnahm, bevor sie wieder zur Nachtschicht weghetzte. Sie schien wirklich sehr nett und sehr müde zu sein. Jess hoffte, sie würden sich eines Tages anfreunden. Kein Josh, aber es war ja auch nicht so, dass ein neuer Schwarm Ordnung in ihren Problemstapel bringen würde. Apropos Probleme. Sie schaute zur Tür hinaus und die Straße entlang. Weit und breit kein Mr Winters.

Sie hob die Hand zum Mund, hielt sich aber im letzten Moment zurück. Im Laufe des Abends hatte sie ihre nachgewachsenen Fingernägel wieder zu Stümpfen heruntergekaut, so viel Anstrengung hatte es sie gekostet, nicht die Straße hinunterzurennen und Mr Winters für den kurzen Spaziergang zu ihrem Haus den Arm anzubieten. Jess rechnete Drea hoch an, dass sie nichts gesagt hatte, doch nachdem alle gegangen waren und Drea ihr geholfen hatte, die Küche zu wischen und die Farben und Schablonen wegzuräumen, war sie vor die Haustür getreten und hatte mit Blick auf Mr Winters' Haus gesagt: »Das muss was Englisches sein.«

»Ich bin *auch* Engländerin«, mahnte Jess.

Drea lachte. »Ja, schon, aber … weißt du was, Schätzchen, ich bin froh, dass ihr Frieden geschlossen habt. Hoffentlich bringt das den alten Mistkerl dazu, in zehn Tagen etwas Adventliches aus dem Ärmel zu schütteln.«

»In zehn Tagen?« Jess' Magen grummelte wieder. »Schon?«

»Jawohl!« Drea tippte auf ihre Armbanduhr. »Und ich zähle die Tage.« Ihre Stimme wog schwer voller unausgesprochener Erwartungen. In zehn Tagen würde sich herausstellen, ob ihr Sohn ihre Einladung angenommen hatte oder nicht. In zehn Tagen würde Mr Winters die Nachbarschaft begeistern, wenn der Adventskalenderreigen seinen feierlichen Höhepunkt erreichte, oder eben nicht. In zehn Tagen würde auf Gedeih und Verderb der Funken der Weihnacht übergesprungen sein.

Eine halbe Stunde später hockte Jess im Schneidersitz auf dem Bett und ihr Finger schwebte unentschlossen über der Tastatur ihres Laptops. E-Mail senden oder nicht senden, das war hier die Frage.

Sie kam zu dem Schluss: ›Wer nicht fragt, kriegt auch keine Antwort‹, und drückte entschieden auf ›Senden‹, dabei sah sie förmlich, wie die kurze, ehrlich gemeinte Mitteilung den ganzen Weg nach Melbourne flatterte und hoffentlich gleich von Dreas Sohn geöffnet wurde. Es gab laut Google nur einen einzigen Spencer Zamboni in ganz Australien. In der ganzen Welt, genau genommen. Und Jess war bereit, bis zum Äußersten zu gehen, damit Spencer Zamboni in zehn Tagen hier in der Christmas Street stehen würde.

15. Dezember

»Ah, da bist du ja! Wie schön!«

Jess' Eltern stießen mit Kokosnusstrinkschalen an und prosteten dem Bildschirm zu, ihre Wangen waren schon verräterisch gerötet. Sie hatten offenbar viel Spaß an ihrem Sundowner.

»Wir dachten, wir schauen mal, ob du zu Hause bist«, sagte ihr Vater nach einem kräftigen Schluck von seinem Cocktail.

»Ja, super!«, jubelte Jess halbherzig. Wie eine Cheerleaderin mit ihrem Pompon winkte sie hin und her und hob dann ihre übergroße Kaffeetasse hoch, um mit ihren Eltern online anzustoßen. Gleichzeitig zog sie schnell die Kapuzenjacke über ihre Schultern, um den Anschein zu erwecken, sie wäre bereits angezogen und nicht mehr im Schlafanzug, obwohl die nicht vorhandene Sonne ihren Zenit erreicht hatte. »Wie läuft's denn so in den Tropen?«

»O Jessica, heute hatte ich eine so interessante Wurzelfüllung«, antwortete ihre Mutter. Jess hörte nur mit halbem Ohr zu, denn sie hatte sich weggedreht und versuchte, in ein Stück Weißbrot zu beißen, ohne von der Kamera gesehen zu werden (Weißmehl war nämlich bei ihren Eltern verpönt, weil Kariesmonster), anschließend kritzelte sie einen Schneemann mit Kaninchenohren, bis sie endlich aufschaute und bemerkte, dass ihre Eltern sie erwartungsvoll ansahen.

»Oje.« Ihre Mama stellte ihren Kokosnussbecher ab und runzelte besorgt die Stirn. »Jess, du bereust es doch nicht, dass du über die Feiertage ganz allein bist, oder?« Sie kniff ihren

Gatten in den Arm: »Harry, ich hab's dir doch gesagt, wir hätten bleiben sollen. Schau sie dir doch an. Sie ist ganz ausgemergelt vor Kummer.«

»Mama«, versuchte sie zu unterbrechen. »Ich bin nicht …«

»Schrecklich mager«, setzte ihre Mutter hartnäckig nach, und ihre Nasenspitze kam immer näher, um ihre Tochter auf dem Bildschirm genau unter die Lupe zu nehmen. »Nimmst du denn auch deine Vitamine? Du könntest Vitamin D gebrauchen.«

Jess schaute verärgert. Nein, brauchte sie nicht. Sie hatte noch nicht geduscht und kein Make-up aufgelegt, aber »vor Kummer ausgemergelt«? Eher aus Frust. Sie hatte sich darauf vorbereitet, Mr Winters wieder aufzusuchen. Sie hatte immer noch das Gefühl, das Gespräch fortführen zu müssen, wenn sie ihn davon überzeugen wollte, dass er zu Weihnachten etwas Besonderes unternahm.

»Sie sieht wirklich ein wenig abgemagert aus«, bemerkte nun auch ihr Vater und lehnte sich ebenfalls in die Kamera und prüfte sie mit riesigen Glupschaugen wie ein Goldfisch im Glas.

»Jessilein«, sagte jetzt ihr Vater mit supersanfter Stimme, die er immer annahm, wenn er dachte, seine Tochter würde ihn gleich anschnauzen, weil sie unter *Frauenproblemen* litt. »Willst du nicht doch lieber herkommen? Es ist nicht zu spät. Die Flüge gehen nur dienstags und freitags und kosten wahrscheinlich jetzt das Doppelte, aber das Angebot steht noch.«

»An der Schule hier könnten sie bestimmt Hilfe gebrauchen«, platzte ihre Mutter dazwischen. »Außerdem gibt es hier *wunderbare* junge Leute. Und auch ein paar alleinstehende Männer. Erst kürzlich hatte ich einen Patienten mit Parodontose, der –«

Jess winkte ab. »Nein, danke. Kein Wort mehr. Ich brauche euren Übersee-Parship.com-Verkupplungsservice nicht. Ganz sicher nicht. Kein Bedarf.«

»Jess, Liebling, wir wollen dir nur helfen.«

»Mich mit einem Mann, der auf den Marshall-Inseln lebt und an Parodontose leidet, verkuppeln zu wollen, ist nicht hilfreich.«

»Da ist wohl jemand mit dem falschen Bein aufgestanden«, schniefte ihre Mutter.

»Mir geht's gut, wirklich, ich bin nur ...« Sie hatte gehofft, mit dem Umzug die Sorgen hinter sich zu lassen, doch vor düsteren Gedanken konnte man nicht einfach weglaufen. Mr Winters hatte es auf den Punkt gebracht, entscheidend war herauszufinden, wer den Ton angab: die Probleme oder die Problemlöserin.

»Coooeeee!« Die Briefklappe wurde aufgestoßen. »Jess?«

»Sorry, Leute, aber ich muss los.« Jess warf ihnen einen Luftkuss zu und versprach, sich bald zu melden.

»Drea«, mit einem leicht genervten Lächeln zog Jess die Tür auf, »was kann ich für dich tun?«

»Meine Güte!« Drea hob die Hand vors Gesicht, als wollte sie einen schrecklichen Anblick vermeiden. »Welche Laus ist dir denn über die Leber gelaufen?«

Jess ging nicht auf die Bemerkung ein.

»Bittest du mich heute gar nicht auf ein Käffchen herein?«, fragte Drea.

Jess drehte sich um und ging schnurstracks in die Küche, um den Wasserkessel aufzufüllen. Heute meinten wohl alle, sie herumkommandieren zu müssen. *Verabrede dich mit alleinstehenden Männern. Nimm Vitamine. Kämm dein Haar.*

»Ich nehme das mal als Ja«, schrie Drea ihr nach, bevor sie die Tür hinter sich schloss und ihren üblichen Posten an der Küchentheke einnahm. Nachdem das Wasser gekocht und Jess ein paar Löffel Pulver in den Kaffeebereiter gegeben hatte, fragte Drea:

»Was ist denn los mit dir?«

»Nichts.«

»Lügnerin.«

»Ach so?«

»Bei mir läuft es gerade auch nicht so prima.«

»Ach so?«, wiederholte Jess, diesmal nicht ganz so kampfbereit wie beim ersten Mal.

»Du musst mir helfen.«

Jess presste den Filter etwas zu heftig in die Kanne, so dass etwas heißer Kaffee herausschwappte und sie verbrühte. »Aua ... Und warum muss ausgerechnet ich dir helfen?«

Drea wurde ganz ernst. »Weil du meine Freundin bist?«

Jess spürte Schuldgefühle, Dankbarkeit und mindestens eintausend andere Emotionen ihr Herz durchfluten. Drea hielt sie also für Freundinnen. Sie schnappte sich einen Lappen und begann, die Spüle abzuwischen. Wenn sie so darüber nachdachte, war es allein Drea gewesen, die dafür gesorgt hatte, dass sich Jess nach dem Umzug in die Christmas Street eine Million Mal willkommener fühlte. Ohne Drea hätte sie vermutlich allein in ihrem Häuschen gesessen und über den Katalogtexten für Bürobedarf gebrütet und nicht mehr als ein höfliches »Hallo, wie geht's?« mit den Nachbarn gewechselt.

Als stillschweigende Entschuldigung wählte Jess eine Tasse mit Einhorn- und Herzchenaufdruck, füllte sie mit Kaffee und reichte sie Drea. »Milch?«

»Nur ein bisschen«, sagte Drea, die immer noch etwas verstimmt schien, während sie auf ihren perfekt durchtrainierten Po klatschte. »Die Laktosekalorien landen immer hier.«

»Interessant. Und wo landen dann die Schokokuchenkalorien?«

»Nirgendwo«, erwiderte Drea mit einem süffisanten Lächeln. »Ich esse keinen Schokoladenkuchen!«

»Oh, verstehe. Miss Superperfekt«, spottete Jess.

Dreas Lächeln verschwand wieder.

»Was ist denn? Habe ich was Falsches gesagt?«

»Nein.«

Doch das hatte sie ganz offensichtlich.

»Mein Sohn sagt das auch manchmal zu mir«, erklärte Drea, nachdem sie noch einen Schluck Kaffee getrunken hatte. »Es können ja nicht alle Miss Superperfekt sein so wie du«, ahmte sie ihn nach.

»Es ist gut, Ziele zu haben«, sagte Jess und ergriff Dreas Partei, während sie insgeheim die Panik ergriff wegen der am Vorabend versandten E-Mail, auf die sie noch keine Antwort erhalten hatte. »Ich kann mir keine andere Frau vorstellen, die es geschafft hätte, den Adventskalender in der Christmas Street überhaupt auf die Beine zu stellen.«

Drea blickte finster auf ihren Kaffee. »Du weißt ebenso gut wie ich, dass ›Auf-die-Beine-Stellen‹ vor allem bedeutet, die Leute so lange unter Druck zu setzen, bis sie machen, was ich will.«

»Nein, das ist nicht wahr«, widersprach Jess. Na ja, vielleicht ein bisschen, aber sobald den Leuten klar wurde, wie viel Spaß es machte, freuten sie sich auf den nächsten Abend, und sie fügte hinzu. »Bisher war es doch ein voller Erfolg.«

Drea rollte mit den Augen, und sie verfielen in schwermütiges Schweigen.

Offenbar kämpften sie heute beide gegen Dämonen. Es hatte sie zwar froh gestimmt zu sehen, wie ihre Eltern braungebrannt und lächelnd die Früchte ihres langen Arbeitslebens genossen, aber sie hatte jetzt auch das Gefühl, am Beginn eines sehr langen Weges zu stehen. Als wären die acht Jahre an St Benny's nur die Generalprobe für ihr richtiges Leben gewesen und als würde sie jetzt, nachdem sie die Fallgruben und Gefahrenzonen erkannt hatte, wieder von vorn anfangen. Ganz von vorn. Und sie konnte nicht ausschließen, dass sie in acht Jahren vielleicht wieder an einem solchen Punkt stand.

Jess nippte erneut an ihrem Kaffee, und um das Schweigen endlich zu brechen, fragte sie: »Nun erzähl mal. Was ist los?«

»Ich glaube nicht, dass Spencer kommen wird.«

Jede Menge Schimpfwörter schossen durch ihren Kopf. War es wegen der E-Mail? Sie zwang sich, empört aufzuschreien. »Wie kommst du denn darauf?«

»Ach, es gab nichts Besonderes, aber als wir heute skypten –«

»Moment mal. Ihr sprecht auf Skype?«

Drea sah sie an, als hätte sie nicht alle Tassen im Schrank. »Klar, jeden Dienstag.«

»Ich dachte, ihr redet nicht mehr miteinander.«

»Doch, aber nur über Geschäftliches, und das zählt für mich nicht. Beim Blick auf Excel-Tabellen gibt es eher selten herzerwärmende Mutter-Sohn-Momente.« Als Jess sie verdutzt ansah, erklärte Drea: »Er erledigt den ganzen juristischen Kram für Bondi-Beach-Body. Gewinne, Verträge, Lizenzen. Alles, was in seinen Teil des Unternehmens fließt.«

Sie wirkte so verloren, als sie das sagte, dass es Jess wieder das

Herz zuschnürte. Es war Drea wirklich anzusehen, wie sehr sie sich nach mehr als nur einem wöchentlichen Austausch von Fakten und Zahlen sehnte.

Jess suchte fieberhaft nach den richtigen Worten. »Schöne Geste von dir, ihm einen Teil des Unternehmens zu überantworten.«

Dreas Hand schnellte in die Luft. »Ihm ist das Geld egal. Mein verwöhnter Zögling will in eine Stiftung investieren.«

»Was für eine Stiftung denn?«

Dreas Ausdruck verfinsterte sich, während ihre manikürten Finger über den Rand der Kaffeetasse kreisten. Dann sah sie auf und blickte Jess direkt in die Augen: »Er möchte ein Haus für Opfer häuslicher Gewalt einrichten, wo Betroffene sicher sind und wieder zu Kräften kommen können.«

Jess blinzelte ein paarmal. Sie erinnerte sich plötzlich, dass sie einmal flüchtig über Frauenhäuser gesprochen hatten. »Und gibt es einen bestimmten Grund dafür, warum du dagegen bist?«

Dreas Augen glühten und blitzten sie an. »Er möchte es nach mir benennen.«

Oh. Okay. Schwierig.

Drea stieß einen verärgerten Seufzer aus. »Ich erzähle das jetzt einmal, und dann reden wir nie wieder darüber. Alles klar?«

Jess nickte, während ihre Hände die Tasse umklammerten.

»Spencers Vater war weg, bevor unsere Beziehung die Chance hatte, sich zu entwickeln, egal, ob gut oder schlecht. Es dauerte eine Weile, bis ich mich wieder auf Männer einließ, doch die Haltung meiner Eltern provozierte mich, denn sie behaupteten ständig, als alleinerziehende Mutter würde ich nie wieder einen Mann finden, also wollte ich ihnen das Gegenteil beweisen.

Der nächste Typ war … sagen wir mal … komplizierter. Oder gewöhnlicher. Kommt auf den Blickwinkel an. Machte mir den Hof. Sagte, das Kind sei kein Problem. Versprach, sich um uns zu kümmern, uns in alle Ewigkeit zu lieben, bla, bla, bla, und dann, zack, bum! Eines Tages sagte ich was Falsches oder machte irgendwas und –« Sie schnellte die Faust nach vorn, so dass Jess erschrocken zurückwich. »Ich habe die Kurve gekriegt. Ging weg. Er schwor, das würde nie wieder passieren. Ich kehrte zu ihm zurück. Und es passierte wieder. Ich verließ ihn wieder. Fand einen anderen Kerl. Und noch einen. Es gab nicht immer Gewalt, aber es stimmte nie. Entweder war er zu anhänglich oder zu gleichgültig oder kontrollsüchtig. Und ich war ein dunkelhaariges Mädchen mit blondgefärbten Löckchen auf der Suche nach dem Richtigen. Als ich dann nach Großbritannien gezogen bin, zu Brett, dem Kerl in Nottingham, und sich herausstellte, dass er trinkt, und zwar viel, habe ich aufgegeben. Keine Männer mehr.«

»Und warum bist du dann nicht nach Melbourne zurückgezogen?«

»Zu spät.«

»Zu spät wofür?«

»Spencer hatte seine Grenzen schon lange, bevor ich ins Flugzeug stieg, gezogen. Warf mir vor, ich hätte ihm immer irgendwelche Typen vorgezogen und nie Mutter sein wollen –« Ihre Augen füllten sich mit Tränen, die sie schnell wegwischte. »Na ja. Den Rest kennst du ja.«

»Er investiert sein Geld in ein Frauenhaus, das hört sich doch sehr nach einem Friedensangebot an, finde ich«, sagte Jess.

»Er möchte ein warnendes Beispiel aus mir machen.« Drea räusperte sich.

»Es klingt eher so, als wäre er stolz auf dich«, sagte Jess. »Dass du die Kraft hattest wegzugehen.«

»Das ist, verdammt noch mal, meine Privatangelegenheit, oder nicht?«, schnauzte Drea. »Warum zum Teufel sollen die Leute von meiner Leidensgeschichte erfahren? Das ist doch beschämend. Ich wollte nie, *niemals*, an die große Glocke hängen, dass ich ganz und gar nicht ›die Herrscherin über mein eigenes Schicksal‹ bin, die ich in unzähligen Videos vorgespielt habe, sondern eigentlich ganz schwach war. Ich habe nicht nur einem Mann erlaubt, mich zu schlagen, sondern bin anschließend auch noch bei ihm geblieben.«

Das war's also. Dreas Geheimnis.

Jess wurde mit einem Mal klar, dass sie nicht die Einzige war, die sich wegen ihres Geheimnisses schämte und einsam fühlte. Sie war nicht allein. Nicht im Geringsten. Jede hatte ihr Geheimnis. Katie, die Krankenschwester, und ihr zerschlagener Traum von der Olympiamedaille. Martha Snodgrass, die Jazz singend und ihre Pelzboa schwingend einst die Zuschauer begeisterte und die heute niemand mehr kannte. Dreas Erfahrung von häuslicher Gewalt. Die falsche Anschuldigung, die Jess' Leben für immer veränderte. Mr Winters' Wut und Verzweiflung über den sinnlosen Tod seiner Frau. Alle schleppten etwas in ihrem Herzen mit sich herum, was einen erbärmlichen Eindruck hinterlassen konnte, wenn man es zuließ. Drea hatte sich mit Liegestützen aus ihrem Schmerz herausgestemmt. Mr Winters hatte seinem Schmerz die Tür vor der Nase zugeschlagen. Und Jess? Sie wusste nicht so recht, wie sie damit umging. Das Davonlaufen hatte sich schon als unmöglich erwiesen. Aber nun konnte sie sich ihm stellen und dafür sorgen, dass sie sich öffnete und ihren Schmerz teilte.

»Na, komm schon her, Superwoman.« Jess trippelte auf die andere Seite der Frühstückstheke und umarmte ihre Freundin. Drea sträubte sich zuerst, aber als würde ihr Leben davon abhängen, drückte sie Jess plötzlich so fest an sich, dass es beinahe beängstigend war.

Nachdem sie verabredet hatten, sich noch vor dem Adventsabend in Nummer 15 zu treffen, ging Drea, und Jess setzte ihre Pudelmütze auf, knöpfte ihren Mantel zu und lief schnurstracks zu Mr Winters.

»Danke, dass Sie mich hereingebeten haben. Ich werde Sie nicht lange aufhalten.«

»Schon in Ordnung, Mädchen. Es macht Spaß, ab und zu einen ordentlichen Tee aufzusetzen.«

»Ja, der ist wirklich gut.« Jess nahm noch einen Schluck von der aromatischen Flüssigkeit, um ihr Lob zu unterstreichen.

»Lapsang Souchong«, sagte Mr Winters. »Das war Annes Lieblingssorte.«

»Wow«, Jess lächelte beeindruckt. »Ihre Frau kannte die neuesten Teetrends.«

Mr Winters runzelte die Stirn. »Wir haben ihn zum ersten Mal in China getrunken. Das war natürlich vor vielen Jahren.« Er lachte sanft. »Anne hat er so gut geschmeckt, dass sie ein ganzes Kilo mit nach Hause gebracht hat. Damals konnte man ihn in ganz Großbritannien nirgendwo kaufen. In dieser Gegend jedenfalls nicht. Das war –«, er schien die Jahre zurückzurechnen, »1979.«

»Sie sind 1979 nach China gereist?«

Er nickte. »Wir sind überallhin gereist. Brasilien. Australien. Madagaskar. Ich habe keine Geschäftsreise ohne sie gemacht,

bis unsere Kinder geboren wurden, und sogar danach noch …«
Sein Blick senkte sich und blieb an der Teetasse haften, als würde sie den Rest des Satzes beinhalten.

»Haben Sie die Kinder mitgenommen?«, fragte Jess.

Er schüttelte den Kopf. »Nein, Anne war die meiste Zeit bei ihnen, aber dieses eine Mal sind ihre Eltern eingesprungen, damit sie mit nach China kommen konnte. Auch, um an unserem Hochzeitstag zusammen zu sein.« Abermals fiel sein Blick auf die Teetasse.

»Und was haben Sie denn beruflich gemacht? Sie sind ja ganz schön herumgekommen!«

»Oh, das werden Sie weniger glamourös finden«, sagte er abwimmelnd.

»Ich bringe Kindern bei, wie man mit Kreiden malt«, lachte sie, »ich bin mir sicher, egal, was Sie beruflich gemacht haben oder machen, ist im Vergleich dazu ziemlich glamourös.«

»Sie sollten sich nicht über Ihren Beruf lustig machen. Der Lehrerberuf gehört zu den wichtigsten in unserer Gesellschaft. Anne hat immer wieder darüber nachgedacht, Lehrerin zu werden.«

Jess lächelte dankbar. Aufgrund seines geschätzten Alters mussten er und Anne in den 1960ern geheiratet haben. Damals blieben die Frauen häufig zu Hause, als die Kinder kamen, anders als später in den 1980ern, als die Frauen begannen, »alles unter einen Hut zu kriegen«, so wie ihre Eltern. Natürlich hätte es auch einen anderen Grund dafür geben können, aber sie wollte nicht weiter nachbohren. Auf jeden Fall gefiel es ihr, wie offen er jetzt über Anna sprach. Das war sicher schwer für ihn. Vielleicht war es aber auch eine lang ersehnte Offenbarung. Er und sein Sohn hatten sich vor fünfunddreißig langen

Jahren überworfen. Also noch vor Jess' Geburt. Sie konnte sich kaum vorstellen, nicht über jemanden reden zu können, den man so sehr geliebt hatte wie er seine Anne. Jahrzehntelanges Schweigen und Schuldgefühle wegen etwas, das er eigentlich nicht wissen konnte.

»Ich habe Verkaufsautomaten entworfen und vertrieben«, sagte Mr Winters und rührte in seinem Tee, bevor er Jess eine weitere Tasse anbot.

Jess lachte begeistert: »Wirklich? Das ist ja cool!«

Mr Winters verzog das Gesicht. »Cool? Ich weiß nicht, ob ich das so ausgedrückt hätte, obwohl ...« Ein sanftes Lächeln glättete die gerunzelte Stirn, »Mein Junge, Robert, liebte meine Maschinen.«

»Oh?«, sagte Jess und konnte sich kaum zurückhalten, unzählige Fragen über Robert zu stellen, vor allem aber, ob Mr Winters vielleicht daran interessiert wäre, seinem Sohn über Will ein Zeichen der Versöhnung zu schicken. Tausend Fragen lagen ihr auf der Zunge, doch sie tat das, was sie immer mit den Schulkindern zu tun pflegte, sie ließ die Stille sprechen.

Nachdem die Tassen erneut gefüllt waren und der Tee genossen und wiederholt gelobt worden war, sagte Mr Winters schließlich: »Wussten Sie, dass es in China einen Automaten gibt, der lebende haarige Krebse verkauft?«

Sie grinste. »Ich wusste nicht einmal, dass überhaupt haarige Krebse lebend verkauft werden!«

»Oh, Sie würden sich wundern, was alles in eigens dafür konstruierten Verkaufsautomaten angeboten wird. Pizzen, Burritos, Kartoffelbrei, sogar Autos. Alles Mögliche. Man muss eben erst sein Schubladendenken ablegen, bevor man etwas in die *richtige* Schublade stecken kann.«

Der Stolz, der aus seiner Bemerkung klang, brachte Jess zum Lächeln. Sie stellte sich vor, wie er die Geschichte von den haarigen Krabben seinem Sohn erzählte, und falls er die Gelegenheit dazu bekommen hätte, auch seinem Enkel. Sie spürte, wie sich ihre Kehle zuschnürte. Bevor ihr die Tränen kamen, räusperte sie sich laut und fragte schnell: »Wie heißt Ihr Lieblingsort? Wohin sind Sie am liebsten gereist?«

»Nach Schottland«, antwortete er, ohne zu zögern.

»Wirklich? Ich hätte jetzt eher gedacht, dass sie nach so vielen Reisen –«

»Nein«, er unterbrach sie mit einem Kopfschütteln, während sein Blick sich in der Ferne verlor. »Wir sind übers Jahr so viel gereist, dass Anne lieber den Familienurlaub mit Robert hier machen wollte, in Großbritannien.«

»Und glauben Sie, deswegen wohnt er jetzt dort?«

Jess hielt sich den Mund zu. Sie hatte ihn doch gar nicht erwähnen und am allerwenigsten verraten wollen, dass sie wusste, dass er in Schottland lebte.

Mr Winters sah sie einen Augenblick lang schweigend an und sagte dann: »Will erwähnte in seiner Karte, dass er sich bei Ihnen bedankt hat. Für die Weiterleitung seines Briefs an mich.« Er zeigte mit einem Kopfnicken auf das Fensterbrett, wo tatsächlich eine Karte stand. Die mit der Kuh in den Highlands und der Lichterkette auf den Hörnern.

»Wirklich?«, quietschte sie.

»O ja …«

»Und haben Sie sich bei ihm gemeldet? Bei Will?«

Arnold schüttelte verneinend den Kopf. Und Jess' Herz wurde wieder schwer. Wie schade. Seinen E-Mails nach zu urteilen, war Will ein sehr positiver, beeindruckender junger Mann. Ein Enkelsohn, auf den jeder Großvater stolz sein konnte. »Haben Sie denn vor, sich bei ihm zu melden?« Im Geist sah sie Will schon in der großen Küche im altmodischen Landhausstil umherwirbeln und ein delikates, aber nicht zu anspruchsvolles Weihnachtsmenü für die beiden zubereiten.

»Eher nicht«, sagte Mr Winters.

»Warum nicht?«

»Würden Sie das tun«, fragte Mr Winters, doch die Verbitterung hatte ihn bereits eingeholt und verlieh seinen Worten wieder diese knappe Schärfe, »wenn Sie in meiner Lage wären?«

Jess biss sich nervös auf die Innenseite ihrer Wange. Das war eine berechtigte Frage. Sie hatte Amanda auch noch nicht angerufen. Nicht, weil sie Angst vor ihrer Freundin hatte, sondern vielmehr aus Angst, erneut mit ihrer Vergangenheit konfrontiert zu werden. Aber vielleicht hatte sie nach dem Vorfall an St Benny's den Blick dafür verloren, was wirklich zählte. Dieser Gedanke nagte jetzt unangenehm an ihrem Gewissen. Ethan hatte gezählt. Sein Leben war wichtig für sie gewesen. War es immer noch. Und so platzte es aus ihr heraus: »Vielleicht wird am Ende alles gut.«

Mr Winters' Lederschuhe kratzten gegen den Linoleumboden, als er wie zum Schutz seine Arme verschränkte.

»Sagen Sie mir bitte, liebes Mädchen. Würden Sie Ihrem Enkel, den Sie noch nie getroffen haben, den wahren Grund sagen, warum sein Vater, also mein Sohn, seit fünfunddreißig Jahren nicht mehr mit mir sprechen will? Soll ich ihm sagen, dass ich seine Großmutter getötet habe? Die schönste, geduldigste, liebenswürdigste und liebevollste Frau, die die Welt je gesehen hat. Denken Sie, das würde er einfach so hinnehmen?«

»Ja! Ich meine natürlich, nein, Sie haben Ihre Frau nicht getötet, sondern der Diabetes«, widersprach Jess.

»Aber in Roberts Augen trage ich die Verantwortung für ihren Tod.«

»Aber das haben Sie doch gar nicht absehen können. Es ist schrecklich, ja, aber keiner von Ihnen beiden wusste, dass sie an Diabetes litt, geschweige denn konnten Sie die Symptome deuten und entsprechend handeln, als sie ins Koma fiel.«

Das Wort ›Koma‹ ließ Mr Winters heftig erschauern.

»Ich wusste, dass es ihr nicht gut ging.«

»Sie wollten sie doch zum Hausarzt bringen, aber sie wollte nicht.«

»Ich hätte darauf bestehen sollen.«

»Warum? Dann hätte sie ebenso wenig nachgegeben.« Jess beugte sich nach vorn und legte die Unterarme auf den schweren Holztisch zwischen ihnen.

Sein Kopf bewegte sich vor und zurück, als wäre er diesen Punkt schon tausendmal in Gedanken durchgegangen. Der Schmerz stand ihm ins Gesicht geschrieben. Jess war erschüttert. Wie er schon so lange mit dieser Schuld leben konnte und dabei trotzdem halbwegs menschlich blieb, war jenseits ihres Begriffsvermögens.

»Es war nicht Ihre Schuld«, sagte sie.

»Versuchen Sie, das mal Robert zu erklären.«

»Vielleicht hat er das inzwischen verstanden«, sagte sie.

Arnold durchbohrte sie förmlich mit seinem Blick.

»Warum sonst hätte sich Will bei Ihnen gemeldet? Vielleicht hat sein Vater, Robert, Reue zum Ausdruck gebracht über das, was zwischen Ihnen passiert ist, weiß aber nicht, wie er den ersten Schritt machen soll?«

»Er muss auf mich zukommen«, sagte Mr Winters stur.

Jess ging davon aus, dass die gleiche Sturheit seinen Sohn davon abhielt, sich zu melden. Oder Robert sprach tatsächlich nie über seinen Vater, wie Will gesagt hatte, und der Enkel wollte einfach nur den Kontakt zu seinem Großvater aufnehmen, aus rein persönlichem Interesse.

Jess kaute weiter die Innenseite ihrer Wange blutig. Es musste doch einen Weg geben, die beiden zusammenzubringen. Sie würde ja Drea um Rat fragen, aber angesichts deren problematischer Mutter-Sohn-Geschichte würde sie wahrscheinlich zum Kauf eines Flugtickets und zu einer Erwarte-nicht-zu-viel-Haltung raten.

Drea und Arnold waren so gute Menschen. Und sie liebten ihre Kinder über alles. Sie verdienten Glück. Gerade jetzt zu Weihnachten, wenn die ohnehin schon finsteren Augenblicke des Lebens einem noch finsterer vorkamen und an einigen Menschen wie unsichtbare Bleigewichte hingen. Auf jeden Fall bedeutete es ihr viel, dass Drea endlich über ihre Vergangenheit gesprochen und auch Mr Winters sich ihr unerwartet anvertraut hatte.

Mr Winters klopfte mit den Fingerknöcheln auf den Tisch und erhob sich: »Also gut, junge Dame. Ich sollte Sie jetzt gehen lassen, Sie haben sicher zu tun.«

Sie stand ebenfalls auf. Sie brauchte keine weiteren Hinweise, dass es höchste Zeit war, die »Gefühlsduselei« zu beenden. »Danke für den Tee.« Sie trug ihre Tasse zur Spüle und wischte sie aus. »Also, ähm … ich wollte noch fragen, ob Sie vielleicht Hilfe brauchen … mit irgendwas?«

»Was meinen Sie damit?«

»Ich meinte … Ihr Adventskalenderabend rückt näher, und

Sie haben meinen ja leider verpasst, an dem ich Ihnen eigentlich ein paar Tipps geben oder ein kleines Brainstorming machen wollte, aber mein Angebot steht noch –«

»Nein, nein. Das ist nichts für mich, meine Liebe. Das mit den Kränzen am Zaun ist in Ordnung, aber mehr ist nicht drin, da muss ich wirklich passen, verstehen Sie?«

Seine Entscheidung klang so endgültig, dass die Leichtigkeit, die sie gerade noch verspürt hatte, mit einem Mal verflogen war. »Möchten Sie vielleicht trotzdem ab und zu dabei sein? Heute Abend soll es Dreidel-Unterricht bei den Goldsteins geben.«

Er rümpfte die Nase, als würde er zu erinnern versuchen, was ein Dreidel ist, und schüttelte dann wieder den Kopf. »Nein, wie gesagt, das ist nichts für mich. Ich bleibe lieber zu Hause, danke.«

Jess wollte nicht noch mehr Druck machen. Sie nahm ihren Mantel, den sie über den Küchenstuhl gehängt hatte. Mr Winters sprang auf und half ihr hinein. Wieder kam ihr das Bild von Martha Snodgrass und ihm in den Sinn. Jess wollte gerade noch Marthas Grüße loswerden und ihre Bitte, sie auf den kalten Adventsabenden nicht mit all den jungen Menschen allein zu lassen, aber Mr Winters sah plötzlich sehr müde aus und hatte für heute offenbar genug.

»Vielen Dank noch mal für den Tee«, sie winkte ihm zum Abschied zu.

»Danke für die Gesellschaft«, sagte er und schloss die Tür unmittelbar hinter ihr.

Jess trat den Heimweg an, ohne wirklich zu wissen, ob sie sich nun er- oder entmutigt fühlen sollte. Vielleicht war das Leben so. Mal glücklich, mal traurig, und wir mussten selbst die Balance zwischen beiden Polen finden. Sie drehte sich um und betrachtete sein Haus. Dabei sahen die Kränze, die kreuz und quer hingen und im Licht, das durch die beiden Erdgeschossfenster fiel, gelb aufleuchteten, aus wie Smileys, die ihr zulächelten.

Womöglich müsste sie es so machen wie seine verstorbene Frau. Geheimwaffe Heiterkeit. Ihn mit Herzlichkeit überhäufen, und vielleicht würde er eines Tages über seinen Schatten springen und auf seinen Enkel zugehen und dann auf seinen Sohn. Vielleicht.

16. Dezember

16. Dezember
05:37
An: WillWinters@TheMerryVictualler.co.uk
Von: JessGreen2000@gmail.com
Betreff: Mehr Neuigkeiten aus der Christmas Street

Hallo Will,

ich war auf Ihrem Instagram-Konto und OMeinGott. Ihre Gerichte sehen MEGA aus! Ich weiß nicht, warum ich Sie nicht schon vorher gegoogelt habe, aber jetzt ist mir klar, dass »Der Fröhliche Viktualienhändler« superleckeres Essen macht, und natürlich folge ich Ihnen ab jetzt, und hoffentlich können wir auch eines Tages auf Ihre Brunch-Einladung zurückkommen. Ich würde auch für Sie kochen, aber ich glaube nicht, dass verbrannter Toast und Bohnen aus der Dose Ihr Ding sind.

Ich hoffe, ab und zu dürfen Sie die Hände in den Schoß legen und inmitten all der Teufelchen auf dem Pferderücken und Garnelen im Pancetta-Mantel etwas verschnaufen. Von Letzterem muss ich unbedingt meiner Nachbarin Martha erzählen. Sie ist Jazzsängerin, die sich auch gern in Pelz wickelt. Langusten, Pancetta und Dattelpaste? Ich finde, Oliver Twist (oder war's doch jemand anderes? egal) hat es auf den Punkt gebracht: Bitte, Sir, ich möchte noch etwas haben. Ist das Ziegenkäsekuchen mit roter Zwiebelmarmelade? #GestorbenUndJetztImHimmel. Wer kommt schon auf solche Kombinationen? Nur Sie, glaube ich. Wieso gibt es auf Instagram oder Ihrer Webseite eigentlich keine Bilder von

Ihnen? Sind Sie kamerascheu oder ist das Ihre Verkaufsstrategie: »der geheimnisvolle Meisterkoch hinter den Kulissen«?

Wie auch immer ... Ich möchte Sie nicht lange aufhalten, ich habe nur (leider vergeblich) nach einem diskreten Aufhänger gesucht, um Ihnen zu erzählen, dass ich inzwischen nicht nur einmal, sondern bereits zweimal mit Ihrem Großvater Tee getrunken habe. Also: Ich habe nicht nur einmal, sondern zweimal mit Ihrem Großvater Tee getrunken. Er weiß auch, dass ich von Ihnen weiß. Er hat seine Gründe, warum er Ihnen nicht zurückschreibt. Ich stimme ihm nicht unbedingt zu, aber ich denke, Sie sollten sich zu gegebener Zeit anhören, aus erster Hand sozusagen, was zwischen ihm und Ihrem Vater damals wirklich geschehen ist.

Und jetzt ist Schluss, denn ich habe mein Tagessoll an Einmischung in anderer Leute Angelegenheiten bereits erfüllt. Der Countdown läuft. Noch zehn Tage, dann sind Sie wieder ein freier Mann. Oder liefert »Der Fröhliche Viktualienhändler« auch an den Heiligen Drei Königen? Vietnamesische Frühlingsrollen im Dreierpack vielleicht? (Spätestens jetzt verstehen Sie, warum ich mich nie zum Kochen berufen fühlte.)

Ich hoffe, es geht Ihnen gut. Alles Gute, xo Jess(ica)

»Immer noch zu kalt?«, fragte Drea.

Jess grinste und hielt den Föhn hoch, der an ein Verlängerungskabel angeschlossen war, so dass heiße Luft in Dreas Gesicht blies. »Besser so?«

»Viel besser«, sagte Drea trocken.

Sie waren weit entfernt von den beiden Heizpilzen gelandet, die Maurice Headley, der Nachbar aus Haus 16, außerhalb seiner Garage aufgestellt hatte, wo alle Anwesenden einmal mehr an Chantals Tapeziertischen vor sich hin werkelten.

Maurice war der Straßenimker. Er hatte zwei Bienenkörbe in seinem Garten und eine unglaublich gut geordnete Imkerausrüstung in seiner Garage und kümmerte sich noch um zwei weitere Bienenkörbe im Apfelgarten eines anderen Nachbarn. Sein Adventsplan war, jedem die hohe Kunst der Honigweinherstellung beizubringen, aber nachdem Drea darauf hingewiesen hatte, dass dies keine kinderfreundliche Aktivität sei, schlug er vor, zu zeigen, wie man Bienenwachskerzen zieht. Anscheinend war das so einfach, dass Maurice ihnen versicherte, alle würden innerhalb von fünf Minuten einen Satz von perfekt gerollten Kerzen in den Händen halten. Allerdings mussten sie warten, bis einer von den Haarföhnen frei wurde, die sich Maurice bei den Gem-und-Emmas ausgeliehen hatte, um das Wachs aufzuweichen.

Drea war ein wenig niedergeschlagener als sonst. Jess vermutete, dass es etwas mit Spencer zu tun hatte. Sie sandte erneut ein stilles Stoßgebet gen Himmel, dass er ihre E-Mail gelesen hatte und bereits die notwendigen Reisevorbereitungen traf.

Um Drea ein Lächeln zu entlocken, hielt Jess ihr die Platte aus rotem Wachs unter die Nase und atmete ein: »Mhm … das riecht so gut.«

Drea zog eine Augenbraue hoch und sagte dann mit gedämpfter Stimme. »Nicht so gut wie der Mann, der neben dir sitzt. *Schon wieder.*« Ihr Blick huschte zu Josh, der gerade lachte, weil eine der Gem-und-Emmas erzählte, wie beim letztjährigen Krippenspiel die zwei Kinder, die den Esel spielten, versehentlich auseinanderliefen und der Esel wie bei einem Zaubertrick entzweit wurde, bis Kopf und Hinterteil schließlich wieder zusammenfanden. Josh grölte vor Begeisterung und lehnte sich dabei weit genug zurück, so dass Jess diskret an ihm schnuppern konnte. Mmm …

Jess war sich darüber bewusst, dass Drea sie auf frischer Tat ertappt hatte, und warf ihr einen Blick zu, der hoffentlich deutlich vermittelte: »Es ist nicht so, wie es aussieht.« Sie konnte schließlich nichts dafür, dass diese Mischung aus Orange und Zucker so unwiderstehlich war.

Drea versuchte, Joshs Aufmerksamkeit zu erlangen, da ging Martha, die an seiner anderen Seite saß, dazwischen und erklärte, ihre Arthritis mache es ihr unmöglich, ihre Kerze so fest zu rollen, wie Maurice es gezeigt hatte. Falls hier eine ihren weiblichen Charme spielen ließ, war es definitiv Martha, die wieder ihren Pelzmantel trug, was Jess mit Genugtuung beobachtete.

Drea stieß Jess so heftig in die Seite, dass diese das Gleichgewicht verlor und mit der Schulter gegen Josh knallte.

»Sorry«, sagten beide gleichzeitig und sahen sich lange in die Augen.

Mein Gott war der attraktiv. Sahen alle Witwer so gut aus?

»Na, wie läuft's mit den Kerzen?«

»Ich glaube, Maurice hat sich das etwas anders vorgestellt.« Jess zeigte das Ergebnis ihrer Bemühungen und richtete dann ihren Blick ans Tischende, wo Maurice gerade Joshs Kindern zeigte, wie man den Föhn gegen die Wachsplatte hält, bis sie weich wird, und sie dann … eins-zwei-drei … zu einer perfekten Kerze rollt. Angeber.

Josh zeigte seine Kerze. Die Spitze war eingeknickt, so dass das Ganze aussah wie eine schiefe Zuckerstange. Jess lachte: »Ich glaube, keiner von uns beiden wird in absehbarer Zeit einen Job in der Kerzenfabrik bekommen.« Noch während sie das sagte, sackte ihre eigene Kerze zusammen und nahm die gleiche erbärmliche Form an. Sie kicherten und rieben ihre Schultern aneinander. Kleine Wölkchen aus Glitzerstaub schimmerten auf Jess' Brust, als ihr Kichern verstummte und ihr Blickkontakt intensiver wurde.

»Das ist ja mal ein schöner Anblick«, erklärte Drea laut und nickte den beiden zu, wie sie in trauter Zweisamkeit ihre Kerzen hochhielten. »Die beiden sind ja wie füreinander geschaffen!«

Jess schnäuzte sich, um zu vertuschen, dass gerade ein ganzer Schwarm von Schmetterlingen in ihrem Bauch herumwirbelte. Vergeblich. Sie mochte Josh, aber eher so, wie man für Filmstars schwärmte. Spaß, aber nichts Ernstes.

Josh lachte und rückte noch ein wenig enger an Jess. »Dann lass mal sehen, was du so hast, Drea?«

Zu Jess' Erstaunen errötete Drea und warf ihre Kerze rasch in den Korb für die Fehlversuche, den Maurice gerade herumreichte, denn die misslungenen Kerzen konnten wieder eingeschmolzen und zu neuen Wachsplatten gepresst werden. »Basteln ist nicht so mein Ding, okay?« Sie klatschte in die Hände. »Für all diejenigen, die damit beschäftigt waren, ihr handwerkliches Geschick unter Beweis zu stellen, gibt es immer noch warmen Kakao in der Garage, wo Mrs Headley freundlicherweise höchstpersönlich am Campingkocher steht. Wir sind uns doch alle einig, dass die Headleys uns heute einen tollen Adventskalenderabend geboten haben. Manche von uns haben sich sogar als wahre Naturtalente im Kerzenziehen herausgestellt«, sagte sie, und mit Blick auf Jess, »andere eher nicht. Einen großen Applaus für den Mann, der ein wenig Licht in unser Leben gebracht hat – auf Maurice!« Alle klatschten, und als der Applaus allmählich abklang, fuhr Drea fort: »Und wenn ich mich nicht täusche, will Gemmmmmaaaaaa ... Lloyd, Gemma Lloyd aus Nummer 17, jetzt eine Ankündigung für morgen machen, nicht wahr?«

Sie überflog den Tisch, bis ihr Blick an einer der Gem-und-Emmas hängenblieb, die mit einer Fäustlingshand winkte und zustimmend nickte, dass sie wirklich etwas ankündigen wollte. Unter ihrer roten Strickmütze mit silbernem Bommel guckte ein aschblonder Bubikopf hervor, und was Jess sehr beeindruckte, ihre beiden roten Kerzen waren perfekt geworden und die ihrer beiden Kinder und ihres Mannes natürlich auch. Der Anblick versetzte ihr wieder einen Stich. Die perfekte Bilderbuchfamilie. Sie fragte sich, ob sie das auch jemals erleben würde und mit wem.

»Soll ich dir auch einen Kakao mitbringen?«

Jess sah zu Josh auf und lächelte. »Ja, danke, gern.«

Drea rief ihm hinterher. »Bring gleich zwei, Joshy, okay? Und ich hätte gern extra viele Marshmallows in meinem, wenn du schon dabei bist. Fettfreie.« Drea ließ sich trotz vermehrter *Psst*-Rufe vom anderen Tischende nicht beirren, wo Gemma mit zarter Kätzchenstimme zu sprechen begonnen hatte. Drea starrte Jess an, als wäre sie die Schuldige, und deutete dann mit zwei Fingern auf ihre Augen und dann auf Gemmas. Jess rollte mit den Augen und tat, wie ihr befohlen. Aus Drea wäre eine großartige Grundschullehrerin geworden.

»Also, wenn ihr etwas habt, was ihr nicht mehr braucht, aber vielleicht ein schönes Geschenk für jemand anderes wäre, dann –«, erklärte Gemma.

»Meinst du die Wichtelgeschenke vom letzten Jahr? Die entsorge ich immer gleich.«

Noch mehr *Psst*-Rufe waren zu hören.

»Es kann alles Mögliche sein, solange sich der Empfänger darüber freut und du kein Geld dafür ausgibst«, antwortete Gemma fast flüsternd.

Josh kam mit den Kakaotassen zurück. In Dreas schwammen so viele Marshmallows, dass man die braune Flüssigkeit gar nicht mehr sehen konnte. Sie kicherte kokett, als er ihr den Becher reichte. Ihre Blicke trafen sich und blieben noch ein wenig aneinander hängen, während Drea ganz zufällig Joshs Finger streifte.

Nicht nur der Kakao war heute Abend heiß, dachte Jess. Drea war Jess' Beobachtung nicht entgangen, und sofort warf sie ihr einen *Was-glotzt-du-so*-Blick zu und tat, als würde sie regen Anteil an der Mütze nehmen, die Gemma um den Tisch herumgehen ließ, damit alle einen Namen herausziehen konnten.

»O verdammt!«, klagte Kev, als er den Namen las.

»Wen hast du denn gezogen?«, fragte seine Frau.

»Die Namen müssen geheim bleiben«, schrie jemand. »So sind die Regeln beim Wichteln.«

»Was ist, wenn die Person, die ich gezogen habe, nie im Leben kommen wird?«, fragte Kev.

Die Wichtelgemeinschaft schien sofort zu verstehen, um wen es sich handelte, und alle drehten die Köpfe in Richtung Haus Nummer 24, wo Licht im Wohnzimmer brannte und Mr Perkins' Silhouette sich im Fenster abzeichnete. Mr Winters hatte immer noch keinen Weihnachtsbaum aufgestellt, aber immerhin an die Dutzend Weihnachtskränze am Zaun.

»Ich wette, er kommt«, sagte Jess, ohne nachzudenken.

Alle Augen richteten sich auf sie.

»Ich meine, wenn man bedenkt, dass er die Kränze und die ganze Aktion so gut weggesteckt hat, also … Kann doch sein, dass er dann auch zum Wichteln kommt, oder?« Der einzige Schluck, den sie bisher von ihrem Kakao trinken konnte, schwappte jetzt unangenehm in ihrem Magen hin und her.

»Das kann ich mir nicht vorstellen«, sagte Kev.

»Und was ist mit der Person, die von ihm ein Geschenk bekommen soll? Wie soll das gehen, wenn er nicht mal anwesend ist?«

»Katie wird auch nicht hier sein«, bemerkte Drea trocken. »Sie hat Spätschicht im Krankenhaus, ich werde ihr also ihren Namenszettel vorbeibringen, was quasi einen Präzedenzfall schafft. Und ich bin mir sicher, Jess, unsere Haus-Nummer-24-Botschafterin, hat sicher nichts dagegen, unserem lieben Mr Winters seinen Namenszettel zu überreichen, oder?«

Erneut blickten alle auf Jess. Anklagend. Wie Schöffen in einem Gerichtssaal.

Mit einem Mal wirkte Drea recht angespannt. Da tat Jess, was Drea an ihrer Stelle getan hätte, legte einen Arm um sie und wandte sich an die Zuhörerinnen und Zuhörer: »Das mache ich gern. Ich bringe ihm den Namen vorbei, und wenn er zu schüchtern ist, morgen zum Wichteln zu kommen, bringe ich sein Geschenk einfach mit. Sind alle damit einverstanden?« Eigentlich war es ihr egal, ob sie einverstanden waren oder nicht. Niemand durfte Mr Winters oder Drea schikanieren. Nicht in ihrer Anwesenheit. Und vor allem nicht in der Adventszeit.

»Der Kerl ist nicht schüchtern. Er ist ein Monster.«

»Woher wollt ihr das wissen? Habt ihr jemals ein Wort mit ihm gewechselt?« Drea befreite sich aus Jess' Umarmung, blickte ernst in die Runde und nahm dann einen kräftigen Schluck von ihrem Kakao, was ihren Worten großen Nachdruck verliehen hätte, wäre nicht ein Marshmallow in ihrer Nase stecken geblieben. Ihre Worte hatten aber ihre Wirkung gezeigt, denn niemand wagte zu lachen.

Jess sprang wieder ein: »Wenn du ihm kein Geschenk geben möchtest, Kev, dann übernehme ich seinen Namen, und du ziehst einen anderen.«

Einige Sekunden herrschte merkwürdige Stille.

»Ach, was soll's«, sagte Martha schließlich. »Gib schon her, Kevin, ich werde ein Geschenk für den alten Narren finden, wenn ihr dazu nicht in der Lage seid.«

»Nein«, Kev wehrte sich und klammerte sich an dem Namenszettel fest, »ich war's, der ihn gezogen hat. Also schenke ich ihm was. Niemand soll von Kevin Strong behaupten können, er sei ein schlechter Nachbar.«

»Das hat niemand gesagt, Kev«, sagte seine Frau und nahm ihre Kerzen in die Hand, als würde sie gleich gehen wollen. »Alle sagen, *er* sei ein schlechter Nachbar.«

»Er will halt für sich bleiben«, fügte einer der Rob-und-Bobs hinzu, und sein Tonfall verriet, dass er das durchaus guthieß.

»So was sagt man auch über Serienmörder, mein Lieber.« Seine Frau schloss entsetzt ihre Augen und stieß mit gespitzten Lippen einen *Ich-fass-es-nicht*-Seufzer aus.

Martha streckte ihre lederbehandschuhte Hand aus: »Gib ihn mir, Kevin. Nimm einen anderen.«

Kev tat, wie ihm befohlen.

Als der Korb schließlich bei Jess ankam, zog sie einen Namen für sich und einen für Mr Winters und steckte die zusammengefalteten Zettel dann demonstrativ in ihre Manteltasche. Sie machte sich eine Notiz im Kalender, um am nächsten Morgen von ihrem Handy daran erinnert zu werden, dass sie Arnold den Namen übergeben und auch ein Geschenk für die betreffende Person mitbringen sollte, falls er am Wichteln nicht teilnehmen würde. Sie hatte keine Ahnung, ob er dazu bereit war oder nicht.

Als die Ziehung zu Ende war, sah Drea erschöpft aus, also übernahm Jess das Ruder und überredete ein paar Väter, beim Abräumen und Zusammenklappen der Tapeziertische zu helfen, die zu Chantal zurückgetragen werden mussten, von der sie mit ein paar leckeren Weihnachts-Cupcakes belohnt wurden. Drea lief verwirrt nach Hause, ohne den Marshmallow zu bemerken, der noch in ihrer Nase steckte, und Josh, der inzwischen vier vorbildlich gerade Kerzen und die zwei schiefen Exemplare in der Hand hielt, winkte zum Abschied und rief ihr ein hoffnungsvolles »Bis morgen?« zu. Nun verabschiedete sich auch Jess. Zu Hause checkte sie als Erstes ihre E-Mails. Eine von Amanda, dass sie dringend anrufen solle. Hmmm … Ihre Augen wanderten zu der Schublade, wo der Brief von St Benny's noch immer ungeöffnet herumlag.

Sie würde Amanda anrufen. Wenn sie so weit war, aber erst dann.

16. Dezember
13:17
An: JessGreen2000@gmail.com
Von: WillWinters@TheMerryVictualler.co.uk
Betreff: AW: Mehr Neuigkeiten aus der Christmas Street

Liebe Jess(ica),

wow, die Tätigkeit als Privatdetektivin passt perfekt zu Ihnen.

Was soll ich sagen? Ich würde ihn gern kennenlernen. Seine Geschichte hören. Der Enkel sein, den er nie hatte. Ja, ich habe extrem viel zu tun, aber ernsthaft: Ein Wort von Ihnen, und ich schaufle etwas Zeit vor Silvester frei. Ich habe die bittere Lektion lernen müssen, dass es wichtiger ist, da zu sein, wenn es darauf ankommt, als aufzutauchen, wenn es gerade passt. Aber ich möchte es auch nicht übertreiben mit dem Schmieden-wenn-das-Eisen-warm-ist. Läuft das wirklich so? Vielleicht gibt es nie den richtigen Moment?

Jetzt bin ich dran mit dem Herzausschütten: Meine Beziehung ist vor allem deswegen in die Brüche gegangen, weil ich ein egoistischer Workaholic war, der seine Arbeit wichtiger nahm als sein Privatleben. Ich, der Jungunternehmer, der mit seinem Catering hoch hinauswollte – höher als die anderen. Und ich war mir sicher, wir würden heiraten und das volle Programm durchziehen: Haus, Kinder, Labradoodle. Doch ich habe ständig die Rahmenbedingungen geändert. Erst wollte ich in eine Stadt ziehen, wo ich kostengünstig in das Unternehmen investieren konnte. Dann wollte ich einen bestimmten Umsatz erreichen. Mal wollte ich besser zahlende Kunden, mal schönere Räumlichkeiten und so weiter.

Sie war meine Geschäftspartnerin, meine Lebenspartnerin, meine Sous-Chefin, dann hat sie mich verlassen. Es war allein meine Schuld. Und deswegen habe ich ihr alles überlassen (das gerade abgezahlte Haus, das kürzlich geleaste Auto, die Kaution auf den Welpen, den wir reserviert hatten). Das war also letzte Weihnachten. Dieses Jahr kreiste alles ums Geschäft, damit ich finanziell wieder auf die Beine komme, doch irgendwann im Lauf der vergangenen Monate wurde mir plötzlich klar, dass mein Leben verdammt einsam ist und dass ich gern meinen Großvater tref-

fen würde. Was Gutes in die Welt bringen, nachdem ich quasi das Leben aus meiner Ex gesaugt hatte. (Sie ist übrigens inzwischen verlobt. Und der Glückliche hat regelmäßige Arbeitszeiten, nimmt sie mit auf Kurztrips in die Hauptstädte, und natürlich haben sie den Welpen bekommen. Der ist so niedlich!)

Ich erzähle Ihnen das nicht, um mein Leid zu klagen, sondern, damit Sie verstehen, wieso ich meinen Großvater treffen möchte und warum ich so große Angst habe, jemanden zu enttäuschen, aber Ihre E-Mail hat mir vor Augen geführt, dass es hier nicht um mich geht. Es geht um ihn, und es hört sich so an, als würde der alte Kerl dringend jemand in seinem Leben brauchen. Ich bin so froh, dass er Sie hat, und sobald ich die letzten Aufträge erledigt habe, werde ich ebenfalls für ihn da sein. Ich schulde Ihnen ein großes Dankeschön. Und eines meiner Krabbensandwiches. Die sind köstlich, ein Hochgenuss, wenn ich das als Koch sagen darf.

Was ich noch loswerden wollte: Seien Sie nicht zu hart zu sich selbst wegen der Ereignisse in London. Konzentrieren Sie sich lieber auf die tollen Dinge, die Sie in die Welt gebracht haben. Das gute Karma, das Sie geschaffen haben und weiter schaffen werden. Ja, klar. Sie wurden gefeuert. Aber Sie haben sich wieder gefasst und einen neuen Job gefunden. Ein neues Haus. In einer neuen Stadt. Wie viele Leute kennen Sie, die wieder aufstehen, nachdem sie so niedergemacht wurden? Die allerwenigsten haben die Kraft dazu. Sie haben das wunderbar hingekriegt, also klopfen Sie sich mal selbst auf die Schulter. Mit schönem Gruß von mir. Und wenn wir uns dann bald treffen, erteile ich Ihnen Kochunterricht und bringe Ihnen einen idiotensicheren Trick bei, wie man die Bohnen aus der Büchse HERAUSbekommt und vor dem Essen aufwärmt (wichtig: der SPECK).

Liebe Grüße xx Will

17. Dezember

»Jeeeessss!«

Amandas Stimme ging eine Oktave nach oben und wieder hinunter.

»RUF.MICH.AN.«

Jess zuckte unweigerlich zusammen. Sie schielte missmutig auf ihr Handy und klickte schnell Amandas eingehende Mitteilung weg, bevor sie zu Ende war. Sie klang etwas angespannt. Als würde sie sich zu sehr darum bemühen müssen, fröhlich zu wirken. Dieser Tonfall bedeutete normalerweise schlechte Nachrichten. Als sie noch bei ihren Eltern wohnte, hatte sie sich manchmal in der Lage gefühlt, Amandas Anrufe anzunehmen, weil sie danach immer mit einer tröstenden Umarmung ihres Vaters rechnen konnte oder mit einer schönen Tasse Tee von Mom. Nicht, dass es immer erschütternde Nachrichten gegeben hätte. Nein. Meistens ging es in den Anrufen darum, wie gemein die Schulleitung war, oder Amanda erzählte alberne Geschichten von den Schülern und den neuesten Klatsch, wobei sie äußerst taktisch vorging und jede Erwähnung von Crispin Anand-Haight vermied. Mit der Zeit waren die Anrufe allerdings weniger geworden, ebenso wie Jess' Geduld, weiterhin Geschichten über ihr ehemaliges Leben zu hören, das Amanda immer noch sehr liebte, was unschwer zwischen den Zeilen herauszuhören war. (Amanda war letztes Jahr in Courchlevel, St. Moritz und Aspen gewesen. »O Jess, ich habe von den ganzen Après-Ski-Kuchen sooooo zugenommen!«) Der St-Benny's-Brief lauerte immer noch in der Schublade, ihre

Eltern, bei denen sie sich hätte ausheulen können, waren nicht in Reichweite, und Amanda hörte sich immer weniger nach Amanda an, und Jess fragte sich, ob sie überhaupt in der Lage war, nach dem Telefonat emotionale erste Selbsthilfe zu leisten. Die Wunde der Vergangenheit war noch zu frisch und die Zukunft noch zu ungewiss: eine hübsche kleine Grundschule in einer netten Kleinstadt, wo auf Dauer wirklich jede und jeder alles über sie wissen würde. Vor allem Letzteres machte ihr richtig Angst.

Sie schaute aus dem Fenster. Ein verirrter Sonnenstrahl ließ das »Zu verkaufen«-Schild aufleuchten. Sie war immer noch nicht bereit, es abzuhängen. Aber der bloße Gedanke, den »Verkauft«-Aufkleber abzureißen, stimmte sie traurig. Sie begann, ihr neues Zuhause zu mögen. Es würde noch dauern, bis sie sich richtig eingelebt hätte. Überall standen nicht ausgepackte Kartons herum, und die Matratze lag immer noch auf dem Fußboden, doch sie hatte bereits das Gefühl, Freunde zu haben, auf die sie sich verlassen konnte. Die verrückte Drea, die genauso viel Unterstützung brauchte, wie sie gab. Die Gem-und-Emmas mit ihrer aschblonden Tüchtigkeit. Und Kev, der ihr angeboten hatte, sich ihren Wagen mal genauer anzusehen, weil er ein seltsames Motorengeräusch gehört hatte, als sie das letzte Mal zum Einkaufen fuhr. Den Nishios hatte er gestern das gleiche Angebot gemacht, diese hatten sofort angenommen und bezeichneten ihn nun als »Spitzen-Autoschlosser«. Dann gab es Martha, die immer für einen Siebziger-Jahre-Modetipp gut war … und natürlich Mr Winters. Wenn man vom Teufel spricht …

Mit den hochgezogenen Augenbrauen und den zusammengekniffenen Lippen sah Arnold eigentlich eher amüsiert als verärgert aus, als er die Tür öffnete.

»Guten Morgen«, zwitscherte Jess.

Mr Winters antwortete mit einem Nicken. Das war zwar keine besonders freundliche Begrüßung, aber immerhin knallte er ihr nicht die Tür vor der Nase zu. Ihr war nicht immer nach Gesellschaft zumute, aber dank Dreas regelmäßigen Besuchen sah sie langsam ein, dass man sein Bedürfnis nach Geselligkeit manchmal erst erkannte, wenn es einen direkt anlächelte. Außerdem hatte sie einen Auftrag.

Jess reichte ihm den kleinen zusammengefalteten Namenszettel. »Hier, bitte.«

»Was ist das denn?«

»Der Empfänger Ihres Wichtelgeschenks.«

Er versuchte, ihr den Zettel wieder zurückzugeben.

Doch Jess steckte die Hände schnell in die Manteltaschen. »Sie wissen doch, wie Wichteln geht, oder?«

Er nickte, aber sagte nichts.

»Super. Dann hole ich um sieben Ihr Geschenk oder Sie ab, und wir gehen zusammen zum Wichteln?«

»Ich gehe heute nicht mehr raus«, murrte er.

»Umso besser.« Jess setzte ihr unwiderstehliches *Du-schaffst-das*-Lächeln auf. Sogar die stursten Kinder konnten sich dem nicht widersetzen. »Sie haben doch sicher irgendetwas hier in Ihrem Haus, das Sie nicht mehr brauchen und verschenken können. Zum Beispiel ...« Sie dachte fieberhaft darüber nach, was man schnell und einfach einpacken könnte. »... ein paar Samenkörner oder etwas aus Ihrem Treibhaus? Ein Geschenk, das Ihnen nicht gefallen hat, oder irgendeinen Schnickschnack?«

»Schnickschnack?«, wiederholte er.

»Ja, Sie wissen schon, Spitzendeckchen oder so.«

»Ich weiß schon, was Schnickschnack ist, Schätzchen, ich verstehe nur nicht, wieso es die Weihnachtsfreude steigern sollte, etwas zu verschenken, das ich nicht mehr haben will?«

Jess zog den Reißverschluss ihres Mantels ein paarmal hoch und runter und suchte nach stichhaltigen Argumenten, warum des einen Schrott des anderen Schatz werden könnte.

»Vielleicht sollte ich reinkommen, damit die Wärme im Haus bleibt? Ich weiß, es gibt Seniorenrabatte für Heizkosten, aber Sie wollen doch nicht wirklich zur globalen Klimaerwärmung beitragen, oder?«

Voll(Fettnäpfchen)treffer, Jess. Jetzt hatte sie den armen Mann nicht nur an sein gehobenes Alter erinnert, sondern auch behauptet, dass seine Generation den Planeten ruiniert hat.

»Sehen Sie«, sagte er schließlich, ohne sich vom Fleck zu bewegen, »ich weiß, was Sie vorhaben, und ob Sie's glauben oder nicht, ich weiß es sogar zu schätzen.« Jess schaffte es kaum, ihre Lippen zu einem Lächeln zu formen, bevor er weiterredete.

»Aber um ehrlich zu sein, diese ganze ...«, er markierte mit einer Geste den Abstand zwischen ihnen, »... Geselligkeit ist mir ein bisschen zu viel.«

»O Gott, das tut mir leid«, sagte Jess und wurde rot vor Scham.

Mr Winters trat von einem Fuß auf den anderen, dieses Gespräch war ihm genauso unangenehm wie Jess. »Sie meinen es gut. Ich hätte nicht so verdammt unfreundlich sein dürfen, als Sie zum ersten Mal vorbeikamen. Schlechte Gewohnheit, schätze ich. Leute auf Abstand zu halten.«

Fünfunddreißig Jahre waren eine lange Zeit, um Leute fernzuhalten. Kein Wunder, dass er außer Übung war.

Jess blickte auf den Verandaboden und dann wieder in Mr Winters' klare, blaue Augen. »Gab es keine Nachbarn oder Freunde, die Ihnen halfen, nachdem Anne … gegangen war?«

»Sie meinen, nachdem Anne gestorben war?«, korrigierte er sie leise. Er dachte kurz nach und sagte dann: »Ich glaube schon, dass es Unterstützung gab. Ich habe eine vage Erinnerung daran, dass Robert und ich Eintöpfe und alle möglichen Auflaufformen überreicht bekamen, aber … nachdem er nach Schottland zurückgekehrt war …« Er hielt inne und strich mit der Hand über sein weißes Haar. »Ich war so wütend und so damit beschäftigt, meinen Job nicht zu verlieren, dass mir kaum auffiel, wer mir damals zur Seite stand.«

»Auf wen waren Sie denn wütend?«

»Vor allem auf mich selbst«, gab er zu. »Obwohl ich es damals wahrscheinlich noch nicht so gesehen habe. Ich wollte nicht, dass die Leute nett zu dem Monster sein müssen, das ihnen die wundervollste Frau weggenommen hatte, die diese Stadt jemals kannte.«

»Es war nicht Ihre Schuld!« Jess konnte sich nicht mehr zurückhalten und drückte zum Trost Mr Winters' Arm. Wie fürchterlich, dass er mit diesem ganzen Kummer leben musste. Eine selbst auferlegte Qual, die im Lauf der Jahre offenbar nicht schwächer geworden war. Er blickte auf ihre Hand hinunter und kämpfte gegen die Tränen, setzte dann aber gefasst seine Erzählung fort.

»Nachdem Robert und ich kurz nach der Beerdigung unsere Auseinandersetzung hatten, hatte ich das Gefühl, keine Freundlichkeit mehr zu verdienen, egal, von wem.«

Er sagte das recht nüchtern. Kein Selbstmitleid. So standen die Dinge eben. Er hatte damals eine Entscheidung getroffen, und sie war falsch gewesen. Sein Sohn hatte seitdem nie wieder ein Wort mit ihm gesprochen, und er bestrafte sich seit fünfunddreißig Jahren für eine vermeintliche Schuld. Es musste so schwer für ihn sein. Und noch dazu in diesem Haus mit all den Erinnerungen zu leben. »Warum sind Sie nicht umgezogen?«, fragte Jess.

»Wie würde mich Robert dann jemals finden können?«, sagte er und sah sie scharf an, sichtbar entrüstet über diese Frage.

Jess wurde es warm ums Herz. All die Jahre hatte er nie die Hoffnung aufgegeben. Und jetzt, nachdem Will den Kontakt aufgenommen hatte, packte ihn die Angst, und er wollte ihn nicht treffen.

»Warum schreiben Sie Will nicht? Sie können ihn auch anrufen?«

Mr Winters schüttelte den Kopf: »Ich weiß nicht. Ich will keine alten Wunden aufreißen.«

»Wissen Sie, was ich denke? Sie haben die alten Wunden nie verheilen lassen. Und ...«, fügte sie schnell hinzu, bevor er sie unterbrechen konnte, »wenn Sie mich fragen, haben Sie es nicht verdient, so lange darunter zu leiden. Ich habe sie zwar nie getroffen, doch nach Ihren Beschreibungen zu urteilen, glaube ich, Anne hätte nicht gewollt, dass Sie sich so quälen.«

Er blinzelte ein paarmal, als würde er darüber nachdenken. Dann schüttelte er den Kopf: »Sie meinen es ja gut, aber es gibt nichts, was Sie für mich tun können, denn das Einzige, was ich möchte, werde ich nie wieder haben.«

Arnolds Worte berührten Jess tief.

Natürlich war sein Leid anders als ihres. Sie konnte ja noch unterrichten. Es versetzte sie zwar in Panik, und sie würde wahrscheinlich mit zitternden Knien vor der Klasse stehen, aber sie hatte immer die Möglichkeit, es wieder zu versuchen. Es besser zu machen, stärker zu sein, widerstandsfähiger. Denn wie weit sie auch von London wegzog, es würde immer irgendwo einen Crispin Anand-Haights geben, aber auch jede Menge Ethans und die vielen anderen wunderbaren Kinder, die den Lehrerjob so erfüllend machten. Und Mr Winters hatte recht. Es würde nie wieder eine Anne Winters geben. Aber es gab einen Will Winters …

Und wo es einen Will beziehungsweise Willen gab …

»Arnold … darf ich mich selbst auf eine Tasse Tee einladen?«

Er runzelte die Stirn und trat zur Seite, um den Durchgang frei zu machen. »Hereinspaziert. Wie Sie sagen, die Klimaerwärmung …«

17. Dezember
15:17
An: WillWinters@TheMerryVictualler.co.uk
Von: JessGreen2000@gmail.com
Betreff: AW: AW: Mehr Neuigkeiten aus der Christmas Street

Hallo Will,

ich hoffe, Sie haben meine letzte E-Mail erhalten. Manchmal mache ich mir Sorgen, diese elektronischen Nachrichten könnten für immer im Äther verschwinden. Es hört sich so an, als hätte das Leben Sie in eine jener seltenen Kreaturen verwandelt: den selbstkritischen Mann. Möge Ihre Transformation noch lange anhalten, damit Sie Ihre weisen Worte an die Männer weitergeben können, die Ihrem Vorbild folgen! (Und wissen Sie was? Diese Jakobsmuschelstangen sehen LECKER aus! Könnten Sie mir bitte beibringen, wie man die macht?)

Kommen wir zur Sache.

Ich weiß, es ist wahnsinnig kurzfristig, aber Sie schrieben ja, dass Sie – wenn irgend möglich – etwas Zeit vor den Feiertagen freischaufeln wollten, um Ihren Großvater zu besuchen. Ich glaube, jetzt wäre ein guter Zeitpunkt.

Also, wenn Sie heute Abend frei wären, hätte ich folgende Idee …

»Verdammte Scheiße, ist das kalt!«

»Kevin, nicht solche Wörter, bitte! Hier sind doch Kinder.«

»Nicht meine Kinder –«

»Psst.«

Mr Winters warf einen Seitenblick auf Jess. Sie lächelte ihm entgegen, so gut, wie es eben ging, wenn man gerade fast erfror. Sie waren nicht gerade in der geselligsten Gesprächsrunde gelandet, aber sie waren hier, nur das zählte.

»Könnte vielleicht jemand Emma sagen, dass hier draußen Temperaturen unterm Gefrierpunkt herrschen?«

»Ich hab ein Hähnchen im Ofen, das ich herausholen muss.«

»Das ist Gemmas, nicht Emmas Adventsabend.«

»Welche von beiden?«

»Die Gemma! Es gibt nur eine.«

»Ach, wirklich?«

Mr Winters sah Jess neugierig an. Jess konnte nur mit den Schultern zucken. Das Gem-und-Emma-Rätsel würde wohl eines der ewigen Mysterien des Lebens bleiben.

»Hallo, Schätzchen. Passendes Wetter heute, oder?«

Drea klang lässig. Betont lässig, und Jess reagierte entsprechend, um über die merkwürdige Situation hinwegzugehen, dass sie hier neben Mr Winters stand. »Hi! Hallo, Drea. Du kennst Mr Winters ja schon, oder? Arnold, darf ich vorstellen: Drea Zamboni. Sie wohnt vorn in Haus 1.«

Mr Winters streckte eine Hand aus und drückte Dreas mit festem Druck. »Ja, sie ist … wir haben uns …«

»Ich habe den armen Mann im Lauf der Jahre mit zig Flyern überhäuft, stimmt doch, Mr Winters? Sie sind ein harter Brocken. Haben jeden Aufruf ignoriert. Gut gemacht!«

Er lächelte unsicher, offensichtlich konnte er nicht einordnen, ob Dreas Worte als Kompliment gemeint waren oder nicht.

»Sind das Ihre Geschenke?«

Jess hielt eine kleine, in Geschenkpapier gewickelte Schachtel, und Mr Winters trug eine viel größere Holzkiste, die nur mit einer großen roten Schleife umwickelt war.

»Wir sollen die Geschenke dort auf dem Tisch abstellen, den Gemma in der Einfahrt aufgestellt hat.« Drea zeigte auf den Tisch, den die meisten Gäste konzentriert beobachteten, während sie auf den offiziellen Beginn des Adventswichtelns warteten.

Mr Winters trat einen Schritt zurück.

»Lassen Sie mich das übernehmen, mein Freund.« Drea wartete Arnolds Antwort nicht ab, sondern nahm ihm die Kiste mit einem leisen »Ufff« aus den Armen, stapfte durch die Menschenmenge und ließ sie auf die Tischplatte plumpsen. »Na, das nenne ich mal ein Geschenk«, sagte sie und bedachte die Holzkiste mit einem anerkennenden Nicken. Eine gewagte Feststellung, denn schließlich hatte sie nicht die geringste Ahnung, was sich darin befand. Jess folgte ihr auf den Fersen, legte rasch ihr Geschenk auf den Tisch und eilte zu Mr Winters zurück. Aus lauter Nervosität trat sie von einem Fuß auf den anderen; dies versprach ein aufregender Abend zu werden.

Da wehten die ersten Wellen von Cliff Richards säuselnder Stimme herüber, und Gemma trat in einem etwas zu kurzen Weihnachtskostüm aus dem Haus.

Einige der Rob-und-Bobs pfiffen vor Begeisterung, wurden aber sofort mit lauten *Psst*-Rufen von den Ehefrauen in ihre Schranken verwiesen, bis der strenge Beschützerblick von Gemmas Mann, der in einem etwas zu eng anliegenden Elfenkostüm folgte, die Pfiffe vollends verstummen ließ. Ihre Kinder, zwei bildhübsche platinblonde Jungs, trugen ebenfalls Elfenkostüme, doch diese schienen maßgeschneidert. Es war nicht zu übersehen, wofür in diesem Haushalt Geld ausgegeben wurde, was Jess wieder rührselig stimmte. *Ach ja. Familie.* Familienleben konnte so schwierig sein, aber auch so toll. Apropos Familie … Sie überflog die Menge auf der Suche nach einer jüngeren Version von Mr Winters. Sie hatte von Will keine Antwort bekommen und glaubte auch nicht daran, dass er es schaffen würde, doch es wäre so schön für Arnold, wenn er noch käme. Und sie musste zugeben, dass sie die Frage nicht losließ, ob der reale Will genauso nett war wie der E-Mail-Will, den sie schon ziemlich lieb gewonnen hatte. Aber vor allem wünschte sich Jess für Mr Winters etwas, worauf er sich freuen könnte, und einen Menschen in seinem Leben, der ihn vor einem weiteren Jahr der Einsamkeit und Selbstzerfleischung bewahren würde. Ihre Augen leuchteten auf, als sie Joshs Blick kreuzten. Er zog seine Augenbrauen hoch und hob sein Kinn etwas an, wie es Männer manchmal tun, um cool zu wirken. Sie lächelte und errötete unsinnigerweise.

Drea knuffte sie in die Seite, was sie noch roter werden ließ. Wieso flirtete sie mit einem alleinstehenden Vater? Noch dazu einem Witwer, der den überbordenden Beschützerinstinkt der gesamten Nachbarschaft weckte? Und mit dem sie sich sowieso keine Zukunft vorstellen konnte? Dämlicher ging's nicht.

Plötzlich wurden alle still, als Gemma sich mit dünner Flüsterstimme Gehör zu verschaffen versuchte. Sie ließ ein Glöckchen erklingen und sagte: »Jedes Mal, wenn ein Glöckchen klingelt, bekommt ein Engel seine Flügel!«

»Was?«

»Das ist doch aus dem Film *Ist das Leben nicht schön*?, erinnert ihr euch?«

»Du meinst Clarence?«

»Sie bekommen alle Flügel. Mit der Glocke. Aber, stimmt, Clarence bekommt am Ende auch seine Flügel.«

Die Nachbarin, die vorhin noch ihr Hähnchen aus dem Ofen holen wollte, wurde wieder ungeduldig und murmelte, »schneller, schneller«, was Gemma, die offensichtlich schrecklich schüchtern war, hochrot werden ließ. Ihr Mann nutzte das peinliche Schweigen und begann, zügig die Päckchen zu verteilen. Beim Öffnen der lustigen Geschenke gab es viel Spaß und Gelächter. Irgendwann leuchteten die Scheinwerfer eines heranfahrenden Autos auf. Jess stellte sich auf die Zehenspitzen, um zu sehen, wer es war, aber das Auto machte eine Kehrtwende und war verschwunden, bevor sie den Fahrer erkennen konnte.

Kev bekam einen Liter Motoröl.

Katie, die Krankenschwester, ein noch originalverpacktes Doktor-Bibber-Spiel.

Rex und Kai bekamen eine Kerze in Regenbogenfarben, die sie überschwänglich lobten, um sich dann heftig gähnend gleich wieder zu verabschieden. »Die Arbeit ruft! Es geht gerade rund!«

Drea bekam einen Minilautsprecher, mit der sie ihre Stimme in Minnie Mouse oder den Terminator verwandeln konnte. Natürlich wurde Gemma überredet, das Ding auszuprobieren, was für großes Gelächter sorgte. Jess beobachtete Arnold. Er sah angespannt und verängstigt aus, als wünschte er sich, dass alles schnell überstanden wäre. Sie tätschelte seinen Arm und sagte: »Wir sind gleich dran. Es geht nach den Hausnummern.« Er nickte ihr mit zusammengekniffenen Lippen zu.

Die Triathleten bekamen eine Box mit feuchten Hygienetüchern, die sie mit einem »Ha-ha, sehr komisch« kommentierten, bevor sie sich mit jedem der Nachbarn fürs nächste Jahr verabredeten.

Die Brathähnchen-Frau bekam eine Tasse mit »I <3 My Neighbour«-Aufdruck, bevor sie sich mit ein paar Verbeugungen aus dem Staub machte, weil der Hahn rief.

Eine der Gem-und-Emmas überreichte Jess eine Tüte Möhren »für das Rentier«, inklusive einer Entschuldigung: »Tut mir leid, aber wir kennen dich nicht gut genug, um dir etwas wirklich Lustiges zu schenken.«

Die Bemerkung gab Jess einen kleinen Stich, doch es stimmte natürlich. Drea schlug vor, die Möhren mit einem bisschen Ingwer in den Mixer zu werfen und ihr dann nach 17 Uhr mit einem Schuss Tequila zu servieren.

Josh war der glückliche Empfänger von Mr Winters' Geschenk. Er sah wirklich gerührt aus, als er die hölzerne Weinkiste öffnete und die in Erde gesteckten Narzissenzwiebeln entdeckte, die außer gießen nicht viel Aufmerksamkeit brauchen würden, um im Frühling zu blühen.

»Sorgen Sie nur dafür, dass die Erde nicht trocken wird«, sagte Mr Winters.

»Das waren …«, Josh räusperte sich, »das waren Claires Lieblingsblumen.«

»Das weiß ich, mein Junge.«

Alle wurden still. Claire war Joshs verstorbene Frau.

Mr Winters nickte, und in diesem Augenblick entstand eine Verbindung zwischen den beiden, die nur die teilen können, die einen geliebten Menschen verloren haben. Ein stilles Einvernehmen.

Martha erhielt ein Fußmassagegerät mit Dualfunktion, an dem Tyler große Freude fand. »Wie wär's mit einem gemütlichen Abend, Mazza, Sie und ich? Wir spielen SuperHirn, und dabei können wir die ganzen Knöpfe ausprobieren?« Martha verdrehte die Augen, aber Jess sah, dass sie Tylers Idee lustig fand.

Endlich war Mr Winters dran.

Jeder wusste, dass Martha das Geschenk für ihn hatte, und so hüpften nun alle Blicke neugierig zwischen beiden hin und her.

Arnold fühlte sich im Rampenlicht sichtlich unwohl, außerdem kämpfte er mit der Verpackung des dünnen quadratischen Päckchens. Er zog das rotglänzende Geschenkpapier ab und enthüllte eine Schallplatte: »Marti Morgan«, sagte er und zog die Augenbrauen hoch.

»Ist vielleicht nicht Ihr Musikgeschmack, aber abgesehen von DJ Tyler sind Sie wahrscheinlich der Einzige hier, der alt genug ist, um noch einen Plattenspieler zu besitzen.« Martha lächelte Mr Winters an. »Wenn es Ihren Musikgeschmack nicht treffen sollte, habe ich noch jede Menge anderer Platten im Repertoire. Sie sind jederzeit herzlich willkommen, auf einen Tee herüberzukommen und selbst herauszufinden, was Ihnen gefallen könnte.«

Tyler nickte begeistert, als wäre er am Plan beteiligt gewesen. »Ich fahre Sie gern, wenn es Ihnen zu Fuß zu weit ist.«

Mr Winters räusperte sich. Martha wohnte nur zwei Häuser von ihm entfernt. »Ich mag alt und gebrechlich sein, junger Mann, aber nicht *so* alt und gebrechlich.« Er nickte Martha kurz zu. Er hatte ihre Einladung wahrgenommen und würde sie möglicherweise sogar annehmen.

Gemma flüsterte allen ein Dankeschön zu, entschuldigte sich dann aber, dass sie schnell hineingehen müsse, bevor ihr Finger und Zehen abfroren. Alle anderen folgten ihrem Beispiel, und trotz seiner Einwände, dass er kein Kindermädchen brauche, wurde Mr Winters von Jess und Drea nach Hause begleitet, die ihn mehrmals und nicht gerade unauffällig daran erinnerten, dass morgen um 18 Uhr Haus 18 zur Advents-Piñata einlud.

»Toll gemacht, Jess!«, sagte Drea, als Mr Winters die Haustür hinter sich verschlossen hatte.

»Was denn?«

»Du hast es geschafft, die Schildkröte unter ihrem Panzer hervorzulocken.«

Jess spürte, wie das Lob ihr Herz erwärmte. »Was von Spencer gehört?«, fragte sie in einem etwas zu unschuldigen Ton.

»Nein«, Drea schüttelte kurz den Kopf, »aber am Dienstag sprechen wir wieder online. So ziemlich der letzte Tag, an dem er sich in einen Flieger setzen könnte, um rechtzeitig zu Weihnachten hier zu sein, also … schau'n wir mal.«

Sie blieben vor Jess' Haus stehen. Sie drückte Drea kurz und fest an sich und streckte ihr dann die gedrückten Daumen hin. »Ich bleibe so bis morgen.«

Drea lachte gezwungen und sagte dann besänftigt: »Danke, meine Liebe. Es ist schön zu wissen, dass einem jemand zur Seite steht.«

Und darauf kam es doch an, dachte Jess, als sie die Tür hinter sich schloss. Wie immer entlockte ihr das Weihnachtsbaumgemälde im Flur ein Lächeln, bevor sie in die Küche gelangte, um sich ihre allabendliche heiße Schokolade zuzubereiten. Zu wissen, dass jemand für einen da war. Das hatte sie beim Käsesandwich-Vorfall vermisst. Genau das hatte sie aus der Bahn geworfen, dass die Leute, auf die sie sich verlassen hatte, die Rektorin, ihr Freund, das Lehrerkollegium, nicht hinter ihr gestanden hatten. Und auch wenn Amanda ihr Papiertaschentücher gereicht und Glas um Glas Pinot nachgeschenkt hatte, hatte sie nicht für Jess eingestanden. Sie hatte auch kein Gespräch mit der Rektorin gefordert, um zu bezeugen, dass Crispin die anderen Schüler mobbte. Dass er Situationen so hindrehte, dass er als Sieger aus der Sache hervorging, unabhängig davon, was sich wirklich zugetragen hatte. Das erklärte Jess' Widerwillen, Amandas Anrufe anzunehmen. Sie fühlte sich verraten.

Sie hörte das Signal für eingehende E-Mails auf ihrem Laptop.

17. Dezember
20:43
An: JessGreen2000@gmail.com
Von: WillWinters@TheMerryVictualler.co.uk
Betreff: AW: AW: AW: Mehr Neuigkeiten aus der Christmas Street

Liebe Jess(ica),

MEA CULPA!!!! Ich war sprichwörtlich schon fast da, bin gerade in die Christmas Street eingebogen, als ich einen Anruf von der Feuerwehr bekam. In meiner Catering-Küche war der Alarm angesprungen, weil ich Vollidiot ein Blech mit Mince Pies im Ofen vergessen hatte, das heißt, als ich ankam, waren sie nur noch Asche. Glücklicherweise hielt sich der Schaden in Grenzen, aber leider konnte ich nicht wie geplant Großvater und Sie treffen.

Bleiben Sie am Ball bis zum großen Tag, bitte versuchen Sie es weiter. Ich weiß, es ist nicht Ihre Verantwortung, für mich den Kontakt zu meinem Großvater zu halten (fühlt sich aber richtig an … also ist es für mich in Ordnung). Doch Sie sollen wissen, dass all Ihre Bemühungen mir sehr viel bedeuten. Jakobsmuschelstangen sind sehr einfach zu machen. Sie sind schon auf meiner To-do-Liste.

Wx

18. Dezember

Jess öffnete die Kiste, und es verschlug ihr den Atem. Ihre Augen füllten sich mit Tränen.

»Was ist denn los? Alles okay?« Drea spähte über den Deckel der Kiste und dann zu Jess, über deren Gesicht ein paar Tränen kullerten. »Ich verstehe nichts. Du musst mir schon erklären, was los ist.«

Farbstifte. Bleistifte. Eine extragroße Schachtel mit zweihundertachtundachtzig Kreiden in einem hübschen Pappkarton. Glitter. Pasta in allen Formen. Holzlöffel. Pfeifenputzer in allen Farben. Alles, was man so braucht.

Ihre Eltern hatten sich selbst übertroffen, und es war noch nicht einmal Weihnachten. Die Kiste trug die Aufschrift, BITTE VOR WEIHNACHTEN ÖFFNEN!, in den unverkennbaren Blockbuchstaben ihres Vaters und natürlich gekrönt mit seinem Markenzeichen-Smiley, das ein perfektes Gebiss zeigte.

»Von meinen Eltern«, sagte sie.

»Ist das eine Familientradition bei euch? Kinderbastelzeug für die erwachsene Tochter?«

»Die Sachen sind nicht wirklich für mich«, ihre Stimme stockte, »die sind für die Kids.«

»Was? Stellt die Schule keine Materialien zur Verfügung?«

»Doch schon, aber …« Sie reagierte missmutig und schüttelte den Kopf, denn es schien ihr unmöglich zu erklären, dass nur ihre Eltern wirklich nachvollziehen konnten, wie sehr Jess die leuchtenden Augen der Kinder liebte, wenn sie die große

Auswahl von Stiften und Materialien sahen und sich dann mit ihnen an die Arbeit machten. Nichts in der Welt erfüllte sie mehr, als diese Freude zu sehen. Jenen schöpferischen Funken. Die Möglichkeit, etwas Schönes zu schaffen. Ihre Eltern wollten ihr damit indirekt sagen: »Wir wissen, was du durchgemacht hast, aber denk an all die ganze Freude, die auf dich wartet.«

Sie dachte an die Instamatic-Kamera und die Filmkassetten, die sie in Geschenkpapier verpackt in die Wanderschuhe ihrer Mutter gesteckt hatte, und plötzlich wünschte sie sich, sie hätte ihnen etwas Persönlicheres zu Weihnachten geschenkt. Etwas, das ihre tiefe Wertschätzung zum Ausdruck brachte für alles, was ihre Eltern im vergangenen Jahr für sie getan hatten. Dabei sollte sie in dieser Phase des Lebens wohl eher auf ihre Eltern aufpassen oder zumindest in der Lage sein, auf *sich selbst* aufzupassen. Sie kamen doch wunderbar allein klar. Tausende Kilometer entfernt auf einem Brocken aus Korallen und Sand, wo es keine anderen Vergnügungen gab außer Parodontose und Überbiss.

Sie schaute sich in der Küche um und konnte immer noch nicht klar denken. Freundlich, aber bestimmt hatte sie das archaische Rührgerät und den Stabmixer ebenso wie die veraltete Fritteuse ihrer Mutter verweigert, denn sie wollte sich diesmal die Zeit nehmen, ihr Zuhause nach ihren eigenen Vorstellungen einzurichten.

Sie war schon fast drei Wochen hier, hatte die Texte für den Bürobedarf-Katalog geschrieben und einen Tacker mit den entsprechenden Heftklammern gefüllt, sich aber noch kein bisschen um die Wohnungseinrichtung gekümmert. Oder hatte sie bereits irgendwelche Spuren hinterlassen?

Weiße Wände. 08 / 15-Küchentisch und -Stühle. Weiße Teller. Das Design ihres Geschirrs war ihr vollkommen egal gewesen, als sie vor den Geschirrregalen bei Ikea stand.

Ja, da war der Weihnachtsbaum im Flur, der sie jedes Mal aufs Neue beglückte, aber wollte sie wirklich das ganze Jahr Weihnachtsdeko sehen? Oder – und das war die brenzligere Frage – würde sie ihn für die neuen Besitzer übermalen, falls sie schon zu Beginn des Schuljahrs die Nerven verlor? Wie aufs Stichwort lief in diesem Moment eine Familie am Vorderfenster vorbei, während zwei der Kinder fröhlich und recht falsch eine Version von »Rudolf mit der roten Nase« sangen und sich zwischendurch fragten, warum die »neue Lady« das »Zu verkaufen«-Schild noch nicht abgenommen hatte.

Drea nahm die Karte, die noch auf dem Paket lag: »Darf ich?«

»Bitte«, schniefte Jess, unschlüssig darüber, ob sie eine frische Kanne Kaffee aufsetzen oder sich weiterem Geschluchze hingeben sollte, auch wenn ihr Drea sicher sagen würde, dass sie sich zusammenreißen sollte, weil es Schlimmeres in der Welt gab, als Eltern zu haben, die tolle Geschenke schickten und wiederholt anboten, einen in die Tropen einzufliegen. Natürlich hatte sie recht. Es war ein großes Geschenk, so viel Liebe zu erfahren. Jess war sich wohl bewusst, dass Drea zur selben Zeit eine Achterbahn der komplizierten Emotionen mit ihrem Sohn durchlief und in einer vertrackten Vergangenheit feststeckte, die anscheinend auch keine Zukunft eröffnete.

Jess hegte nicht den geringsten Zweifel, dass sie ihre Eltern bald wiedersehen könnte und würde, und wenn sie dann endlich wieder vereint wären, würde es angenehm sein und voll von Liebe und Lachen – und Veggie-Chips, die gehörten unbedingt dazu.

Drea sprach einmal wöchentlich eine halbe Stunde mit ihrem Sohn über Excel-Tabellen. Jess spürte tiefes Mitgefühl mit ihrer Freundin. Wenn sie nur etwas tun könnte, das Spencer garantiert dazu bringen würde zu kommen. Vielleicht sollte sie ihm noch eine E-Mail schreiben? Oder lieber anrufen? Oder ein Video von der Nachbarschaft drehen und ihm erzählen, wie unglaublich toll seine Mutter war und wie herzlich sie Jess vom ersten Tag an empfangen hatte (von der Schneeballschlacht mal abgesehen), vor allem aber, ihm unmissverständlich klarmachen, wie sehr sie ihren Sohn über alles liebte, ja vergötterte?

»Ah, das ist aber nett.« Drea legte die Karte auf die Küchentheke und streichelte sie kurz mit den Fingern. »Sie machen sich offensichtlich Sorgen um dich.«

»Was? Nein. Eltern eben ...« Oder vielleicht doch? Sie hatte erhebliche Zweifel, ob sie auf die Marshall-Inseln ausgewandert wären, wenn sie nicht fest daran glaubten, dass ihre Tochter auf sich selbst aufpassen kann. Sie zeigten nur elterliche Fürsorge für ihr kleines Mädchen. Erneut wurden ihre Augen feucht vor Rührung.

Drea reichte ihr ein Menthol-Kleenex und stellte dann die Karte mit dem Weihnachtsmann in Hawaii-Hemd und Shorts so auf, dass Jess den Aufdruck sehen konnte. »So was machen Eltern immer dann, wenn sie sich Sorgen machen. Sie mischen sich ein. Das wirst du eines Tages verstehen«, sagte Drea verschmitzt: »Wenn Josh und Jess auf einem Baum sitzen und sich k-ü-s-s-e-n.«

»Haha. Als ob das jemals ...« Sie zerschlug diesen Eindruck sofort. Es wäre dumm von ihr, etwas zu bestätigen, was nicht wirklich da war. »Ich steh' nicht auf Josh, sondern nur auf die *Vorstellung* von einem Josh, das ist was ganz anderes.« Sie kreiste mit den Fingern vor Dreas Grinsen herum und zeigte dann auf die Box mit den Bastelmaterialien. »Das hier hat nichts mit Einmischung zu tun, das ist – Liebe.«

»Wenn du meinst, aber das ist doch ein und dasselbe. Aus Spencers Perspektive auf jeden Fall.«

Jess fielen keine Gegenargumente mehr ein. Keine wundervollen Weisheiten, die vom Dalai Lama oder von Michelle Obama stammen könnten. Sie fragte sich, ob zwischen Mr Winters und seinem Sohn etwas Ähnliches vorgefallen war. Gegensätzliche Standpunkte. Mr Winters hatte nur den Wunsch seiner Frau respektiert, die sich etwas ausruhen wollte, während sein Sohn genau das für Nachlässigkeit hielt.

Des einen Freud, des anderen Leid.

Des einen Jungen Käsesandwich, des anderen Jungen Kryptonit.

Vielleicht war das Leben so. Eine endlose Reihe von Missverständnissen, die im Lauf eines Lebens von den Menschen, die einander liebten, aufgeklärt werden mussten.

Sie schaute verstohlen auf die Schublade, in der immer noch der ungeöffnete Brief lag. Sie tat es Drea nach und trank einen Schluck Kaffee, während jede für sich schweigend ihren eigenen Gedanken nachhing.

»Glaubst du, der Winter-Hexenmeister taucht heute Abend wieder auf?«, unterbrach Drea schließlich das Schweigen.

»Wer?«

»Arnold«, sagte Drea mit Arnold-Schwarzenegger-Stimme.

»O ja. Nein. Vielleicht?« Jess zuckte mit den Schultern. Sie war sich nicht sicher. »Wir schauen einfach mal vorbei und nehmen ihn mit.«

»Das ist die richtige Einstellung. Ich hol dich ab«, sagte Drea und schlürfte den letzten Rest aus ihrer Kaffeetasse, während sie die freie Hand in die Schachtel mit den Farbstiften steckte. Sie zückte einen knallrosa Textmarker und ließ ihn in ihre Tasche gleiten. »Siehst du! Jetzt bin ich bestens gerüstet für einen weiteren Tag, an dem ich die Massen motiviere, ihren werten … hochzukriegen.« Grinsend ließ sie sich selbst hinaus.

Jess nahm die Schachtel mit den Stiften und Materialien. Dieses Jahr würde es vielleicht nicht das perfekte Weihnachten geben, aber vielleicht eines, das man nicht mehr wegdenken wollte. Jedenfalls jetzt noch nicht.

Obwohl das Licht im Eingangsbereich brannte, machte niemand die Tür auf.

»Vielleicht pudert er sich noch die Nase«, sagte Jess.

»Das bezweifle ich«, sagte Drea und zeigte zum anderen Ende der Straße, wo sich bereits die Leute versammelten und, dem schmetternden E-Gitarrenspiel nach zu urteilen, Tyler gerade probte. »Das ist bestimmt zu laut für ihn. Er versteckt sich wahrscheinlich.«

Jess spähte die Straße hinunter, wo immer mehr Nachbarn vor Haus 18 herumschwirrten und die Männer wohlgemeinte Ratschläge an ein paar Väter verteilten, die versuchten, einen riesigen, dreieckigen Rahmen in dem viereckigen Vorgarten aufzustellen.

»Was ist das denn?«, fragte Jess.

»Die Grinch-Piñata«, sagte Drea, als wäre das selbstverständlich.

»Sie machen eine Grinch-Piñata?«

Drea zuckte mit den Schultern. »Oder sie bereiten eine öffentliche Hinrichtung vor. Hast du was verbrochen?«

Jess gab ein merkwürdiges Schnauben von sich und drückte noch einmal länger auf Mr Winters' Klingel. *Brrrring.*

»Keiner zu Hause«, stellte Drea fest.

Jess reckte den Hals, in der Hoffnung, irgendetwas zu sehen, das zumindest darauf hindeutete, dass bei ihm alles in Ordnung war. Sie hatten in den vergangenen Tagen in einer Menge alter Geschichten herumgewühlt, und nun sorgte sie sich. Möglicherweise war es ihm doch zu viel geworden. Er schien nicht der Typ zu sein, der etwas Unüberlegtes tun würde, aber so fröhlich die Adventstage auch waren, für einige Menschen war es eine Zeit, die jegliche Hoffnung auf Trost und Freude versiegen ließ.

Sie wollte gerade erneut anklopfen, als Drea eine Stufe zurücktrat und ins Taumeln geriet. Jess packte sie am Arm und hielt sie fest, bis sie wieder sicher auf den Beinen stand.

»Ach, du große Sch…!«, murmelte Drea beim Anblick der glitzernden Treppe. »Der Frost muss ja schon zu Eis gefroren sein. Und wenn diese verdammte Stadtverwaltung die Straßen endlich streuen würde, hätten wir sogar ein Weihnachtswunder!«

Mr Perkins tauchte im Fenster auf und warf ihr einen herablassenden Blick zu, um anschließend wieder wegzustelzen. Wenn Mr Winters wirklich etwas Schlimmes zugestoßen wäre, hätte der Kater sicher Alarm geschlagen. Drea tippte ungeduldig auf ihre Apple Watch, sie mussten los.

Sie gingen vorsichtig die Straße hinunter, darauf bedacht, auf den eisglatten Flecken nicht auszurutschen. Drea nörgelte über die zwei flackernden Straßenlaternen, die nie vollständig ansprangen. Jess war aufgefallen, dass Dreas Laune sich zunehmend verschlechterte, je näher das Dienstagstreffen mit ihrem Sohn rückte.

Sie erreichten die Adventsgesellschaft und bekamen gleich eine Handvoll Salzcracker in Schneeflockenform angeboten, und zu ihrer großen Überraschung sahen sie am anderen Ende des Gartens Martha ins Gespräch vertieft, und zwar mit keinem Geringeren als Mr Winters höchstpersönlich.

»So, so, so«, Drea rieb sich die Hände, »wollen wir ein bisschen spionieren gehen?«

Jess brachte Drea mit einem *Psst* zum Schweigen, denn sie war glücklich darüber, Mr Winters plaudern zu sehen, nicht ganz ungezwungen zwar, aber dennoch hielt er ein Schwätzchen. »Ich glaube, sie kommen ganz gut ohne uns klar.«

»Alles klar, meine Damen?«

Drea und Jess drehten sich gleichzeitig um und erblickten Josh, der an Audreys langer Leine hing, während seine beiden Kinder, die in Supermann- und Superfrau-Kostümen steckten, in die Mitte des Kreises rannten, wo sich die meisten Kinder versammelt hatten.

»Hallo, Josh. Hallo, Audrey, Süße. Alles paletti? Bald bist du an der Reihe, oder?«

Jess kniete nieder und umarmte Audrey, während Drea versuchte, Josh ein paar Details über seinen Adventsabend zu entlocken. Aus irgendeinem Grund fühlte Jess sich immer besonders lächerlich, mit Josh zu reden, wenn Drea zuschaute, also war es ihr ganz recht, mit dem Hund zu kuscheln.

»Also, bitte alle mal herhören!« Ein Rob-oder-Bob klatschte laut in die Hände und rieb sie aneinander. »Alle Kids bereit für das Piñata-Vergnügen?«

Die Kinder kreischten und jubelten, und Kev fragte laut, wieso die Piñata so aussah wie er. Lachend stellten sich alle um den Rahmen herum auf, der jetzt in seiner Mitte eine riesige

Pappmascheepuppe in Grinch-Statur freigab, die mit Celebration-Schokolade und Quality-Street-Pralinen gefüllt war, wenn man den Gerüchten glauben sollte.

»Los, los, greift euch eure Insulinshots!«, witzelte Katie, die Krankenschwester.

Rob-oder-Bob hob eine riesengroße Schale Klementinen hoch. »Bei uns zu Hause stehen Gesundheit und Sicherheit an oberster Stelle«, krächzte er.

Jess' Blick wanderte zu Mr Winters hinüber.

Er war gerade dabei, eine Tasse heißer Schokolade an die Lippen zu heben. Er hielt inne, sah sich das Getränk an und kippte es dann unauffällig ins Gebüsch.

Wäre er in Reichweite gewesen, hätte Jess ihn umarmt. Wenn er sie gelassen hätte. Sie hatten im Laufe der letzten Woche recht große Fortschritte gemacht, trotzdem war sie ziemlich sicher, dass es für Umarmungen noch zu früh war.

»Dann mal los!« Joshs Tochter Zoe wurde ein Baseballschläger in die Hand gedrückt. Sie sah in ihrem Wonder-Woman-Outfit einfach entzückend aus, einschließlich der Eiskönigin-Handschuhe und des Schweifumhangs. Ihre Augen waren verbunden, und sie traf die Piñata nicht immer richtig. Jess ertappte bei einem Seitenblick Drea zufällig dabei, wie diese Josh betrachtete und nicht Zoe. Drea antwortete ihr mit einem wortlosen *Was-denn?* und beobachtete dann demonstrativ interessiert, wie dem nächsten Kind die Augen verbunden wurden.

»Wo ist Ruby?«

Alle Köpfe drehten sich auf der Suche nach dem Kind, das als Letztes dran war, der inzwischen recht zerzausten Piñata den Gnadenschlag zu versetzen, um endlich an die Süßigkeiten heranzukommen, doch die Aufmerksamkeit richtete sich zunächst auf Tyler, der nach einer Stunde »Abrocken« glühend vor Hitze aufkreuzte.

Da entdeckten sie das kleine, als Engel verkleidete Mädchen, das in der Nähe von Mr Winters auf der Straße mit ein paar anderen Mädchen Himmel und Hölle spielte. Jess hatte verstohlen beobachtet, wie Arnold sich Schritt für Schritt von der Gruppe der Nachbarn entfernt hatte, um leichter flüchten zu können.

Mehrere Stimmen riefen laut nach Ruby, die in einem weiten Bogen herumwirbelte und dann in Mr Winters' Richtung rannte. Und im nächsten Moment hing sie nur einige Millimeter über dem Boden, nachdem Mr Winters sie am Genick gepackt hatte und festhielt. Er zog sie hoch, bis sie mit schiefen Flügeln und verrutschtem Heiligenschein aufrecht vor ihm stand. Ruby machte einen furchterregenden Würgelaut, sah zu Mr Winters auf und gab einen ohrenbetäubenden Schrei von sich.

Alle verfielen in eine ebenso furchterregende Stille, dann brach das Chaos los.

Rubys Mutter stürzte nach vorn und packte ihr Töchterchen.

»Was zum Teufel tun Sie da?«, brüllte ein Vater, wahrscheinlich Rubys.

Jess' Herz pochte bis zum Hals, als sie mit aller Kraft versuchte, sich in dem Aufruhr Gehör zu verschaffen.

Die Vorwürfe hagelten auf Mr Winters herab, der immer kleiner zu werden schien, je mehr Worte auf ihn eindroschen.

»Sie ist ausgerutscht!«, sagte Jess, ungewiss, ob ihr überhaupt jemand zuhörte oder nicht. »Er wollte nur helfen!«

»Was haben Sie überhaupt gegen Kinder?«

»Niemand hat Ihnen jemals etwas getan!«

»Was für ein bösartiger Mensch.«

»Er wollte ihr nur helfen!« Jess versuchte vergeblich, die anderen Stimmen zu übertönen.

»Durch und durch bösartig.«

»Auf jeden Fall gehen wir am 24. nicht in sein Haus. *Falls* er uns überhaupt einlädt.«

»Die Piñata sollte wie Mr Winters aussehen, nicht wie der Grinch.«

»ER. WOLLTE. IHR. NUR. HELFEN!«, brüllte Jess, denn sie konnte den verzweifelten Ausdruck in Mr Winters' Gesicht nicht mehr ertragen.

Alle Augen richteten sich nun auf Jess.

Angst überwältigte sie. Die feindlichen und vorwurfsvollen Blicke der Eltern kamen ihr so bekannt vor … und doch wirkten sie vollkommen anders. Auf diese Weise hatte die gesamte Schuldirektion von St Benedict's sie angesehen, als sie als Angeklagte vor ihnen stand und nicht als vorbildliche Lehrerin, die sich dem Wohl und der Fürsorge ihrer Schützlinge verpflichtet hatte.

»Sie hat recht. Jess hat recht.« Josh stellte sich neben sie. Er nickte ihr und Mr Winters kurz zu, dann versicherte er allen: »Er hat ihr nur helfen wollen. Ich habe es ganz deutlich gesehen. Oder, Ruby, stimmt doch, Kleines?« Er warf dem tränenüberströmten Mädchen ein sanftes Lächeln zu. »Bist du beim Rennen ausgerutscht?«

Ruby sah erst ihre Mutter unsicher an, dann ihren Vater. Beide sahen angespannt aus. Jess war so nervös, dass sie am ganzen Körper zitterte.

»Du musst nicht antworten, Süße«, sagte ihre Mama.

Mr Winters begann, mit schweren Schritten nach Hause zu laufen, die Hände in den Manteltaschen, stemmte er sich mit hochgezogenen Schultern gegen die Kälte. Jess fühlte sich hin- und hergerissen. Sollte sie ihm hinterherrennen oder sich vor die Leute stellen und ihnen erklären, dass sie die Situation völlig falsch verstanden hatten?

Rubys Vater, der die Sache offenbar klären wollte, bestand auf eine Antwort: »Ruby, Liebling? Hat der Mann dir wehgetan oder dir geholfen, als du gefallen bist? Hat er dich aufgefangen?«

Ruby blickte vollkommen verängstigt Mr Winters nach, während Tränen über ihre Wangen kullerten. Schließlich sagte sie leise: »Aufgefangen«, und vergrub rasch ihr Gesicht am Hals der Mutter.

Vereinzelte Stimmen wurden laut.

»Das hätte er doch sagen können.«

»Er ist aber auch nicht gerade der freundlichste Nachbar.«

»Woher sollten wir wissen, dass er nur helfen wollte?«

»Vielleicht sollten wir uns entschuldigen?«, schlug Jess vor.

»Bei wem?«, fragte eine der Gem-und-Emmas.

»Bei Mr Winters natürlich!«, antworten Josh und Jess unisono.

Drea zitierte den Song »There's No ›I‹ In Team« von Taking Back Sunday, was aber die beabsichtigte Wirkung komplett verfehlte, doch Jess lächelte ihr und Josh trotzdem dankbar zu. Es fühlte sich toll an, dass die beiden ihr den Rücken stärkten. Sie hoffte nur, dass Mr Winters es auch so sehen würde. Sie hatte sich noch nie so einsam gefühlt wie vor dem »Entlassungskommando« von St Benny's. Amanda hatte zwar hoch und heilig versprochen, bei der Rektorin für sie vorzusprechen, als sie dann aber unter Druck geriet, machte sie einen Rückzieher, sie sei ja bei dem Vorfall selbst nicht im Speisesaal gewesen und könne nichts bezeugen. Martin hatte für eine halbe Sekunde vorgegeben, hinter ihr zu stehen, dann aber ganz schnell die Seiten gewechselt und sie allen Ernstes gefragt, ob es nicht klüger wäre, sich mit Crispins Eltern zu einigen, da sie wahnsinnig reich und mächtig wären. Als wäre sie nur deswegen Lehrerin geworden, um mit den Betuchten dieser Welt zu verkehren, damit ihr Freund, der Immobilienmakler, ein paar Geschäfte einfädeln konnte. Jess wollte Mr Winters nachlaufen und ihm sagen, dass sie genau wisse, wie er sich jetzt fühlte, aber ihre Füße schienen wie in Zement gegossen.

»Hallo, Arnold, warten Sie kurz!« Josh joggte zu Mr Winters, der vorsichtig die Straße entlangschlürfte und schon die Hälfte seines Wegs zurückgelegt hatte.

Alle beobachteten, wie die beiden Männer leise miteinander sprachen. Dann legte Josh seine Hand auf Mr Winters' Schulter, und Jess stellte erleichtert fest, dass Arnold sie nicht abschüttelte. Ihr Gespräch schien beendet, als Mr Winters sich noch einmal umwandte und zurückblickte. In seinem Gesicht zeigte sich traurige Resignation, wie Jess sie nie zuvor gesehen hatte. Als hätte er gewusst, dass es so enden würde, wenn er sich endlich traute, sein Schneckenhaus zu verlassen. *Schon verstanden*, schien sein Blick zu sagen. Und was noch niederschmetternder war: *Ihr habt gewonnen.*

Der Abend endete recht abrupt. Nachdem es auch den Rob-und-Bobs nicht gelungen war, die Piñata zu zertrümmern, übernahm Mrs Nishio. Sie versetzte dem Pappmaschee-Grinch einen erstaunlich heftigen Stoß. »Was sind Männer im Vergleich zu Felsen und Bergen?«, zitierte sie Jane Austen mit einem Seitenblick auf ihren Mann, während sich die Kinder auf die in Glitzerpapier gewickelten Schokopralinen stürzten. Danach verschwanden alle in ihre Häuser, nicht ohne einander daran zu erinnern, morgen Abend Handwärmer mitzubringen, weil es ein Weihnachts-Jenga geben würde und die Finger einsatzbereit sein müssten.

Josh schickte seine Kinder mit Audrey nach Hause, und während er ihnen nachsah, wie sie die Einfahrt hinaufliefen, fragte er Jess und Drea, ob sie Lust hätten, am nächsten Tag zum Mittagessen zu kommen. »Nichts Besonderes, kein großer Sonntagsbraten«, entschuldigte er sich, »aber ich und die Kids backen mehr als genug Yorkshirepuddings.«

»Ich liebe Yorkshirepudding«, sagte Jess und strich über ihren knurrenden Bauch, denn plötzlich überkam sie ein Bärenhunger, als hätte sie seit Wochen nichts Richtiges gegessen.

Drea lächelte Jess verständnisvoll und Josh herzlich zu: »Kann ich etwas mitbringen? Salat? Oder Nachtisch?«

Jess konnte ein verschmitztes Grinsen nicht unterdrücken. Wo war ihre Drea geblieben? War sie plötzlich zur glücklichen Hausfrau und Mutter mutiert?

Josh schüttelte verneinend den Kopf. »Wir sind ein eingespieltes Team. Wenn das okay für dich ist, dann übernehmen wir das Essen, aber …«, seine Augen begannen zu leuchten und sein Lächeln wurde breiter, »eine schöne Flasche von diesem Picpoul, den du vor kurzem mitgebracht hast, würde nicht schaden. Ich trinke nie, wenn ich mit den Kindern allein bin, deswegen …«, sein Blick wanderte zu Jess, deren Wangen gleich rot wurden.

»Ich bringe auch welchen mit. Ich meine Wein. Zum Trinken.« Sie plapperte noch etwas mehr, blickte auf ihr uhrloses Handgelenk und rief aus: »Oh, mein Gott. Schon so spät! Meine Eltern rufen gleich an. Ich geh jetzt lieber!«

»Deine Eltern? Auf den Marshall-Inseln ist jetzt sechs Uhr morgens, oder nicht?«, fragte Drea, die sich vor Lachen kaum halten konnte.

»Ja. Frühaufsteher. Waren sie schon immer!«

Jess rannte ins Haus hinein und ließ sich mit dem Rücken gegen die Tür fallen. Sie hatte genau sechzehn Stunden, um zu lernen, sich in Joshs Nähe wie ein normaler Mensch aufzuführen. Sie ging in die Hocke und betrachtete sich in dem immer noch nicht aufgehängten Flurspiegel. Ihre Wangen glühten. Das würde eine lange Nacht werden.

18. Dezember
20:42
An: WillWinters@TheMerryVictualler.co.uk
Von: JessGreen2000@gmail.com
Betreff: Kotz Kotz

Hallo Will,

das reine Desaster. Ihr Großvater ist heute tatsächlich zum Adventskalenderabend gekommen, was eigentlich großartig ist. Und dann ist ein kleines Mädchen auf dem gefrorenen Pflaster ausgerutscht, und Ihr Großvater hat sie aufgefangen. Das sah aber von Weitem für einige Eltern gar nicht so aus, sondern im Gegenteil, sie dachten, er hätte ihr gar nicht helfen wollen, und haben nicht gerade nette Sachen über ihn gesagt, was dazu führte, dass Ihr Großvater das Weite suchte (ich meine natürlich, sein Haus aufsuchte, Sie verstehen schon).

Ich finde, Sie sollten das wissen. Es war schrecklich. Ich habe mich genauso miserabel gefühlt wie damals, als ich vor der Schulleitung stand und das Gremium sagte, es sei »nicht eindeutig festzustellen«, ob ich Ethan helfen oder Crispin wehtun wollte, deswegen kann ich den Gedanken kaum ertragen, wie sich Ihr Großvater gefühlt haben muss. Und das nach allem, was er nach dem Tod Ihrer Großmutter durchgemacht hat.

Es tut mir leid, dass ich Sie damit behellige, ich dachte nur, Sie sollten es erfahren. Morgen Abend ist Weihnachts-Jenga, was auch immer das heißen mag. Es findet in Haus Nummer 19 statt, aber ich glaube nicht, dass Arnold diesmal erscheinen wird.

Ich werde aber vorher bei ihm vorbeischauen, doch wenn Sie irgendeine Möglichkeit hätten, zu kommen, würde das vielleicht das Stimmungsbarometer wieder über null bringen.

Alles Gute x, J(ess)

19. Dezember

19. Dezember
03:07
An: JessGreen2000@gmail.com
Von: WillWinters@TheMerryVictualler.co.uk
Betreff: AW: Kotz Kotz

Jessica,

tut mir leid, aber ich muss etwas verpasst haben. Was genau hat mein Großvater nach dem Tod meiner Großmutter durchgemacht?

Es ist schon sehr spät am Abend. Entschuldigung, dass ich kurz angebunden bin. Morgen ist Weihnachtsmarkt in Harrogate, und dann beginnt der Endspurt bis Heiligabend. Erst wenn alle Rechnungen bezahlt sind, kann ich The Merry Victualler und die Geschäftsräume mein Eigen nennen.

19. Dezember
08:08
An: WillWinters@TheMerryVictualler.co.uk
Von: JessGreen2000@gmail.com
Betreff: Tut mir leidleidleidleidleid

Hallo Will,

Ähm … ich hätte das nicht erzählen dürfen. Und wenn ich ein Schwert hätte, würde ich jetzt Harakiri begehen. Diese Geschichte muss er Ihnen wirklich selbst erzählen, es ist eine Familienange-

legenheit. Ich weiß nicht, was Ihr Vater Ihnen erzählt hat, und kenne seine Sicht der Dinge nicht, aber ich bin davon ausgegangen, dass Sie wissen, was passiert ist, deswegen habe ich nichts gesagt. Bisher. Bis gestern Abend.

#WeißNichtWirklichWasIchJetztTunSoll

xJ

19. Dezember
08:10
An: JessGreen2000@gmail.com
Von: WillWinters@TheMerryVictualler.co.uk
Betreff: AW: Tut mir leidleidleidleidleid

Sie könnten damit anfangen, mir zu erzählen, was er Ihnen erzählt hat.

W

In Eile auf iPhone geschrieben.

19. Dezember
08:17
An: WillWinters@TheMerryVictualler.co.uk
Von: JessGreen2000@gmail.com
Betreff: AW: AW: Tut mir leidleidleidleidleid

Hallo Will,

ich nehme an, es wäre lächerlich, Sie darum zu bitten, mir Ihr großes Indianerehrenwort zu geben, dass Sie ihm nicht verraten, dass ich Ihnen alles erzählt habe … es ist Ihre Familiengeschichte.

Vor fünfunddreißig Jahren, als Ihr Vater zum Studieren nach

Schottland ging, war Ihre Großmutter krank und dachte, es wäre nur eine Erkältung …

*

»Mach schon auf, Butterblümchen!«

Jess sprang die Treppe hinunter, das Handtuch noch um ihr nasses Haar gewickelt, und riss die Tür auf. »Wow. Du hast dich aber rausgeputzt.«

Drea posierte wie ein Model. Jess kommentierte mit dem entsprechenden Pfeifen, begann zu frösteln und zog Drea aus dem Schneeregen ins trockene Haus. Sie sah umwerfend aus. Ihr Haar, die Kleidung und die Schminke waren perfekt aufeinander abgestimmt. Und gleichzeitig wirkte sie wie eine natürliche Schönheit. So stilvoll hatte Jess nur ein einziges Mal ausgesehen, als Martin sie zu der Party einer gehobenen Modelagentur mitgenommen hatte, die bei seiner Firma befristete Mietverhältnisse buchte. Sie hatte den längsten Termin gebucht, den MAC Cosmetics noch freihatte, und in den folgenden drei Stunden versucht, weder zu blinzeln noch zu lächeln. Es war die reine Hölle.

Drea, die offenbar Jess' Probleme mit klumpiger Mascara, verlaufenem Eyeliner und schlierigem Puder nicht teilte, nahm noch eine elegante Pose im Türrahmen zum Wohnzimmer ein. »Das Parfüm klassisch elegant, oder eher … sehnsüchtig, mit einem Hauch von Ehrgeiz?«

»Beides«, sagte Jess und spürte eine kaum merkliche Zerbrechlichkeit hinter Dreas Bedürfnis nach Zustimmung. »Du siehst aus wie Angelina Jolie, aber gesünder.«

Drea machte einen Schmollmund, aber Jess sah, dass sie

geschmeichelt war. Dann begutachtete sie Jess' schnell zusammengesuchte Garderobe. Grob gestrickter Wollpulli. Blaugrün. Wintergrüner Cordrock mit aufgenähten Blumen. Dicke Wollstrümpfe. Lila. Fly-Stiefeletten, superbequem, aber alles andere als sexy. Nicht, dass Jess das mit ihrem Outfit ausstrahlen wollte, wenn sie und Drea gleich zu Josh gingen. Oder doch? Nein. Vielleicht doch? Neben Drea, die fantastisch aussah in ihrem Sonntags-Glamour-Ensemble fühlte sie sich wie eine graue Schulmaus und nicht wie die lustige dreißigjährige Nachbarin, die zudem Single war. O Gott. Hatte sie jetzt zu allem Überfluss auch noch eine Identitätskrise?

»Warum bist du noch nicht fertig?«, fragte Drea, während sie über das Weihnachtsbaum-Wandbild strich und die »Deko« begutachtete.

Jess ging ein paar Treppenstufen nach oben, seufzte tief und sagte dann dramatisch: »Mr Winters.«

»Was? Warst du bei ihm?«

»Nein.«

Drea sah sie an, als ob sie sagen wollte, »wieso erzählst du mir das dann?«.

»Ich habe Will von ihm erzählt.«

»Will, dem geheimen Enkel?«

»Dem einzigen.«

»Ich dachte, der geheime Enkel wusste schon von seinem Großvater?«

»Wusste er auch, beziehungsweise *weiß* er. Doch er wusste nicht, warum Mr Winters seit fünfunddreißig Jahren nicht mehr mit seinem Sohn gesprochen hat.«

Drea durchdrang sie mit Adleraugen: »Aber du weißt es?«

Jess griff mit zitternden Fingern nach dem Handtuch um

ihrem Kopf. »Warum schenkst du dir nicht einfach einen Wein ein? Als Aperitif vor dem Lunch. Er steht im Kühlschrank. Ich brauche nur ein paar Minuten, um meine Haare zu föhnen.«

»O nein, junge Dame, jetzt wird nicht geföhnt.«

»O doch.« Jess schaute demonstrativ auf ihre Armbanduhr und schnipste dann zu Joshs Haus. »Das muss ich.«

»Nein.« Drea verwandelte sich vor ihren Augen in die dunkle Fee Maleficent. »Nein, das musst du nicht. Du wirst dich jetzt brav auf die Toilette setzen, und ich mache dir die Haare, während du Tante Dré-Dré alles erzählst. Falls es bis zum 24. Dezember, bevor der unwahrscheinliche Fall eintritt und mein Junge doch bei seiner Mama aufkreuzt, noch etwas zu klären gibt, dann werde ich es tun. Oder besser gesagt du. Damit das klar ist …« Ihre grünen Augen blitzten, als sie auf die erste Treppenstufe sprang. »Nichts darf meine Weihnachtsfreude trüben, wenn mein Sohn hier ist. Soll Heiligabend ruhig kommen. Ich will, dass diese Straße *strahlt* vor Weihnachtsseligkeit. Verstanden?«

Jess schluckte. Sie hatte die Botschaft verstanden, aber wie sollte sie das schaffen?

Drea, das stellte sich langsam heraus, wäre eine gute Ermittlungsbeamtin geworden, oder wie diese Personen hießen, die unter Androhung von Folter Staatsgeheimnisse aus Spionen herausquetschten.

Jess erzählte ihr alles. Von der vermeintlichen Erkältung und dem Streit nach dem Begräbnis bis zum fünfunddreißigjährigen Kalten Krieg, Roberts Familie in Schottland und schließlich von Will, der an die Möglichkeit einer Versöhnung zu glauben schien. Und Versöhnung und Unterstützung brauchte Mr Winters nach dem Debakel des Vorabends dringender denn je.

Ein Teil von Jess schämte sich, alles ausgeplaudert zu haben, doch der andere Teil war erleichtert, dass noch jemand erkannte, dass Mr Winters nicht bloß ein griesgrämiger alter Mann war, weil es ihm Spaß machte. Er litt an einem tief sitzenden Schmerz und sah keinen Ausweg.

»Glaubst du, Will wird sich jetzt mehr anstrengen, Kontakt mit Arnold aufzunehmen, nachdem er Bescheid weiß?«, fragte Jess. Drea bürstete gerade ein letztes Mal Jess' Pony rund, was ziemlich kitzelte, dann trat sie einen Schritt zurück, um ihre Frisierarbeit kritisch zu begutachten. Schließlich sah sie Jess direkt an.

»Keine Ahnung. Was für ein Typ ist denn dieser Will?«

»Nett«, sagte Jess und hatte sofort das Gefühl, ihm damit nicht ganz gerecht zu werden. Aber sie hatte den Mann ja noch nie getroffen. Auf Papier und in seinen E-Mails kam er liebenswürdig rüber. Ein freundlicher Mensch, wenn sie so darüber nachdachte, richtig herzlich. Wie es aussah, arbeitete er hart, hatte schmerzliche Erfahrungen gemacht, war aber gestärkt aus der Sache hervorgegangen und hatte ein Bewusstsein für sein Verhalten und das seiner Mitmenschen entwickelt. Dazu gehörte, dass er seinen Großvater kennenlernen wollte, was darauf hindeutete, dass ihm starke Familienbande sehr wichtig waren. Abgesehen von dem etwas kryptischen E-Mail-Austausch am Morgen, war die Kommunikation mit ihm unkompliziert und leicht und gab Jess das angenehme Gefühl, ihr Herz ausschütten zu können, was seinen Berichten zufolge auf Gegenseitigkeit beruhte. Die letzten beiden Wochen waren merkwürdig gewesen, als hätten sie gemeinsam einen Langstreckenflug angetreten. Glücklich zurückgelehnt und sicher angeschnallt, Seite an Seite und in dem instinktiven Bewusstsein, dass sie gerade eine dieser seltenen, unmittelbaren Verbindungen zueinander herstellten, die es einem leicht machten, 3000 Kilometer über dem Rest der Welt die eigene Lebensgeschichte vor dem anderen auszubreiten.

»Komm schon«, sagte Drea, die wohl nicht mehr mit einer ausführlichen Antwort rechnete. »Wir sind spät dran.«

Nach einem kurzen Blick in den Spiegel und einer engen und heftigen Umarmung zum Dank dafür, dass ihre Fransen jetzt wenigstens annähernd so horizontal über ihren Augen schwebten wie bei Claudia Winkleman, war Jess ausgehfertig. Beide nahmen ihre Weinflaschen und Drea noch die Schokolade »für die Kids« und machten sich auf den Weg zu Josh.

Drei Stunden später war Jess voll im Wein-und-Essens-Rausch. Oder vielleicht – und das gestand sie sich nur stillschweigend, vorsichtig und ein wenig sehnsüchtig ein – war sie nur berauscht von dem Gedanken, »Teil von etwas Größerem zu sein«.

Bei Josh herrschte geschäftiges Treiben. Die beschlagenen Fensterscheiben sahen heimelig und einladend aus, und noch bevor sie überhaupt eintraten, summten ihnen schon fröhliche Melodien entgegen, und aus allen Ritzen strömten Weihnachtsdüfte. Im Flur stand ein Sofa, auf dessen einem Ende die Schuluniformen gestapelt waren, während die andere Hälfte zu einer Art Festung ausgebaut worden war, in der Eli offenbar Audrey das Lesen beibrachte. Zoe trug ein viel zu großes Erwachsenen-T-Shirt, das bei ihr gut als Kleid taugte. Vielleicht hatte es ja ihrer Mutter gehört? Dann stammte es sicher von deren Junggesellinnenparty, es sei denn, »Ich sage ja« bezog sich auf etwas anderes, das Jess' Horizont überstieg. Auf dem Teppich lagen umgestürzte Türme aus Kinderbüchern und Papierhaufen, die Josh hastig auf den Laptop lud, den er zusammen mit dem Bügeleisen vom Esstisch wegräumte und neben die Treppe stellte. Ebenso einen mit Legosteinen überquellenden Eimer und einen äußerst beeindruckenden Überseekoffer mit Timbuktu-Aufkleber, der alle möglichen Kostüme für Verkleidungsspiele verstaute.

Josh hatte nicht die Wahrheit gesagt, was seine Kochkünste betraf. Er behauptete, das delikate Gericht sei nur nach Rezept gekocht, aber dieser Mann wusste wirklich, wie man ein Brathähnchen zubereitete. Und dann der Yorkshirepudding! Köstlich hoch zehn. Josh machte es sichtlich Spaß, Zeit mit »Erwachsenen« zu verbringen, dennoch verstand er es auf wunderbare Weise, die Kinder in die Gespräche einzubinden, anstatt ihnen laufend Vorschriften zu erteilen, was viele Eltern als »aktive Kindererziehung« bezeichneten.

Drea hatte die Konversation zwanglos aufrechterhalten. Es wurde über die Arbeit geredet (Josh war Chef der IT-Abteilung an der Universität, wo die Nishios unterrichteten). Der Vater teilte seine Ängste angesichts der vielen Weihnachtseinkäufe (schwierig bei Eli, doch bei Zoe taugte eigentlich alles, was glitzerte oder mit Einhörnern zu tun hatte). Das Thema Rechnungen durfte nicht fehlen (unerschöpflich, doch es hätte schlimmer sein können). So tauschte man sich aus, während Jess und die Kinder den Großteil des Essens – und dazu gehörte auch die anschließende Zerstörung von Dreas unglaublich leckerer White-Forest-Tortenrolle – über den Weihnachtsmann spekulierten, wie beschäftigt er war, ob er mehr oder weniger dekorierte Häuser vorzog, ob ein sehr schmaler Schornstein in der Weihnachtsnacht zum Problem werden könnte und ob

Jess in der Schule dafür sorgen würde, dass die Schülerinnen und Schüler häufiger Schokoladenkuchen zum Nachtisch bekämen. Mit Farbstreuseln darauf natürlich. Wie es aussah, ein heiß diskutiertes Thema unter den Fünf- bis Achtjährigen. Zoe hatte sie auch darüber aufgeklärt, wieso auf der Küchentheke eine Unmenge von Auflaufformen herumstanden, an denen Post-its klebten. Obwohl Josh nach dem Tod seiner Frau klar kommuniziert hatte, dass er das Abendessen für seine Kinder ganz gut selbst zubereiten konnte, ließen es sich einige Nachbarinnen nicht nehmen, regelmäßig »eine Kleinigkeit für Josh und die Kinder« vorbeizubringen. Zum Beispiel gab es montags Cottage Pie von den Nishios und mittwochs irgendeine Art von Gemüsepasta oder Lasagne von einer der Gem-und-Emmas und so weiter. Josh kannte tatsächlich alle ihre Vor- und Nachnamen und sogar die vollständigen Namen der Rob-und-Bobs. Das fand Jess ziemlich beeindruckend, und sie bat um eine Namensliste, denn der erste Schultag würde sehr peinlich werden, wenn sie die Namen nicht kannte.

Nachdem Jess gefühlt einmal ihr Körpergewicht zu sich genommen, sprich von allem ein bisschen gekostet hatte, eine Handvoll Bratkartoffeln, etwas Hähnchen, mehrere Löffel honigglasierte Karotten und drei Portionen Pudding, und beim Nachschenken des leckeren Weins nicht gerade ablehnend gewesen war, ganz im Gegensatz zu Drea, die immer, wenn Josh die Weinflasche hob, ihre Hand sittsam über den Glasrand hielt (was seltsam und untypisch für sie war), musste Jess nun für ihre Völlerei büßen. Mit dem Rücken ans Sofa gelehnt war sie zum Kinderaufpassen verdonnert worden, nachdem Drea beiläufig verkündet hatte, dass »die Erwachsenen jetzt aufräumen würden«, während Jess, »ihr Ding mit den Kids machte«.

»Ich finde, du sollst das hier anziehen«, verlautete Zoe und reichte Jess einen kegelförmigen Prinzessinnenhut mit einem sagenhaften Schweif aus transparentem Stoff mit aufgenähten Glitzerperlen.

Eli hatte sich gerade einen Darth-Vader-Umhang übergezogen und mit einem Olaf-Kopf kombiniert. Seine Augen waren durch den Mund der Olaf-Maske zu sehen und klebten am Fernseher, wo zum hunderttausendsten Mal das Chaos von *Kevin – Allein zu Haus* quer übers Land verbreitet wurde, während seine Gliedmaßen jedes Mal in Bewegung gerieten, wenn Zoe einen neuen Verkleidungsvorschlag machte. Eli tat gern, was man ihm sagte. Sie vermutete, dass Zoe gerade die Verkleidung für ihren Adventsabend plante, der morgen eine »Show für das beste Haustierkostüm« präsentierte. Man hatte sich geeinigt, dass auch Kuscheltiere zählten, wenn keine Haustiere zur Verfügung standen, allerdings keine Kuscheltierspinnen, denn Kuscheltierspinnen passten nicht zu Weihnachten, nicht mal, wenn sie rote Hütchen trugen. (Zoe hatte eine Schwäche für Details.)

»Und was ist mit Audrey? Willst du mir nicht zeigen, welches Kostüm sie morgen trägt?« Jess versuchte, nicht zu lallen. Oder zu gähnen. Sie war sehr schläfrig und fühlte sich pudelwohl. Vielleicht könnte sie sich kurz hinlegen und ein ganz kurzes … Ein großes pelziges Maul tauchte direkt vor ihrem Gesicht auf und schleckte kurzerhand ihre Wange ab. »Hallöchen, Audrey.«

Zoe ließ sich auf Jess' Schoß fallen und nahm das Gesicht des hübschen Sennenhunds in die Hände. »Rot steht ihr gut«, sagte sie nach kurzem Nachdenken. Das Mädchen kletterte wieder von Jess herunter, fischte ein paar Dinge aus dem Kostümkoffer und verwarf dann eins nach dem anderen, bis sie schließlich ein Wonder-Woman-Diadem ausgegraben hatte, das sie mit einem Prinzessin-Leia-Armreif und einer Rotkäppchen-Kapuze kombinierte. »Okay. Du setzt dich dahin und legst deine Arme um Audrey«, wies sie Jess an.

Eli wurde neu eingekleidet und thronte jetzt wie ein Sultan auf dem Sofa oberhalb von Jess. Zoe kletterte zurück auf Jess' Knie und stützte nachdenklich ihren Kopf auf, während Audrey hin- und herparadierte, der ihre neue Ausstattung sichtlich gefiel.

»Papa! Papa, hol die Kamera!«

Als Josh ins Wohnzimmer hereinkam, brachte sein Gesichtsausdruck ein Kaleidoskop der Gefühle zum Ausdruck. Amüsiert. Entzückt. Glücklich. Traurig.

Die Traurigkeit empfand Jess wie einen Schlag in die Magengrube. Hatte seine Frau auch Verkleiden mit den Kindern gespielt und hatte Jess diese Rolle unwissentlich für sich beansprucht? Claires Porträt war an mehreren Stellen im Haus zu sehen, und als Zoe sie zur Haustour überredet hatte, waren ihr vor allem die schön gerahmten Fotos über den Betten der Kinder aufgefallen. Sie schien vor Energie zu sprühen und vernarrt in ihre Familie zu sein, und sie war bildhübsch. Sie hatte diese *Beste-Mama-der-Welt*-Aura, für die Jess und Amanda zu beten pflegten, als zu Beginn eines neuen Schuljahres die nächste Runde Schüler mit ihren Eltern durchs Schultor traten. Die Sorte Frau, die einfach nur … da war. Kein Rumzicken, keine Allüren, einfach nur Freundlichkeit. Normalerweise waren diese Mütter ein wenig überfordert, welche Eltern waren das nicht, aber sie waren immer bereit zu lachen oder mit den Schultern zu zucken, wenn ihr Kind auf die Schuhe kotzte:

»Was soll man da machen?« Also genau die Sorte Frau, die Jess gern zur Freundin gehabt hätte.

»Mach bitte ein Foto, Papa«, forderte Zoe. »Für den Weihnachtsmann, er kriegt es mit seinen Möhren.«

Drea tauchte hinter Josh auf. Ihr Gesichtsausdruck zeigte ein ganz anderes Wechselbad der Gefühle. Überraschung, Sehnsucht und etwas, das so sehr nach Hoffnung aussah, dass Jess gar nicht wusste, wie sie darauf reagieren sollte. Audrey ließ sich auf Jess' Schienbeine plumpsen, und Josh griff über den Flurtisch nach seinem Handy und bat alle zu lächeln, doch Jess konnte ihre Augen nicht von Drea lassen. Sie sah aus, als würden ihr Sehnsucht und Verzweiflung die Luft nehmen. Als ob sie gerade eine Familiensituation erlebte, die sie sich immer gewünscht, aber nie erlebt hatte. Jess schwor in aller Stille, das nächste Mal, wenn sie Picpoul tranken, das Verkleidungsspiel mit Drea zu spielen. Es würde nicht dasselbe sein, aber …

»Alle mal *cheeese* sagen!«, kommandierte Josh.

Ein paar Posen später streifte Audrey schließlich ihre Maskerade ab und trug ihre Rotkäppchen-Kapuze als Lätzchen, den Armreif hatte sie schon längst verloren. Zoe versuchte, Eli dazu zu bringen, sein Kostüm zu wechseln, doch er wollte lieber zuschauen, wie *Kevin – Allein zu Haus* gerade seinen Roomservice erhielt, woraufhin er natürlich gleich seinen Vater fragte, ob er am nächsten Morgen sein Frühstück ans Bett bekommen konnte.

»Also, ich denke, wir sollten uns so langsam auf das Weihnachts-Jenga vorbereiten und unsere Wintersachen anziehen?« Drea klatschte in die Hände und lächelte. Sie war unverkennbar wieder die Alte.

Alle befolgten ihre effektiven Anweisungen, und schon nach

wenigen Minuten war das Wohnzimmer aufgeräumt, alle hatten winterfeste Kleidung angezogen und hielten einen Topf oder eine Auflaufform in Händen, die »Zurück zum Absender« musste, und sogar die Flyer für die »Adventskalender-bestes-Haustierkostüm-Parade« waren ausgedruckt, bevor sie aus der Haustür drängten und nach nebenan liefen. Ginge es nach Jess, würde Drea heute zum achten Weltwunder gekürt.

»Das war wirklich ein Desaster«, sagte Drea, zerrte den Mantel von sich und schmiss ihn über das Treppengeländer, denn Jess hatte die Kleiderhaken noch nicht angebracht beziehungsweise noch nicht mal gekauft. »Wer bitte kommt auf den Gedanken, seinen Jenga-Turm rot und blau zu streichen, um dann die noch feuchten Blöcke zum Trocknen aufeinanderzustapeln?«

Jess zuckte mit den Schultern. Sie sah keinen Grund, sich so darüber aufzuregen. Es war eigentlich recht lustig gewesen. Außerdem war das Wetter so schrecklich schlecht, dass es eigentlich gut war, dass sie nicht spielen konnten.

Die Nachbarn, die es nicht geschafft hatten, sich in die Garage der Cumminghams zu quetschen, befürchteten, sich eine Erkältung einzufangen, vor allem Martha, die sogar eingewickelt in eine Decke ziemlich viel geniest und gegähnt und erklärt hatte, dass sie vielleicht halbwegs ausgeschlafen gewesen wäre, wenn nicht »jemand die halbe Nacht seine gottverdammte sogenannte Musik« gespielt hätte. Nur einige Minuten später waren alle schon wieder auf dem Weg nach Hause, gut gerüstet mit den Flyern für die Adventskalender-bestes-Haustierkostüm-Parade und neuen Ideen, welches Kostüm ihr Haus- oder Plüschtier bei der morgigen Kür präsentieren könnte. Das galt für alle, außer natürlich für Mr Winters, der nicht gekommen war, und für Kai und Rex, die den Flyer abgelehnt hatten und schweigend Hand in Hand nach Hause gelaufen waren, wobei Jess das Gefühl beschlich, dass sie den Adventsabend morgen ausfallen lassen würden.

»Wein«, forderte Drea, als wäre der gescheiterte Versuch, den Adventsabend in Haus 19 noch in einen Erfolg zu verwandeln, eine persönliche Niederlage für sie gewesen.

Jess setzte den Wasserkocher auf. Sie spürte bereits erste Anzeichen eines Katers und wollte von weiterem Alkohol besser die Finger lassen. Sehr darum bemüht, Dreas Laune kurz vor dem großen Tag nicht noch weiter zu verderben, schenkte sie ihr ein Glas Wein ein und sagte: »Ich denke, das könnte man auch aus einem anderen Blickwinkel betrachten.«

»Und welcher Blickwinkel sollte das bitte sein?«, schnauzte Drea, nahm das Glas entgegen und trank es in einem Zug, während sie sich die Frage selbst beantwortete. »Vorher schon die Weihnachtsstimmung ruinieren, damit der eigentliche Festtag nur noch besser werden kann? Nicht unbedingt die beste Taktik.«

»Nein, so habe ich das nicht gemeint. Ich dachte nur ... vielleicht täte es allen gut, mal einen Abend frei zu haben?«

»Was soll das denn heißen?«, stänkerte Drea.

»Nichts Besonderes. Ich dachte nur ...«

»Nein, nein, Fräulein Besserwisserin«, Drea richtete sich auf und nahm die stolze Pose der Queen von England ein, »ich fürchte, das musst du mir erklären.«

»Die Leute haben vor den Feiertagen einfach schrecklich viel um die Ohren, und dann kommt noch der Adventskalender hinzu ...«

»Oh, tut mir leid.« Drea fixierte Jess völlig ungerührt. »Mir war nicht klar, dass ich den Leuten zusätzlichen Stress aufhalsen würde. Nächstes Jahr halte ich mich einfach aus allem raus, in Ordnung?« Ihre Augen blitzten vor Wut.

Jess biss sich fest auf die Lippen und zählte langsam von zehn rückwärts. Sie wollte sich nicht streiten, und sie wollte gewiss nicht, dass Drea dachte, dass alles, was sie für den lebenden Weihnachtskalender ausrichtete, nur Stress und Ärger auslöste. Ganz im Gegenteil. Jess bereitete sich darauf vor, ihre Rückmeldung konstruktiv zu formulieren, wie beim Elternabend: den Fokus aufs Positive lenken und auf das Licht am Ende des Tunnels.

»Der lebende Adventskalender ist eine der besten Erfahrungen, die ich je gemacht habe.«

Drea räusperte sich, schenkte sich Wein nach, trank noch einen Schluck und sagte dann spöttisch: »Ach ja?«

»Ja. Wirklich. Ich kann mir keine bessere Möglichkeit vorstellen, alle meine neuen Nachbarn kennenzulernen. Sieh doch selbst!« Sie deutete auf die Wand im Flur, wo das Weihnachtsbaumgemälde mit all seinen individuellen Ausschmückungen davon zeugte, dass sie nun ein vollwertiges Mitglied der Christmas-Street-Nachbarschaft war. »Ohne dich hätte ich gar keinen Weihnachtsbaum.«

Drea gab einen Laut von sich, der entfernt besänftigt klang.

»Und niemals erfahren, dass Federboas aus Straußenfedern gemacht werden. Und nie gelernt, wie man Weihnachtskränze bindet oder Tulpen setzt.« Während sie sprach, wurde Jess allmählich klar, wie sehr sie dies tatsächlich meinte. Die Adventsabende hatten erheblich dazu beigetragen, dass sie sich als Teil eines wundervollen gemeinschaftlichen Ereignisses fühlte. Alle hatten am Anfang ihre Zweifel gehabt, aber nach neunzehn

Abenden stand fest, dass das persönliche Engagement weit über nachbarschaftliche Höflichkeit hinausging. Sie wollte dazu gerade etwas sagen, als Drea sie plötzlich jäh unterbrach.

»Apropos Tulpen. Wie läuft's eigentlich mit Mr Winters?«

Jess schaute auf ihr Handy. Immer noch keine E-Mail. Die ängstlichen Gedanken, die sie kaum in Schach halten konnte, schwemmten wohl wegen des großzügig eingeschenkten Weins wieder an die Oberfläche, und der gerade erlebte, herzliche und alberne Familienabend hatte das Übrige getan.

»Ich fürchte, ich habe Mr Winters' Leben zerstört«, stöhnte Jess und schlug den Kopf gegen die Küchentheke.

»Na ja, wenigstens hat er nicht mehr so viele Jahre übrig, die ruiniert werden können«, sagte Drea bitter. »Ich habe das Leben meines Sohnes ruiniert, und er wird noch lange daran zu knabbern haben.«

»Das ist aber zynisch! So schlimm ist es auch wieder nicht zwischen euch beiden, oder?«

Drea kniff die Augen zusammen und rieb mit den Daumen darüber. »Entschuldige, das war daneben. Nein, Süße, so schlimm ist es zwischen Spencer und mir nicht, allerdings könnte unsere Beziehung besser sein.« Sie fuhr mit dem Zeigefinger über den Rand des halb leeren Weinglases. »Zum Beispiel wäre es schön, wenn wir nicht beide jeweils am anderen Ende der Welt leben müssten, um uns nicht in die Haare zu kriegen.«

»Meine Eltern wohnen auch am anderen Ende der Welt«, sagte Jess, in der Hoffnung, das würde vielleicht helfen.

Drea hob ihr Glas, um anzustoßen. »Sie hätten dich sehr gern mitgenommen. Und ebendas, meine Liebe, ist der Unterschied. Ich bin vor meinem Jungen geflüchtet. Und vor der Vergangenheit, der ich mich stellen sollte, wie er es von mir verlangt hat. Und jetzt muss ich dafür büßen. Jeden … einzelnen … Tag.«

Jess stellte ihre Teetasse in die Spüle und zog die hübsche Kakaodose heraus, die ihre Eltern zwischen den Stiften und Bastelmaterialien verstaut hatten. »Wie wär's mit einem Schluck davon, und dann machen wir es uns auf dem Sofa gemütlich und reden in aller Ruhe über alles?«

Drea klimperte ein paarmal mit ihren perfekt geschminkten schwungvollen Wimpern und sagte: »Du bist so süß, Jessilein, das ist genau das, was ich jetzt brauche. Und danach flechte ich dir noch Zöpfe, versprochen!« Sie kicherte wie eine Hyäne und kippte den Rest ihres Weins hinunter.

Eine Stunde und drei Flechtfrisuren später und mitten in *Bridget Jones*, Teil 2, hatte Jess zwei Neujahrsvorsätze im Voraus gefasst. Erstens: nie wieder Drea an ihr Haar zu lassen, außer sie brauchte dringend ein Gesichtslifting. Zweitens: dafür zu sorgen, dass Dreas Weihnachten so perfekt würde, wie Drea es für alle anderen bereitete.

20. Dezember

Jess war ganz hippelig vor lauter Nervosität. Sie hatte ihren E-Mail-Eingang schon mindestens zwanzigmal aktualisiert und sich sogar die Mühe gemacht, den Laptop herunterzufahren und das Netzkabel zu ziehen, um ihn dann wieder hochzufahren. Möglicherweise war Wills E-Mail irgendwo zwischen der Steckdose und dem Computer hängen geblieben. Man wusste ja nie. Anschließend wiederholte sie die gleiche IT-Forensik-Maßnahme, um herauszufinden, ob Spencers Antwort noch auftauchte. Sie machte sogar ein paar Hampelmann-Sprünge, als sie Drea auf ihrer Detox-Morgenrunde draußen vorbeirennen sah, in der Hoffnung, damit die fröhlichen Vibrationen zu stärken, die sie in den kommenden Tagen verbreiten wollte.

Der Laptop flimmerte wieder auf, und Jess klickte gleich auf den Posteingang.

Nichts.

Warum hatte keiner von beiden geantwortet?

Nur eine kurze Antwort. Irgendwas! Sogar eine wütende Läster-E-Mail über aufdringliche und nervige Nachbarn wäre besser als nichts. Vielleicht konnte sie diese Lektion einfach nicht lernen, denn nur Zusehen und Nichtstun gehörten einfach nicht zu ihrer genetischen Grundausstattung.

Auf der anderen Seite konnte sie sich auch zurückhalten, wenn es sein musste. Zum Beispiel hatte sie nichts getan, als Josh sie eingeladen hatte, mit ihm und den Kindern zu einem nahe gelegenen Landsitz zu fahren, um dort das Winterwunderland zu besichtigen. Auch wenn es äußerst angenehm gewesen war, Gast in seinem Haus zu sein und mit den Kindern zu spielen, war sie sich immer noch nicht sicher, ob sie sich in die Richtung stupsen lassen wollte, die Drea wollte, nämlich in Joshs Arme.

Sie hatte nichts gegen Josh. Ganz im Gegenteil. Er war liebenswürdig, ebenso seine Kinder, und natürlich konnte sie nicht leugnen, dass sie immer errötete, sobald Josh in der Nähe war. Trotzdem oder vielleicht eher *deswegen* hatte sie das Bedürfnis, endlich einmal eine Weile auf eigenen Beinen zu stehen, vor allem jetzt, wo ihre Eltern sie nicht länger auffangen konnten. Oder Amanda. Und Drea übrigens auch nicht. Die coole große Schwester, die sie nie gehabt hatte. Es war höchste Zeit, sich Adele zum Vorbild zu nehmen. Und zwar nicht so sehr die Adele, die ihre bittere Erfahrung an einer superteuren Elite-Schule und ihre Trennung und ihre Arbeitslosigkeit zu Gold – beziehungsweise in ein Platinalbum – verwandelt hat (Never mind, I'll fail … a childlike youuuuu … no more playground time or Oxbridge hopes for yoooooouUUUU). Nein, jetzt ging es darum, herauszufinden, wer sie wirklich war und wer sie sein wollte, bevor sie sich wieder ins Leben eines anderen einfügen konnte.

Plötzlich ging ihr ein Licht auf. Vielleicht war das ja das Problem. In London hatte sie ständig versucht, einen Lifestyle zu leben, der nicht zu ihr passte. Zum Beispiel damals, als Amanda sie gezwungen hatte, bei Harvey Nichols shoppen zu gehen. Amanda hatte darauf bestanden, dass sie Designerklamotten anprobierte, obwohl Jess sich solche exklusiven Stücke nie und nimmer leisten, geschweige denn sich darin wohlfühlen würde, im Gegenteil: Sie schüchterten sie regelrecht ein. Jedes Mal riss sie erschrocken ganze Stangen von Tausend-Euro-Paillettenblusen oder anderen Teilchen an sich, von denen sie sicher sein konnte, dass Amanda sie sofort anziehen würde, ohne mit der Wimper zu zucken, während sie es nicht einmal schaffte, den Reißverschluss hochzuziehen, ohne dass er klemmte. Seltsam eigentlich. Dass Drea ausgerechnet in dieser ruhigen kleinen Straße wohnte, in einer, na ja, nicht wirklich gottverlassenen Gegend. Sie hätte überall und exklusiver wohnen können, doch sie tat es nicht. Suchte Drea etwas in der Christmas Street, das die meisten Leute hier zu finden hofften, sobald sie hocherfreut das »Zu verkaufen«-Schild mit »Verkauft« überklebten? Ein Stück Normalität? Ein einigermaßen ruhiges Leben in einer hübschen Straße, ohne diese ganze geschäftige Hektik? Nachbarn, die sich so sehr kümmerten, dass sie umstandslos mehr Essen kochten und regelmäßig vorbeibrachten, wenn jemand gerade nicht imstande war, sich und seinen Kindern eine Mahlzeit zuzubereiten?

Ihr Handy klingelte.

Sie hatte den Anruf fast schon angenommen, als sie den Namen der Anruferin erkannte. Amanda.

Sie starrte das Telefon an. Sie konnte sich nicht entscheiden und ließ es weiterklingeln. Sie konnte es nicht auf lautlos schalten, weil jeder unter fünfzig wusste, dass zweimal klingeln und eine anschließende Unterbrechung bedeuteten, dass man weggedrückt wurde. Sie konnte aber auch nicht rangehen, denn sie hatte fast Angst davor, mit Amanda zu sprechen. Dennoch … gehörte das nicht auch dazu, wenn sie auf eigenen Beinen stehen wollte? Sich der Vergangenheit zu stellen, damit sie endlich die Zukunft neu gestalten konnte, ein wenig kriegsmüde zwar, aber gestärkt. Und selbstbewusster. Und auch glücklicher in der eigenen Haut?

Es klingelte an der Tür.

Und kein darauffolgendes penetrantes Klappern.

Es war also nicht Drea.

Sie trat in den Flur, während das Handy immer noch in ihrer Hand vibrierte. Ein großer und zwei kleinere Schatten zeichneten sich vor der Eingangstür ab. Sie musste grinsen. Die schickte der Himmel! Sie deponierte das Handy in der Küchenschublade neben dem ungeöffneten Brief von St Benny's und rannte zur Tür.

Wie vermutet waren es Josh, Zoe und Eli. Wieder schoss ihr das Blut in den Kopf, als Josh ihr sein unwiderstehliches Lächeln schenkte. Er hatte Sommersprossen auf der Nase. Warum waren ihr die bisher nicht aufgefallen? Sommersprossen. Sie erinnerten an den Jungen, der er einst gewesen war, und zeugten von dem Mann, der er geworden war. Ein Mann, der den schlimmsten Verlust erfahren und trotzdem die Stärke gefunden hatte, der Zukunft entgegenzulächeln. Von Josh konnte sie definitiv noch etwas lernen.

»Hier«, sagte er und reichte ihr einen kleinen Stapel Briefumschläge.

»Oh! Hast du neuerdings den Job gewechselt?«

»Ja«, sagte er mit stolzgeschwellter Brust, während die Kinder kicherten und auf den Briefträger zeigten, der gerade die Straße hinunterlief. »Briefträger Josh. Allzeit bereit.«

»Papa, du musst dich zu Pat umbenennen, wenn du den Job wirklich willst«, sagte Zoe, als wäre Josh der albernste Vater auf der Welt.

»Heißen alle Briefträger Pat?«, fragte Eli, wofür Jess ihn noch ein wenig mehr ins Herz schloss. Er war so ein Kind, das ein gesamtes Königreich auf der Spitze eines Eisbergs zeichnen konnte, aber mit der Rechtschreibung Probleme hatte. Sie konnte es kaum erwarten, Teil seiner Ausbildung zu werden. Es würde Spaß machen, den beiden beim Großwerden zuzuschauen. Ein erwärmender und zugleich verrückter Gedanke.

»Jessica«, sagte Josh überraschend ernst.

»Ja, Joshua?«, fragte sie und imitierte ein wenig seinen Tonfall, aber sie war sich nicht sicher, ob er wirklich ernst war oder nur so tat.

»Wir brauchen deine Hilfe.«

Sie blickte auf Zoe und Eli hinunter, die beide nickten. Ja. Es stimmte wohl. Ihre Hilfe wurde benötigt.

Ihre Bemühungen, jegliches Erröten zu vermeiden, wurden mit einem Schlag zunichtegemacht, als Josh plötzlich ihre Hände nahm und sie mit Hundeaugen ansah. »Bitte, Jessica Green«, begann er, und Jess blieb die Luft weg. »Bitte. Gnädige Frau, würden Sie uns die Ehre erweisen und bei unserer Adventskalender-Parade morgen als Preisrichterin antreten, um die besten Haustierkostüme zu küren?«

Ach so.

Sie holte tief Luft. Die meisten Familien mit Haustieren in der Christmas Street hatten Kinder, die auf ihre zukünftige Schule gingen. Wollte sie sich wirklich schon vor ihrem ersten Arbeitstag bei den Leuten einschmeicheln oder sie vor den Kopf stoßen, indem sie rote und grüne Bänder verteilte?

Ihr Blick blieb an einem grünen Kleintransporter haften, der langsam die Straße entlangfuhr. Der dunkelhaarige Fahrer sah gerade in die andere Richtung, während er bremste, wahrscheinlich, um die Hausnummern zu lesen. Dann entfernte sich der Wagen wieder, und Josh rückte wieder in den Mittelpunkt ihres Sichtfeldes.

Sie erinnerte sich an den Vorsatz, den sie gerade in puncto Josh gefasst hatte, und dass sie jetzt endlich erwachsen werden und auf eigenen Beinen stehen wollte. Praktisch gesehen würde sie die Leistungen der Kinder bereits in wenigen Wochen regelmäßig beurteilen und mit Noten versehen. Dann könnte sie wohl auch die hübschen Kostüme in der Haustierparade auszeichnen, bei der hoffentlich alle einen Preis gewinnen.

Sie zog vorsichtig die Hand aus seinem behandschuhten Griff und sah ihn an wie eine Königin, die größte Gnade walten ließ: »Ja, ja, ich mach's.« Sie nickte, hielt dann inne.

»Aber nur unter einer Bedingung, stimmt's?«, sagte Josh mit schwindendem Lächeln, während er seine Kinder mit den Augen anflehte: »Kommt schon, helft eurem Vater aus der Patsche!« Meine Güte, der Kerl war einfach umwerfend!

»Richtig erfasst«, erwiderte sie, und erneut durchfuhr sie ein leichtes Prickeln, als sich ihre Augen begegneten.

»Du kannst auch wieder den Prinzessinnenhut aufsetzen, wenn du magst«, sagte Zoe in feierlichem Tonfall.

»Und ich lass dich in meine Festung rein«, versprach ihr Eli.

»Das sind sehr großzügige Angebote«, bedankte sich Jess, und ihr Blick wanderte die Straße hinunter, um schließlich an einem gewissen weißen Gartenzaun haltzumachen. »Ich glaube, eine Richterin ist zu wenig, und deswegen dachte ich …«

Josh blickte sie verdutzt an: »Ernsthaft?« Er hatte ihre Gedanken richtig gelesen.

»Ich glaube, das könnte richtig nett werden.«

»Oder ein Alptraum. Er ist schon ganz nett und so, aber ich glaube nicht, dass das bei allen Eltern so gut ankommt.«

»Also gut«, sagte Jess mit ihrer pädagogischsten Mary-Poppins-Stimme. »Wir müssen sie nur dazu bringen, unsere Sicht der Dinge zu übernehmen.«

Ehrlich gesagt konnte sie sich nicht vorstellen, dass Mr Winters bereit war, den Preisrichter zu spielen, aber wenn sie schon seine Chancen auf einen Enkelsohn vermasselt hatte, musste sie ihm wenigstens das Nächstbeste anbieten, eine Ersatz-Enkeltochter. Und auch wenn sie auf diesem Gebiet noch nicht viele Erfahrungen gesammelt hatte, war sie sich in dem Punkt sicher, dass Enkelinnen ihre Großväter niemals im Stich ließen. Vor allem, wenn es hart auf hart kam.

»Also …«, sagte Jess, »Mr Winters wird mein Co-Richter? Was haltet ihr davon?«

»Bei uns zu Hause stimmen wir über solche Dinge immer ab«, sagte Josh. »Also, Kinder? Was halten wir davon? Wollen wir Mr Winters bitten, neben Jess und Drea die Preise bei der Haustierkostümparade zu verteilen?«

»Du hast Drea schon gefragt?«

Josh blinzelte nervös.

O Gott. Hatte sie sich gerade eifersüchtig angehört? Er sah sie amüsiert an. Jawohl. Sie klang eifersüchtig. Wie peinlich. Natürlich hatten sie Drea gefragt. Drea konnte doch alles, und der lebende Adventskalender war ihre Idee, und sie half den Gastgebern immer beim Aufräumen, bevor sie nach Hause ging, anstatt mit irgendwelchen Verkleidungsspielen noch mehr Chaos zu verursachen. Und Jess hatte ihre Zustimmung an eine Bedingung geknüpft. Drea bestimmt nicht. Sie hatte sicher gleich zugesagt, »Alles paletti, Josh-y-lein«, und war dann zu ihrer nächsten Fitnessrunde aufgebrochen.

In diesem Moment öffnete sich Mr Winters' Haustür. Jess erkannte die Gelegenheit und ergriff sie beim Schopf.

»Sieht so aus, als wäre bei gewissen Nachbarn schon Weihnachten«, sagte Jess ein wenig außer Atem, nachdem sie die Straße hinuntergehetzt beziehungsweise -geschlittert war und auf den vereinzelten Eisflecken, die sich in diesen Dezembertagen morgens auf dem Gehweg bildeten, einige Male beinahe das Gleichgewicht verloren hatte.

Mr Winters blickte auf die Schachtel, die er gerade aufgehoben hatte. Sie hatte etwa die Ausmaße einer großen Fleischpastete, war in altmodisches Wachspapier gewickelt und mit einer schlichten rot-weiß gestreiften Schleife geschmückt. Hatte ihm jemand ein Stück Pie geschickt? Jess erinnerte sich plötzlich daran, dass Martha ein besonderes Interesse an Mr Winters' Wohlbefinden zu haben schien. Vielleicht hatte sie Gefallen an ihm gefunden. Auf dem Karton waren jedenfalls keine Briefmarken oder andere postalische Aufkleber.

»Ich habe nichts bestellt.« Er sah verwundert aus.

»Gibt es einen Absender oder ein Kärtchen?«

Er reichte ihr die Schachtel, als fürchtete er sich vor ihr. Jess musterte sie von allen Seiten. Da stand nichts. Offenbar hatte jemand das Paket persönlich zugestellt.

Ihr fiel der grüne Lieferwagen ein, der kurz zuvor die Straße entlanggefahren war.

»Hat jemand an der Tür geklingelt und Ihnen die Schachtel übergeben?«

»Es hat jemand geklingelt, ja«, bestätigte Mr Winters, »aber es war niemand mehr da, als ich die Tür öffnete. Ich glaube, ich war nicht schnell genug an der Tür.«

Hmmmm. Lieferdienste waren natürlich extrem beschäftigt zu dieser Zeit im Jahr, doch Jess spürte ein Fünkchen Hoffnung in ihrer Brust. Wer weiß … vielleicht war das …

Mr Winters begann zu frösteln, als sie beide von einer kalten Windböe ergriffen wurden. Das Wetter hatte sich in den vergangenen Tagen verschlechtert.

»Wollen wir sie lieber drinnen öffnen?«

Mr Winters sah die Schachtel an, als könnte sie tatsächlich eine Briefbombe enthalten.

»Ich öffne sie gleich hier«, entschied sie über seinen Kopf hinweg. Als sie das Papier entfernt und den Deckel abgenommen hatte, strahlte sie auf vor Erleichterung.

»Die sind für Sie!« Sie reichte ihm die Box mit frisch gebackenen Mince Pies, die mit unterschiedlichen Motiven garniert waren: Schneeflocken, Glöckchen, Sterne. »Die sind von Ihrem Enkel.«

Mr Winters war kein Mann der großen Gefühle, aber die Nachricht traf ihn so hart, dass er strauchelte, als hätte sie ihn gestoßen. Sie streckte ihre Hand aus, um ihn zu stützen, und kündigte an, sie würde ihnen beiden nun eine Tasse Tee zubereiten, dann würden sie gemeinsam Mince Pies essen, und erst danach würde sie ihn allein lassen, damit er die Neuigkeiten in Ruhe verdauen konnte.

»Kann man von Mince Pies beschwipst werden?«, kicherte Jess eine halbe Stunde später, mit der Teetasse in der einen und einem Mince Pie in der anderen Hand und etwas Puderzucker auf der Nase. »In dem ist garantiert Rum.«

»In meinem nicht, aber ich kann nicht erkennen, was drin ist.« Mr Winters streckte ihr seinen Teller hin.

»Das sind Cranberrys«, sagte Jess. »Sehen lecker aus.«

»Sind sie auch.« Mr Winters begutachtete das Blätterteiggebäck und nickte dann zustimmend wie ein Viehzüchter, der einen preisgekrönten Zuchtbullen absegnet.

Jess war von diesem speziellen Augenblick überwältigt. Das waren eigens für den Großvater gebackene Mince Pies. Von einem Enkel, von dem Mr Winters bisher nicht gewusst hatte, dass er existierte, und den er erst noch kennenlernen musste.

Wills Mince Pies waren köstlich, und man konnte förmlich schmecken, dass sie mit Liebe gebacken waren. Insgesamt waren es zirka fünfzig Stück mit unterschiedlichen Füllungen: Cranberrys, Rum, traditionell, und eine Sorte war sogar mit Johannisbeeren und Äpfeln gefüllt.

Es war schade, dass Will – falls er tatsächlich der Mann im grünen Kleintransporter gewesen war – nicht gewartet hatte, um selbst diesen Moment erleben zu dürfen. Doch Arnold hatte wohl zu lange gebraucht, um an die Tür zu kommen, und Will hatte es wahrscheinlich eilig gehabt, weil er die nächste Weihnachtsfeier beliefern musste. Oder womöglich hatte er sich verdrückt, weil er wie sein Großvater beim Gedanken an die erste Begegnung etwas eingeschüchtert war und sich lieber in kleinen Schritten auf den großen Augenblick vorbereitete.

Welche Gründe er auch gehabt haben mag, Will hielt seinem Großvater nicht vor, was zwischen Vater und Sohn passiert war. Andererseits bestand die Möglichkeit, dass er Jess dafür verantwortlich machen würde, denn a) kannte er ihre Adresse und b) hatte sie in der Türöffnung gestanden, als er vorbeigefahren war. Aber c) waren Josh und die Kinder in dem Moment bei ihr gewesen. Vielleicht hatte er gedacht, Josh wäre ihr Freund? Was eigentlich keine Rolle spielen dürfte, denn Will und sie waren ja auch kein Paar, sie waren eher so etwas wie Brieffreunde der modernen Zeit, die gerade mal über eine kleine Kommunikationsunebenheit gestolpert waren. Und sie war bestimmt um die zehn Jahre älter als er. Vielleicht sollte sie ihm eine Mitteilung senden. Ihn wissen lassen, dass seine Mince Pies großartig waren und dass Mr Winters von der Geste zutiefst berührt war.

Nach weiteren Minuten gemeinsamen Naschens und Quatschens über das Wetter und die vereisten Straßen und die möglichen Gründe, warum Will dachte, dass Mr Winters so viele Mince Pies essen würde, ließ Jess beiläufig die Idee fallen, dass er doch in der Jury für die Haustierkostümparade mitmachen könnte.

Der allzu vertraute Widerstand kam wieder zum Vorschein. »Nein, tut mir leid, Mädchen. Das ist nichts für mich.«

»Ich glaube, es wäre eine tolle Gelegenheit zur Stärkung der nachbarschaftlichen Gemeinschaft.«

Warum klang sie plötzlich wie eine Politikerin auf Stimmenfang? Weil sie sich wie im Wahlkampf fühlte, und das war sie ja auch irgendwie. »Sehen Sie.« Sie legte die Karten auf den Tisch. »Wenn ich Will schreiben und ihm erzählen würde, dass Sie sein Paket erhalten und die vorzüglichen Mince Pies verschlungen haben, würden Sie dann den Preisrichter für mich spielen?«

»Wie bitte?«

»Sie stehen einfach neben mir, nicken ab und zu, verteilen ein paar Punkte, stimmen allem zu, was Drea sagt, weil sie sowieso immer das Sagen hat, und im Gegenzug sende ich Will eine E-Mail, in der ich ihm mitteile, dass Sie seine Geste wirklich zu schätzen wissen. Was meinen Sie?«

Mr Winters' Nase zuckte. Ein kleines bisschen nur, doch es reichte aus, um Jess zu verstehen zu geben, dass sie ihm bloß eine kleine Verschnaufpause gönnen müsste, dann würde er …

»Ja.«

»Das müssen wir unbedingt auf YouTube hochladen«, sagte Drea und zeigte auf einen Teenager, der gerade seinen Hamster dazu bringen wollte, sich in das Modellauto zu setzen, das Kev seinem Vater vor einigen Wochen geschenkt hatte und das er jetzt an einer roten Schnur hinter sich herzog.

Jess musste lachen. Ein urkomischer Anblick.

Es gab in der Christmas Street viel mehr Haustiere als erwartet. Es würde unmöglich sein, einen einzigen Gewinner zu küren, was Mr Winters auch zum Ausdruck brachte und vorschlug, allen irgendeinen Preis zu geben, und am Ende beschlossen sie, genau das zu tun.

Kai, dessen Auftauchen Jess überrascht hatte, brauchte nicht lange, um genug Schleifen herzustellen, und Rex, der die Hälfte des Abends damit zugebracht hatte, die versammelte Mannschaft von Hunden zu kraulen, hatte kleine weiß gerahmte Silberkreise auf die Mitte der Schleifen geklebt, in die er mit einem Leuchtstift den Namen des jeweiligen Haustiers eintrug.

Als der Zeitpunkt für die Preisverleihung gekommen war, standen Drea, Jess und Mr Winters in einer Reihe am Gartentor von Haus 24 hinter dem Zaun, während die kostümierten Haustiere, mehr oder weniger freiwillig, nacheinander durch den geöffneten Torbogen paradierten, der für diesen Show-Effekt bestens geeignet war, denn alle konnten zusehen, und jeder, der wollte, konnte teilnehmen. Und Mr Winters fühlte sich hinter seinem eigenen Zaun ein wenig sicherer. Falls ein Kind ausrutschte, würde die Verantwortung diesmal voll und ganz bei den Eltern liegen. Drea hatte darauf bestanden, dass alle ihr Haustier registrierten und einen Haftungsausschluss unterschrieben, denn wieder waren die Streuwägen ausgeblieben und die Straßen spiegelglatt. So weit war alles in Ordnung.

Zusätzlich zu ihrem Preis erhielten alle einen Mince Pie, was Begeisterungsrufe auslöste, denn Mr Winters erklärte auf seine übliche ruppige Art, dass die Weihnachtsküchlein aus der Backstube seines Enkels stammten. Und im Gegensatz zum vorangegangenen Abend, der von einer gewissen Gereiztheit überschattet gewesen war, kehrten an diesem Adventstag alle Nachbarinnen und Nachbarn mit einem Lächeln auf den Lippen nach Hause. Der Hamster gewann den Preis für das »Haustier mit der besten Ausrüstung« (die Kategorie hatte Mr Winters erfunden). Eine Gem-oder-Emma-Katze gewann die Schleife als »bester Haustierweihnachtsmann«. Der Schnauzer der Nishios (den die meisten noch nie zuvor gesehen hatten) wurde als »beste Elfe« gekürt. Und so ging die lange Liste der Auszeichnungen weiter und endete mit dem Höhepunkt auf dem roten Haustierteppich: Audrey, der »glamouröse Weihnachtshund«. Stolz präsentierte Audrey Kais und Dreas Federboa, die mit »Aaah« und »Oooh« kommentiert wurde, bis auf einen einzigen entrüsteten Aufschrei (Martha!), weil der Berner Sennenhund den Schal wie einen Staubwedel hinter sich herzog. Zoe hatte für ihren Auftritt auf dem roten Teppich ein recht eigenwilliges Outfit gewählt und trug ein Meerjungfrauenkostüm, einen Prinzessin-Anna-Umhang und ein Wonder-Woman-Stirnband. Das Mädchen hörte nicht mehr auf zu lächeln, und als Josh sie hochhob und auf seine Schultern setzte, rief sie immer wieder: »Christmas Street ist die beste Straße der Welt!«

Sogar Mr Winters konnte sich bei Zoes Worten ein Lächeln nicht verkneifen, verbarg es aber gleich hinter seinem dicken Tartan-Schal.

Kai war inzwischen sichtlich erschöpft, nachdem er den ganzen langen Abend allen Haustieren mitsamt ihren Frauchen und Herrchen zugelächelt hatte, und gab Rex stillschweigend ein Zeichen, worauf die beiden sich sofort aus dem Staub machten.

Jess hatte Mitleid mit ihm. Schade, dass er – im Gegensatz zu Rex – keinen neuen Hund wollte, aber jeder trauerte eben auf seine Art und niemand hatte das Recht, darüber zu urteilen.

Sie konzentrierte sich wieder auf die fröhlichen Menschen vor Mr Winters' Haus, die stolz ihre Schleifen vorführten und sich über die neuesten Feiertagspläne informierten.

»Wundervoll.« Jess lächelte zufrieden.

»Ja«, flüsterte Drea, »das ist er wirklich.«

Jess drehte ihren Kopf abrupt zur Seite. »Sprichst du etwa über den Hamster?«

Drea sah sie verwirrt an, setzte dann ihr Markenzeichen-Lächeln auf und drückte ihr schnell einen Lippenstiftkuss auf die Wange: »Bin schon weg, meine Liebe. Morgen ist Online-Konferenz.«

Jess sah ihr nach und hoffte entgegen all ihren Erwartungen, dass Spencer mit einem Koffer in der Hand auf Dreas Bildschirm auftauchen würde und dem Versprechen im Gepäck, seine Mutter an Heiligabend zu besuchen.

»Jessica?« Mr Winters zog seinen Mantel fester um sich. »Und bitte vergessen Sie nicht, Ihren Computer freundlich zu bitten, Will eine Mitteilung zu schreiben. Versprochen?«

Ihren Computer freundlich bitten? Oh!

»Natürlich. Ich werde ihm eine E-Mail schicken, ich meine, ich werde ihm gleich schreiben.«

»Gut.« Mr Winters nickte ihr zu, als wollte er einen Mitarbeiter loben, der gute Arbeit geleistet hatte.

Jess salutierte vor ihm: »Ich erstatte morgen Bericht.«

Er nickte. »Machen Sie das.«

»Okay.« Sie kam aus dem Grinsen nicht mehr heraus. Sie fand es wunderbar, dass er heute mitgeholfen hatte. »Ich gehe jetzt.«

»Alles klar.«

»Gute Nacht.«

»Jess?«

»Ja?«

»Gehen Sie jetzt nach Hause.«

»Okay.« Sie war erst einige Schritte vom Gartenzaun entfernt, da konnte sie dem Impuls nicht widerstehen. Sie wirbelte herum und sagte mit tiefer Terminator-Stimme: »Ich komme wieder.«

Arnold stieg die Treppe zur Veranda hoch, wo Mr Perkins bereits auf ihn wartete. Vor der Haustür drehte er sich um und winkte, und Jess erkannte, dass auch er lächelte.

21. Dezember

Jess erwachte an diesem Morgen in freudiger Erwartung, was nicht nachvollziehbar war, denn ihre tägliche To-do-Liste (aufstehen, Kaffee machen, Däumchen drehen und über die Zukunft nachdenken) hatte sich nicht wesentlich verändert, seit sie hier eingezogen war. Abgesehen von den allmorgendlichen Schichten der Büromaterialbeschreibungen und der allabendlichen Adventskalenderüberraschung und dem irgendwann am Vormittag erschallenden *Coooeee*-Ruf durch die Briefklappe, der bedauerlicherweise immer seltener zu hören war, je näher Weihnachten rückte. Sie löffelte Kaffeepulver in die Glaskanne und fragte sich, wie ihr Leben wohl ablaufen würde, wenn sie wieder unterrichtete. Besser? Stressiger? Eintöniger?

Als sie gerade ihre erste Tasse Kaffee einschenkte, klingelte es von ihrem Laptop: ein Skype-Anruf.

»Hallo, Mama! Hallo, Papa!« Sie musterte ihre Eltern. Irgendetwas stimmte nicht. »Alles in Ordnung bei euch?«

»Ja, klar, mein Schatz. Wir sind nur ein bisschen außer Puste.«

»Wieso denn das?«

Ihre Eltern verständigten sich mit Blicken, wer nun das Wort hatte.

»Wir haben gelernt, wie man eine Kokospalme hochklettert«, sagte ihre Mutter schließlich und zeigte ihre Hände, die bis zu den Fingerspitzen in weißem Verbandsmull steckten. »Und zwar auf die traditionelle Weise.«

»Warum machst du so was?«

»Wir wollten nur helfen, die Lichterketten anzubringen. Du weißt, wie schwierig …« Ihr Vater überging die Neuigkeiten mit einem fröhlichen Grinsen und erkundigte sich bei Jess nach ihrem Tag, dem Haus und ob sie sich inzwischen eingelebt habe, und nicht viel später hatten sie bereits die Uhrzeiten verabredet, an denen sie an Heiligabend und am Weihnachtsmorgen sprechen wollten, und dass sie den Wecker stellen würden, damit sie gemeinsam ihre Schokoladenorangen essen (ihre Eltern hatten eine in ihr Weihnachtspaket gepackt) und am folgenden Morgen dann die richtigen Geschenke »austauschen« konnten, obwohl Jess darauf bestanden hatte, dass sie bereits die Kaution fürs Haus erhalten hatte und dass dieses große Geschenk mindestens für die kommenden dreißig Jahre zählen würde.

Nachdem Jess ihnen noch das Versprechen abgenommen hatte, dass sie ihre Weihnachtsdeko ab jetzt auf Bäume unter einem Meter achtzig beschränken würden, beendeten sie den Anruf. Jess öffnete die E-Mails und stellte erneut enttäuscht fest, dass weder Will noch Spencer geschrieben hatten. Es gab nur eine E-Mail-Version der traditionellen St-Benedict's-Weihnachtskarte, die diesmal eine Erklärung beinhaltete, dass sie kein Papier mehr verwendeten, um die Umwelt zu schonen und das eingesparte Geld an Childline, den Beratungsdienst für Kinder und Jugendliche, gespendet hätten, was Jess so heuchlerisch fand, dass ihr fast schlecht wurde. Seltsam fand sie auch, dass sie wieder in deren E-Mail-Verteiler gelandet war, nachdem sie im vergangenen Jahr definitiv keine Weihnachtswünsche erhalten hatte. Wieso konnte das sein?

Egal. Das war einmal. Hier und jetzt musste sie ihr Versprechen an Mr Winters einlösen.

21. Dezember
11:32
An: WillWinters@TheMerryVictualler.co.uk
Von: JessGreen2000@gmail.com
Betreff: PIES!!!!!!

Lieber Will,

ich wollte Ihnen nur mitteilen, dass Ihre megaleckeren (oder sollte ich eher sagen: himmlischen) Mince Pies sehr gut bei Ihrem Großvater angekommen sind.

Mein Glück, dass ich gerade an seinem Haus vorbeilief, als er Ihre Schachtel entdeckte. Waren das Sie in dem grünen Kleintransporter? Ich weiß nicht, ob Sie mich gesehen haben, aber ich stand in der Türöffnung und habe mich gerade mit einem Nachbarn unterhalten, als Sie vorbeifuhren.

Ich hoffe, Sie wollten mit Ihrer netten Geste Mr Winters zeigen, dass Sie Bescheid wissen und sich immer noch mit ihm treffen möchten, aber gerade sehr beschäftigt sind. Ich habe ihm nicht erzählt, dass ich Ihnen alles, Sie wissen schon, erzählt habe, aber er ist bestimmt schlau genug, um eins und eins zusammenzuzählen. Er weiß, dass wir E-Mail-Kontakt haben, denn er hat vorgeschlagen, ich solle mal »meinen Computer freundlich bitten«, Ihnen eine E-Mail zu schreiben, dass die Mince Pies vorzüglich geschmeckt haben.

Ich weiß, Sie haben gerade wahnsinnig viel um die Ohren, also fasse ich mich kurz, aber ich dachte, ich müsste Ihnen wenigstens erzählen, dass Arnold die Pies mit den Nachbarn geteilt hat (natürlich nicht alle, dazu sind sie einfach zu lecker), denn er hat gestern Abend bei der Christmas-Street-Haustierkostümparade in der Jury mitgewirkt und die Preise verteilt. Heute Abend ist Haus 21 dran (unschwer zu erraten). Es ist Marthas Abend, die etwa so alt ist wie Ihr Großvater, vielleicht ein paar Jahre jünger oder älter. Ich habe keine Ahnung, was sie vorhat. Vielleicht klärt sie uns über die Folgen von Lärmbelästigung für die Umwelt auf oder zeigt uns, wie man eine Federboa richtig zur Schau stellt (das ist eine etwas längere Geschichte). Fortsetzung folgt … demnächst.

Ich hoffe, Sie haben nicht genug von meinen Neuigkeiten. Ich dachte nur … Ihr Großvater ist so deprimiert, und es ist toll, dass er endlich etwas aus seinem Schneckenhaus hervorkriecht, und ich wette, er würde sich noch mehr trauen, wenn Sie tatsächlich vorbeikämen … so, hier mache ich dann Schluss.

Alles Gute – Jess(ica) X

»Komm schon, Süße, hübsch dich auf, wir feiern heute!«

Drea öffnete die Champagnerflasche, die sie mit einem Schwert festhielt. Mit einem echten Schwert.

»Was zum Teufel machst du da eigentlich?«

Drea leckte den Schaum von der Hand und strahlte, während sie das Schwert professionell in die Scheide zurückschob, die an ihrer Hüfte hing. »Es gibt einen Grund zu feiern.«

»Oho?«

»Spencer«, sagte Drea, und ihr Lächeln reichte nun buchstäblich von einem Ohr zum anderen. »Er kommt. An Heiligabend. Der kleine Scheißkerl.«

»O Drea!« Jess vollführte einen Freudentanz, der auch ein wenig ihr selbst galt. »Ich freue mich so sehr für dich. Das sind großartige Nachrichten.«

»Nicht wahr?«, Drea strahlte und legte dann streng die Stirn in Falten. »Wo bleiben die Champagnergläser? Heute Abend haben wir Hübschen so richtig Spaß!«

Martha Snodgrass sprühte noch nicht so sehr vor *Lebensfreude* wie Drea, als sich die meisten Nachbarn vor ihrem Haus versammelt hatten und die Kinder sich Wettkämpfe lieferten, wer die besten »Rauch«-Ringe in die eiskalte Luft pusten konnte. Die Gastgeberin sah etwas nervös aus und wurde recht unwirsch, wenn die Leute ihren zusammengebundenen Rosenstöcken zu nahe kamen, und verwies sie streng zurück auf die gepflasterten Bereiche. Sie hatte sich schick gemacht und trug ihren Pelzmantel und sogar Hut.

»Das hier wird kurz und schmerzlos«, kündigte sie in ihrer direkten Art an. »Manche unter uns kommen ja nicht so gut mit dem ganzen Herumstehen klar, das uns jeden Abend abverlangt wird.« Sie sagte das mit einem Seitenblick auf Drea und zog dann an einer Glocke, die an der Seite ihrer kleinen Veranda hing.

Tyler tauchte auf und zog wie ein Matador einen Umhang hinter sich her, der sich allerdings als die Gitarre auf dem Rücken und der recht sperrige Verstärker in der Hand herausstellte. Er schüttelte seine wallende Mähne aus dem blassen Gesicht, setzte sich auf den Verstärker, nachdem er auch ein Mikrofon ausgepackt hatte, das er Martha überreichte, die alle Gäste mit einem »Hallo« begrüßte und sich gleich für die Lautstärke entschuldigte. Tyler schlug ein paar alarmierend laute Töne an und spielte dann einen Schwall von verzerrten Riffen und Licks. Jess war sich nicht sicher, ob sie seine Vorführung überhaupt mögen sollte, und nach den Gesichtern zu urteilen, ging es den meisten Zuhörern und Zuschauerinnen nicht anders. Mehrere der kleineren Kinder pressten die Handschuhhändchen gegen die Ohren.

»Tyler«, wies Martha ihren Gitarristen zurecht, um dann in einem vornehmeren Ton ins Mikrofon zu sprechen: »Wenn ich kurz um Ruhe bitten dürfte, dann bringen wir das hier schnell hinter uns.«

»Sehr gern! Ich hab noch einen Shepherd's Pie im Ofen, von mir aus könnt ihr loslegen.«

»Glaubt ihr, es wird schneien? Kalt genug ist es ja.«

»Psssst!!!!«

»Meine sehr verehrten Damen und Herren, ich heiße Sie in Marti Morgans und Tyler Butterfields Weihnachts-Bluesclub in Christmas Street 21 herzlich willkommen.«

Alle horchten neugierig auf und zogen die Reißverschlüsse ihrer Winterjacken bis ans Kinn.

Die Stimme, die aus dem Lautsprecher kam, war alles andere als dünn und zittrig. Sie war voll und tragfähig und Martha war anzuhören, wie wohl sie sich auf der Bühne fühlte – alle Blicke waren auf die Sängerin gerichtet. Martha, besser gesagt Marti, warf Tyler einen majestätischen Blick zu, den sie mit einer hochgezogenen Augenbraue unterstrich. Dann winkte sie ab und richtete sich an ihr gebanntes Publikum: »Das ist schon viel besser. Ich möchte eine Stecknadel fallen hören, bevor ich anfange zu singen.«

Jess war verblüfft, sie sah erst zu Drea, dann zu Mr Winters, aber beide starrten Martha an, in ihrem Pelzmantel und mit ihrer Federboa, durch die sie ihre knallrot lackierten Fingernägel gleiten ließ. Sie war der Inbegriff von Glamour, durch und durch. Showbiz-Martha war ein echter Hingucker, wenn sie sich die Mühe machte.

Als Tyler dann etwas vertrautere Akkorde auf seiner Gitarre anstimmte und eine der Gem-und-Emmas kleine Teelichter in Marmeladengläsern unter den Zuschauern verteilte, spürte Jess, wie sich alle allmählich entspannten. Tyler lächelte verschmitzt, hielt die eine Hand über dem Griffbrett, zwirbelte sein Plektrum durch die Finger der anderen und fing schließlich an, eine wunderschöne, langsame, spezielle Version von »Stille Nacht« zu spielen.

Alle lehnten sich im Geiste zurück … und dann … dann begann Martha zu singen.

Marti Morgan war eine Legende. Ihre Stimme tanzte und schmiegte sich an Tylers mal freche, mal packende Interpretation des klassischen Weihnachtslieds. Sie schnellte die Oktaven hoch und wieder hinunter, so mühelos wie ein Kind auf einer Rutschbahn, das immer wieder hochrennt, weil es nicht genug bekommen kann. Entzückend. Mit vollkommener und äußerster Hingabe.

Und dann fing es an zu schneien.

Der Moment hätte nicht magischer sein können. Der Abend war natürlich nicht vergleichbar mit der heiligen Nacht, als die armen Obdachlosen Maria und Josef eine Unterkunft suchten und sie schließlich in einem Stall in Bethlehem fanden, gerade noch rechtzeitig, um an einem sicheren Ort das Jesuskind auf die Welt zu bringen. Dennoch gab es eine ähnliche Magie. Ein seltener Augenblick der Schönheit, der alle in einem einmaligen, nicht wiederholbaren Moment in der Zeit miteinander verknüpfte.

Die letzten Töne von Marthas Stimme und Tylers Gitarre schwebten noch in der kalten Luft, bis sie endgültig von der Dunkelheit verschluckt wurden, und plötzlich war alles vorbei.

»Nun denn, liebe Leute. Passt beim Rausgehen auf die Rosen auf«, mahnte Martha und bohrte ihren Blick in die kleine Schar von Menschen, die es geschafft hatte, sich auf dem schmalen Steinplattenpfad zusammenzudrängen.

Tyler ließ »Let It Snow« anklingen, während alle Martha applaudierten und ihre Begeisterung zum Ausdruck brachten, solch einen Star in ihrer Mitte zu haben. Man wünschte sich noch einen schönen Abend und meinte es auch so, und man verabredete sich schon für den kommenden Abend, obwohl man natürlich viel zu beschäftigt war und – Augenrollen – eigentlich gar keine Zeit hatte. Alle waren sich darüber einig, dass dieser Adventsabend etwas Besonderes gewesen war.

Mr Winters verabschiedete sich rasch von Jess, ging aber erst – was Jess amüsiert zur Kenntnis nahm –, nachdem er noch Marthas Blick erhascht hatte, um ihr eine Zugabe von Applaus zufliegen zu lassen und mit einem wertschätzenden Daumenhoch zu bestätigen, dass sie live mindestens genauso gut war wie auf dem Album, das sie ihm geschenkt hatte. Drea umarmte Jess, seufzte und wiederholte immer wieder: »Ist das Leben nicht schön?« Als hätte die Nachricht über den bevorstehenden Besuch ihres Sohnes ihre graue Welt in eine golden leuchtende Weltkugel verwandelt. Was wahrscheinlich stimmte.

Was Jess wieder daran erinnerte, dass sie allmählich Amanda zurückrufen sollte, oder nicht?

Dieser Abend hatte wieder einmal gezeigt, dass nicht immer alles so war, wie es schien. Martha war keine griesgrämige alte Frau, die sich ständig über Lärmbelästigung beklagte. Mr Winters war kein mürrischer Serienmörder. Und auch viele andere waren nicht so, wie die Leute angeblich behaupteten, mit Ausnahme vielleicht von den sogenannten Hippies, die tatsächlich überall Patschuli- und Salbeiduftmarken hinterließen.

Womöglich wollte Amanda einfach nur Hallo sagen.

Also warum eigentlich nicht. Sie würde sie anrufen. Sie hatte inzwischen genug Selbstvertrauen gefasst, um Amanda von ihrem neuen Leben und ihrer Zukunft zu erzählen.

Der Umzug in die Christmas Street war wahrscheinlich ihre beste Entscheidung, seit sie St Benedict's verlassen hatte. Die Anwohner umarmten sich herzlich zum Abschied. Einige nutzten die Gelegenheit, um lauthals daran zu erinnern, dass morgen die Papiertonnen und nicht die Glascontainer herausgestellt werden mussten. Und natürlich erneuerte man die Absichtserklärung, endlich die eine oder andere Tupperdose an die rechtmäßige Besitzerin zurückzugeben. Drea erkundigte sich bei dem Paar in der Nummer 22 über den Zeitplan und eventuelle »Ausgaben«. Gewöhnliche Wortwechsel, die vor dem Hintergrund des leichten Schneefalls und der nachklingenden Musik von Martha und Tyler an diesem Abend außergewöhnlich anmuteten.

Jess blickte auf das Teelicht hinunter, das in dem kleinen Marmeladenglas vor sich hin flackerte. Die Leute stellten die Gläser in einer Reihe am Rand von Marthas Veranda ab, also stellte Jess ihr Licht ebenfalls dorthin. So leuchtete das Rampenlicht weiter für den Star, während die anderen in ihr eigenes Leben zurückkehrten und sich ihre Geheimnisse, Hoffnungen und Träume im Herzen etwas wärmer, glücklicher und vielleicht sogar ein wenig friedlicher anfühlten.

Jess nahm das Handy vom Ohr und starrte es an.

Merkwürdig. Der Klingelton hörte sich anders an als sonst. Es klickte und surrte wie bei einem internationalen –

»Hallo? Jess?« Amanda klang blechern und ein wenig schläfrig und erschrocken. Jemand gähnte. Eine vertraute Männerstimme fragte im Hintergrund, wer anrief. Amanda brachte ihn zum Schweigen, machte aber den Fehler, Martins Namen zu erwähnen.

Martin war mit Amanda zusammen.

Martin war doch gerade auf den Malediven.

Jess lief ein kalter Schauer über den Rücken.

Martin und Amanda verbrachten gemeinsam jenen Urlaub auf den Malediven, den sie und Martin geplant hatten.

»Hallo, Jess! Schön, von dir zu hören. Alles in Ordnung, Liebe?«

Jess spürte ein Grummeln im Bauch und hatte plötzlich die sonderbare Wahrnehmung, dass ihre Nasenlöcher sich weiteten und sie Schwaden von Sonnenöldämpfen und Sour-Cocktails einatmete.

Sie war versucht, sofort aufzulegen. Was weit befriedigender gewesen wäre, wenn sie das altmodische Festnetztelefon von Mr Winters gehabt hätte, bei dem man den Hörer tatsächlich auf die Gabel knallen konnte. Aber irgendwas hielt sie in der Leitung.

Vielleicht war es ihr Pflichtbewusstsein, das ihr die Lehrer bereits in den Schulzeugnissen bescheinigt hatten, nie einem Konflikt aus dem Weg zu gehen, sondern sich den Schwierigkeiten zu stellen. Jene Unfähigkeit, eine Sache nicht zu Ende zu bringen, selbst wenn sich jeder andere schon längst aus dem Staub gemacht hätte.

Sie dachte an die Zeiten zurück, als sie und Amanda bei einem oder auch mehreren Gläschen Wein sich gegenseitig Fantasie-Zeugnisse ausstellten. Amanda hatte tatsächlich ihren Wein vor Lachen wieder ausgespuckt, als ihr Jess nach einer besonders unersättlichen Woche auf Tinder folgende Beurteilung gab: *Amanda verfügt über ein großes taktisches Verständnis, und sie kann ausgezeichnet mit anderen zusammenspielen.*

»Jess?«, drängte Amanda.

»'tschuldigung, ich bin noch da«, sagte Jess und versuchte, ihre Stimme fest klingen zu lassen. »Ähm … Und wie ist es auf den Malediven?«

»O Jess.« Amandas Stimme klang brüchig. »Ich habe vergeblich versucht, dich zu erreichen, um dir alles zu erzählen.«

Jess nickte und vergaß, dass eine verbale Antwort wahrscheinlich deutlicher gewesen wäre.

Jessica tendiert dazu, sich in Stresssituationen zurückzuziehen, wenn es förderlicher wäre, sich zu öffnen.

Es war die Wahrheit. Amanda hatte tatsächlich versucht, sie zu erreichen. Mehrmals. Wäre es besser gewesen, sie hätte schon früher gewusst, was Sache ist? War es leichter für sie, jetzt zu wissen, dass ihre beste Londoner Freundin, ihre vermeintliche Waffenschwester, gerade ihren Traumurlaub mit ihrem Ex-Freund verbrachte? Und so wie es aussah, würde sie sicher bald in die Wohnung ziehen, in der Martin niemals wohnen wollte. Jess fragte sich, ob sie wohl auch über die Art der Sofakissen streiten würden. Und ob Martin bei Amanda wohl einwilligen würde, eine locker zusammengelegte Decke an einem Ende der Couch griffbereit zu haben. Jess hatte stark dafür plädiert, weil sie *Game of Thrones* nicht schauen könne, wenn sie keine Kuscheldecke habe. Die beiden waren erst einige Monate oder vielleicht auch nur Wochen zusammen, frisch verliebt und bereits gemeinsam im Urlaub in den Tropen, und vielleicht hatten sie sogar schon eine Wohnung gekauft und stimmten in allen Einrichtungsfragen vollkommen überein. Amanda war genauso ehrgeizig wie Martin. Und je mehr Jess darüber nachdachte, umso besser verstand sie die Situation. Was dazu führte, dass sie sich noch elender fühlte.

»Wohnt ihr in den Pfahlbauten oder in dem Hotel mit den Privatstränden?«, fragte Jess schließlich.

»Pfahlhotel«, antwortete Amanda entschuldigend. »Jess, hör mal, es gibt noch etwas anderes, was ich –«

»Nein, nein, nein«, unterbrach Jess. »Das ist genug jetzt.«

»Okay, alles klar.« Amandas Stimme zitterte. »Das ist zu viel, verstehe. Aber wir hatten nichts miteinander, als ihr noch zusammen wart. Ich schwör's. Wir sind erst seit November zusammen. Seit Black Friday, um genau zu sein.«

»Haha!«, prustete Jess los. »Der war gut.«

»Nein, ich meine es ernst.«

»Oh.«

»Natürlich habe ich ihn im Lauf des Jahres immer wieder gesehen, aber nicht so, wie du denkst.«

Jess gab einen zustimmenden Laut von sich. Also gut. In Ordnung. Der Teil in ihr, der gerade nicht schmerzte, wusste, dass weder Amanda noch Martin so heimtückisch waren und sie einfach hintergehen würden. »Und die Wohnung?«, fragte sie und war inzwischen vollkommen davon überzeugt, dass alles, was sie sich über Martin zusammengereimt hatte, auch auf Amanda zutraf.

»Sie ist in einem Neubaugebiet.« Amanda konnte den Stolz und die Aufregung in ihrer Stimme kaum verbergen. Sie schnatterte weiter, wie ihr Martin bei den Black-Friday-Sonderangeboten über den Weg gelaufen war und sie ihn gefragt hatte, ob er sich mit ihr eine Wohnung anschauen würde, die sie für die Zukunft ins Auge gefasst hatte, und dass er sie tatsächlich begleitete und dass sie danach noch was trinken waren, und so führte eins zum anderen, und ehe sie sichs versah, unterzeichneten sie gemeinsam einen Kaufvertrag für eine supermoderne Einzimmerwohnung, mit tiefen Kinosesseln zum Fußballgucken (Martins Kindertraum) und nur drei Minuten Fußweg zum Bahnhof (Amandas Bedingung, die auf öffentliche Verkehrsmittel angewiesen war und keine Zeit verschwenden wollte). Die Wohnung würde zwar erst im Frühling fertig sein, aber es gab schon Dachgärten und Waitrose und Lululemon hatten Räumlichkeiten angemietet, außerdem würde es eine Saftbar geben, von der Jess zwar noch nie gehört hatte, aber der Name hörte sich trendig und teuer an und entsprach damit Amandas Geschmack.

Jess gab ein etwas eigenartiges, trockenes Lachen von sich: »Und natürlich bodentiefe Fenster?«

»Ja. Und Fußbodenheizung, Nasszelle und jederzeit kochendes Wasser in der Küche –« Amanda hielt inne. »Willst du das alles wirklich wissen? Ist schon ein bisschen komisch, oder?«

Obwohl sie in der schicksten aller Schulen arbeitete, hatte sich Amanda nie bemüht, ihren Dialekt abzulegen. Deswegen hatte Jess sie sofort sympathisch gefunden. Die Weigerung, ihre Wurzeln zu leugnen, obwohl sie sich verzweifelt danach sehnte, zu einer anderen Welt zu gehören. Oder vielleicht gefiel es Amanda einfach, Schickimicki zu sein, dachte Jess. Vielleicht war es so unkompliziert. Keine Starallüren. Kein zur Schau gestellter sozialer Aufstieg. Sie mochte einfach höchste Fadendichten, schicke Restaurants und teure Luxusurlaube. Das machte sie nicht zu einem schlechten Menschen. Und es war auch kein Grund, sie zu hassen. Allerdings kam erschwerend hinzu, dass sie diesen Luxus mit ihrem Ex-Freund genoss.

»Jess, sag doch was. Bitte.«

Nein. Sie war nicht dazu da, ihnen auch noch Glückwünsche auszusprechen.

»Ich muss jetzt los.«

»Jess, bitte, wir sollten über alles reden.«

»Nein«, erwiderte Jess, »sollten wir nicht.« Und dann legte sie auf und verstaute das Handy unterm Sofakissen. Aus den Augen, aus dem Sinn.

Zwei Stunden später hatte Jess es sich mit einem Becher Chocolate-Chip-Cookie-Dough-Eis vor dem Fernseher gemütlich gemacht; doch was ihr sonst Trost und Ablenkung gab, half nur bedingt. Vielleicht hätte sie nicht schon wieder ein Weihnachtsmärchen einschalten sollen. Die Botschaft »Einfaches Mädchen wird über Nacht Prinzessin« kam heute nicht bei ihr an. Außerdem tat ihr der Bauch weh, und sie fühlte sich wie eine aufgeblähte Riesenkugel voller Selbstmitleid und ungelöster Probleme.

Jessica tendiert dazu, sich in Stresssituationen zurückzuziehen, wenn …

Das war lächerlich. Sie konnte doch nicht zulassen, dass die Tatsache, dass Amanda in der Tropensonne brutzelte und bald mit ihrem Ex zusammenzog, sie total fertigmachte.

Tat es weh?

Unbestreitbar.

Gab es ihr das Gefühl, die ganze Welt hätte sich weitergedreht, während sie sich an den Fingerspitzen aus einem tiefen Loch der Verzweiflung wieder emporzog, in das sie nicht gerade schwanengleich geschwebt war, als die Dinge so schrecklich aus dem Ruder liefen?

Ja.

Aber … War der Weg, den Amanda und Martin gemeinsam einschlugen, wirklich ihrer?

War es ihr Weg, Jungen wie Crispin Anand-Haight zu unterrichten, die Lehrer schlugen und sich sogar das Gesicht zerkratzten, um die Kündigung einer Lehrerin zu veranlassen, die ihre Arbeit liebte?

Wollte sie wirklich mit jemandem zusammen sein, der eindeutig andere Erwartungen ans Leben stellte als sie?

Hatte sie nicht vielmehr das Leben, das sie sich von Herzen wünschte, hier in der Christmas Street gefunden?

Ihr Blick fiel auf den bunten Weihnachtsbaum an der Wand, dessen vielfältige Ausschmückungen ihr so eindeutig vor Augen führten, wie weit sie schon seit jenen dunklen Tagen vor einem Jahr gekommen war.

Als sie ihr Handy wieder unterm Sofakissen hervorholte, sah sie auf dem Display nicht weniger als siebenundzwanzig verpasste Anrufe von Amanda.

Es war spät. Und eine schnelle Google-Suche ergab, dass es auf den Malediven sehr früh am Morgen war. Der letzte Anruf war vor zehn Minuten gewesen.

»Hallo«, sagte Jess.

»Es tut mir so schrecklich leid«, schniefte Amanda am anderen Ende der Leitung. Sie klang wirklich verzweifelt. »Jess, ehrlich, ich hätte nie, nie, niemals gedacht, dass –«

»Weiß ich doch«, sagte Jess. »Und du hörst dich wirklich glücklich an.«

Es gab eine Pause, Jess hörte ein raschelndes Geräusch, als Amanda die Hand auf das Mikrofon legte und flüsterte: »*Alles in Ordnung, Schatz, ich gehe nur kurz auf die Terrasse.*« Dann konnte Jess die Wellen hören. »Ich bin glücklich. *Wir* sind glücklich. Das Einzige, was wir noch brauchen, um unser Glück wirklich genießen zu können, ist deine Zustimmung.«

Jess zuckte zusammen. Jetzt wollten sie auch noch ihren Segen?

Sie dachte an ihr Londoner Leben zurück. Selbst nach acht Jahren hatte sie nie wirklich ihren Platz in der Stadt gefunden. Vielleicht hätte eine andere Schule, eine andere Wohnung oder ein anderer Partner an ihrer Seite ein attraktiveres Bild ergeben, aber im Grunde drehte sich in London alles immer nur um Besser, Größer, Mehr. Und Besser, Größer, Mehr entsprach nicht ihrer wahren Persönlichkeit, aber durchaus Amandas und Martins. »Ich freue mich für dich. Für euch beide.«

»Oh, du bist ein Schatz.« Amanda schluchzte auf. »Danke. Ich würde so gern weiterreden, aber leider kann ich mir die Telefonrechnung jetzt nicht mehr leisten, weil ich eine Wohnung abzahlen muss.«

»Kein Problem«, sagte Jess, und für sie selbst überraschend entfuhr ihr ein komischer Laut zwischen Lachen und Schluchzen. Es war ja nicht so, dass sie sich nun zum Haareflechten verabreden mussten, wie Drea es ausgedrückt hatte. Nein. Es gab nichts mehr zu sagen, außer: Viel Spaß! Nimm Sonnenfaktor 50 und falls du mit Schildkröten schwimmst, erzähl mir nicht davon … davon hatte sie immer geträumt.

»Frohe Weihnachten, Amanda.«

»Wünsch ich dir auch, Jess. Frohe Weihnachten. Ich hoffe, alle deine Träume gehen dort in Erfüllung. In deinem neuen Leben.«

»Ja«, flüsterte sie, »das hoffe ich auch.«

Nach dem Gespräch fühlte sie sich wie befreit, als wäre die Verbindung zu ihrem alten Leben gekappt worden. Eine merkwürdige Klarheit beschlich sie. Dieser Abschnitt ihres Lebens war jetzt endgültig abgeschlossen. Aus und vorbei.

Sie ging nach oben und ließ sich auf das ungemachte Bett fallen. Sie spürte Traurigkeit aufkommen. Nein, sie wollte nicht mehr Trübsal blasen. In ihrem Herzen war ein Platz frei geworden, und der war nun für neue glückliche Erfahrungen reserviert. Egal, ob ihre E-Mail dazu beigetragen hatte oder nicht, Drea bekam jetzt ihr Traumweihnachten. Mr Winters hatte mit seinem künftigen Enkel Aussicht auf das beste Weihnachtsgeschenk jemals. Sie brauchte nur ein zusätzliches Fertigessen für eine weitere Person zu besorgen, war bei Martha auf ein Schlückchen Sherry während der Weihnachtsrede der Queen eingeladen und freute sich außerdem auf die ausstehende Einladung zum Kochunterricht, falls Wili sein Versprechen hielt. Und auf die Schule. Inzwischen freute sie sich von Herzen darauf. Boughtons Grundschule war keine Notlösung. Oder ein Trostpflaster. Es war ein Neuanfang. So wie der Umzug in diese Straße.

Ja, dachte sie und zog die Decke bis ans Kinn. Ihr Leben hier war das Leben, das sie wollte. Jetzt musste sie nur dafür sorgen, dass bis Heiligabend alles so weiterlief wie geplant, damit dann hoffentlich alle Weihnachtsträume in Erfüllung gingen. Sie selbst würde wohl noch ein bisschen warten müssen, bis ihr dieses Glück zuteilwürde. Doch während sie langsam schläfrig wurde und sich ihre Anspannung löste, flüsterte ihr eine innere Stimme zu, dass es gar nicht mehr so lange dauern würde. Sie war am richtigen Ort zur richtigen Zeit, und ihr Herz war voller Hoffnung. Und was brauchte man mehr? Vielleicht jemanden, der einem die Wärmflasche vorbereitet und unter die Decke legt.

22. Dezember

22. Dezember
02:27
An: JessGreen2000@gmail.com
Von: Spencer.Zamboni@BaldwinHaveyWilkinson.com
Betreff: AW: Drea Zamboni UK Visit

Liebe Jessica,
vielen Dank für Ihre E-Mail, die ich eben erst in meinem Spam-Ordner gefunden habe. Wie Sie sicher verstehen werden, ist dies eine Familiensache, und ich bitte, von privaten E-Mails unter meiner Arbeitsadresse abzusehen. Ich weiß Ihre freundliche Geste zu schätzen, aber ich wäre Ihnen dankbar, wenn Sie die Angelegenheit mir überlassen würden.

Mit freundlichen Grüßen
Spencer Zamboni
Rechtsanwalt
Baldwin, Havey & Wilkinson

Diese E-Mail enthält vertrauliche und/oder rechtlich geschützte Informationen. Wenn Sie nicht der richtige Adressat sind oder diese E-Mail irrtümlich erhalten haben, informieren Sie bitte sofort den Absender und vernichten Sie diese E-Mail. Das unerlaubte Kopieren sowie die unbefugte Weitergabe dieser E-Mail sind nicht gestattet.

22. Dezember
04:59
An: JessGreen2000@gmail.com
Von: WillWinters@TheMerryVictualler.co.uk
Betreff: AW: PIES!!!!!!

Hallo Jess(ica) –

entschuldigen Sie bitte meine letzte, sehr kurze E-Mail. Ich bin wirklich sehr im Stress, und ja, das war ich in dem Lieferwagen. Ich hatte keine Zeit anzuhalten, und ich gebe zu, mich macht der Gedanke, Sie zu treffen, fast genauso nervös wie die Vorstellung, Arnold (Großvater) kennenzulernen. Deswegen bin ich auch gleich wieder losgefahren, als er nicht sofort die Tür geöffnet hat. Kein besonders erwachsenes Verhalten. Ich weiß.

Vielleicht das ohnmächtige Verhalten eines Enkels, der endlich weiß, warum sein Vater seit fünfunddreißig Jahren nicht mit seinem Großvater gesprochen hat? Schon eher. Ihre E-Mail hat vieles ins rechte Licht gerückt, und ich habe das Gefühl, ich sollte mit meinem Vater sprechen, bevor ich Arnold treffe. Ich habe tiefes Mitgefühl mit diesem Mann. Im Ernst, diese Nachricht war für mich ein harter Schlag – und wäre es für jeden anderen auch; sie hat mich völlig aus der Bahn geworfen und alles überschattet.

Ihre letzte Nachricht enthielt eine Menge an neuen Informationen, die ich erst mal in Ruhe sortieren muss. Jetzt gibt es Fakten und erlebtes Leid und echte Gründe für dieses Zerwürfnis, das ich persönlich nur für ein dummes Missverständnis zwischen Vater und Sohn halte.

Wissen Sie, eigentlich lebe ich nur wegen eines ähnlich »dummen« Missverständnisses in England. Mein Vater und ich reden zwar noch miteinander, aber es ist kompliziert und meistens kommunizieren wir nur über meine Mutter, was natürlich nicht gerade leicht für sie ist. Und eigentlich hätte ich nie ins Catering gehen sollen. Ich habe Ingenieurwesen studiert und sollte nach dem Abschluss gemeinsam mit meinem Bruder und meinem Vater ein Ingenieurbüro aufbauen: Winters & Söhne. Das war der Traum meines Vaters. Auch das verstehe ich jetzt besser, nachdem ich weiß, wie schlecht es zwischen ihm und seinem Vater gelaufen war. Also habe ich getan, was jeder gute Junge macht: Ich wollte den Traum meines Vaters erfüllen, während ich bis spät in die Nächte versuchte, Tuiles-Waffeln zu backen, die nicht brechen würden, mir Pastetenfüllungen ausdachte, die nicht nach siebziger Jahre schmeckten, oder den perfekten »dekonstruierten« Pfannkuchen. (Lacher. Das war definitiv ein Witz.) Ich war kein guter Ingenieur. Es war nie mein Ding. Mein Bruder hasste das Geschäft ebenfalls, traute sich jedoch nie, etwas zu sagen. Er liebte es, Häuser zu bauen, und träumte davon, diese Mega-Wolkenkratzer im Mittleren Osten oder in Asien zu entwerfen. Solche Hochhäuser, von denen Tom Cruise seine Stunt-Sprünge macht. Doch wir wussten, dass unser Vater wollte, dass wir zusammenarbeiteten, also machten wir weiter. Aber mein Vater war zunehmend unzufrieden mit mir, vor allem, wenn es zu wenig Aufträge gab. Er sagte immer, dass Familien, die zusammenarbeiten, auch zusammenhalten. Und wenn ich mich richtig reinhängte, könnten wir gemeinsam die Welt bereisen, aber wir kamen nicht weiter als bis Glasgow. Er häufte mir immer mehr Verantwortung auf und immer größere Aufträge (ich leitete alle Verkaufsgespräche), bis ich dann eines Tages, als mein kleiner Bruder die Arbeitssituation nicht mehr ertragen konnte, einen Alles-oder-nichts-Pitch mit dem früheren Arbeitgeber meines Vaters, BP, in den Sand setzte. Absichtlich. Winters & Söhne ging schnell den Bach runter, mein Bruder nahm einen Job in Seoul an, und mein Vater brach mehr oder weniger zusammen. Seine Ärzte nennen es einen depressiven Schub. Deswegen lebt er heute auf einer einsamen schottischen Insel, wo er Steinmauern repariert und Schafe zählt. Es tut ihm gut. Er hat immer hart gearbeitet, und meine Mutter hat sich immer darüber beschwert, dass sie ihn nie zu Gesicht bekam. Am Ende hat mein Sabotageakt also ihre Ehe gerettet. Und ich bin südwärts gezogen, um mich dort als der (nicht so) »Fröhliche Viktualienhändler« zu beweisen. Und wie Sie bereits wissen, habe ich dann alles an meine Ex-Freundin verloren. Das heißt, ich habe sie freiwillig ausbezahlt, aber jetzt schufte ich mich fast zu Tode, um die Miete fürs Geschäft zu verdienen und vor allem für die darüberliegende Wohnung, irgendwo muss ich ja schließlich wohnen. Anmerkung: Illegales Campen im Büro ist nicht zu empfehlen!

Ja, ich muss diese neuen Informationen noch verdauen, aber jetzt darf ich erst mal vierhundert Mini-Schokoladen-Kokos-Pudding-Weihnachtsmänner herstellen …

Ich bin hocherfreut, dass Ihnen die Mince Pies geschmeckt haben, und auch wenn ich ausweichend auf unsere mögliche Verabredung reagiere, möchte ich Ihnen an dieser Stelle danken. Oder darf ich Du sagen? Ernsthaft, es berührt mich sehr, dass Großvater die Pies an die Nachbarinnen und Nachbarn verteilt hat. Das werde ich Dir nie vergessen. Ich hoffe, ich darf das auch erleben, aber diesmal – mit etwas Glück – live und persönlich.

Liebe Grüße xW

22. Dezember
02:27
An: Spencer.Zamboni@BaldwinHaveyWilkinson.com
Von: JessGreen2000@gmail.com
Betreff: AW: AW: Drea Zamboni UK Visit

Lieber Spencer –

*es tut mir unendlich leid. Mist. Ich sollte gar nicht auf diese E-Mail antworten, oder? Dann landet ja wieder eine persönliche Nachricht in Ihrem Arbeitspostfach, und Sie hatten mich ja gebeten, ebendas nicht zu tun. F***. Ihre Mutter wünscht sich so sehr, dass Sie kommen. Und Sie haben Ihr doch schon gesagt, Sie kämen. Ich hoffe, das ist wahr. Bitte kommen Sie.*

Hochachtungsvoll

LÖSCHEN LÖSCHEN LÖSCHEN

22. Dezember
07:07
An: WillWinters@TheMerryVictualler.co.uk
Von: JessGreen2000@gmail.com
Betreff: AW: AW: PIES!!!!!!

Lieber Will,
Jessica hier. (Wer sonst.) Dicke Umarmung!!!!

LÖSCHEN LÖSCHEN LÖSCHEN

Lieber Will,

auch wenn das jetzt sehr nach Meg Ryan in »e-mail für Dich« klingt: Ich glaube, ich bin gerade dabei, mich in Dich zu verlieben.

LÖSCHEN LÖSCHEN LÖSCHEN

DER COMPUTER WIRD JETZT HERUNTERGEFAHREN:
3 … 2 … 1 …

»Wie wär's, wenn wir es einfach halten und vielleicht … ein paar Dutzend Mince Pies vom ›Fröhlichen Viktualienhändler‹ bestellen?«

Mr Winters musterte sie eingehend.

Jess war nur halb so geschickt vorgegangen wie geplant. All die Neuigkeiten, die sie per E-Mail erreicht hatten, hatten sie in helle Aufregung versetzt: Ein Teil ihres alten Lebens war plötzlich wie abgeschnitten, dann Wills Ausführungen und schließlich ihr misslungener Versuch, ihm zu antworten (*bin gerade dabei, mich in Dich zu verlieben.* Was war da eigentlich in sie gefahren?). Sie sollte ihr Gefühlschaos besser in konstruktive Bahnen lenken, um den vierten Advent bei Mr Winters zu einem zauberhaften Abend zu machen.

Doch Mr Winters war nicht besonders kooperativ.

»Okay … dann eben keine Mince Pies. Wie wär's, wenn …« Jess klopfte mit dem Bleistift, an dem ein winziger Filzweihnachtsbaum mit Miniglöckchen hing, gegen ihr Notizheft. »Wie wär's zum Beispiel mit …«

»Wie wär's damit: Sie geben jetzt einfach auf, Mädchen?«, sagte er freundlich. »Ich kenne die Leute, ihre Erwartungen sind hoch. Unter Schneemaschinen, Kränzebinden und einem Broadway-Konzert läuft gar nichts.«

Jess lächelte. Sie fand es süß, dass er Martha für einen Broadway-Star hielt.

»Aber um ehrlich zu sein«, fuhr er fort, »ich will nicht, dass die Leute überall herumtrampeln und eine Gastfreundschaft erwarten, die ich nicht mit Freuden geben kann.«

Aha.

»Mir eilt ja ohnehin der Ruf des Scrooge voraus, also sollte ich am besten diese Erwartung erfüllen.« Er murmelte noch leise »*Bah, Humbug!*« und wirkte so verloren und verletzlich, dass es Jess erneut einen Stich versetzte.

Er konnte doch jetzt nicht aufgeben! Am vorangegangenen Abend war er noch bester Laune gewesen (für seine Verhältnisse), hatte sich bei jeder neuen Idee an die Nase getippt und war für einen Achtzigjährigen äußerst beschwingt durchs Haus getänzelt.

»Sie sind nicht Scrooge!«, protestierte Jess und zeigte auf die Tasse mit heißem Kakao, die er ihr gerade zubereitet hatte. »Ebenezer Scrooge würde niemals in den Laden gehen und etwas kaufen, das er selbst nicht mag, nur um es einem Gast anbieten zu können.« Sie nickte ihrer noch unberührten Tasse zu, um seiner Großzügigkeit Ehre zu erweisen.

»Ich bin nur –«, er setzte zu einer Antwort an, starrte dann ebenfalls für ein Weilchen seine Tasse mit heißer Schokolade an und sah Jess schließlich mit seinen liebenswürdigen blauen Augen an: »Ich bin nur außer Übung, das ist alles.«

»Ich werde Ihnen helfen«, sagte Jess bedächtig. Sie durfte ihn nicht überfahren. Seine Schritte aus dem Schneckenhaus mussten behutsam begleitet werden. Dennoch blieben ihnen nur ungefähr siebzig Stunden, um den negativen Erwartungen der Nachbarschaft die Stirn zu bieten. »Wenn die Leute wirklich so schlecht über Sie denken, wozu sie eigentlich keinen Grund haben, dann liegt die Latte doch recht niedrig, oder? Wir müssen also kein Riesenfeuerwerk veranstalten.«

Er schüttelte den Kopf und hatte sichtlich kein Interesse, weitere Möglichkeiten zu erörtern.

»Mr Winters … Arnold, ist zwischen gestern Abend und heute Morgen etwas passiert, das Ihre Haltung dazu verändert hat?«

»Ich hatte noch nie eine Haltung dazu, meine Liebe«, sagte er.

Okay. Verständlich, aber …

Sie spürte Angst aufkommen. Wills E-Mail war in den frühen Morgenstunden geschrieben worden, vielleicht hatte er anschließend noch ein paar Zeilen an Arnold verfasst, dass es doch keine gute Idee sei, Kontakt aufzunehmen, und dass er einen Fehler gemacht habe.

Sie blickte sich in der warmen und gemütlichen Küche um. Nichts. Sie konnte sich auch nicht daran erinnern, im Flur etwas bemerkt zu haben, aber es würde wohl auch niemand einer Karte mit der Aufschrift »Ich will dich nie wiedersehen« einen Ehrenplatz geben.

Sie versuchte, ihre Angst im Keim zu ersticken. Der Will, in den sie sich gerade definitiv absolut nicht verliebte, würde so etwas Hartherziges nicht tun, selbst wenn er darunter litte, dass sich die Geschichte vielleicht auf grausamste Art wiederholte. Nein. Ihr Will schien eher ein Mann zu sein, der sich zurückzog, wenn ihn etwas belastete, aber was würde er dann machen? Er wollte den Konflikt mit seinem Vater lösen und seinen Großvater kennenlernen. Schade, dass Will nicht schon vor Monaten Kontakt aufgenommen hatte. Dieses Haus war so geräumig, im Dachgeschoss gab es sicher noch leerstehende Zimmer. Ihr wurde eng ums Herz. Es musste sehr einsam sein allein in diesem großen Haus, was die Frage aufwarf, wieso hatte er eigentlich nicht wieder geheiratet? Oder wenigstens Freundschaften geschlossen?

Sie dachte an die vergangenen Abende zurück und versuchte zu rekapitulieren, was ihn dazu veranlasst haben könnte, sich wieder zu verkriechen. Es konnte nichts Schlimmes gewesen sein, sonst hätte er ihr wieder die Tür vor der Nase zugeknallt.

Da kam ihr die Situation wieder in den Sinn, als er Martha zuwinkte und mit dem Finger an den Nasenflügel tippte.

Bedeutete das … hatte er … hatte Arnold etwa *geflirtet*? Hatte er spontan geflirtet, und hatte ihn das so durcheinandergebracht, dass er sich schnell wieder in die Welt zurückzog, die er am besten kannte? Seine eigene?

»Wie wäre es, wenn …« Jess versuchte wie jemand auszusehen, deren einziges Anliegen war, die Weihnachtsstimmung in der Nachbarschaft am Laufen zu halten und den vierten Advent nicht in ein U60-Speed-Dating-Event zu verwandeln. »Wie wäre es, wenn wir Weihnachtslieder singen würden?«

Mr Winters runzelte die Stirn. »Ich kann doch gar nicht singen.«

»Nein, aber Martha. Und Tyler. Und die Kinder in der Straße üben schon länger für einen Gottesdienst mit Gesangseinlage, also könnten sie bei Ihnen eine Art Generalprobe machen? Oder eine Zugabe, je nachdem, wann der letzte Adventskalenderabend bei Ihnen stattfinden soll.«

»Ich habe Ihnen gesagt, dass hier gar nichts stattfinden wird.«

»Was soll schon Schlimmes passieren, Arnold?«

Die Frage überrumpelte ihn. Jess auch, um ehrlich zu sein. Wenn sie nur herausfinden könnte, wovor sie solche Angst hatte.

Fast sah es so aus, als bliebe die letzte Tür des lebenden Adventskalenders geschlossen. Jedenfalls schien es darauf hinauszulaufen, den E-Mails von heute Morgen und dem mangelnden Fortschritt nach zu urteilen, den sie und Mr Winters machten.

»Ach.« Er winkte mit seiner großen, alten Hand ab. »Die Leute wollen gar nicht zu mir kommen. Das wissen Sie doch, Jessica. Sie wollen mit ihren Familien und Freunden feiern. Mit den Leuten, die ihnen am Herzen liegen. Ich möchte keinem den Heiligabend verderben und so tun, als wäre ich ein guter Gastgeber.«

Und da war sie endlich. Seine größte Angst. Nicht liebenswürdig zu sein. Sicherlich eine Folge der Trauer und der Schuldgefühle. Jess spürte das bekannte Kratzen im Hals. Sie ging kurz in den Flur, um die Tränen zu unterdrücken, die sie sonst überwältigt hätten. Sie spürte den Impuls, Will anzurufen und ihn anzubetteln, endlich vorbeizukommen und seinem Großvater selbst zu erzählen, wie gern er ihn treffen möchte und wie sehr Robert darunter litt, dass er keinen Kontakt mehr zu seinem Vater hatte, und seine eigenen Söhne so sehr in die Pflicht genommen und ins Familiengeschäft gezwungen hatte, um ihnen den unüberwindbaren Bruch zu ersparen, den er und Arnold erleben mussten. Doch es gab auch eine Stimme in ihr, die sagte, sie solle sich erst mal abregen.

Als sie in die Küche zurückkehrte, kam ihr die zündende Idee. »Ich weiß, das klingt vielleicht ein bisschen abwegig, und ich muss noch Kai und Rex fragen, was sie vorrätig haben, aber ich dachte, wenn das Wetter nicht allzu schlecht ist, könnten Sie etwas anbieten, das unseren Tag ›fröhlich und hell‹ macht, denn wie Sie schon sagten, Heiligabend haben alle schon Pläne.«

Mr Winters sah sie mit halb geschlossenen Augen, aber aufmerksam an.

»Kai und Rex haben diese tollen Wunderkerzen in ihrem Laden, in der Form von Weihnachtsbäumen. Wie wäre es, wenn Sie an Ihrem Abend allen Nachbarn eine Wunderkerze überreichen, die sie dann in ihren Gärten aufstellen und in der Nacht anzünden, um dem Weihnachtsmann einen Gruß zu senden?«

»Und dann …?«, fragte Mr Winters.

»Und das war's«, sagte Jess. »Sie haben recht, warum sollte man den Leuten noch mehr Druck machen, wenn sie ohnehin schon gestresst sind?«

Er nahm zerstreut einen Schluck Kakao und starrte dann seine Tasse an, als wäre er überrascht über das, was er gerade getrunken hatte.

»Sie machen einen guten Kakao«, sagte Jess.

»Das Rezept meiner Frau«, sagte Arnold. »Besser gesagt ihre Methode. Sie hat das Kakaopulver nie in die Milch eingerührt, wie die meisten es machen, sondern zuerst ein bisschen Kakao zu einer Paste verrührt, bevor sie die Milch in die Tasse goss. Und sie raspelte ein wenig Rohschokolade hinein, was den Kakao so köstlich macht. Das ist natürlich eine Wissenschaft für sich, reine Chemie, aber der Geschmack …« Er hielt inne und sah zum Fenster hinaus. Sein Blick war so voller Hoffnung, als würde er sie erwarten. Seine Anne. »Ich werde Ihre Idee in Betracht ziehen, Mädchen. Und ich wäre Ihnen dankbar, wenn Sie mit den beiden jungen Männern über diese Wunderkerzendinger sprechen könnten.«

»Schon erledigt«, strahlte Jess und war kaum noch in der Lage, still zu sitzen und ihren Kakao auszutrinken, bevor sie die Straße hinuntersprang, ihren Wagen startete und zu Berry's Blooms fuhr, um noch rechtzeitig vor Ladenschluss dort zu sein.

Stunden später stand Jess neben einer freudestrahlenden Drea vor Haus 22 und wartete ungeduldig, dass der Abend ein Ende nahm. Sie blickte auf ihre Armbanduhr. Das war schon die vierte Runde. Noch eine, dann würde endlich eine Gewinnerin oder ein Gewinner verkündet, und sie konnte nach Hause gehen und sich weiter mit Mr Winters' Vater-Sohn-Problem befassen.

»Linker Fuß auf die grüne Sprosse.«

»Warum darf Martha die Schiedsrichterin sein?«, beschwerte sich jemand.

»Weil Martha die älteste und gebrechlichste Person hier ist und nicht im Geringsten daran denkt, dieses verfluchte sogenannte Spiel mitzuspielen«, antwortete Martha schnippisch.

»So schlimm ist es auch wieder nicht, oder?«, fragte Emma, oder vielleicht war es auch eine Gemma.

Alle Augen waren auf das große Bettlaken gerichtet, das auf dem Boden des leergefegten Wintergartens ausgebreitet, mit Kinderspielzeugen an den Ecken befestigt und so zu einer riesigen Spielfläche geworden war. Die Gem-und-Emmas hatten offenbar den halben Tag damit verbracht, die runden Spielfelder in Form von Rosenköhlchen, Rentiernasen, Weihnachtspuddings und goldenen Sternen mit ein paar Stichen aufzunähen. Manche Kreise hatten sich bereits abgelöst oder lagen jetzt nicht mehr in einer Reihe, ein Goldstern war sogar auf dem Kopf einer Dreijährigen gelandet und diente nun als Hut.

Alle sagten Jess, dass sie das wunderbar machte, doch sie wurde langsam ungeduldig.

»Rechte Hand auf rote Nase«, rief Martha.

O Gott.

Sie hatte den linken Fuß schon auf einem Goldstern, das bedeutete, sie musste ihren Körper jetzt irgendwie zwischen Chantal und Josh hindurchmanövrieren, die schon die ganze Zeit wie Schulkinder herumkicherten, während sie ihre Gliedmaßen verknoteten und umeinander verdrehten. Eli, der unterschiedliche Socken trug, stand mit einem Fuß auf einem Pudding und blickte so weit in die Ferne, als hätte er sich gerade teleportiert.

Jess schaute auf die roten Nasen. Das einzige freie Feld war direkt bei Joshs linker Hand, die sich beunruhigend nah an seiner mit einem Weihnachtspulli bedeckten Brust befand und seinem perfekt geschnittenen Gesicht (und den Sommersprossen) … *seufz*.

Stand sie wirklich auf ihn? Sie war ja nun endgültig ausrangiert worden, nachdem Amanda mit ihrem Ex zusammenzog. Damit würde sie die Eltern-Lehrer-Grenze überschreiten. Sie ertappte Drea, die sie anstarrte. Da war wieder der Stich im Herzen, der sie daran erinnerte, dass eine halbherzige Affäre mit Josh sie augenblicklich von ihren neuen Freundinnen und Nachbarn entfremden könnte, wenn es unweigerlich zum Bruch kam.

Und da gab es noch Will. Möglicherweise war er doch nicht viel jünger als sie und eher in ihrem Alter, oder er war ein Wunderkind. Jedes Alter hatte seine Tücken. Er arbeitete sehr hart und versuchte gleichzeitig, seinen emotionalen Ballast loszuwerden, was auch Mr Winters betraf, der bestimmt nie wieder mit ihr sprechen würde, wenn sie Will verletzte. Und er war nichts als ein Fremder. Konnte man sich in jemanden verlieben, dem man noch nie begegnet war?

Während Jess vergeblich versuchte, die richtige Position einzunehmen und zum Stehen zu kommen, schwirrten die Gesprächsfetzen um sie herum wie Glitter in einer Schneekugel:

»Kommt schon! Lasst uns das Spiel endlich über die Bühne kriegen!«

»Kämpft ihr auch immer damit, alle Einkäufe für die Feiertage im Kühlschrank unterzubringen?«

»Ich musste sogar ein paar Sachen in die Garage stellen. Hoffentlich werden die nicht schlecht da draußen.«

»Meine Tiefkühltruhe im Geräteschuppen hat ausgerechnet gestern Abend den Geist aufgegeben.«

»Das nenn ich mal eine echte Katastrophe.«

»Ob man wohl noch bis morgen eine neue bekommt?«

»Wir haben noch ein bisschen Platz in unserer. Für was Kleines. Wir haben Vorräte für eine ganze Armee!«

»Caitlyn! Lass bitte Violet in Ruhe. Sie möchte deine Finger nicht im Mund haben. Tut mir leid. Zu viel Süßes diese Woche.«

»Jess, leg endlich deine Hand auf die rote Nase. Wir sind hier nicht bei den Olympischen Spielen, das ist Twister, ein Verknotungsspiel, also verknote dich endlich.«

»Aber es gibt einen Preis, oder, Gemma? Entschuldigung, Emma?«

Jess' Blick fiel wieder auf Josh. Er blinzelte ihr zu, wie um zu sagen: »Komm schon, ich glaube an dich.«

Sie spürte Dankbarkeit in ihrem Herzen aufsteigen.

Es war schön, dass jemand an sie glaubte. Und noch schöner war es, sich nicht auf die Meinung der anderen zu verlassen, um mit sich selbst zufrieden zu sein. Vor allem an dem Tag, nachdem sie erfahren hatte, dass ihr Ex mit ihrer ehemaligen besten Freundin zusammen war. Sie konnte ihren Gefühlen jetzt nicht trauen. Das war das Einzige, worauf sie sich gerade verlassen konnte. Sie schob ihre Überlegungen, ob sie nun auf Josh stand oder nicht, zur Seite und schritt endlich zur Tat. Sie stellte sich auf die Zehenspitzen und entschuldigte sich bei Chantal, als sie mit ihrem Sockenfuß auf dem Goldstern ausrutschte und auf deren Rosenkohl landete und ihre Hand an Josh vorbei auf die rote Nase zusteuerte, bis schließlich alle drei umkippten und mit ausgestreckten Gliedmaßen dalagen und in Gelächter ausbrachen. Im Augenblick ihres Falls streifte sie mit ihrer Nase Joshs Gesicht. Ihre Blicke trafen sich und blieben aneinander haften, und ihr war, als schösse ein etwas unangenehmer Stromschlag ihren Rücken hoch. Heute Abend duftete er nach Orangen und Pfefferkuchen, und er war ihr nah genug, um herauszufinden, ob er wohl auch so schmeckte. Ein kleines weihnachtliches Geknutsche würde doch niemandem schaden, oder?

»Okay!«, rief eine vertraute Stimme. »Reich mir die Hand, Jess. Lass dir aus diesem Chaos raushelfen.«

Jess nahm Dreas Hand dankbar an, und obwohl die Freundin vergnügt wie immer wirkte, erkannte Jess eine gewisse Ungeduld in ihrem Gesichtsausdruck. Sie hoffte wirklich, Spencer hatte es sich nicht anders überlegt und würde morgen kommen. Drea hätte ihr gewiss erzählt, wenn es nicht so wäre, oder? Oder war sie doch zu weit gegangen und hatte sich in Angelegenheiten gemischt, die sie nichts angingen? »Nur noch achtundvierzig Stunden«, sagte Jess und strahlte.

»Ticktack«, sagte Drea und tippte auf ihr Handgelenk. »Die Zeit läuft.«

23. Dezember

»Allmächtiger im Himmel, Jess!« Drea stürmte in den Flur und brachte einen heftigen Winterluftzug mit sich. Sie lief ins Wohnzimmer und blieb ohne Vorwarnung stehen, so dass Jess beinahe mit ihr zusammengestoßen wäre. »Ich dachte, du öffnest die Geschenke deiner Eltern erst später.«

Jess betrachtete die vielen offenen Kisten im Wohnzimmer. »Ich dachte, es wäre an der Zeit auszupacken«, sagte sie und glühte vor Nervosität. Sie wollte später am Abend bei Mr Winters vorbeischauen, aber vorher noch einen Schlachtplan entwerfen. Der Sturm lieferte ihr die perfekte Ausrede, um mehr Zeit zum Nachdenken zu gewinnen.

»Da draußen ist die Hölle los«, sagte Drea und beobachtete missmutig, wie Eisregen gegen die Fenster peitschte. »Auspacken, wirklich?«, sie sah Jess forschend an. »Heißt das etwa, du nimmst jetzt endlich das verdammte ›Zu verkaufen‹-Schild runter?«

Jess nickte. Das hatte sie vor. Aber noch nicht heute, denn es tobte da draußen, und der einzige Ort, wo sie das Schild verstauen konnte, war hinten im Garten und dazu hätte sie durchnässt durchs Haus laufen müssen; das wollte sie lieber vermeiden. Aber es war wirklich überfällig. Mr Winters hatte schon sein halbes Leben hier verbracht, gute und schlechte Zeiten erlebt. Vor allem Letztere. Doch sein Haus stand für so viel mehr, als er vielleicht selbst ahnte. Es war ein Leuchtfeuer. Für seinen Sohn. Und noch mehr für seinen Enkel, wenn er die Zeit / das Mitgefühl / den Mut finden würde, seinen liebenswürdigen Großvater zu besuchen. Ihr Haus sollte auch ein Leuchtfeuer für andere sein. Seit ihre Eltern ihr Haus verkauft hatten und ihr das erste Weihnachten ohne sie bevorstand, wurde ihr mit einem Mal bewusst, dass sie nicht nur losgelöst von ihrem Londoner Leben war, sondern auch keinerlei Verbindung mehr dazu hatte. Es gab kein Kinderzimmer, in das sie sich einschließen konnte. Keine Einhorndecke, unter der sie sich verkriechen konnte, und auch keinen Zugang mehr zu Mutters Vorratsschränken, die mit zuckerglasierten Biskuitringen und Wagon-Wheels-Keksen jede Menge Trostessen boten. Sie musste sich jetzt ihr eigenes Zuhause schaffen. Ihre eigenen Traditionen begründen, mit denen sie umgekehrt ihre Eltern zu sich in die Christmas Street locken könnte.

»Kaffee«, forderte Drea.

»Vielleicht diesmal mit einem Schuss Kakao?«

Drea verzog das Gesicht.

»›It's Christmas Time‹«, sang Jess, Cliff Richards imitierend, und fügte hinzu. »Kakao ist doch total keto.«

Drea spitzte die Lippen: »Was weißt du denn über keto?«

»So gut wie nichts«, grinste Jess und hob den Zeigefinger. »Doch als ich zuletzt das *Heat*-Magazin las, habe ich gelernt, dass man einfach ein Stück Butter oder Kokosraspeln in alles hineinschmeißen kann, was man essen will, und dann ist es keto.«

»Ja, das könnte man ungefähr so beschreiben«, sagte Drea gedankenverloren, was bei Jess sofort Befürchtungen auslöste, Spencer könnte seiner Mutter von der unsäglichen E-Mail erzählt haben und käme doch nicht – und man jetzt ihr den Schwarzen Peter dafür zuschieben würde. Doch wenn es so wäre, würde Drea nicht zum Kaffeeklatsch bleiben, oder? In dem Fall würde sie wohl eher versuchen, Jess zu töten.

Jess schaltete den Wasserkocher an und musterte immer wieder verstohlen Drea, die in der Kiste mit den Büromaterialien herumschnüffelte und ein paar Klebezettel in Kükenform einsteckte, was nicht als Verhalten einer potenziellen Mörderin eingestuft werden konnte. Jedenfalls noch nicht zu diesem Zeitpunkt. Tod durch Papierschnittwunde? Eher nicht.

»Warum bist du eigentlich hergekommen?«, fragte Jess schließlich und reichte Drea ein heißes Mixgetränk, das zur einen Hälfte aus reinem Kakao (nach der Art von Mr Winters) und zur anderen aus Kaffee bestand.

Drea schaute sie amüsiert an. »Brauche ich neuerdings einen Grund?«

»Nein«, lachte Jess, erleichtert darüber, dass Drea nicht gekommen war, um Freundinnen, die sich überall einmischten, eine Standpauke zu halten.

»Gut«, sagte Drea und nahm einen Schluck aus ihrem Kaffeemix. »Mhm, das ist lecker! Also. Was passiert jetzt mit Mr Winters?«

Es klingelte an der Tür.

Es war Josh. Jess lotste ihn in die Küche, nachdem auch er fand, dass ein Mokka bei diesem grässlichen Winterwetter guttun würde. »Ich wollte aber nicht beim Morgenkaffee stören.«

»Das ist keine müßige Mädchenrunde hier«, klärte Drea auf, »sondern ein professionelles Arbeitstreffen.« Sie zeigte mit dem Kopf Richtung Straßenende. »Jess hat Detektivin gespielt.«

Jess versuchte, diplomatisch zu erklären, dass sie in Sachen Heiligabend durchaus Fortschritte gemacht habe, aber noch auf eine formale Zusage warte.

Erneut klingelte es an der Tür.

Diesmal waren es der Paketbote und Martha, die gerade für ein großes quadratisches Paket unterschrieb und dem Boten anschließend eine funkelnde Ein-Pfund-Münze reichte.

»Man sollte professionell ausgeführte Arbeit in der Weihnachtszeit besonders würdigen, nicht wahr, meine Liebe?«, sagte Martha, überreichte Jess das Paket und ließ sich selbst herein. »Du hast nicht zufällig gerade den Wasserkessel aufgesetzt?«

Als sie schließlich alle um den kleinen Tisch versammelt saßen, mit einem dampfenden Mokka in der Hand und Martha mit einer Tasse ordentlich starken Tees, wurde Jess schnell klar, dass die unangekündigten Besucher vor allem wissen wollten, was Mr Winters an seinem Abend plante und wann.

»Was spielt das denn für eine Rolle?«

Alle Blicke richteten sich entrüstet auf sie.

»Ach, Süße. Einige von uns haben einen langen Tag vor sich. Vor allem diejenigen, die Besuch aus ›Stralia‹ erwarten, okay?« Drea zeigte mit ihren festlich manikürten Nägeln auf sich selbst und begann dann, Jess eine Frage nach der anderen zu stellen. »Wir müssen den Zeitplan kennen, ob es draußen oder drinnen stattfinden soll. Ob er in der richtigen Stimmung ist. Und die wichtigste Frage ist, wird der Abend entsprechend – du weißt schon …«, sie streckte ihre Finger aus und starrte Jess intensiv an, »beeindruckend? Dieser Heiligabend muss einen tiefen Eindruck hinterlassen.«

»Warum?«

»Weil mein Sohn hier sein wird, deswegen!« Drea lehnte sich nach vorn, als würde sie Jess gleich auf die Stirn klopfen, aber mit Blick auf Josh und Martha ließ sie es bleiben. »Und es liegt wohl auf der Hand, weil der lebende Adventskalender jedem in der Christmas Street Freude bringen soll. Eure Haustierparade war einzigartig, Josh. Und dein Abend, Martha? Glamour bis in jeden Hausflur. Du hast eine göttliche Stimme. Umwerfend, im wahrsten Sinne des Wortes. Ich kann nicht glauben, dass du nicht mehr auf der Bühne stehst und alle mit deiner Stimme verzauberst. Was ist damals eigentlich passiert?«

Martha spuckte beinahe ihren Tee aus.

Jess zuckte zusammen.

Josh versank plötzlich in seiner Tasse.

Martha räusperte sich und stellte ihre Teetasse ab. »Das ist eine lange Geschichte. Ich glaube, damit müssen wir noch warten.«

»Wir haben Zeit«, sagte Drea und sprach damit für alle in der Runde.

Josh schaute kurz auf seine Armbanduhr und nickte ihnen zu. Jess hatte nur einen Plan: endlich ihr Bett aufzubauen. Und nachdem sie gestern Abend einen seltsamen Traum von Josh gehabt hatte, oder vielleicht war es auch Kit Harington, der einen Weihnachtsstrip vollführte, also … ja. Auch sie hatte jede Menge Zeit.

Martha schürzte die Lippen und begann überraschenderweise zu erzählen: »Also, zunächst solltet ihr wissen, dass es einen Mann hinter dem Pelzmantel und den Federboas gab.«

Alle nickten.

»Marti, Einzelheiten, bitte«, sagte Drea und leckte ein paar Schokoraspeln vom Rand ihrer Tasse.

Marthas Lippen wurden schmal.

»Du würdest mir damit einen großen Gefallen tun«, flehte Drea sie an, »denn ich werde keine ruhige Sekunde haben, bis mein Junge hier angekommen ist. Während wir hier sitzen, ist er im Flugzeug auf dem Weg nach Singapur. Ich brauche also noch vierundzwanzig Stunden Ablenkung, also bitte, bitte erzähl uns jetzt deine Geschichte.«

Martha schaute jedem noch einmal in die Augen, als wollte sie die Vertrauenswürdigkeit ihres Publikums überprüfen, und fuhr dann nach einem ordentlichen Schluck Tee fort:

»Sein Name war Augustin Cuvier.«

Martha hatte eine ausgezeichnete französische Aussprache.

»Er hatte mich in einem jener Clubs in Soho singen hören und mochte meine Stimme sofort.«

Drea blickte zu Marthas mit Regentropfen gesprenkelten Pelzmantel herüber, der über ihrer Stuhllehne hing. »Ich nehme mal an, er mochte nicht nur deine Stimme, Martha, sondern auch alles andere.«

»Na ja, also …«, Martha zog eine Augenbraue hoch und trank wieder einen Schluck Tee, aber Jess bemerkte, dass ihre Hände leicht zitterten, als die Erinnerungen zurückkehrten.« Er überhäufte mich mit Geschenken. Pelzen. Federboas. Die weichsten Lederhandschuhe, die ich jemals besaß. Luxus, von dem ich niemals hätte träumen können. Ich bin hier in der Gegend aufgewachsen. Praktisch denkende Eltern. Pragmatische Lebensplanung. Nichts annähernd so Verrücktes, wie nach London abzuhauen, um Sängerin zu werden. Eigentlich hätte ich den Sohn des Gemüsehändlers heiraten sollen. Harold.«

»Aber du bist trotzdem nach London abgehauen?«, fragte Jess fast ehrfürchtig. Das kam ihr irgendwie bekannt vor. Auch sie hatte damals die denkbar glamouröseste Version eines Lehrerinnendaseins angestrebt und davon geträumt, die Kinder der Reichen und Berühmten zu unterrichten, um schließlich einzusehen, dass das bedeutete, nach vielen Vorgaben zu leben, die jeder moralischen Richtlinie entbehrten.

Martha nickte. »Ja, ich bin gegangen, und es hat meinen Eltern das Herz gebrochen. Doch ich war jung und dumm. Und welche junge Frau glaubt nicht den Versprechungen eines gutaussehenden Mannes mit französischem Akzent, der sagt, dass er sie zum Star machen wird?«

Josh wollte etwas erwidern, aber Drea und Jess schnitten ihm das Wort ab, denn das war ja eindeutig eine rhetorische Frage.

»Er wollte, dass ich mit ihm nach Paris gehe.« Marthas Gesicht strahlte bei der Erinnerung. »Sagte, dort würden die ›richtigen‹ Jazz- und Bluessänger leben. Natürlich war ich damals nur ein kleines Mädchen im Vergleich zu den wirklich großen Namen dort, aber es hielt mich nicht davon ab zu glauben, dass Paris der einzige Ort wäre, wo eine Sängerin den großen Durchbruch schaffen könnte.«

Sie nickten sich gegenseitig zu, als wüssten sie Bescheid, aber Jess konnte an ihren Augen ablesen, dass Drea und Josh ebenso wenig Ahnung von den Jazzgrößen in Paris hatten wie sie selbst.

»Jedenfalls«, erzählte Martha lebhaft weiter, »habe ich ihm blind vertraut, und das war sehr dumm von mir. Ich redete mir ein, ich sei verliebt und dass mein Portrait unzählige Albumcover schmücken und ich für den Rest meines Lebens Paillettenkleider tragen und auf einem Flügel sitzen und mir die Seele aus dem Leib singen würde.« Sie nippte wieder an ihrem Tee und starrte in die Tasse hinein, als hoffte sie, der Rest ihrer Geschichte würde mit dem Dampf aufsteigen und sich von selbst erzählen.

Jess konnte sich schwerlich vorstellen, dass diese liebe alte Dame sich wie eine Diva im Paillettenkleid auf einem Stutzflügel räkelte.

»Und dann …?«, drängte Drea.

»Dann stellte sich heraus, dass er nur eine Geliebte wollte.« Martha klang nun etwas gereizt, was wohl bedeutete, dass die Fragestunde vorbei war.

»Also, wenn du mich fragst. Wir waren von deiner wunderschönen Stimme vollkommen überwältigt. Augustin hat mit dir eine wahre Goldgrube verloren.«

»Und seine Ehefrau, sein Vermögen und all seine Geliebten entlang der Mittelmeerküste, wenn man der Gerüchteküche glauben darf. Er hatte wohl in jedem Hafen eine.«

»Und hast du ihn am Ende geheiratet? Ich meine den Sohn des Gemüsehändlers?«

»Ja, das habe ich«, sagte Martha etwas überrascht darüber, dass Josh so schnell gefolgert hatte, was als Nächstes in ihrem Leben passiert war. »Der liebevollste, netteste Mann, dem ich je begegnet bin. Wir konnten keine Kinder bekommen und besaßen nie ein Landhaus, aber wir waren so glücklich zusammen, dass wir all das gar nicht brauchten. Alles Äußerlichkeiten. Und ich habe gelernt, dass die Liebe deines Lebens nicht mit Pauken und Trompeten in dein Leben kommen muss. Manchmal steht sie direkt vor deiner Nase, in einfaches braunes Umschlagpapier gewickelt, und wartet nur darauf, ausgepackt zu werden.«

Drea zog ihren Stuhl mit einem schleifenden Geräusch über den Boden.

Jess' Blick wanderte zu Josh. Unbewusst hoffte sie, jene glühende Wärme wiederzufinden, aber zu ihrer Überraschung fühlte sie nichts. Freundschaft, ja, aber keine Schmetterlinge im Bauch. Er hatte so viele Vorzüge und diese Sommersprossen waren wirklich unwiderstehlich, aber … Nein. Sie spürte keine Lust, mit ihm zusammen zu sein, so wie Martha, die sich sichtlich nach den glücklichen Jahren zurücksehnte, die sie mit ihrem Harold geteilt hatte. Was für eine Erleichterung! Sie musste sich also den Kopf nicht mehr wegen einer verwirrenden Schwärmerei für den attraktiven Witwer zerbrechen. Jess richtete ihre Aufmerksamkeit wieder auf Martha.

»Ich habe ihn vor einigen Jahren verloren, er hatte einen Herzinfarkt, aber er hat mir die besten Jahre meines Lebens geschenkt. Und er liebte Weihnachten über alles.« Sie lachte. »Er bastelte Kränze aus Möhren und Zwiebeln und anderem Gemüse, und das jedes Jahr. Sie waren grässlich. Nicht zu vergleichen mit den Kunstwerken von Kai und Rex, aber sie waren mit Liebe gemacht. Und er war mir treu ergeben, mein Harold. Furchtbarer Name, aber man kann nicht alles haben im Leben, oder?«

Alle schüttelten den Kopf. Nein, nicht alles. Doch es brachte Jess zum Nachdenken, was in einer Beziehung wichtig war. Treue oder ein glanzvoller Name. Nähe oder … wie auch immer man das Gegenteil davon bezeichnen wollte.

»Martha?«, fragte Jess, nachdem alle ausgetrunken hatten. »Warum bist du vorbeigekommen?«

»Ach so, ja …« Sie sah für einen Moment perplex aus, aber dann sagte sie: »Ich wollte nur wissen, ob ihr wisst, was Mr Winters an Heiligabend vorhat? Tyler hat angekündigt, er wolle ein paar Freunde einladen, der arme Junge hat ja kein Zuhause, wo er hingehen könnte, also dachte ich mir, es wäre gut, wenn ich für ein paar Stunden verschwinden würde, damit die jungen Leute Musik machen oder die Bar plündern oder ungestört tun können, was sie wollen.«

»Hat Tyler denn keine Eltern?«

Martha schien überrascht, dass Jess nicht Bescheid wusste.

»Er hatte unterschiedliche Pflegefamilien. Die meiste Zeit seines Lebens. Bei mir hat er die längste durchgehende Zeit gewohnt bisher.«

Jess lächelte. In Marthas kurzem Schweigen ging eine ganze Welt der Liebe auf.

»Was auch immer Mr Winters plant, wird sicherlich lange genug dauern, damit Tyler eine Party schmeißen kann. Und falls nicht«, fügte Jess schnell hinzu, denn sie war sich recht sicher, dass Mr Winters, wenn er überhaupt etwas organisierte, die Gäste so schnell wie möglich wieder loswerden wollte, »bist du herzlich eingeladen, mit mir den restlichen Abend zu verbringen. In meiner Familie schauen wir immer *Ist das Leben nicht schön*? Also, wenn du Lust hast …?«

Martha klatschte in die Hände. »Oh, das wäre herrlich. Wir könnten Popcorn machen! Schlecht für die Zähne, aber ich würde so gern eine große Schale Popcorn verschlingen, wenn wir James Stewart auf der Leinwand sehen. Danke sehr, meine Liebe, ich nehme die Einladung an.«

»Mit Vergnügen«, grinste Jess und freute sich schon wie ein Honigkuchenpferd auf den weihnachtlichen Fernsehabend mit Martha. Es würde viel Spaß machen, den Filmklassiker in anderer, in neuer Gesellschaft zu sehen. Sie fragte sich sofort, was Martha wohl von Schokoladenorangen hielt.

»Die Kinder und ich planen auch einen Filmeabend«, sagte Josh.

»Oh?«, fragte Drea. »Was guckt ihr denn?«

»Es wird ein Filmfestival. Wir essen früh, wegen na ja – Weihnachten. Während wir kochen, läuft *Die Eiskönigin*, Zoes Wahl. Dann beim Essen schauen wir *Shrek*, Elis Favorit, und danach geht es auf dem Sofa weiter mit *Das Wunder von Man-*

hattan. Die Neufassung. Also. Ein alter Film für die Kinder und ein neuer für alte Knacker wie mich.

Drea wies ihn zurecht: »Wir sind doch gleichaltrig, Joshua, du bist wirklich noch kein alter Knacker.«

Josh errötete, was Jess sehr überraschte. »Sorry, das habe ich völlig vergessen. Jedenfalls«, er schlug sich mit den Händen auf die Schenkel und zwang sich aufzustehen, »ich sollte besser los. Findet denn heute Abend etwas statt?«

Drea erhob sich ebenfalls. »Soweit ich weiß, ja. Die Bartleets machen sicher was. Sie sind immer dabei, wenn es was zu feiern gibt.«

Jess sah sie fragend an.

»Ich sehe die vielen Autos kommen und wegfahren.«

Plötzlich wurde Jess klar, wie viele Weihnachten Drea schon allein verbracht haben musste. Sie war von Natur aus bestimmt keine Einzelgängerin. Kein Wunder, dass sie so angespannt war und sich Sorgen machte, ob ihr Sohn sie womöglich wieder am Festtag sitzenlassen würde. Sie schob ihre Befürchtungen beiseite und fragte: »Habt ihr, du und Spencer, denn irgendwelche Weihnachtstraditionen?«

Dreas sonniger Gesichtsausdruck verdunkelte sich augenblicklich, doch dann antwortete sie: »Nichts, was hier möglich wäre. Die Strände hier sind ja um diese Jahreszeit nicht gerade einladend. Nein, aber wir werden uns sicher etwas Neues einfallen lassen, Spencer und ich. Vielleicht einen Sekt aufmachen und erzählen, was alles so passiert ist, aber erst …« – und an dieser Stelle nagelte sie Jess mit einem mahnenden *Das-ist-dein-Job*-Blick fest – »… nachdem wir alle zusammen einen fantastischen Abend in Haus 24 erlebt haben.«

Jess schluckte. Sie hatte gern die Aufgabe übernommen,

Mr Winters aus seinem Schneckenhaus zu locken und für die nachbarschaftlichen Adventsfeierlichkeiten zu begeistern. Heiligabend war ein heikler Tag, aber sie spürte tief in ihrem Herzen, wenn es ihm morgen gelänge, über seinen Schatten zu springen, würde das sein Leben für immer verändern. Und sie würde alles in ihrer Macht Stehende tun, um dafür zu sorgen, dass es sich zum Besseren veränderte.

Mr Winters schob eine dampfende Tasse heißer Schokolade über den Tisch zu Jess. Sie hatte schon zwei Mokkas zu Hause getrunken, aber abzulehnen wäre unhöflich gewesen, und heute musste sie alle Register ziehen. Was nicht unbedingt hieß, dass es funktionierte.

»Ja«, sagte Mr Winters, als Jess erneut die Wunderkerzen ins Spiel brachte. »Wir könnten draußen sein, aber wenn das Wetter schlecht bleibt, dann kriege ich die Schuld dafür.«

»Niemand wird Sie für das schlechte Wetter verantwortlich machen.«

Er neigte den Kopf hin und her, immer noch nicht überzeugt. »Dann gibt es etwas anderes. Es gibt immer etwas, wofür man die Schuld bekommt.«

Bevor sie sich auf die Zunge beißen konnte, rutschte es aus ihr heraus: »Nicht jeder ist so. Will macht Ihnen keinen Vorwurf für das, was mit Ihrer Frau passiert ist. Deswegen hat er die Pies vorbeigebracht. Als Friedensangebot.«

Die Luft zwischen ihnen gefror.

Jess versuchte zu schlucken, aber es gelang ihr nicht.

Sie hatte sich auf sehr dünnes Eis begeben, und die Risse in ihrer noch brüchigen Freundschaft zeigten sich.

Nachdem die Uhr buchstäblich eine volle Minute getickt

hatte, fragte Arnold: »Woher wollen Sie das wissen?« Er schnippte mit den Fingern Richtung Straße. »Weil Sie es ihm an Ihrem Bildschirm erzählt haben, nehme ich mal an?« Er bewegte seine Lippen, als würde er sich ein paar Worte zurechtlegen, von denen er nicht wusste, ob er sie aussprechen sollte oder das Thema vielleicht doch lieber mit Schweigen übergehen sollte.

Mist! So schlimm war es also.

»Ich habe es ihm tatsächlich erzählt«, gestand Jess. »Es war ein Fehler, den ich bereue, aber eins weiß ich, er gibt Ihnen nicht die Schuld, auch wenn er von diesen Neuigkeiten etwas verstört war.«

»Aber trotzdem hat er es nicht nötig, an meine Tür zu klopfen und sich vorzustellen, wenn er schon mal da ist, stimmt doch, oder?«

»Ja, nein, das stimmt nicht ganz. Er hat gerade wahnsinnig viel um die Ohren mit seiner Catering-Firma.« Sie hielt inne und setzte noch einmal in Ruhe an. »Er sagte, er habe eine Weile gewartet, aber –«

Mr Winters winkte ab, um sie zum Schweigen zu bringen. Er wollte nicht auch noch hören, dass er so langsam war. Dass es seine Schuld gewesen sei, mal wieder.

Sie fühlte sich schrecklich. Das gleiche fürchterliche Gefühl, das sie überkommen hatte, als Ethans Eltern sagten, dass sie ihren Sohn von St Benedict's nehmen würden, weil dort offenkundig nicht für die Sicherheit der Schülerinnen und Schüler gesorgt würde. So fürchterlich wie die Worte der Rektorin, die sich tief in Jess' Gedächtnis eingegraben hatten, die sagte, sie habe mehr als deutlich gemacht, dass die Lehrerinnen und Lehrer an St Benedict's niemals, und sie hatte betont, »niemals«, körperliche Bestrafungen anwenden dürften. Dabei hatte ihr Jess tausendmal versichert, dass es nie, wirklich niemals, ihre Absicht gewesen sei, Crispin zu verletzen, und dass sie ihn definitiv nicht gekratzt habe. Und dann die besonders erniedrigende Form von fürchterlich, als Martin vorschlug, sie sollte die Schuld auf sich nehmen und die Anand-Haights anbetteln, ihr zu ihrem Job zurückzuverhelfen. Schließlich bedeutete es etwas, an St Benedict's angestellt zu sein, es bedeutete, Jemand zu sein, selbst wenn dieser Jemand dafür Teeren und Federn über sich ergehen lassen musste.

Plötzlich wurde ihr klar, was Mr Winters meinte. Es spielte keine Rolle, was man zu seiner Rechtfertigung sagte, wie oft man sich entschuldigte oder wie oft man erklärte, was wirklich passiert war, die Leute brauchten einen Sündenbock, wenn etwas schieflief.

»Möchten Sie sich lieber in Selbstmitleid verkriechen?«, hörte sie sich fragen und war geschockt über sich selbst.

»Was? Nein. Das ist es nicht –«

»Für mich hört es sich aber sehr danach an. Glauben Sie wirklich, Ihre Frau hätte das gewollt? Sie so zu sehen, wie Sie in diesem großen Haus einfach nur dasitzen und sich fragen, ob Ihr Sohn oder Ihr Enkel vielleicht eines Tages nach Hause zurückkehren wird?«

Jess wartete seine Antwort nicht ab. »Sie kommen aber nicht. Und werden auch nicht zu Ihnen zurückkehren, wenn Sie weiterhin die Schuld annehmen, die man Ihnen zuschiebt. Sie sind unschuldig. Sie haben nichts verbrochen. Sie sollten nicht nur herumsitzen und warten, bis das Leben auf Sie zukommt. Ich habe ein ganzes Jahr gewartet und immer mehr Angst vor dem Leben bekommen. Wissen Sie, dass mein Haus mir erst seit dreiundzwanzig wunderbaren Tagen gehört? Und an jedem einzelnen dieser Tage habe ich nur Herzlichkeit erlebt, trotzdem habe ich das ›Zu verkaufen‹-Schild noch nicht abgehängt.«

Er schüttelte den Kopf und war sichtlich durcheinander.

Da rollten ihr plötzlich Tränen die Wangen hinunter, aber sie sprach weiter: »Ich habe es hängen lassen, weil ich Angst hatte, wenn ich es runternähme, könnte ich mich an den Gedanken gewöhnen, hierzubleiben und hier glücklich zu sein, bis dann wieder etwas Schlimmes passiert, wofür ich die Schuld bekäme, und dann würde ich wieder weglaufen müssen, mit dem Unterschied, dass diesmal meine Eltern nicht für mich da wären, um mich aufzufangen. So kann man doch keine Probleme lösen, oder? Nehmen wir doch mal Drea als Beispiel. Sie hat endlich ihren Sohn dazu gebracht, sie zu besuchen, das hat Jahre gedauert und mehrere wahnsinnig teure Flugtickets gekostet. Oder Josh, der weiter in dem Haus lebt, in dem seine Frau gestorben ist. Das muss am Anfang schier unmöglich gewesen sein, aber er hat nicht aufgegeben. Und Martha, die nach Boughton zurückkam, nachdem ihr Traum, eine berühmte Sängerin zu werden, geplatzt war, und dann ein wahrhaft glückliches Leben führte. Ich meine, wenn jeder Irrtum ein Grund dafür wäre, das Weite zu suchen, dann müsste ich ja ständig umziehen, oder? Ich möchte aber hierbleiben, wirklich, also muss ich lernen, dass ich mich auf mein Bauchgefühl verlassen kann. Und Sie müssen endlich lernen, dass die Ereignisse vor fünfunddreißig Jahren nicht Ihre Schuld waren. Es war ein fürchterlicher, grauenhafter, fataler Irrtum, den man Ihnen aber nicht vorwerfen kann.«

Mr Winters runzelte die Stirn, während er ein frisch gebügeltes Stofftaschentuch aus der Schublade herauszog und ihr reichte.

»Vielen Dank«, schniefte sie. »Tut mir leid, ich wollte mich selbst nicht in den Mittelpunkt drängen oder Ihnen eine Predigt halten, es ist nur so ... ich finde Sie großartig, und ich kann den Gedanken nicht ertragen, dass Sie hier für den Rest Ihres Lebens traurig vor sich hin modern.«

»Vermodern, ah ja«, sagte Mr Winters.

Jess versuchte, reumütig auszusehen: »Tut mir leid.«

»Hören Sie auf, sich zu entschuldigen. Ich verstehe schon, was Sie meinen. Aber ...«, er streckte seine großen, tüchtigen Clint-Eastwood-Hände aus, »Sie müssen das schon mir überlassen, Mädchen.«

Jess wischte ihre Tränen weg und legte nachdenklich die Stirn in Falten. »Nein, jetzt fühle ich mich ganz schlecht. Ich möchte nicht, dass Sie sich gezwungen fühlen, irgendetwas zu machen, was Sie nicht wirklich wollen. Ich könnte Plätzchen backen oder so. Oder welche kaufen. Wir lassen uns was einfallen.«

»Ich denke, Sie können inzwischen ganz gut einschätzen, dass ich mich zu nichts drängen lasse, wenn ich nicht will.«

Jess lächelte. O ja. Sie war sich ziemlich sicher, dass Arnold Winters seinen eigenen Willen hatte, allen herrischen Nachbarsfamilien zum Trotz.

»Also kann ich jetzt ... den Leuten Bescheid geben, dass Sie morgen den letzten Adventsabend ausrichten?«

Er zögerte, bevor er antwortete. »Sagen Sie bitte allen, dass sie ihren Plänen nachgehen und alles wie gewohnt machen sollen, aber um sechs Uhr abends wird sich dieser vor sich hin modernde Mann wiederbelebt und etwas einfallen lassen haben.

Es wird kein stundenlanges Unterhaltungsprogramm geben, das kann ich jetzt schon sagen –«

Jess konnte sich nicht zurückhalten. Sie sprang auf und umarmte ihn fest. Er klopfte ihr etwas schüchtern auf die Schulter, machte sich dann frei und sagte, sie solle sich die Dankbarkeit lieber für morgen aufsparen. Er könne nichts versprechen. Und er lege hiermit auch kein Gelübde ab, die Bewohnerinnen und Bewohner der Christmas Street von jetzt an bis in alle Ewigkeit zu beeindrucken, aber … es war kein Nein.

Auf dem kurzen Heimweg bemerkte Jess nicht mal das miserable Wetter, so beschwingt war sie, dass sich alles zum Besseren gewendet hatte. Mr Winters würde nicht nur einen wundervollen Weihnachtsabend herzaubern, sondern er würde jeden für sich gewinnen. Und zwar für immer. Einschließlich Dreas Sohn, der vom Leben in der Christmas Street so überwältigt wäre, dass er seinen Job kündigte und hierherzog und … Jess vollführte einen kleinen Freudentanz. Dann Will. Ja. Will würde genau in dem Moment mit seinem grünen Lieferwagen anfahren, wenn die gesamte Nachbarschaft gerade zum Applaus anhob und sich alle vergnügt zujubelten, um ihre Freude über den besten Weihnachtsabend, den sie jemals gemeinsam erlebt hatten, zu teilen. Kurz gesagt, alles würde absolut perfekt sein. So wie es an Weihnachten sein sollte.

24. Dezember

Als Jess aufwachte, spürte sie eine Mischung aus Angst und Aufregung. Sie war schon ganz nervös wegen des bevorstehenden Abends und würde wohl kaum einen Morgenkaffee brauchen, aber während sie das Wasser aufkochte und in ihrer Tasse ein paar Löffel Kakao zu einer zähen, aromatisch duftenden Masse verrührte, spürte sie den beruhigenden Effekt des morgendlichen Rituals. Überhaupt schien der Tag gut anzufangen. Der Regen hatte endlich aufgehört.

Da klopfte es dreimal laut an ihrer Tür. »Jess, ich bin's.«

Kein *Coooeee* heute? Das war untypisch für Drea.

Jess öffnete die Tür und sah ihre Freundin in ihrem knöchellangen Steppmantel, den sie eng um sich gewickelt hatte. Sie sah angegriffen und verheult aus und ihre sonst so strahlende Aura war wie weggeblasen.

Es war beißend kalt. Wo der Regen aufgehört hatte, übernahm Jack Frost. Oder sein böser, älterer Bruder Archibald Eiszapfen. Die Pfützen waren zu Mini-Eisbahnen geworden. Der Wind schnitt buchstäblich durch Mark und Bein. Wolken hingen in bleiernen Klumpen wie Damoklesschwerter am Himmel und warteten darauf, das Böse zu entfesseln und unsägliche Gräuel über die nichtsahnenden Bürgerinnen und Bürger von Whoville zu bringen. Oder in diesem Fall: Boughton.

Das verhieß nichts Gutes.

Nachdem Jess die Freundin ins Haus gelotst und sie sicher auf dem Sofa platziert hatte, schnell hochgerannt war, um ihre

Decke zu holen und um Dreas Schultern zu wickeln, dann noch eine Tasse heißen Kakao (ohne Kaffee) zubereitet und ihn ihr zusammen mit einer Packung Papiertaschentücher hingeschoben hatte, begann Drea wie betäubt zu erklären, warum sie nicht zu Hause war, um einen riesigen Stapel Blaubeerpfannkuchen zu backen.

»Er war nicht im Flugzeug«, sagte Drea.

»Kann es sein, dass du die Flüge verwechselt hast?«

Drea schüttelte den Kopf. »Richtige Fluggesellschaft, richtiger Flughafen, richtige Ankunftszeit, kein Sohn. Scheint so, als wolle er mir einen Streich spielen.«

Jess runzelte die Stirn. »Das ist doch gar nicht Spencers Art.«

Jess klatschte die Hand vor den Mund.

»Wie bitte?« Drea blitzte sie verärgert an.

»Ich – öhh … es könnte sein, dass ich ihm eine E-Mail geschrieben habe.«

»Du hast … was?« Drea blickte sie verächtlich an und sagte mit grausamem Unterton: »Du kannst es einfach nicht lassen, oder? Überall musst du deine süßen kleinen Finger reinstecken.«

»Nein, so habe ich das nicht –«

Jess schnitt sich selbst das Wort ab, denn Drea hatte recht: Genau das hatte sie getan.

»So, jetzt hörst du mir mal gut zu, und merk dir jede Silbe. Du solltest dich lieber um deine eigenen Probleme kümmern, bevor du versuchst, die der anderen zu lösen. Kapiert? Denn wenn du mich fragst, wird es Zeit, dass du endlich erwachsen wirst, Jess Green. Das hier ist nicht die Vorschule. Das ist das reale Leben, und diesmal bist du entschieden zu weit gegangen.«

Eine Ohrfeige hätte nicht weniger wehgetan.

»Das war aber nicht, was ich –«, Jess stolperte über die eigenen Worte, als sie sich zu erklären versuchte, aber Drea wollte es nicht hören. Sie wollte Jess dafür bestrafen, dass sie sich in etwas eingemischt hatte, das sie nichts anging.

»Habt ihr auch über die Frauenhäuser gesprochen? Hast du ihm versprochen, dass ich meinen Namen dafür hergeben würde? Und auch gleich alle meine Fehler diskutiert? Die arme Drea. Die erbärmliche Drea. Die wehleidige, total kaputte Drea, die es nicht geschafft hat, sich um ihren Sohn zu kümmern oder den Männern die Stirn zu bieten oder einfach nur zuzugeben, dass ihr Leben ein scheiß Scherbenhaufen ist.«

»Dein Leben ist kein Scherbenhaufen«, widersprach Jess.

»Ach, Jess.« Drea schüttelte den Kopf, und die Tränen rannen ihr so schnell über die Wangen, dass sie es nicht mal schaffte, sie wegzuwischen. »Du armes, lächerliches, naives Mädchen.«

»Ich bin nicht lächerlich!«

»Ja, klar.« Drea trieb ihre Gemeinheiten nun auf die Spitze: »Deswegen ist dein Haus auch so perfekt eingerichtet. Und das ›Zu verkaufen‹-Schild ist weg, und auf dem Kaminsims stehen die Weihnachtskarten aller lieben kleinen Kinder, die du nächstes Jahr unterrichten wirst. Ich wette, du hast noch nicht mal dein Bett aufgebaut. Worauf wartest du eigentlich? Dass ein starker Mann über die Schwelle schreitet und alles für dich erledigt? Oder dass irgendjemand hereinschneit und dein Leben wieder in Ordnung bringt, weil du es nicht allein hinkriegst, so wie alle anderen, die keine Wahl haben?«

Jess biss sich auf die Lippen. Sie war froh, dass sie und Drea sich in diesem Moment nicht leibhaftig prügelten. Sie hätte keine Chance gegen Drea.

»Ich denke, wir sollten in Ruhe unseren Kakao trinken und uns erst mal sammeln.« Jess machte ein Friedensangebot. »Du bist früh aufgestanden. Vielleicht solltest du dich kurz hinlegen oder so.«

»Warum? Damit du gleich Mama und Papa anrufen und ihnen erzählen kannst, dass die gemeine Frau von nebenan sich wie eine totale Zicke aufgeführt hat, weil ihr gerade das Herz aus der Brust gerissen worden ist?«

Dann schluchzte Drea so heftig aus tiefster Seele, dass Jess es kaum ertragen konnte. Sie wäre am liebsten weggerannt. Und ja, sie hätte in diesem Moment gern ihre Eltern angerufen. Doch das war keine Option und sollte es auch nicht sein. Nicht jetzt. Also schluckte sie ihre verletzten Gefühle hinunter und krabbelte zu Drea aufs Sofa, legte die Arme um sie und hielt sie, bis sie sich beruhigte.

Schließlich schlief sie ein. Dreas makelloses Make-up war von den vielen Tränen weggewaschen, und Jess bekam eine Ahnung davon, wie Drea vor Jahren ausgesehen hatte, bevor sie sich diese Maske der starken Frau zugelegt hatte, die sie wie ein Schutzschild vor sich hertrug. Eine verletzliche Schönheit. Offen. Ehrlich. Drea setzte diese Maske ein, um die Leute auf Abstand zu halten, das verstand Jess jetzt. Sie übte Macht aus, um die Männer in Schach zu halten, die dachten, ihr gewachsen zu sein. Ihre Person vermittelte die Botschaft: Du kannst mich nicht so einfach haben. Und wenn, dann nur zu meinen Bedingungen.

Jess wünschte sich, Spencer könnte sie jetzt so sehen. Dass er mit eigenen Augen sehen könnte, dass er seiner Mutter das Herz gebrochen hatte. Es war grausam gewesen, ihre Hoffnungen zu wecken und sie dann mit einem Schlag wieder zunichtezumachen, indem er einfach nicht auftauchte. Jess wurde fast schlecht bei dem Gedanken, dass sie womöglich schuld an allem war. Das hier war eben keine lustige Weihnachtskomödie. Das hier war nicht *Tatsächlich … Liebe*, wo sich am Ende alle glücklich in den Armen lagen. Es war eher … Tatsächlich … Leben. Das richtige Leben. Voller Erwartungen und Rückschläge, die man nicht zu überleben gedacht hatte und dann irgendwie trotzdem durchstand. Also doch ein wenig wie *Tatsächlich … Liebe.*

Jess beschloss, Drea wieder zum Lächeln zu bringen. Koste es, was es wolle. Sie würde ihre Unverwüstlichkeit auf die äußerste Probe stellen, um ihrer Freundin zu beweisen, dass sie ihr nur Freude schenken wollte.

*

Jess zog den Reißverschluss ihrer Jacke bis zum Kinn hoch. Obwohl es gerade mal kurz nach Mittag war, schien die Straße in Dunkelheit versunken, trotz der Häuser, die mit ihren unterschiedlichen Weihnachtsinnen- und -außenbeleuchtungen fröhlich vor sich hin funkelten. Es gab zwar eine Handvoll Leute wie die Hippies und die Nishios, die nur richtige Kerzen verwendeten, aber die meisten Familien in der Christmas Street ließen es sich nicht nehmen, die Baumärkte zu entern, um sich mit Weihnachtsdeko einzudecken. Doch heute schlugen die im Wind wankenden Eiszapfenlichterketten einen dissonanten Ton an, und es herrschte in der ganzen Straße eine Stimmung, wie man sie nur vom Ende eines langen öden Tages kennt und die jeden noch so vorsichtig platzierten Schritt auf der vereisten Asphaltdecke erheblich erschwerte. Und als wollten die Straßenlaternen das sonderbare, verhängnisvolle Gefühl bestätigen, das Jess bereits bis unter den Mantel gekrochen war, flackerten sie, gingen an und aus, wieder an und wieder aus.

Ein Auto bog in die Straße ein und fuhr langsam an den Häusern vorbei. Es kam neben Jess zum Halten, und als die dunklen Fensterscheiben heruntergelassen wurden, kamen Kai und Rex zum Vorschein. »Hallo, Jess. Na, bist du auf den großen Tag vorbereitet?«

Beide sahen müde aus und nicht halb so begeistert, wie sie vorgaben.

Sie zuckte mit den Schultern. Sie hatte sich die letzten Einkäufe noch aufgespart. Neben ihrem Fertigessen zur Feier des Tages wollte sie sich auch Sekt gönnen, bevor sie nach Hause ging, um zum ersten Mal in ihrem Leben allein Weihnachten zu feiern. Wer weiß, jetzt, wo Drea auf ihrem Sofa abgelegt war und gerade *Bad Moms 2* schaute, sollte sie vielleicht gleich zwei Flaschen besorgen.

»Kommt ihr heute Abend auch?«, fragte sie.

Sie sahen sich etwas verdutzt an, und ihr flüchtiger Blick streifte das Ende der Straße: »Denkst du wirklich, er hat überhaupt etwas organisiert?«

»Wir wollten heute eigentlich einen ruhigen Abend machen«, sagte Kai, sich halb entschuldigend. Sein Gesichtsausdruck sagte alles. Sie vermissten ihren Hund. Wie Drea fiel es ihnen schwer zu feiern, wenn ein geliebtes Wesen fehlte. Und Mr Winters hatte schon fünfunddreißig lange Jahre Weihnachten ohne seine geliebte Frau durchgehalten.

»Arnold hat mir gegenüber geäußert, er würde sich etwas einfallen lassen«, sagte sie etwas selbstbewusster, als sie sich fühlte. »Es wird bestimmt nicht lange gehen. Bitte, versprecht mir, dass ihr kommt.«

Ein komisches Poltern vom Ende der Straße lenkte sie ab. Der Streuwagen. Er blieb am Ende der Straße stehen. Jess winkte dem Fahrer zu. Er neigte seinen Kopf zur Seite und fuhr dann langsam weg.

»Habt ihr das gesehen?«, fragte Jess.

»Wir haben uns schon hunderttausendmal bei der Stadtverwaltung beschwert.« Rex rollte mit den Augen: »Das ist ja die reine Rutschbahn hier draußen.«

Kai zeigte ebenfalls seinen Unmut. »Was denken die sich eigentlich? Dass wir gern auf dem Eis herumschlittern? Das ist doch höchst gefährlich!«

Schnell waren Mr Winters und seine Adventskalenderpläne wieder vergessen, und dann warfen ihr die beiden ein paar unverbindliche Küsschen zum Abschied zu, bevor Rex noch ein mittleres Drama veranstaltete, weil er den Knopf für den Fensterschließmechanismus nicht finden konnte und Kai in der kalten Winterluft sichtlich fröstelte.

Jess versuchte, Rex' und Kais Zögern nicht als schlechtes Zeichen zu deuten, dass andere Leute ihrem Beispiel folgen und nicht auftauchen würden, in der Annahme, dass Arnold ohnehin nichts anbieten würde. Nichterscheinen auf breiter Front wäre das Allerschlimmste, was passieren könnte, wenn man bedachte, dass es Dreas höchstes Ziel gewesen war, mit dem lebenden Adventskalender die Nachbarinnen und Nachbarn enger zusammenzuschweißen. Und das hatte der Kalender. Wirklich. Nicht nur sie, die Neue in der Christmas Street, hatte das erlebt, sondern auch alle anderen, die schon länger hier wohnten. Die abendlichen Treffen hatten zweifelsohne schon vorhandene Freundschaften gestärkt und viele neue geschaffen. So unterschiedlich sie auch sein mochten, bildeten die Bewohnerinnen und Bewohner der Christmas Street zusammen eine Art zweiter Familie. Wenn einer gerade mal Milch oder Zucker fehlte, dann hatte es die andere. Sie fühlte einen verzweifelten Drang, den heutigen Abend zur krönenden Kirsche auf einer wahrhaft wundersamen Adventstorte zu machen.

Jess öffnete das Gartentor und rutschte nicht nur einmal, sondern beinahe zweimal auf den Treppenstufen zu Mr Winters' Veranda aus.

Nachher würde sie sofort eine Riesenpackung Streusalz besorgen und sie auf Mr Winters' Stufen streuen. Niemand sollte dem armen Mr Winters eine Klage anhängen können. Nicht heute Abend.

Plötzlich hörte sie in der Ferne Autoreifen quietschen, Hupen, einen lauten Knall, dann war es gespenstisch still.

Die Straßenlichter gingen aus.

Das Licht, das in Mr Winters' Vorderfenster gebrannt hatte, ging aus.

Als sie sich umdrehte, konnte sie keinen einzigen Eiszapfen mehr blinken sehen.

O nein.

»Schatz?« Sie hörte Rex nach Kai rufen. »Das Alarmdings funktioniert nicht mehr.«

Als wäre Jess in die Zeitlupenszene eines Spielfilms geraten, suchte sie die Straße Zentimeter für Zentimeter mit ihrem Blick ab. Alle Lichter, die vorher noch geflimmert und geschimmert hatten, waren verschwunden, und die Finsternis absorbierte fast vollständig das spärliche Licht, das noch durch die bleierne Wolkendecke drang.

Kev kam im Overall aus dem Haus, bemerkte Jess und schrie: »Der Strom ist weg!«

Weitere Haustüren gingen auf. Väter schlurften in Hausschuhen hinaus und blickten zu den Dächern auf oder zu ihren Rentieren im Vorgarten, um festzustellen, dass die Lichterketten nicht leuchteten und der Strom tatsächlich sowohl innen als auch außen ausgefallen und, nein, nicht nur die Sicherung herausgesprungen war.

Jess verließ Mr Winters, um herauszufinden, was los war. In ein paar Minuten würde sie zurückkommen, um sicherzugehen, dass alles bei ihm in Ordnung war, aber bevor sie mit ihm sprach, musste sie erst Bescheid wissen. Mr Winters könnte und dürfte sein Weihnachtstürchen nicht aufgeben. An diesem Punkt ging das nicht mehr.

Kai hielt sein Handy in die Höhe. »Angeblich hat es einen ›größeren Störfall‹ gegeben.«

Jess fühlte sich wie James Stewart, als er durch Pottersville stolperte und alles so richtig den Bach runterging. Niemand sah sie. Niemand hörte sie. Hilflos lauschte sie den aufgeregten Diskussionen, ob der Truthahn bei Stromausfall schlecht werden würde und wie man denn jetzt den verdammten Vogel zubereiten sollte, da ja sicher wieder *jemand* vergessen hätte, die Brennflüssigkeit im Grill aufzufüllen, und *noch jemand ja* die Einladung von den Eltern abgeschlagen hatte, was ihm aber viel weniger Arbeit, keinen Abwasch danach und obendrein noch eine anständige Flasche Wein beschert hätte. Nein, jetzt war es schon zu spät, die Einladung anzunehmen. Die Whitmores und ihre Kinder waren schließlich den langen Weg aus Kanada hergeflogen, weil ihnen die Familie *wirklich* etwas bedeutete. Martha war draußen und pochte mit einer Gabel auf eine Büchse Katzenfutter und rief: »Billie! Billie! Billie!« Josh und die Nishios erörterten mit ernsten Gesichtern, ob es moralisch vertretbar wäre, ihre Personalschlüssel dafür zu verwenden, um in die Uni-Küche »einzubrechen« und dort ihr Abendessen zu kochen.

Josh schaute auf und winkte Jess kurz zu: »Hast du die SMS ebenfalls bekommen?«

Sie verneinte.

Er zeigte sein Handy. »Von der Stromfirma. Ein Lkw hat ein paar Straßen weiter einige Stromleitungen heruntergerissen. Glatteis. Strom wird es erst morgen wieder geben, frühestens.«

»Ah«, sagte sie mit einer seltsam hellen Stimme. »Danke.«

Eine der Gem-und-Emmas stand weinend am Fenster.

Als Jess endlich mit vor Kälte starren Fingern ihre Haustür aufschloss und eintrat, blickte Drea finster auf ihr Handy. Sie murmelte etwas von einem leeren Akku und dass es wohl am sinnvollsten sei, wenn sie einfach weiterschliefe.

Nachdem Jess festgestellt hatte, dass auch ihr eigener Akku fast leer war, begab sie sich wieder auf den Weg zu Mr Winters' Haus. Die Straße lag düster vor ihr, und es war unheimlich still. Ohne Weihnachtsbeleuchtung und Straßenlaternen war der Weg noch unbehaglicher und das angetaute Eis, das erneut gefror, noch weniger erkennbar. Die Luft roch nach Rauch, und obwohl ihr Kopf sagte, dass das sicher von gemütlichen Kaminfeuern in den Nachbarhäusern herrührte, wirkte der schlagartige Stromausfall noch so stark nach, dass Jess das Bild nicht loswurde, dass der Weihnachtsmann mit einem großen Knall ein gigantisches Loch in die Erde geschlagen hatte, wo nun sein zerschellter Schlitten und viele Millionen von nicht gelieferten Geschenken verkohlten.

Sie klopfte an Arnolds Tür.

Er zog sie schnell ins Haus und murmelte: »Die Kälte, die Kälte, die Kälte!«

Er war in seine übliche Kombination aus Hemd mit Weste gekleidet, doch diesmal hatte er noch eine Schicht darübergezogen und trug eine Strickjacke mit Knöpfen. Als sie das Wohnzimmer betraten, fühlte Jess sich plötzlich unglaublich wohl. Im Holzofen knisterte ein Kaminfeuer und machte das Zimmer warm und behaglich. Mr Winters hatte batteriebetriebene Campinglaternen aufgestellt und sie vor mehreren Spiegeln platziert, die er wohl aus den anderen Zimmern hereingetragen hatte, denn sie lehnten kreuz und quer an Wänden und Möbeln.

Es gab keinen Weihnachtsbaum, aber auf einem der kleinen Beistelltischchen stand eine kleine Pyramide mit Messingengeln, die ihre kreisenden Riesensilhouetten an die beschienenen Wände warfen.

»Also«, sagte er und zeigte auf einen zweiten Sessel, der am Kaminrand inklusive Fransenkissen stand, als hätte er auf sie gewartet.

»Also«, wiederholte sie und ließ ihr Gewicht in den Sessel sinken.

»Sieht so aus, als wäre heute eine *Mrs* Scrooge da draußen unterwegs.«

Jess zuckte zusammen.

»Mein schwacher Versuch, einen Witz zu machen«, sagte er. »Ich meinte Mutter Natur. Das Eis«, erklärte er, »das Blitzeis auf der Straße ließ den Lkw ins Schleudern geraten. Ich hab's im Radio gehört. Ein ziemlich schlimmer Unfall. Zum Glück wurde niemand verletzt. Es passieren ja jeden Tag irgendwelche Tragödien, aber …«, er ließ den Satz unvollendet, denn dem gab es nichts hinzuzufügen. Alles fühlte sich an Heiligabend schicksalsträchtiger an. Und ging an die Substanz. Als wären die Erwartungen eines ganzen Jahres nur auf diese magischen vierundzwanzig Stunden gerichtet, wenn Herzlichkeit, Schönheit und Freude walteten.

»Haben Sie genug zu essen?«, fragte Jess. »Ich gehe gern für Sie einkaufen, wenn Sie etwas brauchen.«

»Nein, Mädchen, ich würde nicht wollen, dass Sie sich bei diesem Wetter hinters Steuer setzen.«

»Kev hat sicher noch Streusalz in seiner Garage versteckt.« Sie hatte keine Ahnung, ob das stimmte, aber Kev war gewiss jemand, der vorsorgte. »Wirklich, das ist kein Problem«, sagte sie, bemüht, irgendwie behilflich sein zu können.

»Bitte«, Mr Winters drückte die Hände in die Polster, dann lehnte er sich nach vorn und klopfte leicht auf Jess' Knie. »Ich habe alles, was ich brauche. Die Frage ist wohl eher, ob Sie alles haben, was sie brauchen?«

Jess spürte einen stechenden Schmerz im Hals. So war es wohl manchmal im Leben, man musste die Faustschläge aus dem Hinterhalt einfach einstecken, wieder aufstehen und weitermachen. Außerdem konnte sie Drea nicht allein auf dem Sofa liegen lassen und sich hier vor dem Feuer unter einer dieser herrlichen schottischen Decken zusammenrollen, die sie in einer Zimmerecke erspäht hatte.

Nein, sie würde jetzt zurück zu ihrem Häuschen laufen und ihrer Freundin helfen, deren Weihnachten sie höchstwahrscheinlich zerstört hatte. Sie würde etwas Essbares auftischen und anschließend vielleicht Drea dazu überreden, bei Kerzenschein ein paar Brettspiele zu spielen. In einer der Kisten müsste ihr Scrabble zu finden sein.

Das wäre doch lustig.

Sie könnten auch Essen bestellen. Ausschlafen. Weihnachten würde wohl ein mittlerer Reinfall werden, aber vielleicht doch auch ein bisschen Spaß machen. Die Art von Spaß, über die man dann in der Erinnerung lacht. Sie hoffte wirklich, dass ihnen eines Tages die Lachtränen kämen, wenn sie an dieses Fest zurückdachten. Und darum ging es doch im Leben, oder nicht? Egal, was passierte, man musste immer nach vorn schauen. Und immer aufrecht gehen.

Nachdem sie Mr Winters davon überzeugt hatte, dass er sie jederzeit anrufen könne, wenn er etwas brauchte, und wieder auf der Straße stand, war ihre neugewonnene Zuversicht so schnell wieder vergangen, wie sie gekommen war.

Es war bereits dunkel. Mehrere Anwohner waren draußen und diskutierten mehr oder weniger ruhig darüber, was sie um Himmels willen anstellen sollten, um noch einen kleinen Funken Weihnachtsfreude zu erhalten. Manche Worte trafen sie wie Munitionskugeln. *Futsch. Katastrophe. Schlimmstes Weihnachten jemals.*

Die fröhliche Geselligkeit, die alle an den vorangegangenen Adventsabenden geteilt hatten, schien vollständig verpufft zu sein. Es war keine Rede mehr davon, sich gegenseitig zu helfen, Vorräte zu teilen oder sich zusammenzutun.

Jess lief ein kalter Schauer über den Rücken, der nicht von der Kälte, sondern von dem Unbehagen kam, als sie wieder in ihr Haus hineinschlüpfte. Vielleicht würde dieser Weihnachtsabend auch in der Erinnerung nicht mehr lustig sein. Vielleicht würde es das Fest werden, das alle mit Schweigen übergingen. Vielleicht war es tatsächlich das schlimmste Weihnachten, das die Christmas Street jemals erleben würde.

25. Dezember

»Ho! Ho! Ho!«

Jess spähte durch Dreas Briefklappe. Keine Reaktion. Vielleicht schlief sie noch. Oder hatte sich zu Tode gefroren. Es war sehr, sehr kalt. Jess rief erneut nach ihr und versuchte, feiertagsfröhlich zu klingen. Sie war nicht gerade in einem warmen und gemütlichen Bett aufgewacht heute, aber dafür mit einem unerwarteten Anflug von Entschlossenheit. Ein Energieschub, den sie immer dann wahrnahm, wenn eine ihrer Klassen, aus welchen Gründen auch immer, kollektiv Trübsal blies. Es gelang ihr stets, das Ruder herumzureißen. Selbst wenn es erst in den letzten Minuten des Unterrichts geschah, brachte sie die Schüler zum Lachen und Lächeln, und sie war wild entschlossen, dasselbe heute hier zu erreichen.

Einige Minuten später riss Drea die Haustür auf. Sie trug einen gesteppten Hausanzug, eine Strickmütze, Fäustlinge und kuschelig aussehende Ugg-Stiefel. Sie blitzte Jess an, doch dann glättete sich ihre Zornesfalte und ging in ein Grinsen über. Das blinkende Rentiergeweih auf Jess' Kopf und die dazu passende rote Nase über dem lustigen Pulli hatten also ihre Wirkung entfaltet.

»Frohe Weihnachten.«

»Das wünsche ich dir auch, Süße. Frohe Weihnachten!« Drea griff nach Jess' roter Rentiernase und drückte sie wie eine Hupe.

»Möchtest du vielleicht rüberkommen und Geschenke aufmachen?«

»Nur, wenn unter den Geschenken entweder ein Stromerzeuger oder mein Sohn ist.« Dreas Kinn zitterte beinahe unmerklich.

Jess drückte ihre Fäustlinge zusammen. »Vielleicht ist alles nur ein Missverständnis. Vielleicht hat er einfach den Flug verpasst.«

»Spencer verpasst keine Flüge.« Dreas Tonfall machte gleich deutlich, dass nur sie das Recht hatte, über Spencers Handlungen Mutmaßungen anzustellen, und somit hatte sich das Thema erledigt.

Nach verschiedenen ziemlich dramatischen Überzeugungsversuchen gelang es Jess endlich, Drea zum Weihnachtslunch bei ihr zu überreden und herüberzukommen, um dann besorgt festzustellen, während sie in der Küche mit einer winzigen Schweizer Armeetaschenlampe in den Schränken herumwühlte, dass eine halbe Tüte Gemüsechips und eine Minipackung Müsli nicht wirklich für ein Festtagsessen ausreichen würden.

Wie wäre es mit Schoko-Cornflakes und ausgelaufenem Mince-Pie-Joghurt?«

Dreas zusammengekniffene Lippen sprachen für sich. Und als dann ihr Magen hörbar knurrte, zog sie den Mantel enger um sich und sagte dann etwas beleidigt, aber auch versöhnlich: »Mindestens ein Restaurant muss doch heute geöffnet sein.«

Jess hielt sich selbst von einer schnellen Antwort ab, denn selbst wenn, waren die Lokale bestimmt nach dem gestrigen Stromausfall ausgebucht. Heute musste man das Machbare akzeptieren und nicht das Unmögliche versuchen.

Sie bereitete schnell zwei Tassen Schokoladenmilch zu, machte ein großes Theater daraus, Drea ihren letzten Wagon-

Wheels-Keks abzutreten, und nahm zur Stärkung einen Schluck. Ihr Blick streifte die Wanduhr aus der Küche ihrer Eltern, auf der ein großer Zahn abgebildet war sowie die Ermahnung: »Es gibt immer Zeit, die Zähne zu putzen!« Es war erst kurz nach zehn.

Okay. Gut, sie hatte noch drei Stunden, um ein schönes Mittagessen zu zaubern. Das würde sie schaffen.

Sie öffnete die »Sonstiges«-Schublade, um nachzusehen, ob vielleicht einer der vielen Essenslieferdienste, deren Flyer sie im Lauf des Monats gesammelt hatte, auch am Feiertag seine Dienste anbot.

Ihr Herz begann heftig zu klopfen.

Da lag immer noch der große Briefumschlag von St Benedict's.

So ging es nicht weiter. Mit einem Ruck riss sie ihn auf.

Zunächst überflog sie die Zeilen. Dann las sie langsam, Wort für Wort, den Brief von Anfang bis Ende noch einmal.

»Und?«, forderte Drea schließlich. »Erzähl schon.«

»Es ist …« Jess schüttelte ungläubig den Kopf. »Das ist eine formale Entschuldigung und eine Einladung, zurückzukommen und wieder an St Benny's zu unterrichten, wenn ich möchte.«

Dreas nachdenkliche Falten auf der Stirn wurden für einen Moment noch tiefer, und dann entspannten sich ihre Gesichtszüge und sie hob lächelnd ihre Tasse zum Anstoßen hoch. »Ist der kleine Hosenscheißer also doch noch im Jugendknast gelandet?«

Jess' Blick verriet Genugtuung: »In gewisser Weise.«

Drea blinzelte überrascht. »Echt jetzt?«

»Militärakademie«, erklärte Jess und reichte ihr den Brief

und die Minitaschenlampe, die sie jedoch nicht mehr brauchte, denn in diesem Moment brach das Sonnenlicht durch die Wolken und durchflutete den Raum.

Nachdem der Himmel gestern das Damoklesschwert endlich auf sie niedergelassen hatte, schien der heutige Tag richtig gut anzufangen. Die Ruhe nach dem Sturm. Sie zog sich warme Socken über und schwebte förmlich zum Fenster, während Drea den Brief durchlas. Der Himmel war von einem grellen, lichten Blau, und auch wenn sich das Fensterglas kalt anfühlte, dieser Tag schien neuen Wind und neue Möglichkeiten zu bringen. Ein vielversprechender Tag.

»Also«, sagte Drea, nachdem sie den Brief zu Ende gelesen hatte, »es scheint so, als würde der wahre Schuldige endlich seine verdiente Strafe bekommen.«

Ohne »auf die Reihe von Umständen, welche Crispins Verhalten an den Tag brachten«, einzugehen, stellte die Schulleitung von St Benedict's schließlich fest, dass »nach sorgfältiger Prüfung und Vorlage beträchtlicher Beweise« Crispin schließlich gezwungen war, Jessicas wahrheitsgemäße Beschreibung des Vorfalls zu bestätigen.

»Einer seiner Kumpel hat ihn wohl dabei gefilmt, wie er sich mit seiner Lüge gebrüstet hat. Ich wette, es ist auf YouTube zu sehen«, sagte Drea, als hätte sie ihr ganzes Leben solche mysteriösen Vorfälle aufgeklärt.

Jess war es inzwischen egal. Sie fühlte sich leicht und unbeschwert. Somit war noch ein Strang, der sie an ihre Vergangenheit gebunden hatte, endgültig durchschnitten worden. Sie war wieder eine gute Lehrerin. Ein guter Mensch. Sie hatte im tiefsten Innern immer daran geglaubt, aber wenn eine der angesehensten Schulen des Landes dem Wort eines verwöhnten

Kindes mehr glaubte als dem eigenen, fühlte sich das so ähnlich an, als verkünde ein Diktator seinen »freien und gerechten« Wahlsieg.

Es klingelte.

Drea und Jess sahen sich an und stürmten dann von Jess' guten Nachrichten beflügelt gemeinsam zur Tür.

»Zwei-Pence-Münzen?«, wiederholte Jess.

Mr Winters nickte. »Ich habe zwar versucht, ersatzweise Schokotaler reinzustecken ...«

Er hielt inne.

»Mr Winters?«, fragte Jess besorgt. »Alles in Ordnung mit Ihnen? Sie sind gestern Abend nicht ausgerutscht oder gefallen oder so?«

Arnold lachte so heftig, dass sein ganzer Körper davon erfasst wurde.

»Nein, mir geht's gut, Spätzchen. Ich wollte eigentlich, dass es eine Überraschung wird, aber da alle Läden geschlossen sind und ich ja auch nicht der beste Autofahrer bin«, er trat von einem Fuß auf den anderen und sah ihr in die Augen. »Ich bin zwar etwas aus der Übung, wenn es darum geht, jemanden um einen Gefallen zu bitten, aber –«, Jess wollte gerade sagen, dass er sie jederzeit um einen Gefallen bitten könnte, aber er schüttelte den Kopf und machte mit seinen Augen klar, *dass es nicht darum ginge*, und fuhr fort: »Langer Rede kurzer Sinn. Ich würde gern, dass alles bereitsteht, bevor ich die Nachbarn einlade.«

»Was soll denn bereitstehen?«, fragte Drea.

»Na ja«, sagte Mr Winters und seine blauen Augen blitzten schelmisch. »Dann ist es ja keine Überraschung mehr.«

Nachdem sie Mr Winters zugesichert hatten, dass sie so viele Zwei-Pence-Münzen wie möglich zusammenkratzen und dann zu ihm kommen würden, ging Drea nach Hause und Jess zog sich rasch drei Strumpfhosen über und einen dicken Cordrock, der mittig mit einer Reihe von bunten, ganz unterschiedlichen Knöpfen verziert war. Sie schlüpfte in zwei Pullis und zerrte danach den albernsten Weihnachtspulli, den sie besaß, aus einer Umzugskiste: eine funkelnde Elfe mit Glöckchen als Rollkragen. Sie rannte rüber zu Nummer 1, wo Drea sich natürlich in Schale geworfen hatte. In ihrem perfekten Winteroutfit passte sie besser auf den Laufsteg der Bond Street als in die familiäre Christmas Street, was im lustigen Widerspruch stand zur begeisterten Vorführung ihrer erstaunlich großen Sammlung von Zwei-Pence-Münzen. Drea erklärte, dass zu den Zeiten, als sie noch nicht so wohlhabend waren, Spencer gern aus den Münzen kleine Türme gebaut hatte, bis sie sich einen Kinobesuch leisten konnten. Wertvolle Mutter-Sohn-Abende. Mit Popcorn, Süßigkeiten aus dem Bauchladen und allem, was dazugehörte. Seit sie Spencer Flugtickets zusandte, bewahrte sie auch alle Zwei-Pence-Münzen auf, in der Hoffnung, die Tradition irgendwann wiederzubeleben.

»Bist du dir sicher, dass du sie Mr Winters geben möchtest?«

Dreas Kinn zitterte. Es fiel ihr schwer, ihre Emotionen im Zaum zu halten. »Es ist doch Weihnachten, meine Liebe. Ich muss versuchen, das zu feiern, was ich habe, und nicht daran denken, was fehlt.«

Beschwingt eilten die beiden zu Mr Winters und stellten unterwegs erfreut fest, dass der Streuwagen endlich den Weg in ihre kleine Sackgasse gefunden hatte.

Wo sonst Mr Winters' robuster alter Volvo gestanden hatte, war ein Imbisswagen geparkt. An der Seite erkannte Jess ein ihr vertrautes Logo:

The Merry Victualler

Jess' Herz machte einen Sprung.

Will. Will war hier.

Das Ladenfenster am Imbisswagen war noch geschlossen, aber die Düfte, die herausströmten, ließen Jess das Wasser im Mund zusammenlaufen.

Sie fand es lächerlich, dass Wills Anwesenheit sie in Aufregung versetzte. Sie konnte doch nicht für jemanden schwärmen, dem sie nie begegnet war, davon abgesehen, dass er höchstwahrscheinlich jünger war als sie –

Oh … nein, war er definitiv nicht.

Ein dunkelhaariger Mann um die dreißig, recht groß, schlaksig, freundlich strahlender Gesichtsausdruck, und ja, auffallend attraktive Erscheinung, deren Spuren sie bereits in Mr Winters erahnt hatte, kletterte aus dem Imbisswagen und blickte erst auf Jess und dann auf Drea. Seine Augen waren ebenso funkelnd blau wie die seines Großvaters. Er hatte auch geradezu perfekte Zähne. Dieser Kerl litt jedenfalls nicht unter Parodontose.

»Jess?«, sagte er, und seine Augen hüpften von einer zur anderen.

Drea schob sie nach vorn. »Das hier ist Jess.«

»Ha-hallo.«

Will ging direkt auf Jess zu und nahm ihre Hände in seine. »Ich weiß gar nicht, wie ich dir danken soll.«

»Mir danken? Warum? Warum solltest du –«

Mr Winters kam gerade mit einer Sackkarre um die Ecke gebogen. »William? Würdest du deinem Großvater bitte kurz damit helfen? – O Jess. Wie wunderbar. Du hast meinen Enkelsohn schon getroffen, sehe ich. – Ich darf doch Jess sagen, nicht wahr?«

Jess strahlte erst Mr Winters an, dann Will. Und nachdem die Freundin ihr einen sanften Stoß in den Rücken verpasst hatte, auch Drea: »Ja, haben wir. Ähm … was wird das hier? Sieht so aus, als würden Sie …« Sie verhaspelte sich und rang um die richtigen Worte.

»Na ja«, sagte Mr Winters und klopfte seinem Enkel auf die Schultern. »Weil der wahre große Herr Winter uns allen gestern die Show gestohlen hat, dachten mein Enkel und ich, wir zeigen euch allen mal, was die Winters-Familie so alles draufhat, wenn sie will. Also, wir haben uns gedacht, wir bringen ein bisschen Weihnachten in die Christmas Street, oder, William?«

Jess' Herz machte wieder einen Sprung. Es lag so eine tiefe Zärtlichkeit in Mr Winters' Stimme, als er das wundervolle Wort »Enkel« aussprach.

Drea verbarg einen aufkommenden Schluchzer mit einem Hüsteln. Jess griff schnell nach ihrer Hand und drückte sie. Es würde ein schwerer Tag für Drea werden, aber sie würden es gemeinsam durchstehen.

»Wie?« Jess zeigte fragend zuerst auf die beiden Winters-Männer, dann auf das Haus und den Imbisswagen, weil sie immer noch nicht in der Lage war zu sprechen.

»Keine Zeit für Erklärungen, Mädchen. Wenn du nichts dagegen hast, erklären wir dir alles bei der Arbeit.«

Nachdem sie Wills Stromgenerator zum Aufladen ihres Handys verwendet hatte, begann Drea, die Nachbarschaft darüber zu informieren, dass es in drei Stunden Weihnachtsessen für alle geben würde. Außerdem arbeitete sie eine Liste mit den Dingen ab, die sie ausleihen sollte. Die Tapeziertische von Chantal. Die Außenheizstrahler von den Gem-und-Emmas. Klappstühle von allen. Die Liste war lang.

Es stellte sich heraus, dass Will die halbe Nacht Unmengen von Truthähnen gebraten hatte, denn in seiner Catering-Niederlassung in Greenleigh hatte er Strom gehabt, doch es gab noch viel zu tun.

Jess wurde im Imbisswagen platziert, um einen Berg Kartoffeln zu schälen. Fröhlich summte sie die Weihnachtslieder mit, die nonstop im Radio liefen.

Als Will und Arnold wieder aus dem Garten hinterm Haus zurückkehrten, baten sie Jess, kurz mitzukommen. »Was meinst du, Jess, wo sollen wir den hintun?«, fragte Arnold.

Jess verschlug es die Sprache.

Will zog eine Transportpalette durch die Einfahrt und auf die Straße hinaus. Auf ihr balancierte der schönste Vintage-Verkaufsautomat, den Jess jemals gesehen hatte. Er war kirschrot und war mit einem klassischen 1950er-Santa-Claus bemalt, der in einem Wirbel von flaumigen Schneeflöckchen stand und zwischen seinen Fäustlingen ein frisch geschriebenes Schild mit der Aufschrift »Frohes Fest« hielt. Der Verkaufsautomat hatte vier Fenster mit einer magischen Auswahl an Schokotalern, Mini-Schokoladenorangen, Seifenblasenfläschchen und – bei diesem Anblick verschlug es ihr fast den Atem – Dutzenden Päckchen mit Wunderkerzen in Weihnachtsbaumform. Und jeweils zum Preis von? Zwei Pence!

»Das hatten sie also gestern noch zu tun?«, fragte Jess und legte die Hände auf ihr pochendes Herz.

Mr Winters nickte. »Aber es schien gestern nicht realisierbar. Nicht der richtige Zeitpunkt.«

»Aber …«, sie besah sich die Rückseite des Automaten. Nein. Es gab keinen Stromanschluss. Also auch keinen Stromantrieb. Der gute alte Uhrwerksmechanismus genügte, um das Ding zum Laufen zu bringen. Sie schüttelte den Kopf, während sie versuchte, alles nachzuvollziehen, und da fiel ihr Blick auf Mr Winters, der vor lauter Stolz auf seinen Enkel förmlich glühte, und da wurde ihr klar, dass er recht hatte. Es war alles eine Frage des richtigen Zeitpunkts. Wenn sie den Brief von St Benny's geöffnet hätte, als sie ihn erhielt, hätte sie das Jobangebot womöglich angenommen und wäre vielleicht nach London zurückgezogen, nur, um dann festzustellen, dass ihr Leben ohne sie weitergegangen war.

Drea tauchte wieder auf und verlangte im Kommandoton, die Einzelheiten der Speisekarte zu erfahren, bevor sie weiter von Haus zu Haus zog, denn gerade wäre sie bei den Hippies gewesen, die sich nach veganen, gluten-, zucker- und sojafreien Alternativen erkundigt hätten. Sie würden wohl beim Truthahn »eine Ausnahme machen«, schließlich war ja Weihnachten, und sie würden einige Flaschen ihres selbst gemachten Holunderblütensekts beisteuern, falls Interesse bestünde. Drea hatte ihres bereits bekundet.

Will reichte ihr eine ausgedruckte Liste, als hätte er bereits mit einer Sturzflut von Extrawünschen gerechnet.

Drea scannte sie und begann dann, Instruktionen zu erteilen. Auch wenn es gar nicht Dreas Abend war, einigten sich Will, Mr Winters und Jess darüber, dass es wahrscheinlich das Beste sei, ihr ›die Kommandozentrale zu überlassen‹, wie sie den großen Wendekreis am Ende der Sackgasse bereits getauft hatten, wo sie das Festessen auftischen würden. Jess vermutete, dass es wohl Dreas Art war, damit klarzukommen, dass sie im

Unterschied zu Mr Winters' Weihnachten nicht mit ihrer Familie verbringen würde.

Nur drei Stunden später standen nahezu alle Anwohnerinnen und Anwohner in Weihnachtspullis und mit Schals und Bommelmützen auf der Straße, plauderten fröhlich und tauschten Geschichten über den schlimmsten Heiligabend aller Zeiten aus, während sie gemeinsam den Tisch mit Wills Mehrwegtellern und -besteck (von den Hippies bejubelt) und bunten Papierservietten deckten.

Es gab auch Wein und Limonade, und jeder, der einen Campingkocher in der Garage hatte, brachte ihn mit, damit die Kannen mit heißem Tee und einem wunderbar nach Zimt duftenden Apfelgrog auf kleinen Tischen in der Nähe des Imbisswagens warmgehalten werden konnten. Kai und Rex waren in die Stadt geeilt und verteilten jetzt Schafsfelle und Wolldecken aus ihrem Laden. Und Jess war begeistert, dass sie ihren neuen Welpen Ickle-Pickle mitgebracht hatten. Kai trug ihn in einem Babytragetuch und erklärte jedem, der es hören wollte, dass es für den Welpen wichtig sei, seinen Herzschlag zu hören, um eine *Herzensverbindung* aufzubauen. Martha schlug vor, das Gleiche mal mit einer Katze zu versuchen, doch Kai war zu sehr Feuer und Flamme, um die ironische Bemerkung überhaupt wahrzunehmen. Jess beobachtete amüsiert, dass Tyler Kai irgendwann zur Seite zog und ihm anbot, bei Bedarf auf den Hund aufzupassen.

Einige Leute hatten ihre Weihnachtsbäume herausgestellt. Diejenigen, die ihren Weihnachtskranz noch nicht an Mr Winters' weißen Gartenzaun gehängt hatten, holten das jetzt nach, so dass schließlich jede Familie vertreten war.

Während Will einen Riesentopf mit Kartoffeln zu Brei zerstampfte, fragte er Jess, ob das die Kränze seien, die sie an seinem Zaun angebracht hatte, als sie mit seinem Großvater in einen Streit geraten war.

Sie nickte verlegen und versuchte gleichzeitig zu verbergen, dass sie schon die ganze Zeit seine Armmuskeln anstarrte.

Sie konnten die Augen nicht voneinander lassen. Eine wunderbare Welle von Wärme verteilte sich in Jess' Bauch, stieg auf und brachte ihr Herz zum Bersten, wie man es von Zeichentrickfiguren kennt, deren Herzen plötzlich aus den Brustkörben sprangen und ein Schwarm von Schmetterlingen herausflatterte. Und als ihr Blickkontakt zu intensiv wurde, wandten sie sich rasch den Kränzen zu, bis sich dann erneut, diesmal ein wenig schüchterner, ihre Blicke trafen.

»Sie sehen toll aus«, sagte Will und scannte die Kränze, die den Familienwohnsitz säumten, den er bisher nicht gekannt hatte. Sie konnte in seinem Gesicht lesen, wie er das Bild in sich aufnahm und in die Lücken die ›Was-wäre-Wenns‹ einzufügen versuchte, und als er mit der Vergangenheit Frieden geschlossen zu haben schien und seine Gedanken auf die Zukunft ausgerichtet hatte, wanderte sein Blick zurück zu ihr, zu ihrem Mund, zu ihren Augen. »Wunderschön.«

Jess schoss das Blut in die Wangen, und sie lenkte sich schnell damit ab, einen Haufen Chipolatas auf eine Servierplatte zu stapeln. Ihr Herz schlug immer noch ganz wild, und in der Enge des Wagens streiften sie sich ständig, aber glücklicherweise hatten sie so viel damit zu tun, ein Tablett nach dem anderen zu bestücken mit saftigen Truthahnscheiben, Bratkartoffelbergen, gegrilltem Rosenkohl mit (oder ohne) Speck, gerösteten Möhren mit Kardamom, Soßenkännchen und natürlich tonnenweise Kartoffelbrei. »Es kann nie genug Kartoffeln geben«, sagte Will mit einem schelmischen Grinsen und hielt Jess einen Esslöffel Püree an die Lippen, damit sie kosten konnte.

Als Mr Winters schließlich die Essensglocke läutete, die er noch gefunden und mit Wills Erlaubnis an der Außenseite des Imbisswagens befestigt hatte, stürzten sich die Nachbarn auf die Berge von leckerem Essen, als hätten sie einen Monat lang nichts gegessen.

»Erlauben Sie mir die Ehre, der gnädigen Dame ihr Weihnachtsdinner zu servieren?«, fragte Will, reichte ihr einen Teller mit allerlei Leckerbissen und zeigte auf zwei leere Stühle in der Nähe des Imbisswagens.

Während sie aßen, beteiligten sie sich hin und wieder an den fröhlichen, manchmal albernen oder auch sentimentalen Gesprächen um sie herum. Vor allem aber genossen sie jeden Bissen des delikaten Festmahls, lächelten einander immer wieder zu und amüsierten sich köstlich über die verschiedenen Szenen, die sich abspielten. Und Jess erfreute sich an jedem sanften Schauer, der sie erfasste, wenn sich seine und ihre Hände beim Überreichen des Soßenkännchens oder beim Tausch der Spielzeugfiguren aus ihren Weihnachtsknallbonbons flüchtig berührten (Drea hatte dafür gesorgt, dass sie ein paar von ihren Weihnachtscrackern abbekamen). Mr Winters saß eingequetscht zwischen Tyler und Martha, Familie Nishio gegenüber. Sie schmeichelten ihm so lange, bis er ihnen erklärte, wie er es geschafft hatte, den Verkaufsautomaten funktionstüchtig zu machen und mit diesen Leckereien zu füllen. Na ja, es gab schließlich Supermärkte, die rund um die Uhr geöffnet waren. Und er wollte unbedingt herausfinden, wie er der Welt etwas Gutes bescheren könnte.

Einige der Kinder hatten ein Twister-Spiel mit Weihnachtsthematik gefunden und spielten vergnügt vor sich hin, während Audrey in der Mitte des Spielfelds lag und als Ballast diente. Einer der Väter hatte das Jenga-Weihnachtsturmset auseinandergebaut und es am Ende eines Campingtisches wiederaufgebaut und rief jetzt jedes Mal, wenn jemand am anderen Ende des Tisches aufstand, um Nachschlag zu holen: »*Gaaaaaanz laaangsam, bitte!*«

Josh saß mit Drea und einem der Rob-und-Bobs zusammen, und sie unterhielten sich lebhaft über das Thema ›geistiges Eigentum‹, während Eli gegen seinen Vater gelehnt die ersten Seiten eines Buches las, das er bestimmt zu Weihnachten geschenkt bekommen hatte. Jess bemerkte, dass Josh von innen aufzuleuchten schien, wenn er Drea zuhörte. Über ihre Witze lachte er immer etwas lauter, er schenkte ihr Wein nach, stand unaufgefordert auf, um den Rest der Kardamommöhren für sie zu ergattern, nachdem sie ihre Begeisterung darüber geäußert hatte. Einmal wischte er vorsichtig einen unsichtbaren Krümel von Dreas Wange und ließ seine Fingerspitzen gerade so lange auf ihrer Haut ruhen, dass Jess begriff, dass Drea und Josh von Anfang an verrückt nacheinander gewesen waren. Ja, Jess hatte am Keksdeko-Abend neben ihm, aber Drea gegenübergesessen und sie nicht unbeobachtet gelassen. Die Einladung zu ihm nach Hause hatte nicht so sehr Jess, sondern vor allem Drea gegolten. Jess hatte nur als Puffer zwischen den Flirtenden gedient, damit sie nicht von der Anziehung überwältigt würden, die beiden wohl ein wenig Angst einflößte. Jetzt schienen sie keine Angst mehr voreinander zu haben. Zoe rannte zu Drea und flüsterte ihr etwas ins Ohr. Drea grinste, schob den Stuhl zurück, zog den Reißverschluss ihres riesigen kuscheligen Wintermantels auf, hob Zoe auf ihren Schoß und wickelte den

Mantel um sie herum, während sie mit dem Kinn auf dem Kopf des kleinen Mädchens ruhte und ihre Augen glücklich von Josh zu Rob-oder-Bob hüpften. Vielleicht war die Familie, die sie brauchte, schon immer hier zu finden gewesen.

»Du siehst glücklich aus«, sagte Will.

»Ich bin unglaublich glücklich«, sagte Jess, und während sie es aussprach, wurde ihr klar, dass es von Herzen kam.

Danach hatte sie gesucht. Das war ihre Hoffnung gewesen. Zu einer Gemeinschaft zu gehören. Nur ihre Eltern fehlten hier.

Sie hatte ihr Handy zum Aufladen an den Generator in Wills Wagen angeschlossen. »Ich schau mal nach dem Dessert«, sagte sie. Will, der irgendwie spürte, dass sie ein paar Minuten für sich allein brauchte, bedankte sich bei ihr und sagte, er würde kurz nach seinem Großvater schauen.

Als sie ihr Handy anschaltete, sah sie die Mitteilung, dass ihre Eltern eine Video-Botschaft gesendet hätten. Braungebrannt, ein wenig beschwipst und sehr heiter warfen sie ihr Luftküsse zu und wünschten ihr ein wundervolles Fest, dann drehten sie die Kamera und zeigten ihr die Bananenpalme, die sie weihnachtlich dekoriert hatten. Außerdem hatten sie mit der neuen Instamatic-Kamera alle Patienten abgelichtet. Die Gesichter waren kaum zu erkennen, dafür ihr Lächeln. Sie bemerkte ihre Tränen erst, als sie auf das Handy tropften.

»Alles in Ordnung?« Will kletterte in den Imbisswagen. »Zeit fürs Dessert!«

Jess wischte die Tränen weg und lächelte ihm mit feuchten Augen zu. »Ich vermisse nur meine Eltern. Es ist unser erstes Weihnachten, das wir getrennt verbringen.«

Will schlug die Hand aufs Herz: »Geht es dir wirklich gut? Kann ich irgendwas für dich tun?«

Sie nickte unschlüssig. Ja, es ging ihr gut. Oder vielleicht auch nicht. Er konnte ihr diesen Schmerz nicht von der Seele nehmen, aber dass er letztendlich aufgetaucht war und das alles auf die Beine gestellt hatte, bedeutete nicht nur für sie großes Glück, sondern für alle hier in der Christmas Street.

»Ich kenne ein wunderbares Heilmittel gegen Heimweh«, sagte Will und holte zwei Tassen aus einem hohen Schrank. Dann schwenkte er eine große Dose Kakao hin und her. Er gab einige gehäufte Teelöffel des dunklen Pulvers in eine Tasse und goss etwas Milch darauf. »Mein Vater sagte immer, man müsste erst ein bisschen Milch mit dem Kakao vermischen, bevor man die heiße Milch aufgießt. Macht es viel schokoladiger.«

Nachdem er die beiden Tassen gefüllt und noch ein paar Spritzer Pfefferminzlikör hinzugefügt hatte, stießen sie gemütlich Seite an Seite sitzend an und beobachteten das weihnachtliche Treiben draußen, das Jess vor vierundzwanzig Stunden noch für absolut unvorstellbar gehalten hatte.

*

25. DEZEMBER: SPÄTER

»Rede! Rede!«, schrie jemand.

»Anstoßen«, rief ein anderer.

»Auf Mr Winters!«, riefen einige fröhliche Stimmen.

Es machte *kling-kling*, als Besteckteile an den Gläsern klirrten und immer mehr Leute dazu aufriefen, Mr Winters und Drea Applaus zu spenden. Mr Winters winkte zwar ab, aber ihm war seine Zufriedenheit deutlich anzusehen, als er sich wieder in seinen Stuhl zurücklehnte und weiterhin darauf bestand, dass dieser schöne Abend viel mehr seinem Enkelsohn als ihm zu verdanken sei. Drea machte einen eleganten Knicks und sagte mit stockender Stimme, der Anblick der hier versammelten Nachbarinnen und Nachbarn gebe ihr das Gefühl, dass der Geist von Weihnachten in jedem Einzelnen fortlebe und dass dieses frohe Fest alles übertreffe, was sie sich jemals hätte vorstellen können. Jess warf ihr ein Küsschen zu, wohl darüber bewusst, wie sehr Drea ihr gebrochenes Herz zu verbergen versuchte. Drea erwiderte den Kuss und fügte hinzu, dass sie ohne die Hilfe der kleinen Elfin Jessica das niemals alles geschafft hätte. Ein Chor aus »Oh« und »Wie süüüüß« ertönte, und erneut wurden Rufe laut, Martha und Tyler sollten noch etwas zum Besten geben. Martha spitzte kokett die Lippen und sagte, das sei doch lächerlich, aber Tyler stelzte bereits die Straße runter, um seine Gitarre zu holen.

Als er zurückkehrte, war das klare Tageslicht bereits verblasst, und die Konturen der Straße verschwammen langsam in der Dämmerung. Tyler setzte sich auf die Kante eines Holzcampingtischs, den jemand auf die Straße hinausgeschleppt hatte, legte seine Akustikgitarre auf den Oberschenkel und gab Martha ein Zeichen einzustimmen.

Sie sträubte sich erst, stand aber dann doch auf, zog ihren Pelzmantel enger um den Hals und lief etwas verlegen durch die Menge zu ihrem Gitarristen. Nach kurzer Überlegung sagte sie dann: »Ich werde die Stille-Nacht-Version nicht wiederholen.«

Einige »Nein« und »Bitte, bitte« waren zu hören, doch sie erhob den Zeigefinger, während sie sich unübersehbar in die einstige Bühnenkünstlerin verwandelte. Die Straße verstummte, als sie Tyler zuflüsterte, dass er ihr folgen sollte. Ohne

Begleitung begann sie, die erste Zeile von »Have Yourself a Merry Little Christmas« zu singen, dann stimmte Tyler ein und untermalte mit feinem Gespür den Gesang. Familien rückten enger zusammen. Liebespaare kuschelten sich aneinander. Jess erwischte Mr Winters sogar dabei, wie er eines seiner gebügelten Taschentücher zückte, als er von seinen Gefühlen überwältigt wurde.

Während Martha sang, bemerkte Jess einen Mann mit einem Rollkoffer, der an ihnen vorbeilief. Er schien etwa in ihrem Alter zu sein. Ein wenig jünger vielleicht? Drea richtete sich plötzlich kerzengerade auf und heftete ihren Blick auf den Mann. Eine Sekunde später rannte sie zu dem Unbekannten hin, fiel ihm in die Arme und sagte immer wieder: »Mein Junge, mein Junge. Mein wunderbarer Sohn ist hier.« Sie drückten die Stirn gegeneinander und tauschten leise Erklärungen aus, was passiert war.

Wie in stiller Übereinkunft blieb das Wiedersehen privat, nur Marthas schöner Gesang begleitete die Wiedervereinten. Als der Song schließlich zu Ende ging, mischte sich Drea, Hand in Hand mit ihrem Sohn, wieder unter die anderen.

Das Publikum brach in tosenden Applaus aus. Und als wäre der Funken der ungetrübten Weihnachtsfröhlichkeit übergesprungen, gingen in allen Häusern die Lichter wieder an. Aus unerklärlichen Gründen blieben die Straßenlaternen noch dunkel, doch die blinkenden Lichterketten an den Außenfassaden sorgten für Festtagsstimmung. Niemand eilte mehr nach Hause, um ja nicht die Rede der Queen zu verpassen. Tatsächlich hielten alle still, außer Martha, die immer noch zu den Saitenklängen tanzte, die Tyler nicht mehr spielte.

Nach einer Weile besinnlichen Schweigens wurde der Bann gebrochen, als eines der Kinder lauthals verkündete, dass es mal müsse. Tyler begann, »Rockin' Around the Christmas Tree« zu spielen, während sich eine Warteschlange vor Mr Winters' Verkaufsautomaten bildete, und nur kurze Zeit später vollführten die Kinder Freudentänze mit ihren Weihnachtsbaumwunderkerzen, ließen Seifenblasen schweben und wickelten die Schokotaler aus dem Glitzerpapier.

Drea stellte allen Anwesenden ihren gutaussehenden und äußerst charmanten Sohn vor und erklärte, dass ihr Junge trotz seiner überdurchschnittlichen Intelligenz leider nicht in der Lage gewesen war, sein Flugticket richtig zu lesen. Drea ließ die stolze Mutter über die enttäuschte Glucke triumphieren, um das peinliche Missgeschick ihres Sohns elegant zu übergehen. Trotz des Stimmengewirrs konnte Jess einige positive Bemerkungen über den feschen Sohn nicht überhören. »Melbournes heißester Junggeselle »sehr erwachsen«, »altklug« und natürlich das schönste Kompliment: »mein über alles geliebter Junge«.

Kai hatte mit Tyler die Reihe mit den Mädchen organisiert, die alle darauf warteten, den kleinen Ickle-Pickle halten zu dürfen, und Jess beobachtete verzückt, wie Martha ihre Decke über Mr Winters' Knie zog, als sie sich mit Kev und seiner Frau zum Plaudern unter einen Heizpilz setzten.

Kurz gesagt, es war vollkommen magisch.

Als sich die Menschenmenge später auszudünnen begann, tauchte Drea neben Jess auf und legte den Arm um ihre Schulter. »Danke, meine Liebe.«

»Wofür?«

»Deine E-Mail an Spencer.«

Jess wurde ernst. »Dafür musst du mir nicht danken.«

»Doch. Er sagte, sie sei das Zünglein an der Waage gewesen. Er hatte wirklich gezögert, und als er dann deine Nachricht erhielt, dachte er sich, seine Mutter scheine sich verändert zu haben.«

»Wie hat er das aus meinen Zeilen herauslesen können?«

»Du hast dich so für mich eingesetzt, ohne jeden Hintergedanken, das hat ihn beeindruckt.«

Jess scharrte verlegen mit dem Fuß, während sie eine Mischung aus Selbstzufriedenheit und unglaublicher Verlegenheit verspürte.

»Glaubst du, es wird für immer so bleiben?« Drea lenkte Jess' Aufmerksamkeit zurück auf die wenigen Familien, die noch hier waren und die letzten Kleinigkeiten einsammelten, bevor sie den Tag abschlossen und ebenfalls nach Hause gingen.

»Nein«, lachte Jess. »Doch was auch immer kommen wird, es wird besser sein, weil wir das hier gemeinsam erlebt haben.«

»Du glaubst also nicht, dass alle heimlich eine Drea-Voodoo-Puppe zu Hause versteckt haben, oder?«

Jess schüttelte den Kopf. »Nicht im Geringsten. Du bist eine dominante Zicke, aber die reizendste, dich ich kenne.« Sie schlang den Arm um Dreas Taille und zog sie an sich. Sie kannte sie nicht mal einen Monat und fühlte sich ihr schon so nahe wie eine Schwester, deren Macken man zeitlebens kennt und sie trotzdem nicht weniger liebt.

»Werdet ihr heute Nacht aufbleiben und euch gegenseitig die Haare flechten?«, fragte Jess und versetzte ihr einen Stoß mit der Schulter.

Drea erwiderte mit einem trockenen »Ha, ha«, und ihre Stimme wurde wieder weich, als sie Josh erblickte. »Wir sind kurzfristig zum Filmeabend bei Josh eingeladen worden, und weil Spencer so einen schlimmen Jetlag hat, dachte ich, es wäre schön, den langen Tag gemütlich ausklingen zu lassen.

»Oh.« Jess versuchte, ahnungslos zu wirken. »Bei Josh?«

Nun versetzte Drea ihrer Freundin einen Stoß mit der Schulter. »Sag jetzt nichts.«

»Nein, du sagst jetzt nichts«, grinste Jess. »Glückliche Weihnachten, Drea.«

»Glückliche Weihnachten, Süße.«

Sie umarmten sich und gingen auseinander. Und auf ihren Gesichtern war die Gewissheit abzulesen, dass sie von nun an für immer füreinander da sein würden.

Jess lief an den letzten Nachzüglern vorbei zu Mr Winters.

»Alles okay, Mädchen?« Er stand vor dem Tor seines weißen Gartenzauns mit einem verklärten Ausdruck im Gesicht.

»Alles bestens. Und bei Ihnen?«

Er nickte. »Ich dachte, ich könnte William von den leerstehenden Zimmern hier im Haus erzählen.

»Ach ja?« Sie hatte Schmetterlinge im Bauch, als Will wie aufs Stichwort im Fenster seines Imbisswagens erschien, ihnen kurz zuwinkte und dann den Rollladen herunterließ.

»Na ja, er sagte, es reiche ihm aus, in den Räumen über seinem Arbeitsplatz zu wohnen, doch man braucht doch ab und zu Abstand zu seiner Arbeit, oder nicht? Er muss ja nicht dauerhaft einziehen, aber es wäre schön, den Jungen ein wenig häufiger zu sehen.«

Jess nickte. Das dachte sie auch. Und sie stimmte ihm zu, dass die Distanz zur Alltagsroutine manchmal notwendig sei, um den kitschigen Neon-Nikolaus vom guten alten Weihnachtsmann zu unterscheiden, der den wahren Zauber verbreitete. Als sie noch an St Benedict's arbeitete, hatte sie das falsche Ziel verfolgt. Sie musste erst ihren Job verlieren, ihren Freund und ihr Selbstverständnis, um herauszufinden, wer sie wirklich war. War das vergangene Jahr eines der schwierigsten ihres Lebens gewesen? Definitiv. Hatte es etwas gebracht? In jeder Hinsicht.

Will gesellte sich zu ihnen, die Kakaodose in der Hand. »Möchte noch jemand eine Tasse heiße Schokolade?«

»Wenn ich noch etwas zu mir nehme, platze ich, mein Junge«, sagte Mr Winters und klopfte ihm kameradschaftlich auf die Schulter. »Also, wenn ihr beide mich jetzt entschuldigen würdet, ich muss meine alten Knochen am Kamin aufwärmen.«

Als er gegangen war, ertappte sich Jess dabei, wie sie sich drehte und wand wie ein verknalltes Schulmädchen.

»Und was ist mit dir? Platzt du auch gleich oder hast du noch Platz für eine weitere Leckerei?«

Jess klopfte auf ihren Bauch und stöhnte verzweifelt. »Ich bin wirklich pappsatt. Darf ich passen?«

Ihre Blicke trafen sich und Jess spürte, wie sich ihr Herz weit öffnete und überfloss vor Lebensfreude.

»Natürlich. Dann vielleicht Brunch morgen?«

»Das wäre wundervoll.«

»Und dann Lunch?«

Jess kicherte. »Das wäre noch toller.«

»Und wie wär's mit Abendessen danach? Außerdem habe ich einen gefährlichen Espresso-Martini im Angebot, eine Spezialität von mir, die dich bis zum Mitternachtssnack wach hält. Und dann wird's Zeit für mein Sonnenaufgangs-Schinken-Sandwich, das du unbedingt probieren musst.«

Sie lachte, und die Röte schoss ihr in die Wangen. Sie spürte sie auch. Die Verbindung zwischen ihnen.

»Das hört sich alles wundervoll an – aber heute Abend habe ich noch etwas zu erledigen.«

Will hob das Kinn, wohl darüber bewusst, dass sie ihm keinen Korb erteilte.

»Es war schön, dich kennenzulernen, Jessica Green.«

»Ganz meinerseits, Will Winters.«

»Frohe Weihnachten.«

Sie stellte sich auf die Zehenspitzen und gab ihm einen Kuss auf seine leicht stoppelige Wange.

»Frohe Weihnachten wünsche ich dir. Und danke.«

Als sie zurücktrat und seine Hände noch leicht auf ihren Hüften ruhten, spürte sie seinen heißen Atem.

»Bis später, du fröhlicher Viktualienhändler.«

»Bis bald, Miss Green.« Er beugte sich vor und gab ihr ebenfalls einen Kuss auf die Wange, doch er verweilte etwas länger mit seinen Lippen auf ihrer Haut, bis er plötzlich zurückzuckte und von einem Fuß auf den anderen hüpfte und vor sich hin murmelte, wie kalt es war und dass sie sich langsam auf die Socken machen müssten, bevor sie sich in Schneemänner verwandelten. Er winkte noch und schaute Jess nach, wie sie selig lächelnd die Straße hinunterlief, um schließlich links in den kleinen Steinpfad einzubiegen, der zu ihrem Haus führte. An dem »Zu verkaufen«-Schild verweilte sie kurz, bevor sie es abnahm. Sie war angekommen. Sie war zu Hause.

Danksagung

Ich möchte meinen mehrfachen Dank und meine Dankbarkeit gegenüber dem Team beim Orion-Verlag aussprechen, insbesondere danke ich meiner Lektorin Olivia Barber. Die Zusammenarbeit mit ihr war ein absoluter Traum. Danke auch meiner Freundin und der leidgeprüften Leserin meines »ersten Entwurfs« Jackie N., die ein wahrer Weihnachtsengel ist. Mein Dank gilt auch Pam Brooks, Christine Brookes, Nicolette Heaton-Harris und Sophia Bartleet für das Lektorat, die Unterstützung und allgemeine Zauberhaftigkeit. Herzlichen Dank an alle, die mir erlaubt haben, ihre Namen zu stehlen, und natürlich danke ich insbesondere der Familie Morgan, die mir den Namen der fabelhaften und wirklich existierenden Martha Snodgrass ausgeliehen hat – eine starke Frau, die leider nicht mehr unter uns weilt und mich damals bei sich wohnen ließ (allerdings ohne die E-Gitarren). Mein Dank gilt auch der Weihnachtskönigin Debbie N., die mich nicht nur tagtäglich mit Inspiration, sondern auch mit den wohlschmeckendsten Weihnachtsschokoladen versorgt hat (Candy Cane Crunch kann ich wärmstens empfehlen, liebe Leser*innen, falls Sie die Sorte ausfindig machen können). Und natürlich danke ich von Herzen meinem umwerfenden Mann, der nicht nur die erste Fassung Korrektur gelesen, sondern niemals die »Haushaltsentscheidung« in Frage gestellt hat, die Weihnachtsdekoration während des Schreibens weit ins neue Jahr hinein zu behalten. Du bist mein Weihnachten. Du bist meine Freude.

xoxoxo

NF 433/1/10.18

Ein unvergessliches Weihnachtsfest

Claire und Neil Archer führen ein kleines gemütliches Hotel in den Wicklow Mountains, die Sugar Loaf Lodge. Als in der Vorweihnachtszeit die Buchungen ausbleiben, versuchen es die beiden mit einer Annonce und nach und nach kommen die Anmeldungen: die junge Frau, die ein geheimes Treffen mit ihrem Geliebten plant; Andrew und Bridget, die sich endlich einmal etwas Schönes gönnen wollen, aber auch die jungen Eltern, die den Streitereien mit der Familie entfliehen möchten. Für sie alle sollen diese Weihnachtsfeiertage etwas ganz Besonderes werden.
Die irische Bestsellerautorin Sheila O'Flanagan erzählt warmherzig und mit feinem Humor Geschichten von Liebe und Eifersucht, Beziehungskrisen und Familiengeheimnissen und wie sich am Ende vieles fügt zum kleinen Glück am Weihnachtsabend.

Sheila O'Flanagan, Das kleine Glück am Weihnachtsabend. Roman. Aus dem Englischen von Susann Urban. insel taschenbuch 4744. 299 Seiten.

NF 491/1/7.20

»Ach, wie schön war das damals …«

Weiße Weihnachten mit fröhlichen Rodelpartien, ein bunt geschmückter Weihnachtsbaum voller Süßigkeiten und Lametta, das Haus erfüllt vom Duft nach warmen Plätzchen und nach Tannennadeln – und knisternde Spannung, während wir auf das Christkind warteten …
Alle Jahre wieder werden an den Weihnachtstagen auch Erinnerungen an frühere Feste wach und wie schön es damals war. Davon erzählen auch die Autorinnen und Autoren dieses Bandes: Joachim Ringelnatz, Marie Luise Kaschnitz, Walter Benjamin, Joseph Roth, Hanns-Josef Ortheil u. v. a.

Weihnachten, so schön, wie es früher einmal war. Die schönsten Geschichten. Ausgewählt von Gesine Dammel. insel taschenbuch 4667. 157 Seiten.

NF 414/1/10.18